Ce volume devrait être le 3ᵉ
et non le 2ᵈ de l'ouvrage

La pgᵉ de titre de ce volume
appartient au 2ᵉ volume.

Les déreglemens du **XVI.** siècle exposés au grand
jour, par la Sincérité.

APOLOGIE

POUR

HERODOTE.

OU

TRAITÉ de la CONFORMITÉ

DES

MERVEILLES

ANCIENNES avec les MODERNES.

PAR

HENRI ESTIENE.

Nouvelle Edition: faite fur la premiere:
augmentée de tout ce que les
posterieures ont de curieux,

ET DE

REMARQUES: par Mr. LE DUCHAT.
Avec une

TABLE Alphabetique des MATIERES.

TOME PREMIER, SECONDE PARTIE.

ERUDIT ET DITAT

A LA HAYE,
Chez HENRI SCHEURLEER,
M. DCC. XXXV.

TABLE

DES

CHAPITRES

Contenus dans le

TOME SECOND.

TABLE

SECONDE PARTIE

DV TRAITÉ PREPARATIF

A L'APOLOGIE

D'HERODOTE.

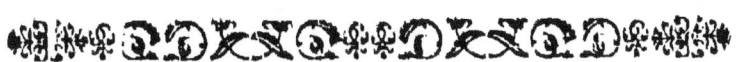

PREFACE.

E vien à la seconde partie du present traité. Car ayant proposé deux points au commancement d'iceluy, l'vn de l'honneur & reuerence qu'aucuns portoyent à l'antiquité, l'autre du mespris & deshonneur qu'elle receuoit par aucuns : & ayant declaré que ceux qui l'honoroyent & reueroyent, auoyent

Tome II.   A   esgard

eſgard à la preudhommie des anciens : ceux
qui au contraire la meſpriſoyent, conſi-
deroyent leur lourderie : il m'a ſemblé
que le plus expedient eſtoit, pour rendre
les lecteurs ſatisfaicts, de leur alleguer
des exemples, par leſquels ie leur feroye
comme toucher au doigt ce que ie pre-
tendois prouuer. Dequoy penſant m'eſtre
acquitté à leur contentement quant au
premier point (car i'ay, ſelon mon auis,
monſtré aſſez par le menu en iceux de
combien de degrez la meſchanceté de
noſtre ſiecle eſtoit montee plus haut que
celle meſmement du precedent) il reſte
que ie m'efforce de faire le pareil du ſecond. Ce qu'ayant faict, il me ſemble que
i'auray vn tresbon preparatif pour l'Apologie d'Herodote. Et comment (dira
quelcun) ces allegations pourront-elles
feruir pour donner credit & autorité à
l'hiſtoire d'Herodote, veu que vous ne
prenez vos exemples que du ſiecle precedent & du noſtre ? Voici donc que ie
di pour reſponſe, & pour donner à congnoiſtre le but que ie preten. Comm'ainſi
ſoit qu'es hiſtoires d'Herodote nous trou-
uions des faicts ou dicts incroyables, les
vns pourceque nous ne croyons les hommes auoir eſté ſi meſchans, les autres,
pour autant que nous ne pouuons croire
qu'ils ayent eſté ſi lourds & groſſiers, il
me ſemble qu'ayant monſtré en premier
lieu quelles ſont les meſchancetez de noſtre

tre fiecle & combien eftranges à comparaifon de celles du precedent, i'auray occafion de dire que tout-ainfi que nous en
voyons au noftre qui iamais n'ont efté au
precedent, & encore moins es autres qui
ont efté deuant luy, & toutesfois nos
yeux & nos oreilles, ou tous les deux enfemble, nous contraignent d'y aioufter
foy, (car autrement nous leur ferions
tort en nous deffiant d'eux) ainfi deuons-
nous penfer que le fiecle d'Herodote &
le precedent en peuuent auoir-eu des pe-
culieres, qui femblablement ne nous euffent point efté incroyables fi nous euffions vefcu alors. l'en di autant de l'autre
poirt : c'eft que ie m'affeure que quand
i'auray monftré combien les hommes du
fiecle precedent le noftre ont efté non
feulement fimples, mais lourds & groffiers au pris de nous, toutes perfonnes
de bon iugement m'accorderont volontiers que comme les certains tefmoignages de la lourderie de nos prochains predeceffeurs ne nous laiffent point douter
d'icelle, combien qu'autrement elle fur-
pafferoit la foy : pareillement il eft à prefumer que les fiecles qui precedent le noftre de tant de centaines d'ans, ayent eu
leur lourderie propre & peculiere : laquelle ne nous euft efté incroyable (comme ell'eft à prefent) fi nous leur euffions
efté prochains fucceffeurs : d'autant qu'ils
nous en euffent laiffé femblablement des

A 2   cer-

certains tefmoignages. Lequel argument
fera traité ainfi generalement pour feruir
comme de preparatif à l'Apologie d'Herodote: en attendant que i'aye le loifir
& le moyen de le traiter particuilerement
& par le menu, & de trouuer des faicts
de noftre temps correfpondans & forta-
bles à ceux qui nous femblent fi eftranges
en Herodote.

II. ET comment donc? (pourra dire
le lecteur) eftimez - vous que tous les
actes defcrits par Herodote, aufquels nous
ne pouuons aioufter foy, ne nous foyent
incroyables que pour les deux raifons fufdictes? à - fçauoir oi. pour la trop grande
mefchanceté, ou pour la trop grande
fotife que nous y trouuons? Certainement mon opinion n'eft point telle : ains
recongnoy tref-bien que l'incredulité de
plufieurs en ceft endroit prouient aufii
d'vn'autre troifieme raifon: c'eft que plufieurs n'ont aucun efgard au grand changement qui eft prefque en toutes chofes
entre ce temps là & le noftre, ains veulent que le naturel & maniere de viure
des hommes d'alors fe rapporte tellement
aux noftres qu'ils ayent pris plaifir aux
chofes qui nous font plaifantes, & au-
contraire aufii que tout ce qui nous def-
plaift leur ait defpleu. Qui plus eft, veulent trouuer conuenance entre l'eftat des
republiques & des royaumes d'alors &
autres gouuernemens de peuples, auec
ceux

ceux que nous voyons auiourd'huy eftre
eftablis. Voire font aucuns fi inconfiderez
en lifant les anciennes hiftoires qu'ils veulent mefurer le climat des pays fi loin-
tains à la mefure du noftre. Or ne fe faut
esbahir fi trouuans au-contraire vn grand
difcord entre ces chofes, ils eftiment les
hiftoires anciennes eftre autant eflon-
gnees de verité que ce qu'ils y lifent eft
eflongné de ce qu'ils ont accouftumé de
voir & ouyr. Congnoiffant donc cefte
troifieme caufe de l'incredulité de plufieurs, ie luy gardois la troifieme partie
du prefent traité: mais ie prieray le lecteur qu'il me permette laiffer pour le prefent ce que mes occupations ne me per-
mettent d'aioufter. Il eft vray que i'ay
efperance de donner comme vn efchantil-
lon de cefte troifieme partie en la preface
que ie mettray au deuant de ceft œuure.

C H A P.   X X V I I.

Comment aucuns poetes, au-contraire des au-
tres, ont preferé leur fiecle aux precedens,
comme ayant des façons de faire plus gen-
tiles & de meilleure grace.

L Es foufpirs d'Hefiode & de Ti-
bulle qu'ils ont iettez pour le
mefcontentement qu'ils auoyent
de la façon de viure de leur fiecle, nous ont efté ci-deffus tefmoignez
par

par leurs vers: efquels nous les oyons dire qu'au lieu qu'ils eftoyent malheureux
d'eftre nez alors, ils euffent efté bien-
heureux s'ils fuffent nez es fiecles precedens : & que dirons-nous de ceux
qui au-contraire fe refiouiffent comme
d'vn grand heur, de ce que leur naiffan-
ce s'eft rencontree en vne fi bonne faifon, au pris que s'ils fuffent nez quelques
fiecles auparauant? Car efcoutons que dit
Ouide entr'autres,

Prifca iuuent alios: (p) ego nunc me denique natum
      que natum
    Gratulor: hæc ætas moribus apta meis

C'eft à dire,

Le temps paffé aimera qui voudra:
Le temps prefent conuient & con-
    uiendra
A mon efprit: & quoy qu'on me ref-
    ponde,
Ie fuis venu à la bonne heure au monde.

Mais combien qu'Ouide contrarie aux
poetes fufdicts quant à leur fouhait, il ne
leur contrarie pas quant à la caufe d'iceluy. Car ce qui leur faifoit fouhaiter d'a-
                     uoir

(p) *Prifca iuuent alios* &c.) Ovid. *de Arte aman-*
di. lib. 3. v. 124.

uoir esté nez en vn autre siecle, c'estoit
la grande meschanceté du leur: & ce qui
fait au-contraire Ouide se contenter du
sien, voire le preferer à tous les precedens, n'est pas pourceque la meschanceté d'iceluy estoit moindre, mais psource-
que la façon de viure estoit plus gentile.
Car il dit notamment,

Sed quia cultus adest , nec nostros mansit
  in annos
  Rusticitas priscis illa superstes auis.

Or si i'auois à deduire le propos de ce
poete, ie monstrerois par le menu en
combien de choses son siecle estoit plus
poli que les precedens, & ceux principalement qui approchoyent le plus pres du
siecle de ce viel resueur Saturne, (pour
parler selon les poetes:) & puis ie pour-
rois, pour traiter encore plus generalement cest argument, monstrer comment
de siecle en siecle les hommes ont eu l'esprit plus esueillé, & par ce moyen ont
regardé de plus pres à leurs affaires, &
ont donné tousiours de plus en plus quelque polissement à leurs façons de faire:
tellement que les anciennes estans rapportees à celles-ci, se trouueroyent fort
lourdes & grossieres: mais il me suffira,
selon que i'ay promis, de faire comparaison du siecle precedent auec le nostre,
sans entrer plus auant en ceste matiere,
la-

laquelle autrement feroit infinie. Et encore ne veux-ie-pas entreprendre d'efplucher par le menu tous les points appartenans à cefte comparaifon: mais apres en auoir touché quelques-vns qui font de moindre confequence, ie viendray au principal & qui merite d'eftre traité au long. Il eft vray qu'auant que paffer outre, ie m'acquitteray d'vne promeffe que i'ay faicte cideffus, c'eft de produire quelques façons de parler Françoifes, par lefquelles nous declarons euidemment vn mefpris de l'antiquité: & ce pour la mefme raifon pour laquelle Ouide a efcrit *Prifca iuuent alios, &c.* Ie di donc qu'outre cefte façon de parler, Faict à l'antique ou Faict à la vieille mode, par laquelle nous voulons donner à entendre vne chofe eftre faicte vn peu lourdement & auec peu d'art, (il eft vray que Faict à l'antique fe dit aucunesfois auffi fans mefpris, felon la chofe de laquelle on parle) nous en auons encore quelques autres par lefquelles nous declarons apertement l'opinion que nous auons de la lourderie des gens du temps paffé. Car mefme quand nous difons, Cela fe faifoit au temps iadis, nous declarons que c'eft vne chofe qui eft hors d'vfage, *& quæ obfoleuit*, felon que parlent les Latins: tellement qu'elle feroit de mauuaife grace en noftre temps. Quant à ceftui-ci, Du temps des hauts bonnets, il femble eftre
dict

dict à propos de la lourderie qui estoit
pour lors es habits, combien qu'on ne
face mention que d'vn'espece, comme si
on disoit, Du temps qu'ils s'habilloyent si
lourdement, ou, Du temps qu'ils n'a-
uoyent pas l'esprit de choisir vne façon
d'accoustremens qui fust propre & aisée.
Pareillement se dit par derision, Du temps
que les bestes parloyent. Car c'est autant
que si on disoit, Au temps iadis que les
hommes estoyent si sots qu'ils se laissoyent
persuader que les bestes parloyent. Ce
qui est dict (comme ie croy) pour le regard des fables d'Esope, lesquelles se
trouuoyent des lors traduites en nostre
langue (*q*) Item on dit, Du temps
qu'on se cachoit pour prester de l'argent.
Mais ceste façon de parler, combien
qu'elle se die par derision aussi bien que
les autres, si est-ce qu'elle tesmoigne
plus vne simplicité qu'vne lourderie. Car
il est certain que ceux-là alloyent bien
à la bonne foy & n'estoyent pas mesfians,
qui au lieu de prester argent deuant plusieurs bons tesmoins (voire en faisant
obliger le deteur par deuant notaires,
comme on fait auiourdhuy) le prestoyent
en cachette, ayans plustost esgard à l'honneur

(*q*) *Traduites en nostre langue &c.*) Il y en a une
édition Gothique *in* 4. sans date, imprimée à deux
colonnes à Paris chez Alain Lotrian.

A 5

neur de celuy qui empruntoit, à ce qu'il ne
fuſt ſceu auoir neceſſité, que non pas à bien
aſſeurer leur argent.   Et pourtant ce prouerbe pourroit bien eſtre mis au nombre
de ceux dont i'ay faict mention au commancement de ce traité, qui monſtrent
la bonne opinion qu'on auoit de la preudhommie des perſonnes du temps paſſé. Outre leſquelles manieres de parler nous
auons ces trois qui ſe diſent des roys, Du
temps que les roys ſe mouchoyent à leur
manche (*q* 2) (ou , Du temps que les
roys faiſoyent de leur manche vn mouchoir) & , Du temps que les roys eſtoyent bergers: &, Auant que les roys ſor-
tiſſent hors de page. Quant à ce dernier,
il eſt aucunement peculier aux roys de
France: pourcequ'on dit que ce fut le roy
Louys onzieme qui les mit hors de page:
c'eſt à dire, qui apprit à ſes ſucceſſeurs &
leur donna le moyen de commander de
puiſſance royale, & dire *Sic volo, ſic iubeo.*
Quant aux deux autres, l'vn eſt vn peu
mal - plaiſant, & auſſi moins vſité: a - ſçauoir celuy qui nous veut donner à entendre que les roys eſtoyent ſi malhonneſtes
ou ſi mechaniques qu'ils faiſoyent le tour
qu'on voit faire aux petis enfans quand
ils ne ſe trouuent point de mouchoir, ou
pour auoir pluſtoſt faict. De ma part ie ne
dou-

(*q* 2) *Se mouchoient à leur manche* &c.) Voiez le
Dictionn. Vniuerſel de Trevoux au mot *Manche.*

doute pas qu'il n'y ait de l'hyperbole en ce prouerbe. Ce que ie ne diray pas de l'autre qui dit , Quand les roys eftoyent bergers & quand ie le dirois , ie ferois contredict par vn'infinité de paffages de toutes fortes d'auteurs. Bien eft-il vray que de roys qui ayent faict le propre office de pafteurs , il s'en trouuera peu : mais de ceux qui ayent faict meftier & marchandife de vendre du beftail , & qui ayent eu en ceci leur principale richeffe , il s'en trouuera grand nombre. Et noftre hiftorien mefmement (ie di Herodote) nous auertit en fon VIII. liure, que les roys anciens auoyent bien peu d'argent , mais nourriffoyent force beftail , dont ils faifoyent traffique. Ou auffi il nous parle d'vne roine qui mettoit les mains à la pafte. Ie ne di pas , mettoit les mains à la pafte, en la façon qu'on vfe de cefte maniere de parler pour s'entremefler du mefnage, mais les y mettoit realement & de faict. Quoy qu'il en foit, nous lifons d'vn cardinal d'Auignon qui fe fceut bien feruir de ce prouerbe pour rendre le change à vn roy de France. Car quand le roy voyant les pompes de la cour du Pape, & nommeement des cardinaux, luy eut demandé fi les Apoftres alloyent en tel equippage, Il eft certain que non , (dit-il :) mais il faut noter qu'ils eftoyent apoftres au mefme temps que les roys eftoyent bergers.

CHAP.

CHAP. XXVIII.

Comment nos predeceſſeurs eſtoyent groſſiers en pluſieurs actes.

COMME nous voyons qu'aucuns poetes ont exalté les ſiecles paſſez & orné de grandes louanges, meſpriſans cependant le leur : & qu'au contraire aucuns (pour vn autre reſpect) ont faict conte du leur plus que de tous les autres precedens : ainſi tous les iours on peut voir les vieilles gens louer & priſer grandement le bon temps qui eſtoit de leur ieun'aage, au pris de celuy ou ils ſont : au-contraire les ieunes gens ne faire eſtime que de leur temps. Que ſi d'autrepart nous conſiderons bien ce qui meut les vns & les autres à tenir tel language, nous trouuerons qu'ils ont vn meſme eſgard. Car comme les poetes qui ont tant priſé & honnoré l'antiquité, l'ont faict (ainſi qu'il a eſté dict ci-deuant) pour raiſon de la preudhommie qui eſtoit lors beaucoup & ſans comparaiſon plus grande, & ceux qui au-contraire l'ont eue en meſpris, l'ont faict pour cauſe de la lourderie d'alors : ainſi eſt-il certain que ce dont les vieillards de maintenant peuuent attribuer quelque louange à leur temps

temps paſſé plus qu'à leur temps preſent,
eſt vne plus grande preudhommie: & au-
contraire ce dont les ieunes gens ont occaſion d'eſtimer le leur plus que le paſſé,
eſt vne plus grande dexterité, & vne maniere de viure plus polie. Sur quoy ſi quelcun m'allegue que quand les vieilles gens
parlent du bon temps qu'ils ont veu en
leur ieuneſſe, ils ne l'entendent pas ſeulement pour la preudhommie plus grande,
mais auſſi pour autres choſes, ie confeſ-
ſeray cela eſtre vray : mais ce ſera à la
condition que luy de ſon coſté me con-
feſſera qu'ils ont toutesfois plus d'eſgard
à icelle qu'à nulle autre choſe. Car quand
Horace deſcrivant les meurs d'vn vieillard, dit entr'autres points,

—— *laudator temporis acti* (r)
Se puero, cenſor caſtigatorque minorum.

C'eſt à dire,

Louant touſiours le temps qu'il a veu
en ieuneſſe,
Et les ieunes voulant regler par ſa vieil-
leſſe,

il eſt certain qu'il entend la couſtume des
vieilles perſonnes eſtre telle que pour l'o-
pi-

(r) *Laudator temporis acti* &c.) Hor. Poëtic. v. 173.

pinion qu'ils ont que le monde va tou∫-
iours en empirant, ils di∫ent que du temps
de leur ieun'aage toutes cho∫es ∫e portoyent bien mieux, & n'y auoit tel desbor-
dement : & ∫uyuant cela veulent regler &
reformer les ieunes gens non ∫eulement
en leurs meurs, mais au∫∫i en toutes ∫or-
tes d'a&ions. Exemple : le vieillard qui
parlera des ieunes gens d'auiourdhuy, dira qu'il ne s'esbahit pas ∫i on voit maintenant tant de maux regner au monde ,
& ∫i ne faut plus attendre le bon temps tel
qu'il l'a veu en ∫a ieune∫∫e, pourceque toutes les façons de faire ∫ont changees : en
∫orte qu'à grand' peine peut-il rien re-
congnoi∫tre de ce qu'il a veu. Et principalement alleguera que les pompes & de-
lices ∫ont de beaucoup plus grandes qu'a-
lors : ce qui e∫t cau∫e de la cherté qu'on
voit, cau∫e de tant de di∫∫olutions, cau-
∫e au∫∫i de rendre les hommes plus effe-
minez. Il e∫t vray qu'ils pa∫∫ent bien quelquesfois plus auant, voulans faire les ieunes gens de leur temps pre∫que ∫ain&s :
comme quand ils di∫ent (ce que l'auteur
du Courti∫an (s) raconte de bonne grace) *Io baueua vent' anni cbe ancbor dormi-*
ua con mia madre , & mie ∫orelle: ne ∫eppi
iui à gran tempo cbe co∫a fo∫∫ero donne : &
bo-

<hr>

(s) *L'Auteur du Courti∫an* &c.) Le Comte CAS-
TIGLIONE, liv. 2. de ∫on *Courti∫an.* pag. 111.
de l'édit. de Lyon. 1553.

bora i fanciulli non anno à pena afciutto il
capo , che fanno piu malitie che in que tempi
non fappeano gli homini fatti. Or comme les
vieillars qui paſſent ſi auant, paſſent les
limites de la verité : auſſi les paſſerions-
nous ſi nous voulions nier qu'ils n'euſſent
raiſon de ſe plaindre du changement en pis
quant aux meurs. Pour concluſion donc
nous accorderons aux vieillars que du
temps de leurs ieunes ans le monde n'eſtoit ſi malitieux : mais ce fera à la charge qu'ils nous accordent qu'auſſi eſtoit-
il plus groſſier & plus lourdaut , & n'a-
uoit pas peut-eſtre autant d'eſprit pour
auoir autant de malice.

II. Et a-fin qu'ils ne dient point que
ie parle à l'auanture, ie viendray des maintenant aux exemples. Et pourceque quant
au corps , nous n'auons aucunes choſes
en plus grande recommandation , voire
n'eſtimons plus neceſſaires, que celles qui
feruent à nous nourrir & veſtir, & pourtant ſommes fort curieux de cercher toutes commoditez en ceſt endroit, i'en parleray premierement. Mais quant à la nourriture, pource que ie preſuppoſe que nos
anceſtres ne s'y ſoyent monſtrez guere
plus ſubtilement curieux que s'y monſtrent
encores à preſent pluſieurs nations, ie prieray le lecteur ne trouuer mauuais ſi ie fay
auſſi comparaiſon de quelques façons de
faire d'icelles auec les noſtres. Il eſt vray
que ie commanceray par vne qui eſt entree

tree ſi auant dedans noſtre temps que ceux
meſmement qui n'ont dix ou douze ans
paſſez , en peuuent eſtre teſmoins (&
peut-eſtre que quand ie dirois qu'ell'eſt
encores en vſage en quelques lieux de la
France , ie ne mentirois pas.) C'eſt que
es bonnes maiſons les maiſtres & maiſtreſ-
ſes , pour bien tromper leurs ſeruiteurs &
chambrieres , ſe faiſoyent ſeruir à table
premierement ie ne ſçay quelles fricaſſees,
hachis, vinaigrettes, ſaupiquets, ſalmin-
gondins , & puis force chair de mouton
& de veau, & de beuf la piece tremblante qu'on appelle : (t) & ordinairement
s'attachoyent à ceſte piece de beuf pluſtoſt qu'aux autres. Et apres que l'eſtomach
auoit deſchargé ſa cholere ſur telles viandes, & qu'il eſtoit appaiſé , on apportoit
la viande creuſe , a-ſçauoir force beſtes
à deux pieds : & encore non pas tout à
vne fois, mais on gardoit les perdris & les
phaiſans & autres viandes qui ſont des plus
delicates , pour le dernier ſeruice, l'eſtomach eſtant ia non ſeulement appaiſé ,
mais du tout fermé. Dont ſenſuiuoit vne
grande pitié , c'eſt qu'il eſtoit force aux
poures ſeruiteurs qu'ils priſſent la patience

(t) *Et de bœuf la piece tremblante* &c.) Les tables
n'eſtoient pas plus délicates , encore ſous le régne
de François I. Voiez les Contes d'Eutrapel ch 22. &
les Diverſes Leçons de Leuis Guyon, tom. I. liv. 2.
ch. 6.

ce de manger des viandes aufquelles ils
n'eftoyent aucunement accouftumez, &
celles qui leur eftoyent couftumieres &
ordinaires, ils les quittaffent à leurs maiftres & maiftreffes: c'eft à dire, qu'ils prif-
fent la patience de manger des menues
viandes de toute forte de gibbier, & qu'ils
leur laiffaffent manger les groffes. Et que
refpondra ici le vieillard *laudator temporis
acti fe puero*? dequoy penfera-il couurir
la lourderie de fon temps paffé? Certainement il me femble que fi ie n'appelle que
lourdaux ceux qui faifoyent ce tour, ie
les efpargneray beaucoup. Il eft vray que
fi ie n'auois peur de les fafcher, ie leur
ferois volontiers encores vn'autre queftion en matiere de perdris & autre tel gibbier, a-fçavoir-mon ou ils auoyent le
nez, ou bien quelle forte de nez ils auoyent, quand ils ne trouuoyent bon le gibbier finon qu'il cornaft vn peu, c'eft à
dire (fans defguifer les matieres,) qu'il
ne fuft vn peu puant: & quand cefte petite puanteur eftoit à leur nez fenteur de
venaifon ou fauuagine.

III. MAIS ie vien aux façons de quelques autres nations, lefquelles (comme
i'ay dict) ont parauenture efté en vfage
entre nos anceftres pareillement. Comm'-
ainfi foit donc qu'il n'y ait auiourdhuy François (i'enten natif de la vraye France)
de ceux qui font aucunement aifez, qui
ait le palez fi mal appris qu'il ne fçache

Contraste insuffisant

NF Z 43-120-14

bien faire diſtinction entre chaïr morti-
fiee & celle qui ne l'eſt point, au - contraire ce ſeroit preſque miracle de trouuer vn
Alemand n'eſtant iamais parti de ſon pays,
qui entendiſt ou ſe ſouciaſt d'entendre cette diſtinction. Pour exemple, a - fin d'euiter *ne gallina malum reſponſet dura palato,*
(comme parle Horace) c'eſt à dire qu'v-
ne poulaille n'ait la chair ſi longue qu'elle ne puiſſe complaire au palez, le François qui n'aura eu le loiſir de la faire tuer
vn iour ou deux deuant pour la laiſſer mor-
tifier & attendrir d'elle meſme, ſçaura &
prattiquera pluſieurs receptes outre celles
que donne Horace : mais au - contraire
quand laiſſant ſa France il viendra en Allemagne, il ſera bien eſtonné qu'il ſe verra preſenter ſur table la poulaille (ou
quelque maiſtre coq, à faute d'icelle)
qu'il aura veu ſe pourmener en la cour il
n'y aura que demie heure : tellement qu'el-
l'aura eſté quaſi en vn meſme temps tuee,
plumee, bouillie. Or ſi nos anceſtres (a-
fin de ne m'attacher aux Alemans) ont
faict le pareil, n'aurons - nous pas treſiuſ-
te occaſion de dire qu'ils ont eſté bien
lourdaux & groſſiers en ceſt endroit ? Sinon que quelcun vouſiſt reſpondre qu'ils
auoyent les eſtomachs plus chauds que
nous, tellement qu'ils pouuoyent auſſi bien
digerer la viande à demi crue comme nous
la bien cuite. Mais les liures des medecins
qui eſtoyent lors, nous teſmoignent le
                                    con-

contraire. Voila vn exemple quant à l'ap-
preft ou cuifinement des viandes : voyons-
en maintenant vn quant au choix d'icelles. Ie ne di pas quant au choix entre diuerfes efpeces, mais entre celles qui font
d'vne mefme forte. Nous trouuerons certainement qu'encor de noftre temps il - y-
a eu plufieurs defquels Galien fe pourroit
mocquer à auffi bon droit qu'il fe mocque
de ceux qui faifoyent l'amour à la Pene-
lope d'Homere, de ce qu'ils mangeoyent
les grans vilains pourceaux & donnoyent
à leurs feruiteurs les petis cochons. Car
combienque le prouerbe foit tout commun, Ieune chair & vieil poiffon, nos anceftres n'ont ils pas eu bien peu d'efprit
au pris de nous , quand ils mangeoyent
les meres & laiffoyent les enfans ? quand
ils mangeoyent les perdrix & laiffoyent
les perdreaux ? mangeoyent les lieures &
ne touchoyent aux leuraux ? Et toutesfois
ce que nous dirons de nos anceftres quant
à ceci, il le nous faudra dire de plufieurs
nations de noftre temps. Car à Venife
mefmement i'ay ouy dire à quelques feigneurs qu'ils auoyent appris des ambaffa-
deurs du Roy de France à eux enuoyez,
que les perdreaux & les leuraux eftoyent
bons à manger. Et à ce mefme propos
me fouuient de ce qui m'a efté raconté
touchant le feigneur Conrad Refch : qu'eftant à Bafle il refpondit à certains Suyffes
qui luy demandoyent qu'il vouloit faire

B 2   de

de quelques petis leuraux qui luy auoyent
esté apportez, que c'estoit pour faire de
l'eau distillee pour ses gouttes: & leur persuada. Ie parlerois aussi de ceux qui iettoyent les oreilles & la coine des petis cochons, les extremitez des oyes (ce qu'on
appelle auiourdhuy la petite oye) qui iettoyent les pieds de veau & de mouton &
d'autres, voire iettoyent iusques au foyes
de chappon: & se faisoyent tort en plusieurs autres telles choses : mais ie crain
d'vne part qu'on ne m'aiouste point foy,
d'autre part, que ce discours ne soit trouué trop vil & abiect, tellement qu'il de-
rogue aux matieres graues du present
liure.

IV. Ie viendray donc à la lourderie
que nos predecesseurs ont monstree en
leurs vestemens, de laquelle les tableaux
& les statues nous rendent certain tesmoignage. Imaginons vn peu s'il faisoit - pas
beau voir vn homme coeffé d'vn grand
chaperon (dont l'vsage n'est encore du
tout perdu) ou d'vn haut bonnet, (v)
ou d'vn bonnet à la coquarde, ou d'vn
bonnet à l'arbaleste, ou approchant de
celuy des Suysses, mais si grand que maintenant d'autant de drap on en pourroit
faire

(v) *D'un haut bonnet &c.*) Touchant ces bonnets
& autres modes ridicules, voiez Monstrelet, sous
l'année 1467. tom. 3. au feuillet 130. b. de l'édit,
de 1572.

faire trois ou quatre. Ne faifoit-il pas bon voir le gent corps de monfieur le muguet quand il auoit veftu fa iaquette qui luy paffoit les genoux de quatre grans doits, de laquelle on feroit maintenant vn cafaquin & vn robbon, ou vne cappe à l'Efpagnole? Et puis ne faifoit-il pas beau voir non feulement tout le col defcouuert, mais fouuent tout le haut des efpaules auffi, pareillement tout le fein, (x) par le moyen des habillemens efchancrez en demirond? Et quant aux femmes, madame à la grand'gorre (comme parlent les prefcheurs d'alors) n'auoit elle pas bonne grace quand ell'auoit veftu fa robbe, les manches de laquelle eftoyent fi larges qu'elles fuffiroyent maintenant à en faire vne entiere? Ne les faifoit-il pas bon voir quand elles auoyent les grandes queues trouffees, ou quand d'icelles trainantes elles balioyent les eglifes? Et s'il faut auffi parler de la mechaniquerie, faifoit-il pas bon voir vn grand feigneur, voire vn roy, portant des manches de deux paroiçes? (y) c'eft à dire, dont

la

(x) *Pareillement tout le fein* &c.) Le Roi François I. habillé de la forte fe voit encore reprefenté dans un bufte placé fur la porte, au fond d'une des cours du Chateau de Fontaine-bleau.

(y) *Manches de deux paroiçes* &c.) On parle encore de la forte, fans s'embarraffer de l'origine de cette expreffion proverbiale. C'eft une allufion à ce

qu'au-

la moitié eſtoit d'oſtade , & l'autre moitié de velours ? Voire quelquesfois vn
pourpoint de trois paroices : car le
corps eſtoit de demie oſtade, le haut
de manches, de cuir, & le bas, de velours. Bien eſt - il vray que le deuant auoit
auſſi enuiron deux doits de velours. Et
pource qu'il n'y en auoit aucunement a
l'endroit du dos, on appeloit ceſte ſorte
de pourpoint Nichil au dos. Duquel mot
ont depuis vſé pluſieurs qui n'entendans
ſon origine, ont prononcé Nichilodo: &
a eſté appliqué ce mot generalement à
toutes choſes qui auoyent vne monſtre
en exterieur à laquelle l'interieur ne reſ-
pondoit point: mais principalement quant
aux habits : comme encore pour le iourdhuy les cottes ou vaſquines qui n'ont
que le deuant de quelque drap de ſoye &
le reſte de toile ou de quelque autre telle matiere (telles que les portent auiourdhuy pluſieurs damoiſelles) ſelon ceſte ſignification peuuent eſtre appelees cottes
à la nichilodo. Mais comme il ſeroit à
ſouhaiter que le plus mauuais meſnage
des damoiſelles de noſtre temps fuſt ceſ-
tuy-

qu'autrefois chaque Paroiſſe habilloit de ſes couleurs
les Pionniers qu'elle fourniſſoit pour l'Armée. Voicz
les Commentaires de Montluc. liv. 2. ſous l'année
1544. Bouchet , Sérée 25. D'Aubigné tom. 1. liv.
1. ch. 12. ſous l'année 1573. & Féneſte liv. 4. ch.
7. & 14.

tuy-ci, ainſi faut-il confeſſer qu'alors il n'y auoit grand mal en telle mechaniquerie. Et à dire la verité, ce que i'en parle, n'eſt qu'en eſtendant mon propos auſſi auant qu'Ouide eſtend le ſien, au meſmeſine paſſage ou ſont les vers alleguez ci-deſſus. Car là il ne dit pas ſeulement que ſon ſiecle a apporté des façons de faire plus gentiles, mais auſſi vne magnificence & ſumptuoſité non accouſtumee parauant: comme de faiçt ce ſont ordinairement choſes coniointes. Mais nous ſçauons combien de maux prouiennent de la ſumptuoſité & au-contraire combien eſt proufitable la frugalité. Et de faiçt nous liſons en vn certain hiſtorien François que du temps du roy Charles ſixieme, la nobleſſe de France commit deux perſonnages pour luy aller faire remonſtrance du changement qui eſtoit quant à l'eſtat du royaume depuis le temps de ſon feu pere Charles cinquieme: & entr'autres points, quant à la deſpenſe de ſa maiſon excedant de baucoup celle de ſondiçt pere. Mais ils ſe plaignoyent ſpecialement de ce que le chancelier auoit pour vn an deſpendu en habits deux cents francs (z) fournis des deniers du roy.

Et

(z) *Deux cens francs &c.*) C'étoit MILES *de* DORMANS, fait Chancelier de France en 1480. Voiez Monſtrelet, vol. 1. ch. 99. au feuillet 128. b. de l'édit. de 1512.

Et trouuoit-on cefte faute fi grande que
craignant la punition il abandonna le
pays. Or maintenant ie vous laiffe penfer lecteur de combien le monde eft plus
miferable auiourdhuy auec fa fumptuofité
(qui eft fi grande qu'vn petit compagnon
defpendra bien cent francs ou à peu pres,
pour vne feule paire de chauffes) qu'il
n'eftoit lors auec fa frugalité. Toutesfois
quand tout fera bien confideré, on doutera fi ce que i'ay appelé mechaniquerie,
fe pourroit nommer honneftement frugalité: d'autant que cependant qu'ils n'o-
foyent porter des manches toutes entie-
res de voulours, ils ofoyent bien faire
des defpenfes beaucoup plus impertinen-
tes & extraordinaires.

V. Si nous voulons confiderer auffi
l'entretenement du corps quant à l'exterieur, imaginons s'il y auoit pas grand
plaifir à voir vn homme ayant la barbe
rafe, & au demeurant auec fa grande per-
ruque bien efperlucat. Car c'eft le mot
duquel ils vfoyent alors: voire fe trouue
mefmement en Menot, au lieu (comme
ie croy) de ce que le Latin dit *calamiftra-*
tus. Auffi en la ryme d'vn bon compagnon, (*a*) qui a efté affez long temps
deuant luy, nous lifons,

Plus

(*a*) *En la ryme &c.*) *Guill. Coquillart,* en fon
Monologue des Perruques.

Plus fringant & efperlucat,
Et cent fois plus gay que Perot,
Ou le valet d'vn auocat.

Pouuons-nous excufer leur lourderie
en ce qu'ils prenoyent grand' peine à entretenir ce qui les mettoit en grand' peine? Car qui ne fçait non feulement les
incommoditez, mais auffi les maladies
qu'apportent les longues perruques?
(combien qu'encore pour le iourdhuy elles plaifent à aucuns.) Et quant à la barbe, fi elle fied bien à vn homme, ou
non, ie m'en rapporte à ceux que nous
voyons fi honteux de n'en auoir point.
Ie m'en rapporte auffi à ces vers,

> —— *turpis fine frondibus arbor,*
> *Turpis equus nifi colla iubæ flauentia velent:*
> *Pluma tegit volucres, ouibus fua lana de-*
> *cori eft:*
>
> *Barba viros hirtæque decent in corpore fetæ,*

Et toutesfois il faloit que les poures crucefis de ce temps-la s'accommodaffent
à l'humeur des hommes d'alors, & que
tombans entre les mains de ceux qui aimoyent à porter la barbe du tout rafe,
ils euffent la patience de la porter rafe
pareillement: s'ils fe rencontroyent parmi
autres qui aimoyent à porter vne bar-
bette feulement au lieu d'vne barbe, il
leur eftoit force fe contenter d'vne bar-
B 5
bette.

bette. Comme au-contraire quand ils eſtoyent es pays ou on portoit la barbe
nouee à la ceinture, ou touchante iuſques
aux genoux, il leur eſtoit force de s'ac-
couſtumer à ceſte mode, encore qu'elle
ne leur fuſt plaiſante. Car chacun vouloit que ſon crucefis trouuaſt beau ce qu'il
trouuoit beau : & voila d'ou vient qu'il
y-a tant de ſortes de crucefis.

VI. IE n'oublieray pas entr'autres choſes leur façon de baſtir, qui eſtoit telle
qu'ils ſe priuoyent preſque de toutes les
commoditez leſquelles auiourdhuy nous
requerons (& à bon droit) en nos
baſtimens. Et ſe peut quaſi dire qu'ils
s'empriſonnoyent en leurs maiſons, c'eſt
à dire, faiſoyent leurs maiſons en façon
de priſons. Car ſe ſoucians que de faire
des groſſes murailles & eſpeſſes, ils ſe
priuoyent cependant de la commodité de
la clarté, faute d'auoir l'eſprit de faire le
feneſtrage tel qu'on le fait auiourdhuy.
Au lieu auſſi qu'ils ſe pouuoyent mettre
au large, ſe mettoyent à l'eſtroit: faiſans
force trous ou nids à rats, au lieu de fai-
quelque nombre de membres aiſez, larges & ſpatieux. Et de regarder que les
maiſons n'euſſent quelque ſubiection les
vnes aux autres, auſſi que leurs voiſins
n'euſſent veue ſur eux, il n'en eſtoit point
de nouuelles. Meſmement quant à l'endroit de la maiſon qui n'eſt pas honneſte
à nommer & toutesfois y eſt neceſſaire,
                                        ils

ils n'ont pas imité la nature quant à luy
choifir fa place. Car au lieu qu'ell'a deftour-
né fi loin des yeux & du nez la plus vile
& malplaifante partie du corps, ils mettoyent cefte partie de la maifon à la veue d'vn chacun & comm'en parade.

VII. Et s'il faut parler des ouurages
d'alors au pris de ceux de maintenant,
ou dirons-nous que les artifans auoyent
l'efprit? Si on regarde bien le plus beau
buffet ou chalit d'alors, ne dira-on pas
que c'eft charpenterie & non pas me-
nuiferie ? Et quant à la ferrure foit
d'vn buffet, foit d'vn coffre, foit d'vne
porte, fi on la contemple, on doutera, fi les ferruriers d'alors vfoyent de
limes, ou non: ou (pour mieux dire)
on doutera de quelle façon eftoyent leurs
limes. Car on voit bien que quelques limes ont paffé pardeffus, mais on n'y re-
congnoift rien de telle befongne que nos
limes ont accouftumé de faire, c'eft à dire, ceux qui de noftre temps manient les
limes. Il eft vray que pour recompenfe
ils n'eftoyent point chiches d'ouurage fur
leur befongne : mais la fauffe ne valoit
pas mieux que le poiffon: i'enten quant
à leurs compartimens & autres tels enri-
chiffemens de befongne. Vne chofe
faut-il confeffer, c'eft qu'au lieu qu'auiourdhuy on efpargne les eftoffes, a-
lors on les employoit comme par defpit & comme fi elles n'euffent rien
couf-

couſté: teſmoin les harnois d'alors, ſi peſans que quand on les auoit ſur ſoy, on
eſtoit preſque inutile, au lieu qu'auiourdhuy on les fait ue peſans que la moitié
d'autant, & toutesfois à l'eſpreuue de la
piſtole.   Ce que nous pouuons dire auſſi
des morions: mais i'enten, quant aux
vns & aux autres, de ceux qui ont eſté
forgez depuis l'inuention des harquebou-
ſes. Car il eſt certain que parauant on ſe
contentoit qu'ils fuſſent de l'eſpeſſeur d'v-
ne lame de fer. Et pour parler de la plus
commune ſorte d'armes, ne feroit-on pas
bien auiourdhuy trois eſpees d'vne d'alors?
Voire on en voit telle dont la garde ſeule peſe plus que deux de maintenant (ie
di auec leurs gardes) qui toutesfois auec
ce qu'elles ne chargent tant le bras, ſont
de meilleure defenſe.

VIII. Et du language de nos predeceſſeurs qu'en dirons nous? quelles penſons-nous qu'eſtoyent les oreilles d'alors
qui portoyent patiemment Mon frere Piar-
re? Mon frere Robart? La place Mau-
bart? Et toutesfois noſtre Villon, vn des
plus eloquens de ce temps-la, parle
ainſi. Voila exemple du language auquel
on prenoit plaiſir de faire la grand' bouche, (b) à la façon de ceux d'entre les
Grecs

(b) *La grand' bouche* &c.) Eraſme ſur le mot
Μεγαλειῷνται de ſa Folie, pag. 179. de l'édit. de
Bâle 1676. dit que les François appelent *la grande
gorre* cette emphatique façon de parler.

Grecs qui eſtoyent nommez Doriens, &
de ceux d'entre les François qui ſont nommez Sauoyers. Or au-contraire on a veu
vne ſecte de certains contrefaiſeurs de petite bouche, qui faiſans conſcience de dire François, Anglois, diſoyent Francés,
Anglés. Et encore pour le iourdhuy ſe
trouuent des courtiſans qui affectent ceſte
prononciation, s'accommodans en cela à
quelques mignardes & non à la raiſon.
Car il eſt certain que ceci eſt venu premierement des femmes qui auoyent peur
d'ouurir trop la bouche en diſant François & Anglois. Comment qu'il en ſoit,
ie ne penſe point que ni elles ni les hommes qui les enſuiuent, puiſſent rendre aucune raiſon de ceſte prononciation, non
plus que la damoiſelle Sauoyſienne euſt
peu rendre raiſon de ſon Chanter magni-
fiquet, qu'elle diſoit pour Chanter magnificat, penſant euiter le vice de ſon language naturel, qui eſt de mette A au lieu
de E. Et ne peuuent ces mignars & mignardes alleguer pour defenſe la langue
Italienne, entant qu'elle dit Franceſe, &
Franceſi, ſinon qu'ils vueillent faire ce
tort à leur nation, de dire qu'ell'ait appris
ſon nom des Italiens. Il eſt vray qu'il diſent auſſi Ingleſe, & Ingleſi : mais il n'y a
point de doute qu'ils ne nous ayent enſuiui
auſſi bien en l'vn qu'en l'autre, ne pou-
uans-pas iuger ſi nous parlions bien ou mal.

IX. QUANT aux termes & manieres
de

de parler , ie confeſſe que nos predeceſſeurs ne s'y ſont monſtrez guere plus ſubtils qu'au reſte : mais quand ie conſidere
d'autre part les grandes fautes qui s'y commettent auiourdhuy par ceux qui veulent
eſtre trop ſubtils (ou pluſtoſt, ſottement
ſubtils) ils me ſemblent meriter qu'on leur
pardonne. Car nous auons tellement laiſſé ce qui eſtoit de mauuais au vieil François que nous auons laiſſé quand & quand
la plus part de ce qu'il auoit de bon : &
puis auons faict vn tour de meſnagers à
contrepoil , allans emprunter chez nos
voiſins ce que nous pouuions trouuer chez
nous , (voire qui euſt eſté meilleur) ſi
nous euſſions voulu prendre la peine de le
cercher: comme i'ay monſtré en mon liure De la conformité du language François auec le Grec.

　X. Au demeurant qu'ils ſçauoyent faire en leur patois de belles harengues &
bien trouſſees, il appert par les hiſtoriens
d'alors. Quant à leurs rymes auſſi, (i'enten rhythmes) c'eſtoit triomphe, pourueu qu'on n'y cerchaſt ni ryme , ni raiſon, voire ni meſure auſſi en la plus part.
De quoy on ne ſe doit eſmerueiller, veu
que Marot meſmement en ſes premiers
eſcrits rymoit à l'auenture, ſans ſçauoir
que c'eſtoit de la coupe ou ceſure , (c)
ni

(c) *La coupe ou ceſure* &c.) Voiez au devant de
l'Adoleſceuſe Clémentine &c. édit. de Paris 1532.

ni de la difference de E maſculin auec E feminin. Et à dire la verité pluſieurs rymes du temps paſſé ſemblent n'auoir eſté faictes que pour nous appreſter à rire : principalement celles qui ſont de telle vene que ceſte - ci,

Priez pour Martin Preudom
Qui a faict faire ceſte vie,
Que Dieu luy face pardon
En ryme & en tapiſſerie.

Car l'auteur de ce beau quatrin a eſté tant à la bonne foy qu'il a penſé que la contrainte de ſa ryme excuſeroit enuers les lecteurs ce qui eſt ridicule, eſtant pris ſelon l'ordre des mots, a - ſçauoir que Dieu luy pardonne en ryme & en tapiſerie. Vn autre ancien rymeur ne fit difficulté de clorre vn ſien epitaphe par ces deux vers,

Et mourut quatre cens & neuf,
Tout plein de vertu comme vn œuf. (*d*)
Pa-

l'Epitre de Clement Marot *A ung grant nombre de freres qu'il a, tous enfans d'Apollo.* Elle eſt datée du 12. Aouſt de cette annéc - là.

(*d*) *Tout plein de vertu comme un œuf* &c.) Ces deux vers finiſſent l'Epitaphe d'un certain Martin Preudhom. Elle ſe voioit au bout d'une tapiſſerie, dans une Egliſe de Santerre, qui fut brulée par les Crauâtes au tems du Siége de Corbie : & cette tapiſſerie contenoit la vie de Saint Lubin en figures & en rimes, comme témoigne l'Epitaphe même. Coſtar, ſuite de la Défenſe de Voiture, édit. de 1655. pag. 389.

Pareille grace auoit la plus part de leurs rymes Latines, & principalement en epitaphes: comme,

> *Qui iacet intus,*
> *Fuit Carolus Quintus*
> *Dic pro illo bis vel ter*
> *Aue Maria & Pater noſter.*

Mais il eſt temps de parler de leur lourderie en choſes de plus grande conſequence, qui concernent le point principal mentionné ci-deſſus, a-ſçauoir le ſalut de nos ames.

CHAP. XXIX,

De l'ignorance qui eſtoit ſpecialement es gens d'egliſe, & principalement es preſtres meſſotiers.

NOvs auons pu voir euidemment au chapitre precedent vne tres-grande ignorance du ſiecle precedent: toutesfois encore qu'ell'euſt eſté plus grande (ſi poſſible euſt eſté) pourueu que les gens d'egliſe n'en euſſent point eu leur part, le poure monde n'euſt pas eſté beaucoup à plaindre. Mais nous verrons maintenant qu'au-contraire

la

la plus grand' part de l'ignorance leur est demeuree, & principalement aux prestres missotiers. Dequoy il ne se faut esbahir, veu que Menot leur reproche qu'au lieu de trouuer des liures en leurs chambres, on n'y trouuoit que des espees ou vn arc ou arbaleste ou autres sortes d'armes, *Sed nunc*, dit-il, *quid in cameris sacerdotum reperietis ? an expositionem epistolarum, aut postillam super euangelia ? Non. Faceret eis malum in capite magister Nicolaus De lyra. Quid ergo ? Vnum arcum, vel balistam, spatham, aut aliud genus armorum.* Et comment enuoyoit-on *ad ordos* gens si ignorans ? Il faut noter que ceux qui les examinoyent n'en sçauoyent guere d'auantage qu'eux, & pourtant en iugeoyent comme clercs d'armes. Ou encores qu'ils eussent du sçauoir assez pour congnoistre leur insuffisance, les faisoyent passer pour faire plaisir à ceux qui les leur auoyent recommandez. On parle d'vn entr'autres auquel l'euesque qui estoit en table ayant demandé, *Es tu dignus ?* il fit response, Nenni monsieur : mais ie dineray bien auec vos gens. Car il pensoit que *dignus* (c'est à dire digne) signifiast diné. On conte aussi d'vn autre qui estoit venu pareillement pour estre faict prestre, lequel on interrogua, pour esprouuer son bon entendement, qui estoit le pere des quatre fils Aimond. A quoy n'ayant sceu respondre, il fut renuoyé. Estant retourné

& ayant raconté l'occasion pour laquelle il auoit esté refusé, son pere luy remonstra comment il estoit bien beste de n'auoir sceu respondre qui estoit le pere des quatre fils Aymond. Voila (dit-il) grand Ian le mareschal qui ha quatre enfans : si on te demandoit qui est leur pere , dirois-tu pas que c'est grand Ian le mareschal ? Ouy, dit-il : i'enten bien maintenant. Là dessus s'en retourne pour estre receu, comme ayant bien mieux appris sa leçon depuis. Estant donc interrogué pour la seconde fois qui estoit le pere des quatre fils Aimond : respondit que c'estoit grand Ian le mareschal. On leur faisoit plusieurs telles interrogations ioyeuses pour donner passetemps à monsieur le prelat qui assistoit là , & pour essayer s'ils estoyent point du tout niais & begaux. (e) Comme quand on en interrogua vn qui estoit le meilleur morceau d'vn petit cochon , il respondit que c'estoit la peau, & pour ceste pertinente responseil fut iugé digne d'estre faict prestre. Mais au contraire, vn qui vint apres, estant interrogué qui estoit le meilleur morceau d'vn veau , & ayant respondu que c'estoit la peau (car il vouloit ensuiure la response de l'autre) fut iugé indigne d'estre faict prestre , comme ayant faict vne sotte respon-

(e) *Niais & begaux* &c.) Begault, *bezocco*, dit Oudin. Je prens ce mot pour vn synonyme de *be-jaune.*

ponſe, & par laquelle il monſtroit n'auoir aſſez d'eſprit pour eſtre de ce meſtier.

11. I'AY honte de m'amuſer à eſcrire autres telles ſottes interrogations qu'on leur faiſoit pour voir s'ils eſtoyent bons compagnons : & cependant eſtoyent faictes *pro forma*, à fin qu'ils puſſent dire qu'ils auoyent eſté examinez. Que ſi quelcun trouue ceci trop malaiſé à croire, ie le prieray de conſiderer s'il eſtoit poſſible de tirer des preſtres du tout ignorans reſponſe à quelque demande concernant leur office, c'eſt à dire l'office duquel ils demandoyent eſtre pourueus. Comment ignorans ? voire iuſques à ne ſçauoir - pas bien lire. Et ſi on trouue ceci encore moins aiſé à croire, i'appelle leur droit canon en teſmoin. Car il eſt là eſcrit d'vn preſtre qui en baptizant diſoit, *Baptizo te in nomine patria & filia, & ſpiritua ſanEta.* Et pource que ceci eſt notable ie mettray le paſſage entier. Voici donc en propres termes ce que nous liſons en la 111 partie du Decret, *De conſecratione, diſtinctione 1111, Canone* LXXXIIII, *ZACHARIAS PAPA BONIFACIO EPISCOPO, Retulerunt mihi nuntij tui quòd fuit ſacerdos in eadem prouincia qui Latinam linguam penitus ignorabat, & dum baptizaret, neſcius Latini eloquij, infringens linguam diceret,* BAPTIZO TE IN NOMINE PATRIA ET FILIA ET SPIRITVA SANCTA : *& per hoc tua reuerenda ſanEtitas conſide-*

ſide-

fideravit eos rebaptizare. Sed fanctiffime fra-
ter, fi ille qui baptizavit, non errorem in-
ducens vel hærefin, fed pro fola ignorantia
Romanæ lacutionis, infringendo linguam (vt
fuprà diximus) baptizans dixiffet, non poffu-
mus confentire vt denuo baptizetur. Et de ce
canon *Petrus Lombardus* a tresbien fait fon
proufit, *lib.* IIII. *Sentent. Diftinct.* v I. Car
pour toute refponfe à cefte queftion, *Si*
baptifmus fit verbis corruptè prolatis, il n'allegue autre chofe que ce canon. *Quæri*
etiam folet (dit-il) *fi corruptè proferantur*
verba illa, an baptifmus fit, De hoc Zacha-
rias Bonifacio fcribit, Retulerunt, &c. De
ma part i'ay bonne fouuenance d'en auoir
ouy quelques-vns qui difoyent en baptizant auffi *Abrinuntio,* au lieu de *Abrenun-*
tio, & en confecrant (comme ils parlent)
difoyent *Hoc eft corpum meum.* (*f*)

III. M A I S tous ne font ni n'ont efté
fi ignorans, (refpondra leur aduocat)
ains y a des fimples preftrots qui non
feulement fçauent lire promptement &
correctement, mais entendent honneftement ce qu'ils lifent. Ie confeffe qu'ils
ne font tous fi ignorans: mais ie di que
les plus ignorans font les moins dangereux. Et qu'ainfi foit, par qui ont efté

(*f*) *Corpum meum* &c.) L'intention fuppléoit dans
tous ces cas. D'ailleurs la Théologie ne s'attache
point aux minuties de la Grammaire. St. Grégoire l'a
dit, & H. Etienne ne l'ignoroit pas.

té corrompus les paſſages du nouueau
Teſtament ſinon par ceux qui auoyent
vn peu eſtudié ? Qui a faiēt corriger
le paſſage de S. Luc , ou il eſt parlé
de la femme qui ayant perdu vne pierre precieuſe, balie la maiſon pour la trouuer ? qui a fait mettre ici *euertit domum* ,
Ell'abbat la maiſon: au lieu de *euerrit domum* , c'eſt à dire, Elle balie la maiſon:
ſinon celuy qui auoit tant fuilleté de bons
auteurs qu'il auoit bien rencontré *euertit*
en quelque coin , mais non *euerrit* ? Et
qui doute que par meſme moyen n'ait eſté corrigé ce paſſage des Aētes des Apoſtres , ou au lieu de *demiſſus per ſportam*
on a mis *demiſſus per portam* ? En l'honneur de laquelle correētion fut faiēt ce
quatrin par vn qui auoit ouy vn preſcheur
lequel la ſuiuoit en ſon expoſition ,

Par ici paſſa deuant - hier
Vn treſnotable charpentier,
Qui beſongnoit de telle ſorte
Que d'vn panier fit vne porte. (*g*)

Il-

(*g*) *Que d'un panier fit unè porte* &c.) Ou, ſuiuant
le Recueil de Pierre Groſnet , pag. 55.

Celluy eſtoit bon charpentier,
De ce à vous je m'en rapporte:
En contrefaiſant ſon meſtier,
D'une corbeille feit la porte.
C 3

Il-y-a quelques autres paſſages corrompus de la meſme façon es premieres impreſ-
ſions de l'ancienne interpretation. Et me
ſouuient nommeement quant à *euerrit* pour
euertit, qu'vn certain imprimeur (*b*) fut
en grand danger pour l'auoir remis au
texte. Or quant à pluſieurs mots dudict
nouueau Teſtament deſquels ils n'ont pas
changé l'eſcriture, ils ont pour le moins
changé la ſignification, c'eſt à dire les
ont faict ſignifier ce qu'ils deuinoyent comme en S. Paul au lieu que *bæreticum deui-*
ta, ſignifie Euite vn heretique, ou Gar-
de-toy d'vn heretique, ils ont deuiné que
c'eſtoit à dire, Oſte la vie à vn heretique. Toutesfois encore n'eſt rien tout
ceci au pris de l'interpretation de ce paſſage *Inuenimus Meſſiam*, S. Ian chap. 1,
Nous auons trouué la meſſe. Et de ceſtuy-ci, *Signa autem eos qui crediderint,*
hæc ſequentur, Fay le ſigne de la croix ſur
ceux &c. Entre leſquelles braues inter-
pretations ne doit eſtre oubliee celle d'vn
curé du pays d'Artois, qui ayant vn proces contre ſes paroiciens touchant quelques reparations qu'il faloit faire au temple, & entr'autres de le pauer, en la fin
prit le prophete Ieremie pour ſon aduocat,
au chap. 17, ou il dit, *Paueant illi, &*
non paueam ego : induc ſuper eos, &c. Quand
(dit-

(*b*) *Certain Imprimeur* &c.) Apparemment RO-
BERT ETIENNE Pére de Henri.

(dit - il) Ieremie dit expreſſeement ,
Qu'ils pauent, & non pas moy, ne vous
donne - il pas bien à entendre que ce n'eſt
pas à faire au curé de pauer l'egliſe, ains
aux paroiciens? Mais de ceſte interpretation , *Confitemini alterutrum* , Confeſſez -
vous à vn preſtre , qu'en dirons - nous ?
Car ici nous ne trouuons point que le mot
Latin ait le ſon du François ou en appro-
che, comme es paſſages precedens. De
ma part, ie ne celeray point quant à ceſte interpretation, & quelques autres ſemblables , ne ſçauoir par quel chemin ils
y venoyent.

IV. C'EST aſſez parlé des ſimples preſtres, ou moines: parlons des prelats. Il
eſt certain qu'ils ont bien ſecondé en ceſt
endroit les ſimples preſtres: teſmoin celuy qui oyant alleguer des loix qu'on nommoit *clementina & nouella*, (*i*) ſe mit en
treſgrande cholere de ce qu'on luy ame-
noit le teſmoignage de paillardes. Et ſ'il
eſt licite de parler auſſi du chancelier du
Prat (entant qu'il a eſté homme d'egliſe)
il monſtra bien qu'il auoit du ſçauoir, mais
non pas plus qu'il luy en faloit pour ſa
prouiſion: quand ayant leu la lettre que
le roy d'Angleterre Henri VIII eſcriuoit
au

(*i*) *Clementina & Novella* &c.) Dans les Facéties
de Poge, d'où ce Conte eſt pris, il regarde un Po-
teſtat Vénitien, & non pas un Prélat. voiez la noté x
ſur le ch. 39. du 3. liv. de Rabelais.

au roy François premier de ce nom, ou
il-y-auoit entr'autres chofes, *Mitto tibi
duodecim moloffos*, (*k*) (c'eft à dire, Ie
vous enuoye vne douzaine de dogues)
il interpreta, Ie vous enuoye vne douzaine de mulets. Et fe fiant à cefte interpretation f'en alla auec vn autre feigneur
trouuer le roy, pour le prier de leur donner le prefent que le roy d'Angleterre
luy enuoyoit. Le roy, qui n'auoit encores ouy parler de ceci, fut esbahi
comment d'Angleterre on luy enuoyoit
des mulets, difant que c'eftoit vne grande nouueauté. Or ayant voulu voir la
lettre & la faire voir auffi à autres, on
trouua *duodecim moloffos*, c'eft à dire douze dogues. Dequoy ledict chancelier fe
voyant eftre mocqué (& faut penfer de
quelle forte) trouua vn efchappatoire qui
le fit eftre encore d'auantage: car il dict
qu'il auoit failli à lire, & qu'il auoit pris
moloffos pour *muletos*.

V. QUANT à fe formalizer pour leur
Latin, à ce qu'il foit congru, ils en font
difpenfez par ces mots de leur S. Gregoire, *Non debent verba cæleftis oraculi*
fu-

(*k*) *Duodecim moloffos* &c.) C'eft le 114. des Contes de Bonav. des Périers, dans l'édit. d'Amft. 1711.
Or, comme on ne le trouve point dans celle de Paris 1565. C'eft apparamment H. Etienne qui l'a four-
ni, & de même les deux Contes du chap. 115. de
l'édit. d'Amfterdam.

ſubeſſe regulis Donati. Et pourtant a eu tort vn des preſcheurs ſuſdits de reprocher aux preſtres qu'ils ne ſçauoyent pas leur Donat. Auſſi de leur vouloir faire rendre conte de leur prononciation, ſeroit les recercher de trop pres : & croy que le meſme S. Gregoire n'entendoit pas qu'ils ſ'en donnaſſent peine, & qu'il n'eſtimaſt leur meſſe auſſi bonne auec *Dominu vobiſcon,* qu'auec *Dominus vobiſcum :* & *Peronnia ſecula* qu'auec *Per omnia ſecula.* Et pourtant ne m'esbahi pas ſi de noſtre temps a eſté intenté vn proces contre le chanoine qui vouloit auoir ſa prononciation à part, & diſcorder de tous les autres, diſant *Per omnia ſecula.* Il eſt vray qu'ils ſe plaignoyent auſſi de *Kyrie eleiſon,* au lieu de *Kyrieleiſon,* comme nous orrons tantoſt.

VI. QUANT au Grec, il leur eſt à pardonner s'ils n'y ont entendu rien du tout, veu que de plus habiles gens qu'eux n'ont eu honte de dire ce que nous auons raconté ci - deuant, a-ſçauoir, *Græcum eſt, non legitur :* & *Tranſeat, Græcum eſt.* Et ſi on tient ceſte ignorance pour mal, pour le moins on peut dire que ce mal a apporté quelque bien. Car par icelle a eſté augmenté le nombre des ſaincts & des ſainctes, teſmoin S. Lonchi ou Longi, quant aux ſaincts, S. Tiphaine quant aux ſainctes. Car du mot Grec λόγχη, *Lonchi,* ſignifiant lance, eſt ſorti ce ſainct :

C 5 (com-

(combienque defia ce mefme nom euft
efté baillé à celuy qui de cefte lance per-
ça le cofté de noftre Seigneur) & d'vn
autre mot Grec θεοφάνια, *theophania* (comme fi on difoit Apparition de Dieu) eft
forti fainéte Tiphaine. Il eft vray que d'autre part cefte mefme ignorance a efté caufe d'augmenter le nombre des diables :
car de *Macrobius* & quelques autres tels
mots on en a faiét des noms de diables.
Quant au poure Malchus qui eut l'oreille
coupée, & auquel depuis on a ofté fon
nom pour le donner à vne forte de glaiue, ie luy laifferay plaider fa caufe : afin
qu'on ne die que ie fuis l'aduocat des Iuifs.
Audemeurant il-y a encores vn autre bien
duquel cefte ignorance a efté caufe : car
faute d'entendre les vrayes etymologies
des mots Grecs, & mefme de fçauoir
qu'ils fuffent Grecs, quant à la plus
part, on a penfé à plufieurs fubtilitez defquelles on ne fe fuft iamais auifé. Exemple : fi on euft fceu que *Presbyter* eftoit
πρεσβύτης, c'eft à dire vieillard, il eft certain
qu'on n'euft pas pris la peine de fonger
l'etymologie que nous voyons au liure
intitulé *Stella clericorum*, (I) au chapitre

(I) *Stella clericorum* &c.) Sur ce Livre, voïez les
notes fur le chap. 2. du 1. livre de la Conf. de
Sanci. Le refte du titre porte : *cuilibet clerito fummè*
neceffaria. Sur la fin de ce livre, édition de Leipfic
1515. on lit ce qui fuit :

                                          Pre-

tre qui commence, *Quos ergo prælati &*
presbyteri, &c. à - ſçauoir, *Presbyter dici-*
tur quaſi præbens iter. (Et comme les eſprits ſont plus aigus les vns que les autres, & auſſi *facile eſt addere inuentis,*) encore n'en eſt on pas demeuré là, mais on
a bien trouué quelque choſe de plus ſubtil, à - ſçauoir, *Presbyter, quaſi Præ aliis*
bibens ter. Il eſt vray que ceſte - ci n'eſt
pas tant receue. Ainſi eſt - il du mot *Dia-*
bolus, c'eſt à dire diable. Car s'ils euſſent
ſceu que διάϐολος, *diabolos,* ſignifioit ca-
lomniateur, ou emputeur, nous euſſions
eſté priuez de ceſte etymologie venant
d'vne treſprofonde ſpeculation, qui eſt,
Diabolus, ex dia, quod eſt duo : & bolus,
iſt eſt morcellus : quaſi faciens duos bolos de
copore & anima. C'eſt à dire que ce mot
Diabolus, vient de *Dia,* qui ſignifie Deux,
& de *Bolus,* qui ſignifie Morceau: comme faiſant deux morceaux de nous, vn
de noſtre corps & l'autre de noſtre ame.
La-

Prælati temere credunt ſibi cunĉta licere,
  Credidit & Caiphas omne nefas ſibi fas.
Ut miſero mundo, væ primo, væque ſecundo,
  Væ per Pontificum dedecus horrificum.
Pontifices muti de jure ſuo male tuti,
  Quamvis cornuti non audent cornibus uti.

Voiez le livre intitulé *Antiqua Literarum monumenta*
autographa &c. Brunſwich 1690. tom. 1. pag. 30.
& 31. de la Préface.

Laquelle etymologie eſt (ſi i'ay bonne memoire) de *Huguo Carrenſis*, mais eſt ſuiuie par les preſcheurs ſuſdicts, & notamment par Olivier Maillard, fueillet 170. col. 2.

VII. QUE ſi nous leur pardonnons volontiers l'ignorance de la langue Grecque, à plus forte raiſon leur deuons-nous pardonner l'ignorance du language Hebraique, que nous ſçauons auoir touſiours eſté moins commun. Et nous faut conſiderer que ceſte ignorance a eſté pareillement cauſe d'aguiſer les eſprits de pluſieurs docteurs pour leur faire trouuer des etymologies fort plaiſantes, & meſme des ſpeculations ſur les mots. Comme nous liſons de *Ieſus*, que ce nom ha deux ſyllabes, ce qui ſignifie deux natures en Ieſus Chriſt. *Ieſus* ha cinq lettres, trois voyeles & deux conſonantes. Les trois voyeles ſingnifient la trinité, les deux conſonantes ſignifient les deux ſubſtances de Ieſu Chriſt, la chair & l'ame. Laquelle ſubtilité eſt priſe du liure Des conformitez de S. François à Ieſus Chriſt, au fueillet 193. & y eſt allegué pour auteur le pape Innocent en ſes Sermons. Et de *Cephas* nous en tairons-nous ? Ils l'ont faict Grec, Latin, François, pluſtoſt qu'Hebrieu, ou Syriaque. Car premierement voici que dit Barelete, pour monſtrer que S. Pierre doit eſtre preferé à S. Paul, *Quod ad prælationem verò, Petrus eſt major quàm Paulus, quia papa ma-*

maior eſt quàm legatus. Petrus fuit vniver-
ſalis Chriſti vicarius. Cui dixit Chriſtus, Tu
es Petrus, tu es Simon : tu vocaberis Cephas :
quod Græcè dicitur maior & primus : quia ſci-
licet fuit papa. Quant à ceux qui ont voulu dire, pour prouuer la meſme choſe,
que c'eſtoit vn mot de François duquel
noſtre Seigneur auoit là vſé, (d'autant que
chef ſignifie en noſtre languaige Teſte, &
auſſi celuy qui eſt le principal & le conduc-
teur en quelque affaire) ils ont eu par trop
mauuaiſe grace : & euſſent · eu encore plus
de raiſon de le prendre du Grec (s'ils l'euſſent ſçeu) en oſtant les deux dernieres
ſyllabes de κεφαλή. Car c'eſt d'ici que nous
auſſi auons pris ce mot Chef.

VIII. Voila comment on s'eſt ioué
des mots de Grec & d'Hebrieu, (eſtans
en la bible) quant à l'interpretation. Or
eſtans le Grec & l'Hebrieu beaucoup plus
eſlongnez du commun vſage, il ne ſe faut
eſmerueiller ſi ceux qui ſe ſcandalizoyent
du chanoine qui pronorçoit *per omnia,*
non pas *per onnia,* (voire iuſques à l'en
mettre en proces) eſtoyent encore plus
ſcandalizez de l'ouyr prononcer *Kyrie eley-*
ſon, non *Kyrieleiſon,* & encore d'auantage de *allelu - Iab* (en faiſant I conſonant)
au lieu de leur *alleluya.* Et quant à ce qu'ils
diſoyent que ceſte prononciation leur rendoit lediĉt chanoine ſuſpeĉt de lutheraniſ-
me, c'eſtoit pourcequ'en voulant ſouſtenir ſa façon de prononcer, il alleguoit des
rai-

raifons par lefquelles il defcouuroit qu'il
auoit eftudié efdictes langues Grecque &
Latine , qui de long temps ont efté efti-
mees lutheranifiques & heretifiques. Tefmoin noftre maiftre Beda , qui en la prefence du roy François premier de ce nom
obiecta à feu Guillaume Budé (qui par
tous moyens s'efforçoit d'entretenir le roy
en fa bonne deliberation, voire la luy accroiftre de plus en plus , touchant l'efta-
bliffement des profeffeurs de ces langues)
que l'Hebrieu & le Grec feroyent la four-
ce de plufieurs herefies. Mais ledict Budé
rembarra vaillamment ledict Beda , luy
prouuant fur le champ·qu'il eftoit vn be-
dier , auquel il n'appartenoit pas de iuger
de telles chofes ou il ne congnoiffoit que
le blanc & le noir. Ainfi fut cefte trefuer-
tueufe entreprife du roy (*m*) heureufe-
ment executee au grand defpit & deshonneur de Beda & de fes compagnons , &
au

(*m*) *Tres vertueufe entreprife* &c.) C'eft proprement au fuccès glorieux de cette entreprife , dont
toute l'Europe fe reffent encore , que doit fe rapporter le furnom de *grand* , donné au Roi François
I. dans les Ecrits de tant de Savans qu'il ne favori-
fa pas moins que les Sciences & les beaux-Arts.
Comme dans la fuite on s'eft fait une toute autre
idée de la *Grandeur* des Princes , ce furnom a d'autant moins été de durée , que le *Grand Roi* François I. ne peut être regardé , ni comme un Con-
quérant , ni même comme aiant été heureux dans
fes guerres. Voiez Bayle , Dictionn. Crit. lettre S. de
l'Art. de François I.

au tresgrand contentement & tresgrand honneur tant dudict prince que dudict Budé. Et ne faut douter que si ces gentils rabbis qui s'y opposoyent , eussent osé confesser la verité, ils eussent dict ce qu'vn poete François leur sceut bien reprocher quelque temps apres : à-sçauoir qu'il y auoit danger que ce Grec, cest Hebrieu, ce Latin , ne descouurissent le pot aux roses. (*n*)

CHAP. XXX.

Comment nos predecesseurs se sont laissez oster
ou falsifier la saincte escriture.

I E ne doute point qu'entre les choses qui seront malaisees à croire à la posterité, ceste-ci n'en soit vne, que nos predecesseurs ayent esté priuez de la lecture des sainctes lettres. Dequoy i'ay pensé qu'il seroit bon de parler des maintenant, pourceque ceux qui ignoreront ceci , s'esbahiront comment

(*n*) *Le pot aux roses* &c.) Marot , dans sa seconde Epitre du Coq à l'Asne :

Ce Grec, cet Hebrieu, ce Latin ,
Ont descouvert le pot aux roses.

ment on aura preſté l'oreille à pluſieurs
propos que nous orrons ci-apres, & aucuns auſſi que deſia nous auons ouys, s'ac-
cordans ſi mal, voire du tout repugnans
à ce qui eſt contenu en icelles. Sçache
donc la poſterité qu'il n'y a pas trent'ans
qu'il ſe faloit autant cacher pour lire en
vne bible traduite en langue vulgaire,
comme on ſe cache pour faire de la fauſſe monnoye, ou quelqu'autre meſchanceté encore plus grande. Car à quiconque
eſtoit ſurpris y liſant, ou ſeulement en
ayant en ſa maiſon, le proces eſtoit tout
faict : & principalement s'il vouloit reſpondre aux interrogations qu'on luy faiſoit, ſelon ce qu'il auoit leu en ladicte
bible. Laquelle rigueur eſt teſmoignee par
pluſieurs complaintes miſes en lumiere enuiron ce temps là, mais ſans le nom des
auteurs. Auſſi fut faicte vne chanſon l'an
1544. ſur ce propos, laquelle commance ainſi.

> Vous perdez temps de me vouloir de-
> fendre (o)
> D'eſtudier en la ſaincte eſcritnre.

Plus

(o) *Vous perdez temps de me vouloir defendre* &c.) Sur
l'air d'une Chanſon qui commence par *Vous perdez
temps de me dire mal d'elle.* C'eſt la 35. des Chanſons
de Marot, mais elle eſt attribuée au Roi François I.
dans un Recueil imprimé à Veniſe en 1550. Elle y
eſt même notée dans mon exemplaire : mais, & les
Vers & la Note ſont d'une écriture à la main, quoi
qu'auſſi

Plus m'en blafmez , plus m'en voulez
    reprendre,
Plus m'efiouit, plus me plaift la lecture.
    Ce que Dieu nous commande
    Faut - il qu'on le defende
    Par tourmens & menaces ?
    Ceffez vos grans audaces.
Que l'Eternel ne branfle fa main dextre,
Pour vous monftrer que luy feul eft le
    maiftre.

Or en prenoit-il ainfi à plufieurs docteurs
d'alors comme à ceux aufquels noftre Seigneur reproche qu'ils auoyent retiré la
clef de congnoiffance, & qu'eux-mefmes
n'y eftoyent point entrez & auoyent en-
gardé ceux qui y entroyent : car ainfi
ceux-la ni ne vouloyent lire la bible, ni
ne vouloyent permettre aux autres de la
lire. Et mefmes vn vieillard des plus reue-
rens fouloit dire publiquement (comme il
a ia efté cideuant tefmoigné par autres)
Ie fuis esbahi de ce que ces ieunes gens
                          nous

qu'auffi ancienne que le livre même. Pour ce qui eft
de la Chanfon dont H. Etienne rapporte ici le commencement, on voit parcequ'il en dit , qu'elle eft
du même tems, & fut compofée dans le même efprit que la *Réjoliiffance Chrétienne.* Je veux dire les
Cent foiffante Chanfons dévotes qu'avoit publiées en
1546. Euftorge de Beaulieu, fur les airs d'eutant de
Vaudevilles diffolus qui s'étoient chantez jufqu'alors.

nous alleguent le nouueau Teſtament :
per diem i'auois plus de cinquant'ans (*p*)
que ie ne ſçauois que c'eſtoit du nouueau
Teſtament. Et quelle raiſon alleguoyent-
ils de defendre la bible traduite en langue vulgaire ? Ceſte belle raiſon - ci, qu'il
y auoit danger que le ſimple peuple ne leuſt
pluſieurs choſes en la bible dont il fiſt
mal ſon proufit, faute de les bien entendre : & meſmes iuſques à entrer en des
erreurs. A laquelle allegation fut faicte il
y a enuiron quinz'ans ceſte reſponſe par
vn perſonnage (*q*) excellent des lors,
mais auquel toutesfois Dieu augmente encor de iour en iour, ſes graces excel-
lentes,

> Nos grans docteurs au cherubin viſage
> Ont defendu qu'homme n'ait plus à voir
> La ſaincte bible en vulgaire language,
> Dont vn chacun peut congnoiſſance
>   auoir.
> Car (diſent-ils) deſir de tant ſçavoir
> N'engendre rien qu'erreur, peine &
>   ſouci.

Ar-

(*p*) *Plus de cinquante ans* &c.) Ces autres ſont
Eraſme dans ſa Folie, pag. 150. de l'édit. de Bâle
1676. & Robert Etienne pére de Henri, pag. 9. de
ſon *Ad Cenſuras Theologorum Reſponſio.*
 (*q*) *Par un perſonnage* &c.) BEZE apparemment.

Arguo fic, S'il eſt donques ainſi
Que pour l'abus il faille oſter ce liure,
Il eſt tout clair qu'on leur deuoit auſſi
Oſter le vin, dont chacun d'eux s'enyure.

Et conmment donc s'entend ce que nous
liſons en Oliuier Maillard ancien preſcheur,
quand il dit aux bourgeoiſes de Paris qu'elles ont leur bible en François? (*r*) Il entend vne façon de bible qui eſtoit premierement d'vn'interpretation faiɛte à leur
poſte, & puis gloſee de la gloſe d'Orleans,
a - ſçauoir qui gaſtoit le texte : voire ayant
la gloſe meſlee parmi le texte, laquelle
faiſoit accorder auec iceluy les abus & la
fauſſe doɛtrine de la religion Rommaine.
C'eſtoyent des bibles eſquelles ils diſoyent
mettre de la contrepoiſon, en tous les endroits auſquels ils craignoyent que les ſimples leɛteurs fuſſent empoiſonnez, ſelon
qu'ils parloyent. Sur lequel propos i'ay
faiɛt ce dizain,

Comment ont nos rabbis permis & defendu
Le liure qu'ils ont craint de tous eſtre
entendu?

La

(*r*) *Leur bible en François* &c.) Non point celle
de Nicolas Oreſme, traduite par ordre du Roi Charles V. Je ne crois pas qu'elle ait été imprimée. Ce
ſeroit plûtôt la Bible en François, *hiſtoriée, tradui-*
te par Guyars des Moulins, & imprimée en 1517. en
deux voll. *in folio.*

D 2

La bible ont defendu en language vul-
    gaire,
Puis l'ont faiĉt imprimer, pour au peu-
    ple complaire.
Ceci s'accorde bien.   Car tout - ainfi
    qu'on voit
Que nous oftons le vin à qui par trop
    en boit,
Ou qu'auecque force eau tellement on
    l'apprefte
Que faire mal aucun il ne peut à la tefte :
Ainfi ont nos rabbis voulu la bible ofter.
Ou bien leurs mixtions à la bible aioufter.

Or eftoyent ces mixtions ce qu'ils nommoyent contrepoifon : (s) lefquelles toutesfois meritent au - contraire d'eftre appelees poifon. Car il eft certain que le texte de la bible eftant leu en la forte qu'il
nous eft commandé de le lire, n'empoifonne point (c'eft à dire, ne met point d'erreurs en la tefte, ains fi nous y en auons,
les ofte) mais leur glofe au - contraire eft
celle qui euidemment empoifonne ceux
qui ne font munis de contrepoifon.

(s) *Qu'ils nommoyent contrepoifon* &c.) On a du
furieux Artus Defiré un premier & un fecond *Contrepoi-*
fon, qu'il publia en 1560. & en 1561. contre les Pfeau-
mes de Marot , que ce profane qualifioit de *Chan-*
fons , voiez les Mém. de Litérature de feu Mr. de
Sallengre, tom. 2. pag. 111. de la première partie.

C H A P.

C H A P. X X X I.

Quelle forte de paraphrafe & de commentai-
re ces prefcheurs faifoyent fur le texte de
l'Efcriture , & principalement ou il conte-
noit quelque hiftoire.

AYANT declaré au precedent
chapitre comment les docteurs
defendoyent expreffeement la
lecture des fainctes lettres en
language vulgaire , finon qu'elles fuffent
auec leur glofe telle que i'ay dicte, & auec
l'interpretation fi cauteleufe qu'elle gardoit que le pot aux rofes ne fuft defcouuert : i'ay maintenant à monftrer en combien d'autres façons ils abufoyent defdic-
tes fainctes lettres en leurs predications.
Et premierement ie monftreray comment
ils vfoyent d'vne forte de paraphrafe par
laquelle ils faifoyent le mefme que les far-
ceurs , ou pluftoft conuertiffoyent en
vrayes farces les facrees paroles de la bible. Comme pour exemple , nous ne lifons autre chofe au nouueau Teftament
(Luc chap. 7.) touchant la femme pechereffe qui vint trouuer noftre Seigneur eftant à table , finon ce qui fenfuit , Que
noftre Seigneur eftant à table chez vn Pha-
rifien,

rifien, vne femme de la ville (dicte Naim)
qui auoit esté pecheresse (ou , de mau-
uaise vie) le vint trouuer là : & se mit à
arrouser les pieds d'iceluy de ses larmes,
& les essuyer de ses cheueux , & à les
baiser & froter d'oignement : & qu'il monstra par vne similitude comment on ne se
deuoit esbahir de ce qu'il remettoit les
pechez à ceste femme : & qu'apres luy
auoir dict, Tes pechez te sont remis, il
luy dict encore, Ta foy t'a sauuee : va-
t'en en paix. Voila ce que nous trouuons
en l'euangile quant à ceste histoire : voyons
maintenant combien plus auant passent ces
prescheurs, & entr'autres Menot, que i'ay
allegué souuentesfois parcideuant.   Premierement ils sçauent le nom de ceste
femme , encore que l'euangeliste ne l'ait
point declaré : & non seulement cela ,
mais sçauent de quelle parenté ell'estoit.
Puis sçauent qu'ell'auoit esté au sermon
que nostre Seigneur auoit faict deuant le
disner. Et non seulement cela, mais sçauent quelles remonstrances luy auoyent
esté faictes , voire en quels termes. Et
qui est bien d'auantage, il en parle comme celuy qui l'a veue pourtraicte au vif.
Car voici qu'il escrit au fueillet 160. *Quo*
ad primum, Magdalena (car il presuppose
comme tout asseuré qu'il est parlé d'elle)
erat domina terrena de castro Magdalon,
tam sapiens quòd erat mirum audire loqui de
sapientia eius & prudentia. O ergo Magda-
lena

*lena quomodo venistis ad tantum inconueniens
quòd vocemini magna peccatrix? Et non fine
causa: quòd fuistis malè consiliata. Data est
tribus consiliariis qui eam posuerunt in tali sta-
tu: scilicet primus, corporalis elegantia: fe-
cundus, temporalis substantia: tertius, fuit li-
bertas nimia. De primo, Prouerb. vlt. &c.
Primùm ergo quid fuit causæ huius mulieris
perditionis? Fuit elegantia corporalis.* (C'est
à dire, Qui a esté cause de la perdition
de ceste femme?) Vne grande beauté de
corps qu'ell'auoit. *Videbatur* qu'elle fust
faicte pour regarder. *Pulchra, iuuenis, al-
ta,* vermeille, pleine, vermeille comme
vne rose, mignonne, fringante. *Credo
quòd non erat nisi* xv *vel* xvi *annorum quando incepit sic viuere, &* xxx *quando redijt
ad bonitatem Dei. Numera, &c. Qando pater fuit mortuus, plena erat sua voluntate.
Martha soror non audebat ei dicere verbum:
& videbatur ei quòd faciebat magnum bono-
rem illis qui veniebant ad illam. Quicquid faciebat,* erat viuere à son plaisir, faire des
banquets, *hodie inuitare, &c.* Vn peu
apres, Ceste poure sotte abandonnee *erat
in castro suo:* le bruit couroit desia par toute la Iudee & le pays de Galilee. *Omnes
bibendo & comedendo loquebantur de ea & de
eius vita. Martha soror timens Deum & amans*
honorem de sa lignee, toute honteuse de
la honte de sa sœur: *videns quòd omnes loquebantur* de sa sœur & de ses beaux miracles, *venit ad eam, dicens, O soror, si*

pater adhuc viueret, qui tantum vos amabat,
& audiret ista quæ per orbem agitantur de
vobis , certes vous luy mettriez la mort
entre les dents. *Facitis magnum dedecus pro-*
geniei nostræ. Et dequoy ? *quid vis dice-*
re ? Heu soror, non opus est vltra procedere, ne-
que amplius manifestare. Scitis bene quid volo
dicere, & vbi iaceat punctus. Les petis enfans
en vont à la moustarde. O bigotte de -
quoy vous meslez - vous belle dame ? Et
tous les grans diables (Dieu soit benist)
(t) *nónne estis magistra mea? Quis dedit*
mihi ceste vaillante dame pour controu-
bler ma vie? *Vadatis precor ad domum ves-*
tram, scio quid habeo agere ita bene sicut vna
alia. Habeo sensum & intellectum pour me
sçauoir gouuerner: C'est si belle chose que
de ne penser que de soymesme. *Martha*
rogabat eam vt iret ad sermonem, & consu-
leret aliquem hominem bonæ vitæ. Magdalena
dixit ianitori, Non dimittas mihi intrare hoc
castrum ceste enragee de seur , qui ne nous
amene ceans que toute dissension & riot-
te, *vbi non consueuit esse nisi cantus gaudij.*
Et puis il fait vn grand narré des moyens
dont Marthe vsa pour luy persuader de
venir à la predication de nostre Seigneur:
ne luy disant pas qui c'estoit, mais seulement que c'estoit vn fort beau personnage.

(1) *Dieu soit benist* &c.) Le Prêcheur venoit de
jurer. Il se corrige. Le Drappier en vse de même
dans Patelin.

nage. *O foror, effetis valde felix fi poffetis
videre vnum hominem qui prædicat in Hieru-
falem. Eft pulchrior omnibus quos vnquan vi-
diftis: tam gratiofus tam boneftus.* Il ha fi
beau maintien, il fçait fi bien fon entretien : vous ne veiftes iamais le pareil. *Credo firmiter quòd fi videretis eum, effetis amo-
rofa de eo: eft in flore inuentutis fuæ.* Vn
peu apres, *Illa cepit pulchra indumenta fua,
aquam rofaceam pro lauando faciem fuam: cepit fpeculum. Videbatur quòd effet vnus pul-
cher angelus : nullus eam afpexiffet qui non
fuiffet amorofus de ea: ipfa ante fe mifit man-
gones portantes* force de carreaux de cra-
moifi, *vt difponerent fibi locum. Martha vi-
debat hæc omnia, fingens nihil videre: & fe-
quebatur eam ficut fi fuiffet parua ancilla.
Chriftus iam erat in media prædicatione, vel
fortè in fecunda parte.* Apres il raconte
comment chacun faifoit honneur à Magdalene, s'esbahiffant de la voir venir au
fermon. Et que quand noftre Seigneur l'ap-
perçeut, il commença à prefcher combien les bragues & les pompes eftoyent
vne chofe deteftable. *Tunc* (dit-il) *ipfe
cœpit deteftari vitia, bragas, pompas, vani-
tates, & fpecialiter peccatum luxuriæ : &
contra has mulieres, &c.* Apres ceci il raconte que Magdalene eftant vifuement
touchee de ce qu'ell'auoit ouy en cefte
predication, & ne penfant plus qu'à re-
pentance, fut en danger d'eftre deftour-
nee par fes chalans, & remife au premier
che-

chemin, *Venerunt* (dit- il) *galandi amorofi & ruftici* les ruftres : *qui dixerunt, Surgatis, furgatis : facitis nunc* la bigotte : *vada nus ad domum. Quæ dixit , O amici mei, rogo dimittatis me : non audiftis quid dixit ille bonus prædicator de pœnis inferni vobis & mihi præparatis nifi aliud faciamus ?* Vn peu apres, *Habebat in fuo armariolo aquam* de fenteurs, *quæ vendebatur pondere auri. Cœpit quærere de loco in locum, de platea in plateam, de domo in domum, Quis hodie dabit prandium prædicatori Dictum eft ei quòd in domo Simonis.* Et puis il raconte la harangue qu'elle fit en baifant les pieds de noftre Seigneur & les lauant de fes larmes : & pour la fin, qu'elle fe tenoit fous la table comme vn chien : & que noftre Seigneur luy dict, O Marie leuez-vous. Et qu'elle luy refpondit, Seigneur, ie ne me leueray iamais de cefte place que vous ne m'ayez donné la remiffion de tous mes pechez & voftre fainéte benediction. Alors luy dict, M'amie leuez-vous : vos pechez vous font remis : voftre foy vous a fauuee. Finalement il raconte comment Marte prefenta Magdalene à la vierge Marie : deuant laquelle elle s'agenouilla, & dict, Madame pardonnez-moy s'il vous plaift fi ie parle à vous. I'ay efté de mauuaife vie & pechereffe : mais par la grace de Dieu ie ne le fuis plus. Voftre fils m'a pardonné auiourdhuy : vous eftes bienheureufe d'auoir vn tel fils. Voila comment

ment ce gentil prefcheur defchiffre cefte
hiftoire, s'accordant fi bien auec les
ioueurs de paffion, qu'il n'eft aifé à deuiner
s'il a emprunté d'eux, ou s'ils ont emprunté de lui. Quand ie parle des ioueurs de paffion, i'enten ceux qui mettoyent l'hiftoire de la paffion en ryme pour eftre iouée
au lieu de quelqu'autre moralité ou farce, ou pluftoft au lieu de toutes les deux.
Et premierement quant à ce point, que
cefte femme qui eft dicte pecherefle par
l'euangelifte, auoit nom Magdelene (felon que nous l'auons maintenant ouy de
Menot) & qu'ell'auoit pris ce nom du
chafteau qu'on appeloit Magdalon, le voici confermé par vn de ceux qui fe font
meflez de ladicte ryme, (hormis qu'il
met en ces deux noms des E non des A)
en ces quatre vers, fentans tresbien la
vene antique,

> I'ay mon chafteau de Magdelon, (*v*)
> Dont l'on m'appele Magdelaine,
> Ou le plus fouuent nous allon
> Gaudir en toute ioye mondaine.

Et quant à mondanité, il luy en attribue
toutes les efpeces qu'on fçauroit imagi-
ner:

(*v*) *J'ai mon chafteau de Magdelon* &c.) Ces vers
font du feuillet 60. b. de la *Paffion* à perfonnages,
imprimée *in* 4. Gothique, à Paris chez Philippe le
Noir en 1532.

ner : mefme la fait chanter chanfons laf-
ciues : & introduit vn certain efcuyer
nommé Rodigon luy venant faire la cour.
Et entr'autres chofes eft monftré comment elle ne veut aucunement prefter
l'oreille à fa fœur Marthe. En fin il deduit
par le menu comment elle vint à repen-
tance.

II. Mais pour retourner à Menot,
voyons de quelle façon il accouftre l'hiftoire de l'enfant prodigue : & comment
au lieu qu'ell'eft briefuement racontee par
l'euangelifte, il la raconte au long, l'en-
richiffant de toutes fortes de circonftan-
ces forgees à plaifir & couchees en termes
propres pour faire rire. Au fueillet 119,
Pater quidam habebat duos filios , quorum
iunior fe oftendit magis fatuum , quia in-
conftans fuit. C'eftoit vn enfant plein
de fa volonté, volage, vn mignon, vn
ver - galand. *Ipfe erat vnus puer plenus*
fuo velle , verfatilis , &c. qui quando ve-
nit ad cognofcendum feipfum , fuam forti-
tudinem , fuam iuuentutem , fuam pul-
chritudinem , & quòd fanguis afcendit fron-
tem, fa force, fa ieuneffe, fa beauté : &
que le fang luy fut monté au front : *ve-*
nit ad patrem refolutus ficut papa, & dixit
ei , Pater da mibi &c. Pater fumus tantùm
duo filij : ego non fum baftardus : & fic,
quando placeret Deo de faire tant pour vos
enfans que alliffiez de vie à trefpas, *non*
exhæredaretis me , fed haberem partem meam
ficut

*ficut frater meus. Scio confuetudines & leges
patriæ, quòd te viuente nullum ius habeo in
bonis veftris : tamen fum filius vefter : &
me amatis: rogo detis &c.* Vn peu apres,
Quand ce fol enfant & mal-confeillé *habuit fuam partem de hæreditate, non erat
quæftio de portando eam fecum, ideo ftatim*
il en a faict de la cliquaille : il la fait pri-
fer, il la vend : *& ponit* la vente *in fua
burfa. Quando vidit tot pecias argenti fi-
mul, valdè gauifus eft, & dixit ad fe, Ho
non manebitis fic femper. Incipit fe refpicere.
Et quomodo? vos eftis de tam bona domo, &
eftis* habillé comme vn beliftre. *Super hoc
habebitur prouifio. Mittit ad quærendum* les
drappiers, les groffiers, marchans de foye,
& fe fait accouftrer de pied en cap: il
n'y auoit que redire au feruice. *Quando
vidit, emit fibi pulchras caligas* d'efcarlate,
bien tirees, la belle chemife froncee fur
le colet, le pourpoint fringuant de velours, la tocque de Florence à cheueux
pignez. *Et quando fenfit* ce damas voler
fur le dos, *vt fenfit hunc damafcum volan-
tem fupra dorfum, hæc fecum dixit, Oppor-
tetne mihi aliquid? non: &c.* Or me faut-il
rien? Non: tu as toutes tes plumes: il eft
temps de voler plus loing. Et puis il raconte comme il difoit qu'il luy faloit aller
voir le monde, & que ceux qui n'auront
iamais bougé d'entre les bras de leur mere ne feront que niais & begaux. Brief,
qui ne frequente pays, *nihil videt.* Mon
pere

pere m'a aualé la bride fur le col, *pater
meus laxauit babenam fupra collum.* Puis il
recite comment allant par pays il faifoit
banquets aux vns & aux autres, & tenoit
table-ronde, ayant toufiours par les hof-
teleries des ioueurs de farces, & des gar-
ces & truandes. En fin, comment *poftea-
quam nibil amplius erat fricandum*, quand
il n'y eut plus que frire, *mittitur pulchra
veftis domini bragantis, caligæ, bombicinium:
quifque fecum ferebat peciam* de monfieur
le bragard, chauffes & pourpoint: chacun en emportoit fa piece: *ita quòd in bre-
vi tempore* mon galand fut mis en cueil-
leur de pommes, habillé comme vn bru-
leur de maifons, nu comme vn ver, &c.
à grand'peine luy demeura fa chemife,
nette comme vn torchon, nouee fur l'efpaule, pour couurir fa poure peau: fi bien
l'auoyent entretenu en fa profperité & en
fes pompes fes galoifes.

III. Pareillement au chap. VII. de S.
Ian nous lifons feulement que les principaux facrificateurs enuoyerent des officiers pour prendre Iefus Chrift, apres
qu'il eut crié au temple, Et vous me con-
gnoiffez & fçauez d'ou ie fuis, & ne fuis
point &c. Et qu'il dict à ces officiers, Ie
fuis encore pour vn peu de temps auec
vous, puis ie m'en vay à celuy qui m'a
enuoyé. Vous me cercherez, & ne me
trouuerez point: & là ou ie feray, vous
n'y pouuez venir &c. Et qu'il y eut dif-
fen-

fenfion entre le peuple pour luy: & aucuns d'eux le vouloyent prendre , mais
nul ne mit les mains fur luy. Ainfi
les officiers s'en reuindrent aux principaux facrificateurs & aux Pharifiens :
qui leur dirent, Pourquoy ne l'auez vous
amené ? Les officiers refpondirent , Iamais homme ne parla comme ceft homme. Parquoy les Pharifiens leur refpondirent , Ne feriez-vous point auffi vouf-
mefmes feduits ? Aucun des gouuerneurs
ou des Pharifiens a - il creu en luy? Mais
ce populaire ici qui ne fçait que c'eft de
la Loy , eft execrable. Voila que porte le texte de S. Ian : oyons maintenant que porte d'auantage la paraphrafe de ce gentil prefcheur. Ceux de la
fynagogue ouyrent que Chrift eftoit caché au defert. Et pourtant n'en deman-
dans que la depefche , leuerent vne groffe armee de fergeans & mauuais garfons,
bateurs de paué : & leur dirent, Allez, &
par tout ou vous le pourrez empoigner,
amenez - le nous , comme perturbateur
du peuple. Et là ou il fe voudroit re-
beller , tuez - le : vous ne deuez point
craindre : vous eftes bien embaftonnez.
Quand ces galans - ci furent venus au defert , & qu'ils eurent circui tout le bois,
en fin ils le trouuerent ayant les genoux en terre, & priant Dieu pour les pe-
cheurs , eftant pieds nuds. Le Seigneur
les ayant ouys derriere foy, tourna le vifage

fage vers eux, & leur dict, O mes enfans
ie voy bien que vous venez ici pour me
prendre & mettre à mort: mais ie vous
prie de me laiſſer encores vn peu viure.
Ie ſuis encore pour vn peu de temps a-
uec vous, &c. Ne vous ſouciez: tout
vient à point qui peut attendre. En bref
vous ferez de moy tout ce que bon vous
ſemblera. Alors voyans ſes paroles ſi douces & ſon viſage ſi amiable, tous d'vn accord ſe mirent à genoux deuant luy, de-
mandans pardon de leurs fautes, de leur
hardieſſe, preſomption & felon courage.
Et retournerent en Hieruſalem à leurs
maiſtres, qui leur demanderent, Ou eſt-
il? ne l'auez-vous-point trouué? Si-a-
uons? A quoy a-il donc tenu que vous
ne l'auez amené? Ne vous auions-nous-
pas donné commiſſion de l'amener ou mort
ou vif? Dites nous, ne vous eſt-il pas eſchapé? comme ſouuent il nous a ioué de
tels tours? Eſchapé dea? non non: mais
auſſi toſt que nous auons eſté deuant luy,
il nous a ſi bien preſchez que nous auons
eſté tous eſtonnez: & nous a donné de
ſi beaux enſeignemens que iamais homme
ne parla ſi bien. Comment? eſtes-vous
gens pour vous laiſſer abatre de paroles?
O meſſeigneurs nos maiſtres que vous
parlez bien à voſtre aiſe. Pluſt à Dieu
que vous euſſiez eſté auec nous quand
nous eſtions deuant luy. Il eſt tant doux
& gratieux. O vray Dieu qui ne t'aime-
roit.

roit. Quand nous auons efté aupres de
luy, il n'a dict à perfonne de nous,
Qu'eft cela? mais il nous a faluez humble-
ment, & s'eft offert promptement à nous.
Alors les Iuifs leur refpondirent, Les
diables luy font familiers, qui luy font
faire cela. Il vous a enchantez & fu-
bornez.

IV. Or n'eftoyent moins hardis à pa-
raphrafer ainfi les paffages du vieil Teftament que ceux du nouueau. Pour exemple : au III liure des Roys, chap. III,
en l'hiftoire qui nous raconte le iugement
du roy Salomon qu'il fit entre les deux
femmes pour rendre l'enfant à celle à qui
il appartenoit, le texte ne porte point
que ces femmes s'entrebatoyent en la
prefence dudict roy, ni auffi que l'vne
iuroit par fa foy. Encore moins que le
roy leur dict, Taifez-vous, taifez-vous:
car comme ie voy, vous n'auez iamais
eftudié à Angers ou à Poictiers pour fçauoir bien plaider. (*x*) Et toutesfois ledict Menot nous feroit volontiers croire
que tout ceci eft de cefte hiftoire.

(*x*) *Pour fauoir bien plaider* &c.) Les Parloirs d'Angers & de Poitiers font fameux par les criailleries de
ces peuples qui font grand plaideurs, les Poitevins
fur tout, temoin la *Gente Poitevin'rie.* Voiez la Note 11. fur le chap. 13. du 4. liv. de Rabelais.

C H A P. X X X I I.

Comment ces mesmes prescheurs abusoyent des
passages de l'Escriture, ou par ignoran-
ce, ou par malice.

MAIS ils ne se sont pas contentez
d'aiouster ainsi aux histoires de la
bible, comme ceux qui racontent quelque chose ont accoustu-
mé d'enrichir le conte pour le faire trouuer meilleur : ains se sont donnez la licence d'en abuser en toutes sortes, voire iusques à produire les passages d'icelle
pour la confirmation de leurs fausses doc-
trines. Car nous voyons qu'il n'y a si
lourd & si sot article en toute leur doctrine, voire si plein d'impieté, qu'ils n'a-
yent voulu soustenir par des passages de
l'Escriture. Et des exemples de ceci sont
remplis les liures de tous ceux qui les ont
vifuement rembarrez. Car en iceux on
voit clairement comment ils estoyent si
impudens que quelquefois ils alleguoyent
pour leur defense des passages mesmement
qui les combatoyent : mais c'estoit en
renuersant l'exposition d'iceux : pourcequ'ils sçauoyent bien qu'ils auoyent à faire à gens, les vns qui n'y pouuoyent,
                                                    les

les autres qui n'y vouloyent rien entendre. Et voila pourquoy il ne se faut esmerueiller s'ils craignoyent que la bible
fust leue en language vulgaire. Car ils
pensoyent bien que si vne fois cela auoit
lieu, ils n'en pourroyent plus faire ainsi
à leur plaisir. Ioinct qu'ils sçauoyent qu'on
les pourroit assaillir de plusieurs pars,
quand on se seroit armé d'vn grand nombre de passages d'icelle, contre lesquels
ils ne se voyoyent auoir defenses suffisan-
tes. Parquoy nous pouuons bien penser
que celuy d'entr'eux qui se plaignoit que
S. Paul auoit dict plusieurs choses qu'il
se fust bien passé de dire (veu les scan-
dales dont il a esté cause) n'estoit point
hypocrite, mais parloit de l'abondance
du cœur. Ce que nous deuons croire aussi
de l'autre docteur, qui disoit que s'il n'y
auoit que luy qui eust les epistres S. Paul,
il les ietteroit au feu : vsant de ce braue
Latin doctoral, *Per diem si putarem quòd*
non esset nisi me qui haberet epistolas Pauli,
ego mitterem in ignes. Il est vray que le
gentil docteur Espagnol duquel i'ay faict
mention ci-dessus, n'auoit besoin de sou-
haiter que les epistres de S. Paul fussent
bruslees, puisqu'il estoit quitte pour toute response qu'il luy faloit faire aux passages pris d'icelles ou des autres liures de
l'Escriture, de dire, *Ego non sum theolo-*
gus, ego sum canonista. Or puisque les liures susdits sont remplis d'exemples, i'es-

E 2   pere

pere que le lecteur me tiendra pour ex-
cufé fi ie n'en fay pas grand amas ici ,
mais en produis feulement quelques - vns
du nombre de ceux qui femblent les plus
propres pour defcouurir leur impudence.

II. Ie me tairay toutesfois de *Inueni-*
mus Meſſiam , allegué pour approbation de
la meſſe , & autres tels paſſages dont i'ay
faict mention ci - deuant , en parlant de
l'ignorance : (pourcequ'il eſt bien certain
que tels prefcheurs que les trois qui ont
eſté ci - deſſus mentionnez fouuentesfois ,
n'euſſent eu garde de venir à telles allegations) mais ie ne me tairay pas de celle de Picard , qui a fuccedé à vn des fufdicts , & a comme effacé de noſtre temps
la renommee d'iceux enuers tous ceux qui
ont fait profeſſion de la religion Rommaine.   Voulant donc ce tant fameux predi-
cateur prouuer que nous eſtions fauuez par
nos œuures , Eſt - il poſſible , dict - il , que
ces mefchans Lutheriens foyent fi effrontez de nier que nous fommes fauuez par
nos œuures , quand nous auons le texte
formel de S. Pierre? Car qu'ils me dient
que c'eſt a dire *Iuſtus vix faluatur* : n'eſt-
ce point à dire qu'à grand peine le iuſte
eſt - il fauué ? Et fi c'eſt auec grand'peine ,
n'eſt - ce point auec les œuures ? Ici lecteur ie vous prieray , auant que paſſer outre , confiderer combien malicieufement
& impudemment equiuocquoit ce prefcheur , & penfer de combien d'autres paſ-
sages

sages deuoit abuser celuy qui ne faisoit
point conscience de se iouer ainsi de ces-
tuy-ci. Si toutesfois ieu doit estre appelee vne telle imposture, par laquelle
sont seduites tant de poures personnes,
& au lieu de receuoir vne doctrine salu-
taire, en reçoiuent vne qui leur est autant de poison.

III. MAIS pour m'arrester aux exemples de quelques sottes ou malicieuses allegations appartenantes à vn mesme point
(puisque i'ay deliberé d'en choisir bien petit nombre parmi vn bien grand) ie parleray de certainès qui sont mesmement autorizees par vn concile, auquel les prelats faisoyent d'icelles leur achilles pour
soustenir les grans coups qu'on voudroit
ruer contre les images. Car au concile
Nicene (non pas le grand qui fut assemblé sous Constantin l'empereur, mais vn
autre qui fut assemblé du temps de Char-
lemagne, il-y-a vn peu plus de huict-
cens ans, par vn' imperatrice si bonne
Chrestienne qu'elle creua les deux yeux à
son fils & puis le fit mourir miserablement
en prison) il fut determiné que non seulement il estoit bon d'auoir des images,
mais aussi qu'il les faloit adorer. Or les
plus forts arguments dont ils s'armoyent,
estoyent ceux-ci. Premierement vn certain euesque nommé Ian, ambassadeur des
eglises orientales, allegua le passage de
Moyse au commancement de Genese,

Dieu

Dieu a creé l'homme à son image : dont
il conclut, Il faut donc auoir des images.
Item allegua ce paſſage du 2. chap. des
Cantiques, Monſtre moy ta face, pourcequ'ell'eſt belle. Vn autre eueſque voulant prouuer que les images doiuent eſtre
miſes ſur les autels, allegua ce propos de
Ieſus Chriſt, au 5. chap. de S. Matthieu,
On n'allume point vne lampe pour la mettre ſous vn boiſſeau , mais ſur le chande-
lier, & elle eſclaire à tous ceux qui ſont
en la maiſon. Vn autre eueſque , voulant
prouuer que le regard des images eſtoit
proufitable, allegua ce paſſage du 4. Pſeaume , *Signatum eſt ſuper nos lumen vultus
tui Domine* , ainſi que traduit l'ancien in-
terprete : c'eſt à dire , La clarté de ta face eſt marquee ſur nous. Vn autre s'aida
du verſet 8. du Pſeaume 26 , *Domine di-
lexi decorem domus tuæ* , c'eſt à dire, Seigneur i'ay aimé la beauté de ta maiſon.
Auſſi voulurent faire leur proufit de ce
paſſage, qui eſt au 48. Pſeaume , verſ. 9.
Comme nous l'auons ouy , ainſi l'auons
veu : diſans qu'on ne congnoiſt pas Dieu
pour ouyr ſa parole ſeulement , mais auſſi
par le regard des images. Vn autre eueſque nommé Theodore s'auiſa de ceſte ſubtilité, Il eſt eſcrit, dit-il, Dieu eſt merueilleux en ſes ſaincts : & en vn autre
paſſage il eſt dict , Aux ſaincts qui ſont
en la terre. Ergo il faut contempler la
gloire de Dieu es images. Vn autre allegua

gua ceſte ſimilitude, Comme les patriarches ont vſé des ſacrifices des payens,
auſſi les Chreſtiens doiuent auoir des images au lieu des idoles des payens. Voila
les belles allegations qui pour eſtre ainſi
autorizees par ce concile, ont eſté prou-
menees par les ſermons de maints caphards
de noſtre temps, auec pluſieurs autres
d'auſſi bonne grace & partans d'auſſi bon
eſprit & bon iugement.

IV. Q UE ſi quelcun s'eſmerueille comment il eſt poſſible qu'en noſtre temps
meſmement ſe ſoyent trouuez des preſcheurs ſi ſots que d'appliquer ainſi les
paſſages de l'Eſcriture, ie luy conteray
(ſur ce meſme propos) vne ſottiſe de
fraiſche memoire beaucoup plus eſmerueil-
lable. Au colloque de Poiſſi (duquel le
bruit a eſté eſpandu par tous les coins du
monde) vn certain magiſter noſter nommé Demochares plaidant la cauſe des images contre vn miniſtre (*y*) de la parole
de Dieu, quand il vit qu'elle s'alloit perdre, la voulut ſouſtenir par l'allegation
des verrieres du temple de S. Benoiſt, diſant que ce temple auoit eſté baſti des le
temps de S. Denys, & que puiſqu'il y
auoit des images es verrieres, les images
auoyent eſté des le temps de S. Denys.
A

(*y*) *Un Miniſtre* &c.) BEZE. Voiez ſon Hiſtoire
Eccl. Tom. 1. pag. 692. & 693. ſous l'année 1561.

A quoy ledict miniftre luy fit vne trefper-
tinente refponfe & de tresbonne grace en
quatre paroles , luy difant que fon argument eftoit de verre.

V. P o v r continuer ce propos de l'a-
bus des paffages de l'Efcriture , il faudroit
venir à ceux qui en abufent tellement que
ce n'eft point fans blafphemer plufque Ma-
hometiquement : c'eft à dire , fans faire
plus de deshonneur & d'outrage à la religion Chreftienne que iamais ne luy a faict
Mahomet ni tous les Mahometiftes. Qui
font ceux qui en abufent ainfi? Ceux qui
l'appliquent à fornettes & à colibets : mais
bien plus les caphars qu'on a veus de noftre temps appliquer à leurs faincts (c'eft
à dire aux faincts fous le nom defquels ils
faifoyent leur quefte , en prefchans les miracles d'iceux) plufieurs paffages efcrits
expreffeement & fpecialement de noftre
feul fauueur & redempteur Iefus Chrift.

V I. P r e m i e r e m e n t donc quant à
ceux qui veulent goffer aux defpens de la
parole de Dieu, il en a efté - ia parlé ci-
deffus , au chapitre des blafphemes qui
font maintenant communs entre les feculiers. Car là i'ay auerti comment on
auoit faict feruir plufieurs paffages de
l'Efcriture à broquarder les vns & à louer
les autres. Laquelle inuention ie pen-
ferois bien eftre premierement venue de
noftre maiftre Pafquin : (comme eftant
pres la perfonne de celuy qui ne prend
                                    pas

pas feulement la hardieffe d'entreprendre
fur la parole de Dieu, mais auffi fur le
throne d'iceluy) mais depuis a efté en
vfage entre plufieurs, & principalement
entre courtifans. Comme nous fçauons
que au commencement du regne du roy
Henri, on iettoit force tels broquards
contre les feigneurs & dames qui n'eftoyent plus en credit comme du temps
de fon pere, mais eftoyent autant reculez
qu'auparauant ils fouloyent eftre auancez.
Et me fouuient d'vn paffage entr'autres
qui fut appliqué à vn feigneur (z) qui
n'eftoit plus qu'au reng du commun, au
lieu qu'il fouloit auoir grande autorité,
Ecce Adam quafi vnus ex nobis factus eft.
Pareillement de cefte madame (a) qui
auoit eu lors fi bien le vent en poupe,
Regnum meum non eft de hoc mundo. Or
ay-ie là parlé auffi de quelques paffages
appliquez par les moines à pareil vfage,
c'eft à dire, à faire rire: aufquels paffages
toutesfois on en pourroit aioufter plufieurs, & entr'autres ceftuy-ci, *Si non*
effet hic malefactor, non tibi tradidiffemus
eum: qui fut dict par certains moines d'vn
pafté qui leur auoit efté enuoyé par leur
abbé: voulans fignifier que fi ce pafté
n'euft

(z) *Un feigneur &c.*) L'Admiral d'ANNEBAUT.
(a) *De cette Madame &c.*) ANNE DE PISSE-
LEU Ducheffe d'Etampes.

E 5

n'euſt point eſté malfaict, & qu'il l'euſt
trouué bon, il ne leur euſt pas enuoyé.
On dit auſſi que ceſte belle interpretation
de ce paſſage *Qui dat niuem ſicut lanam*,
Qui donne le froid ſelon le drap, eſt venue des moines.

VII. MAIS il eſt queſtion maintenant
de parler de ceux qui abuſent des paſſages & en font des riſees en preſchant meſmement. Pour donc retourner à mes preſcheurs, il faut noter qu'il-y-en-a eu
d'entr'eux depuis noſtre temps qui ont
faict meſtier & marchandiſe de telle choſe: du nombre deſquels eſt Menot. Comme au fueillet 209. col. 3, il dit que quand
on s'eſt mis à table, pour le commancement on ne dit mot, car chacun entend
à ſon ieu. *In medio enim exit ſermo inter
fratres: dicunt enim* Voici bon vin & bon
pain. Mais en la fin, *In omnem terram exi-
uit ſonus eorum.* Et au fueillet 196. col. 4,
*Dominæ ancillis quæ intrant cameram earum,
& non cuſtodiunt ſe ab ipſis ſæpe oſtendunt
quæ non licet hominibus loqui.* Voire ſont
venus iuſques aux paroles de l'euangile
S. Ian, auſquelles ils portoyent telle reuerence, que les ayans eſcrites en du parchemin ils les enchaſſoyent richement
pour eſtre pendues au col, & là ſeruir de
preſeruatif contre tous dangers & pluſieurs autres: & meſme (ſi i'ay bonne
memoire de ceſte philoſophie) ils appe-
loyent tels preſeruatifs ou ſemblables,

des

des agnus Dei. Ils font (di - ie) venus iufques à ces paroles - la, & les ont conuerties en fornettes auffi bien que les autres, comme nous voyons es prefches dudict Menot.

VIII. QUANT aux autres qui appliquoyent (comme i'ay tantoft dict) à leurs fainéts les paffages efcrits expreffeement & fpecialement d'vn feul Iefus Chrift , nous ne fçaurions trouuer ni pourrions demander des exemples plus notables que ceux que nous auons veus ci - deffus es pages 588, 589, 590, 591, 592, 593, 594, 595, pris du liure intitulé Des conformitez de S. François à Iefus Chrift. Car que fçauroit faire pis le diable d'enfer eftant venu en propre perfonne, quant à la profanation de l'Efcriture, que nous voyons auoir efté faict par l'auteur de ce liure ? Et non feulement les paffages qui font efcrits de Iefus Chrift, iufques à mettre en la fin du liure, *Multa quidem & alia figna fecit Francifcus quæ non funt fcripta in libro hoc*) mais auffi quelques - vns qui font efcrits d'autres , font là appliquez à ce diabolique impofteur. Toutesfois fi quelcun ne fe contente defdicts exemples de l'abus de l'Efcriture à l'endroit de S. François , ie luy en mettray ici de S. Dominique pareillement. Efcoutons donc ce que Barelete auffi dit de fon fainct Dominique & de l'ordre d'iceluy, ne fe conten.

tentant de luy attribuer des paſſages dicts
de Ieſus Chriſt, *Hæc eſt illa religio quæ in
vno veteri Teſtamento ſignificata*, *Zachar. 6,
Ecce quatuor quadrigæ &c.* C'eſt à dire
(car ie ne mettray que l'interpretation de
ſes mots) Voila quelle eſt ceſte religion
qui a eſté ſignifiee par le vieil Teſtament.
Par Zacharie, diſant au chap. 6, Voila
quatre charrettes qui ſortent du milieu de
deux montaignes. En la premiere charrette eſtoyent des cheuaux roux, (c'eſt
à dire LES FRERES MINEVRS) en la
ſeconde charrette, des cheuaux noirs,
(c'eſt à dire LES ERMITES) en la troiſieme charrette, des cheuaux blancs,
(c'eſt à dire LES CARMES) en la quatrieme charette, des cheuaux pommelez
& forts, (c'eſt à dire LES FRERES
PRESCHEVRS.

IX. OR ne ſe ſont contentez ces docteurs d'abuſer de l'Eſcriture ou pour en
tirer du plaiſir, comme quand ils conuer-
tiſſoyent quelques paſſages à ſornettes: ou
pour en tirer du proufit: (comme quand
le cordelier prenoit pour ſon ſainct François ce qui auoit eſté dict de noſtre ſeigneur Ieſus Chriſt, ou le Iacobin le prenoit pour ſon ſainct Dominique:) mais
par eſtre accouſtumez à vne desbordee
licence de ſe iouer de l'Eſcriture, faiſoyent
venir les paſſages d'icelle à propos des
ſpeculations qu'ils ſongeoyent, encore que
d'eux-meſmes ils n'y vinſent non plus à
pro-

propos que magnificat à matines, pour
vſer de leur prouerbe. Il eſt vray que
d'autant plus volontiers faiſoyent - ils ceci, qu'ils s'en voyoyent acquerir beaucoup plus grand bruit, comme monſtrans
ainſi une beaucoup plus grande ſubtilité
que les autres. Et de ceci ſe trouuent
des exemples quaſi autant qu'il - y - a de
fueillets es liures des preſcheurs ſuſdicts :
mais ie me contenteray de deux ou trois :
commençant par Barelete. Ce gentil preſcheur ſur ce paſſage du dernier chapitre
de S. Luc, Es tu ſeul pelerin en Hieruſalem, qui ne ſçaches point les choſes qui
y ont eſté faictes ces iours - ci ? dit que
Ieſus Chriſt a eſté pelerin en trois choſes,
(car pour bien s'accommoder à ſon propos, il me faut traduire *peregrinus* pelerin)
à - ſçauoir quant à l'habit, quant aux logis ou il eſt entré, quant aux marques
qu'il a rapportees. Quant à l'habit, le
pelerin porte quatre choſes auec ſoy, vne
ſcaluine, vn'eſcarcelle, vn chapeau, vn
baſton. Ainſi Chriſt a porté premierement
vne ſcaluine, c'eſt à dire la chair laquelle
la vierge Marie auoit faicte en ſon ventre. Laquelle chair a eu trois couleurs.
En premier lieu a eſté blanche par la purité virginale. Apocal. ch. XIX, Puis ie
vi le ciel ouuert, & voici vn cheual blanc.
Secondement, rouge de ſang en la croix :
Eſaie chap. LXIII, Pourquoy ton veſ-
tement eſt - il rouge ? Tiercement noire :
quand

quand il deuint pafle en la croix, Iſ. LIII,
Et liuore eius ſanati ſumus. Puis Chriſt a
eu un'eſcarcelle : qui a eſté ſon ame, pleine de l'or de graces & de gloire. Pour
le troiſieme, il a eu vn chapeau, à-ſçauoir vne couronne d'eſpines. Pour le quatrieme, il a eu vn baſton : à-ſçauoir la
croix. Et voila pourquoy il eſt dict, Es
tu ſeul pelerin en Ieruſalem ? C'eſt à-ſçauoir quant à l'habit. Apres il a eſté pelerin quant aux logis : car les pelerins, &c.
Et Menot ha-il point bonne grace quand
ayant argumenté ainſi, (hormis que ſon
argument n'eſt point *in forma*) *Chorea eſt*
iter circulare : diaboli iter eſt circulare : ergo
chorea eſt motus diaboli, il vient à prouuer
que *diaboli iter eſt circulare* par ces paſſages, Iob. chap. 1, *Circuiui terram* (notez que c'eſt le diable qui parle) *& per-*
ambulaui eam. En la 1. de S. Pierre, chap.
v, *Circuit quærens quem deuoret.* Et au Pſeaume XI, *In circuitu impij ambulant.* Mais
oyons vne reſuerie de luymeſme encore
plus eſtrange en matiere d'allegation des
paſſages de l'Eſcriture, & conſiderons
comment il accouſtre VT, RE, MI, FA,
SOL, LA, donnant à chacune note ſon
dardon ou brocard, pris de l'Eſcriture :
comme s'ils auoyent eſté dicts tout à propos : car VT eſt brocardé par vn paſſage
commençeant par Vt : RE par vn qui ha
Re au commencement, & ainſi les autres, ſemblablement. Laquelle eſtrange

&

& phantaſtique rencontre malaiſeement pourroit eſtre gardee en interpretant les paſſages en François. Voici donc ſon Latin, au fueill. 29. col. 1. *Vos mundani audite, quia ad vos dirigitur verbum: nec eſt meum, ſed illius qui pependit in cruce, Luc.* v 1, *Væ vobis qui ridetis, quia flebitis. Et timeo ne cantetis ſemel cantilenam damnatorum, qui (ſicut columba) habent gemitum & fletum pro cantu. Hic cantus habet ſex notas valde miſerabiles : ſcilicet* VT, RE, MI, FA, SOL, LA. *Primam notam profert quilibet damnatus, dicens, Vtinam conſumptus eſſem : ne oculus me videret, Iob.* x. *Secundam verò addit, dicens, Repleta enim malis anima mea, Pſalmo* LXXXVII. *Et omnes alij reſpondent cum eo, Repleti ſumus deſpectione, Pſalmo* CXXII. *Tertiam omnes inſimul cantant, dicentes, Miſerabiles facti ſumus omnibus hominibus, 1. ad Corint.* xv. *Quartam cantat quilibet eorum, dicens, Facies mea intumuit à fletu, Iob* xvi. *Item, Faciem meam operuit caligo, Iob.* xxiii. *Quintam addunt omnes ſimul, dicentes, Sol iuſtitiæ non eſt ortus nobis : & in malitia noſtra conſumpti ſumus, Sapientiæ* v. *Sextam cantant ſimul, dicentes, Laſſati ſumus in via iniquitatis, Sapientiæ* v. *Et iterum, Laſſis non datur requies : & pellis noſtra quaſi clibanus exuſta eſt : & defecit gaudium cordis noſtri : ac converſus eſt in luctum chorus noſter : & cecidit corona capitis noſtri. Væ nobis quia peccauimus, Thren. vltimo.*

X. I<small>LS</small>

X. ILs abufent des paffages de l'efcriture encore d'vne forte outre celles que
i'ay declarées : c'eft quand ils s'attachent
aux mots, fans confiderer les circonftan-
ces, au lieu que leur ordinaire eft de ne
s'arrefter aucunement à la lettre, mais
rapporter tout à certains fens allegori-
ques, anagogiques, tropologiques. Comme pour exemple, Menot voulant monftrer qu'il ne fe faut efmerueiller fi les plus
fainéts font faifis de crainte quand ils voyent que leur derniere heure eft venue,
Et comment donc ? (dit-il) voudrions-
nous eftre plus affeurez de noftre falut
que S. Paul n'eftoit du fien ? qui auoit
efté raui iufques au troifieme ciel & auoit
efté efleu par noftre Seigneur ? Nous voyons que luy pour vn temps difoit, Ie
defire defloger & eftre auec Chrift : mais
quand il fut queftion de mourir, il diét,
I'en appelle à Cefar, Aét. chap. 25.

XI. ENCORE fe trouuera-il qu'ils abufent de l'Efcriture en plufieurs autres manieres : mais ie me contenteray pour c'eft'-
heure de celles ci. Car quant à l'abus qu'ils
commettent à l'endroit de certains paffages en ce qu'ils fuyuent l'ancienne interpretation, encore qu'il y ait faute euidente, & infiftent tellement fur les mots
d'icelle, que mefmes ils fondent force argumens fur iceux, cela leur eft encore
plus pardonnable que le refte : car il eft
certain que leur marché de baftelerie (ie
di

di bachelerie) ou de doctorerie, ne porte point qu'ils fe doiuent amufer au Grec
ou à l'Hebrieu, mais s'entend qu'ils doiuent laiffer ces languages pour tels qu'ils
font.

XII. Ie vien à ce qui eft non feulement abus, mais pire beaucoup & plus
mefchant qu'abus : c'eft qu'ils ont ofé
alleguer des fentences fous le titre de
la bible qui ne fe trouuent en aucun liure d'icelle. Et d'autant moins fe faut-
il esbahir s'ils ont vfé de cefte hardieffe enuers les docteurs : dequoy nous tef-
moignent certaines fentences & certains
dictons de plufieurs docteurs touchant la
vertu & efficace de la meffe, qui font en
la fin du liure Des conformitez de S.
François auec Iefus Chrift. Car là font
affemblez des propos en la louange de la
meffe, recueillis (ainfi que là eft dict)
de S. Hierome, S. Auguftin, S. Chryfoftome, & autres, lefquels toutesfois ne
fe trouuent en leurs liures, ains font du
tout contrarians à ce qu'ils difent ailleurs :
comme auffi nous fçauons qu'ils n'ont efté
gens pour proferer tels blafphemes. Du
nombre defquels eft ceftuy-ci, attribué
à S. Chryfoftome, *Tantum valet celebratio*
miſſæ quantum Chrifti paſſio: quia ficut mors
Chrifti redemit nos à peccatis, fic miſſæ cele-
bratio faluat nos. C'eft à dire, La celebration de la meffe vaut autant que la paffion
de Chrift. Car comme la mort de Chrift

nous a rachetez de nos pechez, ainſi la celebration de la meſſe nous ſauue. O execrables cafars.

CHAP. XXXIII.

En quelles autres ſortes ils ont abuſé du nom de la ſainĉte Eſcriture.

NOus auons entendu par le chapitre precedent comment ceux qui faiſoyent profeſſion de la religion Romaine ſouloyent prendre les paſſages de la ſainĉte eſcriture à tors & à trauers, & n'y auoit ni ryme ni raiſon en leurs allegations : & qu'aucuns commettoyent ceſt abus par ignorance, aucuns par malice : maintenant nous entendrons comment on a abuſé du nom d'icelle encores en autres manieres. Et premierement il faut noter que ou ils voyoyent leur eſtre impoſſible de couurir leurs menteries de quelque allegation d'autant qu'ils ne trouuoyent texte qui puſt eſtre tellement forcé qu'il ſemblaſt auoir quelque apparence) ils ne laiſſoyent de mentir hardiment & ſans rougir, non plus que ſi ils euſſent eu leurs manches pleines d'allegations. Et comment s'y gouuernoyent ils ? De tels menſonges ils en faiſoyent comme des principes qui n'auoyent

be-

befoin d'eftre prouuez par aucun paffage
de la bible, (combien qu'ell'eftoit pleine
de tefmoignages, ainfi qu'ils donnoyent
à entendre) pourcequ'ils les voyoyent
eftre hors de doute & de difpute à-l'endroit du poure monde par eux enforcelé. Et qu'ainfi foit, confiderons combien
de fois nous auons ouy dire ce prouerbe, Auffi vray que Dieu eft en la meffe,
par ceux qui penfoyent qu'en la religion
Chreftienne n'y auoit article plus certain
& indubitable que ceftuy-ci. Car qui eftoit celuy du temps de nos predeceffeurs
qui ne penfaft que chacune page de la
faincte efcriture tefmoignoit de cela ?
Pourtant ne fe faut-il esbahir s'ils cro-
yoyent telle chofe fans demander allegation d'aucun texte. Mais encore paf-
foyent-ils bien plus outre quand ils pref-
choyent que ce mefchant Cain (*b*) re-
fembloit aux Lutheriens (qu'ils ont depuis nommez huguenots) qui ne vouloyent aller à la meffe. Et que iamais il
n'auoit efté poffible de faire aller Cain à
la meffe vne feule fois en fa vie : au-contraire que fon frere Abel y alloit tous les
iours. Encores vn certain curé du pays
de

(*b*) *Que ce mefchant Cain* &c.) Voiez les Dialogues
de Pierre Viret, intitulez *le Monde à l'empire.* Matthieu de Lannoy, en fa *Déclaration & Réfutation*, &c.
Paris *in* 8. 1577. au feuill. 211. b. prétend que c'eft
un Conte inventé par Viret même, pour faire rire
le monde aux dépens des Prêtres.

de Sauoye ne se contenta pas de cela: mais exhortant ses paroiciens à faire leur deuoir de payer les dismes, leur dict, Gardez-vous bien de suiure l'exemple de ce malheureux Cain, mais suiuez celuy du bon Abel. Cain ne vouloit iamais payer les dismes, n'aller à la messe, au-contraire Abel les payoit tresvolontiers, & tousiours du plus beau & du meilleur: & ne failloit pas vn seul iour d'ouyr la messe. Or en vn besoin fourniroit-on bien du nom de ce gentil curé, mais ie luy pardonneray pour le present: en aioustant toutesfois ce mot, touchant luymesme, c'est qu'il monstra bien puis apres qu'il n'estoit pas des mieux fournis de response, quand on luy prouua par son dire que les prestres estoyent mariez alors. Car il fut rendu muet par vn qui l'assaillit de cest argument: Monsieur le curé, en ce temps-là que vous dites, le monde n'auoit encore que quatre personnes, Adam, Eue, Cain, Abel. Cain ne chantoit point la messe puisqu'il ne la vouloit point ouyr: Abel ne la pouuoit pas chanter luymesine & l'ouyr: il falloit donc qu'Adam la chantast, & qu'Abel ou Eue la respondist & tinst la torche. Dequoy il s'ensuiuroit que pour lors les prestres estoyent mariez. Mais si ce curé eust eu vn peu d'esprit, il n'auoit qu'à respondre qu'alors ils estoyent prestres Martins, chantans & respondans. Or luy donneray-
ie

ie pour compagnon vn autre curé, qui
prefchoit que quand l'ange Gabriel vint
à la vierge Marie, il la trouua difant les
heures de noftre Dame. (*c*) Mais à propos d'Abel qui oyoit tous les iours la meffe, il ne faut-pas oublier Abraham, Ifaac,
Iacob, & les autres bons patriarches,
qui ne s'alloyent iamais coucher fans faire le figne de la croix & dire leur *Pater
nofter* & *Aue Maria*. Et fi on euft demandé au poure peuple comment il le fçauoit, il luy euft fuffi pour toute refponce, qu'il l'auoit ouy dire à vn bon prefcheur. Tefmoin le prouerbe, Il eft vray:
car ie l'ay ouy dire à vn bon prefcheur.

II. VOICI encores vn'autre inuention
que le diable a trouuee pour abufer du
nom de l'Efcriture preuoyant bien que
quelque iour le fimple populaire fe voudroit enquerir des points contenus en la
bible, & congnoiftroit quand on pafferoit plus auant. C'eft que craignant de
perdre fes droits, faute de les monftrer
par fes lettres & inftrumens, il en a fuppofé vn grand nombre pour s'en feruir à
l'endroit de toutes perfonnes qui ne pourroyent s'apperceuoir de la fauffeté. Qui
font

(*c*) *Difant les heures de noftre Dame* &c.) Un conte femblable fe lit déja dans le *Paffavant* de Beze,
avec cette différence que là c'eft la Sainte Vierge
elle-même, dont il eft dit que *dicebat Horas fuas in
Hebraə*.

F 3

font ces inftrumens fuppofez? Vn tas de
liures qui ont emprunté le nom de quelques apoftres, ou difciples des apoftres,
& cependant contiennent vne doctrine totalement repugnante à la leur : voire contiennent aucunes fables de telle forte que
les oreilles ne les peuuent non plus porter que celles qu'on trouue en l'alcoran
de Mahomet. Or n'eft-ce d'auiourdhuy
que le diable s'eft aidé de ce moyen pour
ruiner entant qu'en luy feroit les fonde-
mens de noftre religion : (car nous fçauons qu'il y a affez long temps qu'il a mis
en lumiere *Euangelium Nicodemi*, *Euange-*
lium Thomæ, *Euangelium Bartholomæi*, *Euan-*
gelium Nazareorum, *liber Paftoris*, & autres) mais encores auiourdhuy il s'efforce d'infecter le monde d'vne nouuelle
puanteur de tels liures. Comme il l'a bien
monftré par celuy qui eft intitulé *Prote-*
uangelium, *fiue De natalibus Iefu Chrifti*,
& ipfius matris virginis Mariæ. Car pour
faire auouer ce trefprophane liure entre
ceux de la faincte & facree efcriture, il
luy a faict vfurper le nom de S. Iacques,
le difant coufin germain & frere de Iefus
Chrift. Et cependant que nous eft-il raconté là? Premierement comment Anne
mere de la vierge Marie femme de Ioachim fait fa complainte à Dieu de ce qu'el-
l'eft fterile, luy alleguant qu'il luy fait pis
qu'à aucune autre forte de creatures, voire pis qu'aux elemens, d'autant que les
vns

vns & les autres portent fruict. Mais allegue premierement l'exemple des oifeaux : defquels elle fe fouuient en voyant
le nid d'vn paffereau dedans le laurier
fous lequel ell'eftoit. Et pluftoft n'a acheué fa doleance que l'ange du Seigneur
prend fon vol vers elle (car il · y · a expreffeement *aduolauit*) & luy vient dire ,
Anne, Anne, Dieu a exaucé ton oraifon :
tu conceuras , & enfanteras , & fera ton
nom celebré par tout le monde. Alors
Anne fait vœu à Dieu de luy faire prefent de l'enfant qu'ell'aura , foit mafle,
ou femelle. L'ange vint annoncer ces nouuelles à fon mari pareillement : qui toutesfois ne voulut pas croire à l'ange , mais
bien à vne certaine preuue qu'il fit , laquelle luy conferma le dire de l'ange.
Pour conclufion, Anne enfanta la vierge
Marie au bout de neuf mois. De laquelle, eftant paruenue à l'aage de trois ans,
le pere & la mere font vn prefent à Dieu,
felon le vœu fufdict : & eft receue auec
plufieurs cerimonies, par le fouuerain facrificateur qui luy predit que par elle fera
racheté le genre humain. Et entr'autres
chofes eft raconté qu'il la mit fur le troifieme degré de l'autel, fur lequel eftant
elle fe prit (par la grace de Dieu) à dan-
fer gayement. Ce qui fit que toute la
maifon d'Ifrael luy porta grand amour.
Or faut · il noter que cependant qu'ell'eftoit au temple, ell'eftoit nourrie comme
vne

vne coulombe , receuant nourriture de
la main de l'ange. Mais quand ell'eut at-
teint le douzieme an , les preftres de la
Loy s'affemblerent, & confulterent comment il deuoyent faire d'elle qui auoit ia
douze ans, pour euiter que la fanctifica-
tion du Seigneur ne fuft polue.　En
la fin Zacharie le fouuerain facrificateur
s'eftant mis en oraifon, eut vne reuelation qu'il faloit affembler d'entre tout le
peuple les hommes veufues , & leur faire apporter à chacun vne verge : à fin que
cefte fille fuft baillee en garde à celuy fur
lequel Dieu auroit monftré quelque figne.
Cela eftant faict, vne coulombe fortit de
la verge que tenoit Iofeph , & vola fur fa
tefte. Alors luy dict le fouuerain facrificateur , Dieu nous a declaré par ce figne
que c'eft toy qui dois auoir en garde la
vierge de Dieu. A quoy Iofeph contredict, refpondant , I'ay des fils , & fuis
vieil : & ell' eft encore vne bien ieune
fille.　Pourtant i'ay peur que ie n'en fois
mocqué par les enfans d'Ifrael. En la fin
ayant efté propofee à Iofeph la vengeance que Dieu executa fur Dathan, Abiron
& Coré, eftant tout efpouanté vint à dire, Marie ie te pren du temple du Seigneur : mais ie te laifferay à la maifon,
& m'en iray pour exercer mon meftier
de charpentier. Et ie prie le Seigneur
qu'il te garde tous les iours de ta vie. Il
auint quelques ans apres , ainfi que Marie

rie alloit pour puiſer de l'eau , tenant vne
ſeille , vne voix du ciel luy dict , *Aue
gratia plena* , *&c.* Puis ſont entremeſlez
quelques propos pris des euangeliſtes :
apres leſquels il eſt dict qu'elle eſtant ia
groſſe de ſix mois (& eſtant aagee de ſei-
ze ans) Ioſeph reuint de ſa beſongne ,
a - l'entour laquelle il auoit demeuré quelque ans ſans reuenir. Or la trouuant groſſe fut bien eſtonné , & luy tint pluſieurs
propos: toutesfois en la fin il fut auerti
par l'ange qui luy apparut, de tout le
faict. Mais la pitié fut qu'ainſi qu'vn ſcri-
be alloit pour parler à Ioſeph , il apperceut Marie groſſe : qui s'en alla incontinent le crier par tout. Et auſſi toſt la iuſtice la fait empoigner auec Ioſeph : lequel dit & maintient n'auoir eu ſa compagnie: elle dit n'auoir eu ni la ſienne ,
ni celle d'aucun autre. Là - deſſus le preſtre
s'auiſe de leur faire boire de l'eau de redargution : laquelle ne leur ayant faict aucun
mal , le preſtre dict que puiſque Dieu n'a
point manifeſté leur peché, luy pareillement
ne les vouloit point condamner. Puis eſt in-
ſeré ce qui eſt raconté par S. Luc au ſecond chapitre, comment il falut que Ioſeph la menaſt en Beth - lehem à cauſe de
l'edict faict par Ceſar Auguſte. Mais ce
n'eſt pas ſans enrichir le conte, & meſmes vſer de propos vilains, comme ceſtuy - ci, que Marie ayant dict à Ioſeph,
Depone me ab aſina : quia quod in me eſt ,

F 5   *me*

me vrget vt progrediatur, il la deſcendit de deſſus l'aſneſſe, & luy dict, *Vbi te indu-cam & tegam pudenda? quia locus deſertus eſt.* En la fin eſt recité qu'elle accoucha de l'enfant en vne cauerne qui eſt aupres de Beth-lehem (ſauf l'honneur de S. Luc qui l'eſcrit autrement) Ioſeph luy ayant trouué vne ſagefemme par grand miracle. Laquelle ſagefemme en rencontra puis vn'autre nommee Salomé : laquelle ne voulant croire qu'vne vierge euſt enfanté, vint à en faire la preuue. Mais pour raconter ceci en François , il me faudroit eſtre garni de pareille impudence que celuy qui l'a premierement eſcrite : ie me contenteray donc du Latin, qui eſt tel, *Exiitque obſtetrix ex ſpelunca, & obuiauit illi Salome. Et dixit obſtetrix ipſi Salome, Magnum tibi ſpectaculum habeo narrare, Virgo genuit quem non capit natura ipſius : & virgo manet virgo. Dixitque Salome, Viuit Dominus Deus meus, niſi ſcrutata fuero naturam eius, non credam quòd peperit. Et ingrediens obſtetrix, dixit ipſi Mariæ, Reclina teipſam : magnum enim tibi certamen incumbit. Quum autem in ipſo loco palpauit eam Salome, egreſſa eſt, dicens, Væ mihi impiæ & perfidæ : quoniam tentaui Deum viuentem. Et ecce, manus mea igne ardens cadit à me. Et flexit genua ad Deum, & ait, Deus &c.*

III. IE laiſſeray lire le demeurant à ceux qui pourront auoir la patience de

le

le lire, ou il-y-a chofes encore beaucoup pires en toutes fortes. Mais ie prieray le lecteur de confiderer comment le
diable s'eft mocqué euidemment de la
Chreftienté en faifant publier ce liure, &
a aueuglé les yeux de plufieurs. Car il
l'a publié par le moyen d'vn qui apertement s'eft efforcé par fes efcrits de faire
vne meflinge de la religion Mahometi-
que, Iudaicque (fi religions fe doiuent
nommer) auec celle des Chreftiens : par
vn qui a prefché publiquement & fouftenu des herefies lefquelles ne font feulement pleines de blafpheme, mais repu-
gnantes à l'honnefté naturelle, voire des
payens. Qui eft ceftuy-là ? Guillaume
Poftel. Et comment (dira quelcun) a-il-
efté poffible que le liure venant de la
main de ce monftre execrable, n'ait
point efté tenu pour fufpect, qui de
foymefme le deuoit eftre quand il fuft
forti de la main d'vn ange ? C'eft en
quoy nous deuons congnoiftre que le diable s'eft euidemment mocqué de la Chreftienté, comme i'ay dict, & a bouché les
yeux à plufieurs de ceux mefmement qui
deuoyent eftre les plus clair-voyans. Il
eft vray que ie confefferay bien que la
mefchanceté du fufdict n'eftoit pas alors
fi bien defcouuerte qu'ell'a efté depuis :
mais elle l'eftoit affez pour congnoiftre
qu'il fe faloit donner garde de luy. Lequel ie laifferay comme eftant (Dieu merci)

ci) affez congnu pour le prefent : & viendray au ftile dudict liure. Ie di donc &
veux fouftenir deuant toutes gens qui ont
quelque iugement en telles chofes, que
plufieurs hebraifmes que nous y lifons,
font fuppofez, eftans toutesfois meflez
parmi autres que nous fçauons eftre vrays
& ordinaires en la faincte efcriture. Au demeurant quant à la fimplicité des façons de
parler, on voit bien auffi que c'eft vne
chofe affectee, & qui fe dement foymefme.
Quant au contenu, il eft certain qu'il a efté
forgé par vn tel efprit que celuy dudict
Poftel (fi d'auenture luymefme n'en eft
l'auteur) en derifion de la religion Chreftienne. Mais pour faire la fourbe meilleure, on y·a inferé par forme de rapfo-
die quelques propos des euangeliftes :
item on·y·en·a mis quelques·vns aufquels on a veu qu'on pouuoit donner couleur par quelques paffages du vieil Teftament : comme ce qui eft dit des eaux de
redargution. Voila iufques ou eft venue
l'impudence & la mefchanceté d'aucuns
efprits diaboliques. Or fi quelcun eft curieux de voir plufieurs efcrits femblables,
ainfi fuppofez par la cautele & aftuce de
Satan , il en trouuera vn grand amas en
vn liure appelé *Orthodoxographa theologiæ
facrofanctæ*, & orné de plufieurs autres titres , qui femblent eftre totalement mis
en defpit de la religion Chreftienne. D'autant que fi vne grand' part des chofes qui

y

y font contenues font orthodoxes, il eft
certain que nous auons des chofes en la
bible qui ne font point orthodoxes : &
faut neceffairement choifir aufquels efcrits
on donnera ce titre, veu qu'en le donnant aux vns, on l'ofte aux autres, entant qu'ils fe contrarient. Que fi quelcun
allegue qu'aucuns font traduits de l'Hebrieu, aucuns du Grec, quand bien il aura prouué cela, il n'aura pas beaucoup
gangné : car la refponfe eft aifee, que le
diable peut auffi bien eftre diable en Hebrieu & en Grec qu'en autre language.
De ma part ie me fuis attaché à ce *Prot-
euangelion* pluftoft qu'à vn autre, pourcequ'il eft attribué à S. Iacques coufin germain & frere de Iefus Chrift, ainfi que
porte le titre. Car la premiere impreffion
de ce liure (*d*) qui eft en petite forme,
auec des apoftilles, ha ce titre, *Proteuan-
gelion fiue De natalibus Iefu Chrifti & ipfius
matris virginis Mariæ, fermo biftoricus diui
Iacobi minoris, confobrini & fratris domini
Iefu, apoftoli primarij & epifcopi Chriftiano-
rum primi Hierofolymis.* Il eft vray qu'en
l'impreffion qui eft au volume fufdict intitulé *Orthodoxographa*, on n'a point faict
ce S. Iacques coufin germain & frere,
mais feulement frere. Ie me fuis attaché
(di-ie) à ce liure, pluftoft qu'aux autres, a-fin que les lecteurs iugeaffent par
ceci

(*d*) *La premiere impreffion* &c.) Bâle, *in* 8. 1552.

ceci que ce peut eftre des autres. Car fi
ils ont ofé publier telles chofes fous le
nom de S. Iacques, que peut on penfer
qu'ils auront publié fous le nom de Nicodeme, & tant d'autres qui font contenus au volume fufdict ? Et encore s'en
faut-il bien que tous les efcrits femblables
foyent là: car fous ce mefme nom de S.
Iacques a efté publié depuis vn autre malheureux liure.   Auffi ont efté mis en lumiere les actes des Apoftres, compofez
par vn certain Abdias, duquel combienqu'on voye les efcrits eftre du tout profanes, on n'a point toutesfois eu honte de
mettre en la preface & en la marge en
quelque endroit, qu'il auoit pris de S.
Luc, ou que S. Luc auoit pris de luy.
Outreplus a efté publiee l'hiftoire eccle-
fiaftique d'vn diable de moine nommé *Ni-
cephorus Calliftus*.   Lequel non fans caufe
i'appelle diable de moine : car outre ce
qu'il eftoit moine de profeffion, il fe monftre ignorant comme vn moine, impudent
comme vn moine, mefchant & profane
comme vn moine : ignorant, iufques à
ignorer ce que fçauent les petis enfans :
impudent, iufques à dire des menfonges
tous euidens : mefchant & profane, iufques à fe mocquer de Dieu & de fa parole : comme toutes ces chofes feront vn
iour euidemment monftrees, s'il plaift à
Dieu.
    IV. O r encore que ces prefcheurs
                                       peuf-

peuſſent trouuer en ces liures & autres
ſemblables, tant de beaux contes (*e*)
tous preſts pour quand ils voudroyent
monter en chaire, ſi ne laiſſoyent-ils de
s'en fournir encore d'ailleurs, & d'en
auoir touſiours quelques-vns tous nouueaux pour meſler parmi les vieux, à-
fin qu'on ne s'ennuyaſt. Ou bien s'ils alleguoyent leurs auteurs, c'eſtoyent auſſi
auteurs nouueaux : c'eſt à dire deſquels
on n'auoit point encores ouy parler. Et
ſur ce propos il me ſouuient de ce que
i'ay ouy reciter d'vn preſche faict à Ipre
ville de Flandres par vn cordelier nommé
Bonauenture : auquel il raconta que ſitoſt que Ieſus Chriſt fut grandelet, tellement qu'il pouuoit aucunement beſongner,
Ioſeph commança à le faire trauailler de
ſon meſtier : & qu'vne fois entr'autres
Ioſeph luy ayant commandé de ſcier vne
piece de bois, il la ſcia ſans bien prendre garde à la marque que luy auoit faicte Ioſeph, de ſorte qu'elle ſe trouua trop
courte. Dequoy Ioſeph eſtant fort faſché
voulut batre Ieſus Chriſt : & de faict euſt
eſté batu s'il ne l'euſt ralongee : ce qu'il
fit en prenant vn bout, & faiſant prendre
l'autre par Ioſeph, & puis chacun tirant
de

(*e*) *Tant de beaux Contes &c.*) Dans les anciens
Sermonnaires, rien de plus fréquent que ces Con-
tes, ſous le nom d'*Exemples* tirez de quelque bon
Auteur.

de fon cofté. Et d'ou difoit ce moine
qu'il en auoit tant appris? De l'euangile
de S. Anne. Et en recitant ce conte, vn
autre m'eft venu en memoire, lequel auffi vient bien à propos: car c'eft pareillement d'vn cordelier nommé Bardotti, qui
prefcha à Bordeaux quant au bon larron
auquel Iefus Chrift donna paradis, qu'il
auoit trouué en vn certain euangile la
raifon pour laquelle il alla en paradis tout
droit fans paffer par purgatoire. A-fçauoir que pendant qu'on menoit Iefus Chrift
en Egypte, ledict larron empefcha fes
compagnons de deftrouffer Iefus Chrift &
ceux, qui eftoyent auec luy. Et aufli qu'a-
lors il dict à Iefus Chrift, Ie vous prie
d'auoir memoire du bon tour que ie vous
fay. Ce qui luy fut promis, & la promeffe fut tenue alors qu'ils fe trouuerent enfemble en vne mefme croix. Voila comment ces beaux-peres ne pouuoyent iamais faillir, ayans tant de fortes d'euangiles qu'ils vouloyent: & prenans des vns,
plufieurs contes plaifans & propres pour
faire rire leurs auditeurs: des autres, plufieurs miracles propres pour les rauir en
admiration (ie di miracles n'eftans mentionnez es euangeliftes receus par l'eglife) des autres, plufieurs folutions aux
obiections qu'on leur pouuoit faire. Comme nous voyons que ce gentil Bardotti,
qui autrement euft eu beaucoup à faire à
fouftenir fon purgatoire contre ce paffage
de

de l'euangeliste, allegua ceste histoire pour
responfe à ce qu'on obiectoit. I'ay ouy
parler d'vn autre prescheur aussi qui fit
fort bien son proufit de ce voyage faict en
Egypte, pour soudre vne question à laquelle
il se voyoit fort empesché: a-sçauoir quand
auoit esté accompli ce qui estoit predict par
le prophete Ezechiel, *Et disperdam simula-*
cra , & cessare faciam idola de *Memphis* : car
il dict que ç'auoit esté alors que nostre
Seigneur fut mené petit enfant en Egypte.

Les legendes & les reuelations seront
pour le chapitre suiuant.

* * *

C H A P. XXXIV.

Des contes qu'on prenoit es legendes, & d'au-
tres telles drogues dont aussi estoyent farcis
leurs presches ou sermons.

MAIS le siege episcopal des fables
les plus feriales & vrayement
monachales estoit & est encore
maintenant le liure intitulé La
legende dorec des saincts & sainctes &c.
Voire d'aucunes si feriales qu'il faut estre
bien vaillant pour se pouuoir garder de
faire en ses chausses (à force de rire) ce
qu'on y fait plus souuent en temps de vendange (f) qu'en autre saison. Il est vray
que

─────────────────

(f). *En temps de vendange* &c.) A cause de certain
raisin laxatif, appelé *foirard* en Galcogne, & ailleurs
cui-

que d'autre part il eſt beſoin que le lecteur
ne ſoit tendre du cueur : car il-y-a pluſieurs paſſages deſquels il ne ſortiroit iamais ſans faire ce que font ſur la mer
ceux qui ne l'ont accouſtumee. Du nombre deſquels paſſages (à iuger de mon
cueur l'autruy) on peut mettre ceux-ci.
Frater Iuniperus (lequel eſtoit tenu par
S. François pour vn vrayement ſainct
homme) s'eſtant auiſé vne fois de faire
la cuiſine fort brauement , mit en vne
grande chaudiere des poulets, ſans les
plumer, ni vuider, ni lauer : & d'autre
chair fraiſche & ſalee, des herbes, des
pois , des feues , & toute autre ſorte de
legume, ſans auſſi rien lauer ni nettoyer:
& ayant faict bouillir tout cela enſemble
ſur vn grand feu, apporta ce beau plat
de viande à ſes compagnons. Le meſme
frater Iuniperus (il faut auoir ici encore
meilleur courage) ayant eſté vn iour
couché par quelcun en vn bon lict & en
de beaux draps blancs, laſcha de la matiere fecale dedans, laquelle il laiſſa en
payement à ſon hoſte, ſans luy dire autrement à Dieu. Or ſont ces deux contes
pris du liure des Conformitez que i'ay
allegué ci-deſſus, le premier, au fueillet 72, le ſecond, au fueillet 73. Et ſont
là recitees ces deux honneſtes hiſtoires
　　　　　　　　　　　　　　　　　pour

cuidé, par ce que de ceux qui en mangent, tel ne
cuide que peter, qui s'embrenne.

pour monftrer l'humilité de ce fainct frere. Mais quant à la feconde hiftoire, fi
l'humilité confiftoit en ce qu'elle nous raconte, il n'y auroit telle humilité que de
petis enfans : car ils font ce tour plus
que les nourrices ne veulent. Toutesfois
il ne faut temerairement iuger de ceft acte de *Iuniperus* : car il auoit entendu peut-
eftre par reuelation qu'il deuoit faire changer de couleur aux draps auant que d'en
fortir. Auffi que fçait-on fi c'eftoit point
quelque recepte qu'il auoit apprife en
quelque legende ? Car de dire pour ex-
cufe que la puanteur de fes excremens
n'eftoit telle qu'elle feroit d'vn autre homme, il y auroit bien peu d'apparence :
& principalement veu ce que nous lifons
au mefme liure, au fueillet 51, d'vn autre moine du mefme conuent, nommé
Ruffin, a-fçauoir qu'il fit fuir vn diable
par cefte feule menace, qu'il luy fiente-
roit en la gueule. Voire eft là dict que le
diable ayant ouy cela s'enfuit auec vne
merueilleufe furie, & tempefte, au lieu
que quand il fe retire pour l'eau benifte,
il ne fe daigne pas hafter d'vn pas. Que
fi le diable mefme a eu fi grand peur d'eftre ainfi perfumé par frere Ruffin, ne dou-
tons-pas que le perfum que laiffa *frater Iuniperus* au lict de fon hofte pour payement,
ne fuft pareillement plus que memphitique,
c'eft à dire trefpuant & trefpuantifique.

II. PARDONNEZ-moy lecteur fi ie

parle fi gras, eftant contraint de m'accommoder au propos que ie traite. Car (comme dit vn prouerbe Grec) il eft bien difficile de trouuer honneftes paroles aux chofes deshonneftes: & toutesfois ie n'ay pas dict du pis que i'ay pu (comme vous voyez) de ces freres, pour le refpect que ie porte à leur mere faincte eglife: mais s'ils y retournent plus, ie ne les efpargneray point.

III. Qui fera auffi tant heraclitique qui ne s'efclatte de rire quand il lira en la vie de S. Dominique qu'il tenoit les diables affiegez dedans le corps d'vn homme, ne leur vorlant permettre de s'en aller fans donner pleges? & qu'en la fin ils donnerent pour pleges les faincts martys qui repofoyent en l'eglife? Mais à fin qu'on foit plus fatisfaict, ie mettray les propres mots de cefte hiftoire tels qu'ils font en vieil language François, Vn homme eftoit demoniacle de plufieurs diables, lequel luy fut prefenté (à fçauoir à S. Dominique) & il prit l'eftole, & la mit fur fon col. Et puis en ceignit le col au demoniacle, & commanda à iceux que d'orefnauant ils ne tourmentaffent celuy homme. Et tantoft ils furent tourmentez dedans luy fourment, & dirent, Laiffe-nous aller. Pourquoy nous contrains tu à eftre tourmentez? Et il dict, Ie ne vous laifferay iufques à tant que vous m'aurez donné plege que vous ne retournerez plus. Et ils dirent

rent, Quels pleges vous pouuons-nous donner? Et il dit, Les faints martyrs qui re-
pofent en cefte eglife. Et ils dirent, Nous
ne pouuons: car nos merites ne le requie-
rent pas. Et il dict, Il conuient que vous
les donniez , ou ie ne vous laiffleray pas
aller quittes. Et ils refpondirent qu'ils y
mettroyent peine. Et apres vn peu de
temps ils dirent, Iaçoit-ce que nous ne
foyons pas dignes , nous auons impetré
que les fainéts martyrs nous plegeront.
Et il requit auoir figne de cefte chofe. Et
ils dirent, Allez à la cháce ou les chefs
des martyrs font : & vous les trouuerez
renuerfez. Et adonques allerent, & fut
ainfi trouué comme ils auoyent dict. Apres
laquelle hiftoire (ou pluftoft fable) fuit
cefte-ci, qui femble pour fa bonne grace
meriter d'accompaguer ici pareillement la
precedente, Si comme il prefchoit vne
fois aucunes dames qui auoyent efté de-
ceues des herefies , fi s'agenouillerent à
fes pieds & luy dirent, Seruiteur de Dieu,
aide nous : fi ce eft vray que tu as prefché, l'efprit d'erreur a ia pieça aueuglé
nos penfees. Et il leur dict, Soyez fer-
mes , & attendez vn peu: fi verrez auquel feigneur vous eftes prinfes. Et tantoft
elles virent faillir du milieu d'elles vn chat
greigneur d'vn chien noir : & auoit gros
yeux , & flamboyans : la langue moult
longue iufques au nombril, & large , &
fanglante : & auoit torte queue , & leuee

G 3   en

en hault : & demonstroit son cul quelque
part qu'il se tournast, duquel il issoit horrible pueur. Et quand il eut tourné ça
& là , & entour les dames longuement, à
la parfin il monta parmi la corde des cloches : & laissa cheoir moult grande pueur
apres luy. Et ces dames rendirent graces
à Dieu, & se conuertirent à la foy catholique. Mais d'autant que ie sçay tels propos estre monachaux mal - plaisans aux
oreilles qui ne sont point monachalizees,
ie suis d'auis , pendant qu'elles leur sont
ouuertes , faire entendre tout d'vn train
le reste qui me vient pour le present en
memoire. Premierement donc au fueillet
211. du liure susdict des Conformitez,
nous lisons que S. François pour prouuer
qu'il estoit vierge, se despouilla nu en la
presence de l'euesque de la ville d'Assise,
& autres , & donna son haut de chausses
audict pere : monstrant comment il n'estoit point souillé ne corrompu. Voila
quant au maistre : oyons comment les
disciples l'ont bien ensuiui. Il est escrit
au fueillet 82. que frere Leonard estant à
la porte de Viterbe, dechaussa ses brayes
& les mit sur sa teste, liant son habit en
forme de fardeau à l'entour de son col:
& passa tout nu en ceste sorte par le milieu des places de la ville , ou il endura
beaucoup de vilenies. En fin il s'en alla
ainsi tout nu en la maison des freres, lesquels se prindrent tous à crier contre luy
pour

pour cefte faute : mais tant fut fainct ce
bon frere qu'il n'en fit aucun conte. Or
auoit-il recité auparauant comment il
auoit ia faict le mefme tour en paffant
par deux autres villes. En ce mefme liure
eft faicte mention d'vn autre difciple, qui
prenoit plaifir à ce mefme acte : duquel ie
fay iuge les lecteurs, s'il ne fent pas fon
chien Diogenique.

IV. IE vien maintenant aux exemples
des paffages qui ne font pour faire ainfi
mal au cueur, mais feulement pour faire
rire plus que fon faoul, voire iufques à
eftre en danger de ce que i'ay dict. Et fi
nous voulons commancer par fainct François, efcoutons vn peu fa grande fageffe,
enregiftree au fueillet 114. du liure fufdict.
Il faluoit les oifeaux, parloit à eux, &
les appeloit fes freres, leur faifant commandement d'ouyr-la parole de Dieu.
Lefquels oifeaux oyans parler S. François,
s'efiouiffoyent d'vne façon merueilleufe,
allongeans le col, entrouurans le bec : &
le regardoyent fort attentiuement. Apres
le fermon, S. François paffa par le milieu d'entr'eux, leur permettant qu'ils s'en
allaffent. Et lors s'en voloyent tous, menans vn grand bruit : & fe diuiferent en
quatre bandes felon les quatre parties du
monde, comme s'ils euffent voulu dire
que la regle S. François feroit renommee
& femee par toute la terre. Item au fueillet 149. nous trouuons qu'vne cigale de-

G 4   meu-

meura huict iours auec S. François au lieu
de S. Marie : & comme il l'appela, elle
vola fur fa tefte, & de là s'en alla, apres
auoir pris congé de luy. Auffi qu'vn rof-
fignol & S. François chanterent vn iour
entier l'vn apres l'autre. Item au fueillet
114. il eft recité qu'il fit arrefter le caquet
de quelques harondelles, les appelant fes
fœurs. Item au mefme fueillet il eft dict
qu'apres qu'en faifant le figne de la croix
il eut guari vn loup enragé qui auoit bleffé plufieurs en la ville, il vint faire cefte
ftipulation auec luy, Mon frere le loup
tu me dois promettre que tu ne feras iamais ainfi rauiffant comme tu as efté, &
pour cela ceux de la ville te nourriront.
Ce que le loup promit accomplir, incli-
nant la tefte euidemment. Alors S. François luy dict, Donne moy la foy. Ce difant S. François luy eftendit fa main pour
le receuoir : & le loup leuant fa patte droi-
te, la mit doucement entre les mains de
S. François. Lequel luy dict, Mon frere
le loup, ie te commande au nom de noftre feigneur Iefus Chrift que tu viennes
maintenant auec moy. Ce que fit le loup.
On lit auffi de plufieurs autres faincts qui
prenoyent plaifir à deuifer auec des beftes,
mais ie croy cefte fraternité auec les loups
eftre peculiere à S. François.

V. E t à propos des beftes, qui fe
pourra garder de rire quand il lira que S.
Macaire fit fept ans penitence es efpines
&

& buiſſons pour auoir tué vne puce? Ceci à dire la verité, eſt encore bien autre choſe que la penitence que fit S. François pour auoir mangé *coquinam de lardone.* Ie n'oublieray pas vn autre acte du meſme S. Dominique, recité vers la fin de ſa legende, acte vrayement d'vn bon compagnon, pour le moins recité en telle ſorte qu'il eſt pour faire rire les bons compagnons, & leur donner matiere de goſſer. C'eſt qu'vne nonnain dicte Marie eſtant malade en la cuiſſe, endura grand mal l'eſpace de cinq mois, ſans eſperer qu'ell'en deuſt eſchapper. Alors elle dict en ſoymeſine qu'elle ne ſe ſentoit digne de prier Dieu ni d'eſtre ouye de luy, & pourtant pria S. Dominique d'eſtre mediateur entre Dieu & elle, pour luy impetrer le benefice de ſanté. Et apres ceſte oraiſon s'eſtant endormie elle vit aupres de ſoy S. Dominique, qui tira de deſſous ſa chappe vn onguent de grand' odeur, duquel il luy oignit la cuiſſe. Et quand elle demanda comment ceſt onguent s'appeloit, S. Dominique reſpondit que c'eſtoit l'onction d'amour. Maintenant ie laiſſeray interpreter ceci au lecteur comme bon luy ſemblera, ſans dire tout ce que i'en penſe. Ie diray bien cela, que ie n'en penſe ni pis ni mieux que de la priuauté de S. François auec ſaincte Claire, deſcrite au fueillet 84. des Conformitez: & de la priuauté de luymeſine auec frere Maſſé, fort

beau

beau ieune homme, qui fut embraſſé vne
fois par luy , & ſouſleué de terre : dont
ledict frere Maſſé ſentit vne ſi grande chaleur qu'il eſtoit comme en vn feu.

VI. ITEM en la legende de S. Germain
eſt raconté qu'vne fois qu'il preſchoit en
Bretagne, le roy luy eſconduit l'hoſtel à
luy & à ſes compagnons : & qu'alors le
bouuier (qui s'en retournoit de paiſtre
ſes beſtes, emportant en ſa maiſonnette
la portion qu'il auoit receue au palais)
voyant le benoiſt ſainct Germain & autres qui auoyent faim & froid, les receut
humainement en ſa maiſon, & leur fit tuer
vn veau lequel ſeul il auoit. Mais apres
ſoupper S. Germain fit apporter tous les
os deſſus la peau, & ayant faict ſon oraiſon deſſus , le veau ſe leua ſur ſes pieds
au meſme inſtant. Le lendemain il vint
trouuer le roy, & luy demanda, vſant de
groſſes paroles , pourquoy il luy auoit
refuſé ſa maiſon. A quoy le roy ne luy
ayant ſçeu reſpondre , S. Germain luy
dict, Va hors , & laiſſe le royaume à vn
meilleur. Et lors S. Germain fit venir ce
bouuier (*g*) auec ſa femme par commandement, & l'eſtablit roy deuant tous : qui
s'en

(*g*) *Fit venir ce bouuier &c.*) Ne ſeroit-ce point
ici la ſource de la Fable qui fait Hugues Capet &
ſes ſucceſſeurs deſcendus d'un boucher ? Voiez les
Rem. Crit. ſur le mot *Capet.* pag. 3998. du Dict.
de Bayle.

s'en esbahirent. Et apres ledict bouuier
& ſes ſucceſſeurs auſſi eurent ce royaume.

VII. I T E M en la legende de S. Coſme & S. Damien nous liſons ceſte hiſtoire fabuleuſe, mot pour mot, Felix pape
huictieme, apres S. Gregoire, fit vne noble egliſe à Romme à l'honneur de S. Coſme & S. Damien : & vn homme ſeruoit
les ſaincts martyrs en celle egliſe, auquel
le chancre vint, & auoit toute la cuiſſe
gaſtee. Et celuy dormant, les ſaincts Coſme & Damien s'apparurent à luy, & portoyent auec eux ferremens & oignemens.
Et l'vn dict à l'autre, Ou prendrons-nous
chair pour remplir le lieu dont nous oſ-
terons la chair pourrie ? Et l'autre dict,
Vn Ethiopien eſt auiourdhuy tout frais
enſeueli au cimetiere ſainct Pierre aux
liens : apporte - nous de ſa chair pour
mettre ici. Et lors il ala au cimetiere, &
porta la cuiſſe de ce mort: & couperent
la cuiſſe du malade, & bouterent au lieu
la cuiſſe du mort: & oignirent la playe
diligemment, & porterent au mort la cuiſſe de celuy. Et quand il s'eſueilla il ſe
ſentit ſans douleur, & mit la main à la
cuiſſe, & ne trouua rien de ſa bleſſure :
& print la chandelle, & quand il ne vit
rien de mal en ſa cuiſſe, il ſe penſa que
ce n'eſtoit il mie, mais eſtoit vn autre.
Et quand il fut retourné à ſoy, il ſaillit
du lict de ioye. Et apres il raconta aux
autres ce qui luy eſtoit auenu en dormant,

&

& comment il auoit esté gueri : & ils enuoyerent hastiuement voir au tombeau du
mort , & trouuerent la cuisse du mort
coupee , & la cuisse de l'autre au tombeau
en lieu d'icelle.

VIII. Qui voudra voir d'auantage de
tels contes, lise ledict liure des legendes,
lise Nicephore , (qui raconte entr'autres
choses que long temps apres que S. Ian
Chrysostome fut mort & enterré , son
corps parla, auquel corps l'empereur Theo-
dose auoit escrit des lettres) lise les sermons d'Oliuier Maillard , & de Michel
Menot : & pour en trouuer encore plus,
lise *fructuosissimos atque amœnissimos sermones F. Gabrielis Barelette à toto verbisatorum
cœtu diu desideratos*: lise *sermones Dormi se-
curé*: car ils sont là entassez fort drus.
Mais le liure mentionné ci-dessus , intitulé Des conformitez de S. François auec
Iesus Christ, en contient plus, tant pour
tant , que ces autres. Là il verra que
resusciter les morts estoit vne chose quasi
aussi commune aux disciples de S. François comme boire vn verre de vin. Et
mesme S. François tua yn homme de
gayeté de cueur, pour puis apres auoir le
plaisir de le resusciter. Voici les propres
mots au fueillet 120, *Locus est dictus de
Nuceria, in quo beatus Franciscus fecit illud
insigne miraculum, quòd cuiusdam medici filium primogenitum prius occidit, & contri-
tum suscitando restituit*. Et sans cercher
ail-

ailleurs qu'a'i prefent liure, on pourra
voir ci-deffus (au chapitre qui monftre
les blafphemes des gens d'eglife) combien de fortes de miracles luy font attri-
buez. Mais le bon eft qu'au mefme liure
plufieurs fiens miracles ne font tefmoignez
que par le diable : (tant fe font oubliez les
malheureux qui ont efté auteurs de ce liure) plufieurs auffi tant de luy que de fes
compagnons ou difciples, ne font faicts
que par charmes & illufions de Satan. Ce
que toutesfois n'eft pas dict là, mais Dieu
a voulu les recits eftre faicts en forte,
qu'on le peut aifeement conclurre.

IX. Or auois-ie deliberé de mettre ici
fin à ce recueil des paffages tirez des legendes : mais il m'eft depuis fouuenu de
deux lefquels ie fay fcrupule d'omettre,
eftans pris dudict liure intitulé Conformité &c. Au fueillet 72. Vn aueugle touchant fes yeux du froc de frere François
de Duratio, recouura la veue. Au fueillet 74. Vne femme de Thoulouze ayant
efté trauaillee du flux de fang par qua-
torz'ans, difoit en elle mefme, Helas fi
ie pouuois toucher le bord de fa robbe,
ie ferois guarie : ce qui fut faict &c. Au
fueillet 64, Frere Benoift d'Arezze fut
fort deuot enuers S. Daniel, duquel le
fepulchre eft en Babylone gardé par les
dragons. Lequel ledict frere defira voir.
Ce qu'il ne put accomplir pour la lon-
gueur du chemin, & pour la crainte
des

des dragons & ferpens. Adonc vn grand
dragon luy apparut, & le mettant fur fa
queue, le porta droit audict fepulchre de
Daniel. Alors ledict frere ouurant le fepulchre, prit vn doit du corps de Daniel
par deuotion : & le frere fut reporté en
fon lieu par le mefme dragon. Et penfe - on
que ce fut vn ange de Dieu. Le mefme frere fut comme vn fecond Ionas,
ietté en la mer en temps de tourmente :
mais foudain eftant enuelopé d'vne petite nuee, il fut porté en paradis terref-
tre. Or Enoch & Elie le voyans, luy demanderent qui il eftoit. Aufquels il refpondit, Ie fuis le frere de fainct François. Ce qu'oyans Elie & Enoch danfe-
rent de ioye, & menerent par tout ledict
frere. De là il fut reporté en la mer par
vne petite nuee. Ce que les hommes voyans, furent merueilleufement eftonnez.

X. ET pour retourner à frere *Iuniperus*, au fueillet 91, il eft affermé par frere Ian Des valees qu'il fentoit l'odeur &
la venue dudict *Iuniperus* de douze lieues
loiñ. Et faut noter que ie mets douze lieues à bon conte : car il-y-a au Latin, *Huius odorem feu aduentum frater Io-
hannes De vallibus dixit fenfiffe per viginti oc-
to milliaria.* Item le mefme frere *Iuniperus* ainfi comme il faifoit par humilité ce
qui a efté raconté ci-deffus, auffi fut il
trouué iouant par humilité auec vn enfant à vn ieu qui s'appelle La bafcule,

ou

ou La hauſſe qui baiſſe. Et à propos d'humilité, voici la plus eſtrange folie du monde
attribuee auſſi à humilité, au fueillet 72.
Frater Thomas pollicem ſibi amputauit propter
humilitatem, ne ſacerdos fieret claruit multis mi
raculis. C'eſt à dire, Frere Thomas ſe
coupa le pouce par humilité de peur d'eſtre preſtre, & fut excellent en beaucoup
de miracles. I'ay bien voulu, quant à ce
conté, produire l'original, à-ſçauoir les
propres termes eſquels il eſt eſcrit : pourceque i'ay penſé que le lecteur ne le trouueroit moins eſtrange que ie l'ay trouué :
veu meſmement la raiſon qui eſt rendue,
que ce fut par humilité : c'eſt à dire (comme ie l'enten) pour autant qu'il ſe iugeoit indigne de tant d'honneur que de
celebrer la meſſe. Au lieu que le poure
malheureux deuoit au-contraire le ſe
couper, & non ſeulement vouloir perdre
vn membre, mais mourir de mille mors,
pour auoir horreur d'eſtre du nombre des
meſſotiers, c'eſt à dire des bourreaux du
corps de noſtre ſeigneur Ieſus Chriſt : ie
di bourreaux entant qu'en eux eſt. Or
quelle punition il meritoit pour ceſte tant
indiſcrette voire folle humilité, i'en laiſ
ſeray le iugement à autres : mais la punition que le roy François premier de ce
nom ordonna à deux qui s'eſtoyent coupez la main l'vn à l'autre (*b*) pource
qu'on

(*b*) *Coupez la main l'un à l'autre &c.*) Ie ne ſache aucun de nos Hiſtoriens qui parle de cela, qu'on les vouloit enuoyer aux galeres, ce fut d'eſtre pendus & eſtranglez. Lequel conte i'ay ouy faire à feu Charles Maril-lac eſtant lors eueſque de Vienne & am-baſſadeur pour le roy à Ausbourg.

XI. QVANT aux autres drogües men-tionnees au titre de ce chapitre, i'ay en-tendu par ce mot autres contes qui ne viennent de- meſmes boutiques, à-ſça-uoir des legendes des ſainéts : mais ſont forgez les vns es boutiques des contem-plations, les autres es boutiques de re-uelations, les autres en quelques autres boutiques ſecrettes. Car ces gentils preſ-cheurs, & notamment les quatre que i'ay tantoſt alleguez, racontans vn'hiſtoire de quelque ſainét ou ſainéte, quelquesfois diſent l'auoir priſe de ſa legende, ou de tel ou tel auteur : quelquesfois en recitent leſquelles ils diſent tenir de ceux qui les ont eues par contemplation ou reuelation : quelquesfois auſſi (& fort ſouuent) n'al-leguent aucun auteur, mais ſe contentent de On dit, ou On lit. Ce que ie di non ſeulement des contes qui ſe font tou-chant les ſainéts, mais auſſi touchant au-tres perſonnes, & ſe font toutesfois or-dinairement pour l'eſgard de quelque mi-racle. Quant aux exemples, ie les laiſſe-ray cercher es liures des ſuſdiéts preſcheurs (leſquels entr'autres doéteurs contempla-tifs alleguent *Landulphus & Bonauentura* : alleguent auſſi quelques eſcrits intitulez

liures

liures de reuelations, & entr'autres *librum reuelationum Elizabeth*) & mettray feulement trois hiftoires (ou pluftoft fables) dont l'vne eft du nombre de celles que les moines & preftres auoyent en grande recommendation, d'autant qu'elles aidoyent à faire venir l'eau au moulin. Et eft telle (es fermons intitulez *Dormi fecurè, in dedicatione ecclefiæ, fermone* 68.) *Legitur de quodam facerdote, qui in quadam miffa liberauit de purgatorio animas nonaginta nouem : & quum interrogaretur, &c.* C'eft à dire, On lit d'vn certain preftre qui en vne certaine meffe deliura de purgatoire nonanteneuf ames : & eftant interrogué à quoy il auoit tenu qu'il n'eftoit venu iufques à cent, pour faire le conte rond, il refpondit qu'vne maudite porte en auoit efté caufe, laquelle s'ouurant & batant contre la paroy, par ce bruit luy auoit faict oublier ou il en eftoit : & mefmes au lieu qu'il eftoit lors raui en contemplation, l'auoit desbauché de ce bon eftat. La feconde hiftoire ou fable (hiftoire pour eux, fable pour nous) eft telle, *in natiuitate Domini, fermone* 69, *Vnde legitur exemplum quòd fuerint duæ iuuenculæ* &c. C'eft à dire (en abbregeant vn peu le Latin) Qu'il y eut deux ieunes filles, grandes compagnes, qui en cefte faincte nuict (àfçauoir de la natiuité de noftre Seigneur) apres auoir ouy la premiere mef-

Tome II. H fe

se s'en allerent en quelque endroit de leur cloiftre à l'efcart deuifer de ceft enfant Iefus, en attendant qu'on fonnaft la feconde. Or l'vne demanda à l'autre, Pourquoy voulez - vous auoir deux couffins, veu que ie n'en ay qu'vn ? l'en mettray vn au milieu, dit - elle, pour y faire feoir l'enfant Iefus : car il a dict, (comme raconte l'euangelifte) Ou il-y-a deux ou trois perfonnes affemblees en mon nom, ie fuis là au milieu d'elles. Cela eftant ainfi faict, elles demeurerent là affifes, prenans grand plaifir à tel deuis, depuis la fefte de la natiuité de Iefus Chrift, iufques à la fefte de la natiuité de S. Ian Baptifte : le temps cependant ne leur ayant rien duré, tellement qu'il leur fembloit qu'il n'y auoit pas plus de deux heures. Or l'abbeffe & les autres nonnains eftoyent fort eftonnees ou feroyent demeurees ces deux ieunes filles. Il auint donc en la veille de la fefte de S. Ian Baptifte qu'vn bouuier paffant par deuant le lieu ou elles eftoyent, apperceut vn bel enfant aflis fur vn couflin au milieu d'elles. Dequoy il alla incontinent auertir l'abbeffe : laquelle le fuiuit iufques audict lieu, ou elle vit ceft enfant qui fembloit fe iouer auec elles. Eftans là trouuees par leur abbeffe luy demanderent toutes honteufes fi la feconde meffe eftoit fonnee, pourcequ'elles ne penfoyent auoir arrefté plus
de

de deux heures : & furent bien esbahies
quand elle leur dict qu'elles auoyent esté
là depuis la natiuité de noftre Seigneur iufques à la natiuité de S. Ian Baptifte. Puis
leur demanda ou eftoit allé ceft enfant
qui eftoit au milieu d'elles. Mais elles iu-
rerent n'en auoir veu aucun. Pourtant
elle leur declara &c. Efcoutons maintenant la troifieme , qui eft prife de Barelete, Saincte Katherine , vne fois qu'en
difant le pfeaume LI, qui commance *Mi-
ferere mei Deus* , elle fut venue iufques à
Cor mundum crea in me Deus , c'eft à dire ,
O Dieu cree en moy vn cueur net, noftre Seigneur s'apparut à elle & luy ofta
fon cueur. Au bout de trois iours (pendant lefquels ell'eftoit demouree fans
cueur) noftre Seigneur luy donna vn nouueau cueur, difant, Ma fille Katherine ie
t'ay donné vn cueur nouueau , à fin que
tu fois totalement nette à mes yeux. En
figne dequoy (encore que la place eut
efté confolidee) demeura toufiours quelque cicatrice. Or elle ayant efgard à ceci, difoit en fon oraifon, Seigneur ie te
recommande ton cueur, non pas le mien.
Toutesfois quant à ce conte de Barelete,
il eft vrayfemblable qu'il foit pris de la
legende de cefte faincte, encore que luy
ne le die point.

XII. IE penfe que le lecteur fe tiendroit maintenant content & fatisfaict de
moy touchant ce que i'ay promis au titre

du prefent chapitre : pour raifon dequoy
ie ne doute pas que defia mes merites ne
foyent grans enuers celle qui fe dit noftre
mere fainéte eglife : mais pour venir iufques aux œuures de fupererogation, ie
prendray encore cefte peine de monftrer
comment les fufdiéts prefcheurs accommodoyent leurs contes, hiftoires ou fables fufdiéles à leurs prefches. Ils commançoyent par vn paffage de l'Efcriture
(qui eftoit appelé theme : dont vient cefte façon de parler *Iuxta thema prælibatum*)
lequel fi fe trouuoit eftre à propos de la
matiere qui deuoit eftre traitee, c'eftoit
tant mieux: finon, il faloit qu'il demeu-
raft là, prenant patience. Mais il faut noter que le plus fouuent quand le fermon
deuoit eftre de quelque fainét, on ne laiffoit pourtant de prendre vn theme parlant de Iefus Chift, ou autre: Exemple es
fermons intitulez *Dormi fecurè*, *De fanéto
Andrea fermone*, il commance ainfi, *Chrifto
confixus fum cruci*, ad Gal. 2. *Notate cha-
riffimi* (*dicit enim beatus Auguft. fuper verbo prædiéto) quòd Chriftus &c. Certè hoc fecit fanétus Andreas, quùm magno defiderio
quieuit per biduum in cruce, & in ea obdor-
miuit in Domino. Ideo conuenienter dicit,
Chrifto confixus fum.* Et au fermon *de fanc-
to Auguftino*, *Tu fignaculum fimilitudinis
Dei, plenus fapientia, Ezech.* x x v i i i.
Vn peu apres, *Quare merito dicitur de eo
[fanéto Auguftino] Tu fignaculum fimi-
lit.*

lit. &c. In quibus quidem verbis tria notan-
tur in quibus sanctus August. commendatur.
Primum est &c. Item au sermon XIII,
De sancta Agnete, Quàm pulchra es & de-
cora charissima in deliciis, Cantic. 7. Notate
charissimi : dicit enim sanctus Gregorius quòd
mos est amantium mutua collaudatione lætari.
Hinc est enim quòd Dei filius qui &c. ad-
uertens pulchritudinem sanctæ Agnetis quam
habuit in corpore & anima, bene commendat
eam, dicens, Quàm pulchra es &c. In qui-
bus quidem verbis sancta Agnes tripliciter com-
mendatur à Christo suo dilecto. Primò &c. Il
est vray qu'en quelques lieux il a esté vn
peu plus conscientieux, non pas qu'il se
soit gardé d'abuser ainsi de l'Escriture,
mais il a confessé qu'il appliquoit tel ou
tel passage à autre personne qu'à celle de
qui il estoit escrit, comme *De sancta Lu-*
cia sermone 6, Lux in tenebris lucet, & te-
nebræ eam non comprehenderunt, Ioann. 1.
Notate charissimi : quanuis istud verbum sit
dictum de Christo, tamen conuenienter potest
dici de sancta Lucia. In quibus quidem ver-
bis tria notantur, in quibus sancta Lucia
nobis tripliciter commendatur. Primum est no-
bilitas nominis, &c. Mais voici vn'impudence encore beaucoup plus grande, ou
non seulement il applique ainsi le passage
à autre personne, mais le corrompt en
rongnant ce qui ne sert à son propos, ou
plustost ce qui est du tout repugnant à
iceluy. Car preschant de la conception de

la

la vierge Marie, & voulant entr'autres
choſes maintenir qu'ell'auoit eſté exempte
du peché originel, prend vn paſſage ou
il eſt parlé de conception, mais il omet
ce qui eſt là dict de peché accompagnant
ceſte conception. Voici comment : Dauid au 51. pſeaume dit, *Et in peccato concepit me mater mea*, c'eſt à dire, Et en peché ma mere m'a conceu : mais ce preſcheur voulant accommoder ce paſſage à
la vierge Marie, laquelle il ſouſtient auoir
eſté conceuë hors de peché, retrenche
ces trois mots *& in peccato*, & allegue ſeulement, *Concepit me mater mea*, C'eſt à dire, Ma mere m'a conceu. Or de quelles
preuues il vſe apres, nous en parlerons
au chapitre ſuiuant, ou nous traiterons
de leurs queſtions. I'allegueray ſeulement
ceſt exemple pour le preſent, *Vnde bene
dicitur illud* 1. *Ioh. cap.* v, *Tres ſunt qui
teſtimonium dant, ſcilicet virgini Maria quòd
ſit ſine peccato originali concepta. Et Danie-
lis* 1 1 1, *Hi tres quaſi ex vno ore laudabant
Deum, ſcilicet quòd matrem ſuam præſerua-
uit ab originali peccato.* Apres le theme l'vn
ſuiuoit vne maniere, l'autre en ſuiuoit
vn'autre. Aucuns alleguoyent volontiers
quelque ſentence morale, ou philoſophi-
que, ainſi qu'es ſermons *Dormi ſecure* l'ordinaire eſt apres le theme d'alleguer Ariſ-
tote. Comme apres le paſſage ſuſdict du
51. pſeaume, *Concepit me mater mea*, il-
y-a, *Notate chariſſimi dicit Ariſt. in lib.* 2.

de generatione & corruptione, quòd melius est
esse quàm non esse. Quum igitur Deus voluit
Mariam &c. Et au sermon *de sancto Au-*
gustino, Tu signaculum similitudinis Dei, ple-
nus sapientia, perfectus decore, Ezech. xviii.
Notate charissimi: dicit enim Aristoteles 6.
Topic. quòd imago est cuius generatio est per
imitationem: hinc est enim quòd sanctus Au-
gustinus &c. Et au sermon *de sancto Lau-*
rentio, Victoriam & honorem acquirit qui
dat munera, Prouerb. xxii. Notate cha-
rissimi: dicit Aristot. iiii. Ethic. quòd laus
& gratiarum actio debetur danti à recipiente.
Hinc est enim quòd sanctus Laurentius &c.
Or me fait souuenir ceste alleguation des
ethiques du theologien qui disoit que si
les liures de la saincte escriture estoyent
perdus on en retrouueroit vne grand' partie es ethiques d'Aristote. Cela sçauons-
nous que du temps de nos predecesseurs
es disputes de theologie, Aristote & les
commentateurs d'iceluy estoyent plus souuent alleguez que les liures de la bible
& ses expositeurs. Mais pour retourner aux
façons de faire de ces prescheurs, aucuns
autres incontinent apres le theme diui-
soyent la matiere qu'ils auoyent à traiter,
en certaines parties. Et la plus ancienne
façon estoit de dire qu'vne partie seroit
allegorique, l'autre anagogique, l'autre
tropologique: au lieu que pour parler plus
veritablement, ils deuoyent dire qu'vne
partie seroit morologique & l'autre my-

tho-

thologique. Aucuns commançoyent par
quelques queſtions, aucuns vſoyent de
quelqu'autre entree. Or pour venir à ce
que i'ay promis de monſtrer, à-ſçauoir
comment ils accommodoyent ces contes:
l'ordinaire eſtoit, pour appliquer à leur
temps la doctrine qu'on deuoit tirer du
texte de la bible, d'vſer de certaines diui-
ſions, & puis amener ſur chacun point
tous les contes dont ils ſe pouuoyent auiſer. Exemple, Barelette traitant ce paſſage, *Quum hæc diceret, extollens vocem quæ-*
dam mulier, dicit, Beatus venter qui te por-
tauit. Vn peu apres vient à dire, *Applica*
euangelium. De impedimentis confeſſionis erit
ſermo noſter. In quo quinque impedimenta
ſunt videnda in præſenti. Primum dicitur pu-
dor propalandi : ſecundum dicitur timor reci-
diuandi: tertium &c. Et puis il traite ces
points l'vn apres l'autre, alleguant les ſentences tant des auteurs eccleſiaſtiques que
des profanes, & les exemples dont il ſe
peut auiſer, ſoyent vrays ou non, viennent à propos ou non. Comme, traitant
le ſecond, *Vna maxima eſt in theologia*
(dit-il) *quòd Deus nouit omnia peccata*
noſtra. Non debet peccator &c. Vn peu apres,
O peccator peccata tua ſunt nota. Exemplo
patet de abbate Paphnutio, qui ad Thaidem
meretricem perrexit in Alexandriam, fingens
ſe eſſe mercatorem : & ipſam inuitat ad tur-
pem actum. Quúmque ad ſecundam & tertiam
cameram peruéniſſent, tandem ipſum conducit
ad

ad locum secretiorem. Possumus (inquit Paph-
nutius) videri. Respondit , Nisi nos Deus
videat , alius non videt. Credis , inquit, à
Deo videri ? Immo heu filia quantum debe-
mus erubescere coram Deo , si erubiscimus co-
ram hominibus? Compuncta & lacrymis ple-
na , acceptis rebus suis quæ erant pretio qua-
dringentarum librarum , in medio ciuitatis
omnia consumpsit , inuitans iuuenes ad actum
illum. Sanctus Dei ipsam conclusit in quodam
loco , sigillans plumbo per annos tres in pæ-
nitentia. Ad propositum. Non erubescas con-
fiteri , &c.

XIII. OR quant à ce que i'ay dict qu'ils
employoyent aussi les tefmoignages des
auteurs profanes , il faut noter qu'ils ne
s'en feruoyent pas seulement pour prouuer quelques sentences morales ou philo-
sophiques , mais quelquesfois aussi pour
prouuer ce qui concerne noftre religion.
Comme le mefme prefcheur Barelete sur
ces mots de la vierge Marie, *Beatam me*
dicent omnes generationes, dit que les payens
mefmement, les Sibylles , Ouide, Virgile , ont eferit les louanges de la vierge
Marie (au fueillet 71. col. 4.) alleguant
toutesfois les mots de Virgile seulement,
à-fçauoir, *Vltima Cumæi venit jam carmi-*
nis ætas &c. Et au mefme lieu il dit que
les Sarrazains & les Turcs l'adorent en
leurs temples, & puniffent ceux qui la vi-
tuperent , comme il eft eferit en l'alcoran.
Pareillement l'auteur des fermons intitulez

lez *Dormi fecurè* ne fe contente pas de falfifier euidemment l'expofition de ce paffage du cinquieme chapitre de la premiere
epiftre de fainct Ian, Car il-y-en-a trois
qui donnent tefmoignage au ciel : en expofant, Qui donnent tefmoignage, a-
fçauoir à la vierge Marie, qu'ell'eft conceue fans peché originel. Et qui font ces
trois ? maiftre Alexandre Niccam, Bonauenture cardinal, & fainct Bernard : defquels nous parlerons tantoft plus amplement. Ni ne fe contente de falfifier là-
mefme ceftuy-ci du troifieme chapitre de
Daniel, Ces trois quafi d'vne bouche
louoyent Dieu, en expofant, Louoyent
Dieu a-fçauoir de ce qu'il auoit preferué
fa mere du peché originel. Il ne fe contente
(di-ie) de ces fauffes allegations des paffages de la bible, ni du tefmoignage de quelques docteurs, mais allegue auffi les Sarrazins & l'alcoran de Mahomet. *Nec mirum*
(dit-il) *quòd ista affirmatio à Catholicis tenea-*
tur, quum etiam Sarraceni illud præconium fi-
bi attribuant. Nam in quodam libro fuo qui di-
citur alcoran, qui liber fuit editus per difci-
pulum Mahometi & eft authenticus inter eos,
fic inquit Mahometi difcipulus, Audiui nun-
tium Dei dicentem, Nullus de filiis Adam
nafcitur quem non tangat Satan, præter Ma-
riam & filium eius. Quapropter & ipfe Ma-
hometus collaudans virginem in fuo alcora-
no, fic dicit, O Maria, Deus vtique de-
putauit te & elegit te fuper fœminas fecu-
lorum.

lorum. O *Maria Deus annuntiauit tibi verbum suum de se. Nomen eius Messias: & Iesus Mariæ filius honorabitur in hoc seculo &
in alio &c.* Or faut-il noter qu'auant que
venir au tesmoignage de l'alcoran il auoit
produit toutes les autoritez de la bible
& des docteurs desquelles il pensoit pouuoir faire son proufit: aioustant mesme,
pour mieux autorizer leur opinion, *Sancta synodus dicit quòd dicta sanctorum docto-
rum scilicet Augustini, Hieronymi, & aliorum, à cunctis fidelibus sunt retinenda sicut
quatuor euangelistæ.* Et que fait-il apres?
Il vient aux contes, de l'accommodation
desquels ie traite maintenant. *Tertiò* (dit-
il) *dico quod virgo Maria est sine originali
peccato concepta, quia est exemplis confirmatum: specialiter autem tribus exemplis quæ
facta sunt in tribus magnis doctoribus sanctæ
matris ecclesiæ, scilicet in magistro Alexan-
dro Niccam, in domino Bonauentura cardi-
nali, & in sancto Bernardo.* Et que contiennent ces contes? Comment la vierge
Marie a monstré qu'ell'estoit indignee contre ceux qui soustenoyeent qu'ell'estoit
conceue en peché originel: & nommeement quant à maistre Alexande Niccam,
que luy ayant faict courir le bruit par
trois diuerses fois qu'il prouueroit que la
vierge Marie auoit esté conceue en peché
originel, toutes les trois fois fut par maladie empesché de ce faire. Toutesfois
encore depuis reprit ceste deliberation:
mais

mais la nuict dont il deuoit le lendemain
tenir ſes concluſions, il tomba en vne
treſgriefue maladie. Alors il inuoqua la
vierge Marie à ſon aide: laquelle ne faillit à le venir trouuer ſur l'heure, & luy dict
de prime arriuee, *Hanc infirmitatem pate-*
ris pro eo quod me eſſe conceptam in peccato
originali probare niteris. C'eſt à dire, Tu
endures ceſte maladie pourceque tu t'ef-
forces de prouuer que i'ay eſté conceue
en peché originel. Et apres luy auoir dict
cela, elle prit le couteau de la chambriere qu'elle menoit, duquel elle coupa au
coſté dudict maiſtre Alexandre vne piece
de chair pourrie, (i) puis auec vn'aguil-
le & du fil de ſoye (car il-y-a *ſerico fi-*
lo) raccouſtra la place. Et pourtant ne
faillit ce maiſtre Alexandre apres cela de
quitter ceſte mauuaiſe opinion, voire
compoſer vn gros liure pour l'opinion
contraire. Ie laiſſeray les deux autres contes
pour la fin du chapitre ſuiuant. Or pour
la fin il met ceſte belle alleguation de laquelle i'ay parlé ci-deſſus. *Tres ſunt'qui*
teſtimonium dant, ſcilicet virgini Mariæ &c.
Voila donc comment il accommode ces
con-

(i) *Une piece de chair pourrie &c.*) A ceci ſemble
faire alluſion Jean Marot. pag. 220. de ſes Oeuvres
édit. de 1723. dans ſon Chant-Roial de la Conception,
où pour marque de la Victoire remportée ſur le Ja-
cobin par un Cordelier, il eſt dit que celui-ci ra-
vit à l'autre *une* lame *de ſon* harnois.

contes, les ayant gardez pour la derniere & plus ſeure preuue. Car voici comment il auoit diſpoſé ſes argumens touchant ce point *quòd eſt concepta ſine origi-*
nali peccato: Primò, quia fuit à Deo præ-
ſeruata: Secundo, quia hoc eſt per ſacram
ſcripturam præfiguratum, ac per dicta ſanc-
torum approbatum: Tertio, quia eſt exemplis
prænuntiatum ac confirmatum. Ie monſtre-
ray encore ci-apres comment ils ſe ſer-
uoyent de ces contes en choſes qui con-
cernoyent le bien ou l'honneur de noſtre
mere ſainct'egliſe, ou tous les deux.

XIV. QUANT aux contes qu'ils a-
uoyent couſtume de reciter es preſches
qu'ils faiſoyent ſur la louange de quelque ſainct ou ſaincte, l'accommodation eſtoit telle qu'à chacune vertu qu'ils
luy attribuoyent, (or n'en oublioyent ils
pas vne s'ils pouuoyent) ils aiouſtoyent
pour vn teſmoignage irrefragable, quelque conte ou quelques contes de ce qui
auoit eſté faict ou dict par luy.

CHAP.

CHAP. XXXV.

De plusieurs sortes de questions , & aucu-
nes non moins meschantes que friuoles ,
dont aussi estoyent garnis lesdicts pres-
cheurs.

ILs employoyent aussi vne partie de leurs presches à des questions qui ne valoyent guere mieux que le reste: ie di questions les vnes trop curieuses, les autres non seulement curieuses, mais aussi friuoles & inutiles, & puis, pour la plus part, fort sottes & ridicules. Et toutesfois nous sçauons que telle curiosité a esté reprise de tout temps. Car nous voyons combien ell'a despleu à Sainct Paul, & puis à plusieurs anciens docteurs. Entre lesquels Sainct Augustin raconte (si bien me souuient) d'vn qui fit response à vn curieux telle que sa curieuse & outrecuidee question meritoit. Car ayant demandé que Dieu faisoit auant la creation du monde , il luy fut respondu qu'il bastissoit vn enfer pour tels curieux. Nous trouuons aussi vn'epistre de l'empereur Constantin en laquelle il monstre le mal qu'apportent les questions curieuses. Mais cela n'a point gardé Thomas d'A-
quin ,

quin, Pierre Lombard, & autres, de mettre en auant plusieurs questions friuoles &
inutiles, voire aucunes pernicieuses &
ayans du blaspheme : ni aussi n'a gardé
les docteurs de nostre temps de tenir en
leurs escholes disputes de telles questions,
& en inuenter tous les iours de nouuelles.
Et touchant quoy sont ces questions ?
Touchant Dieu , touchant la diuinité &
humanité de Iesus Christ, touchant les
anges. Comme, *Vtrum Deus posset pecca-
re si vellet, &c.* A - sçauoir - mon si Dieu
pourroit pecher s'il vouloit. A - sçauoir-
mon si Dieu peut faire maintenant tout ce
qu'il a pu faire par le passé. A - sçauoir-
mon si Dieu peut sçauoir quelque chose
qu'il ne sçache. A - sçauoir - mon si Dieu
pouuoit prendre la nature humaine en sexe
feminin. Mais celles - ci principalement
sont reseruees aux plus illuminez docteurs
(ie di *illuminatis doctoribus*) *Vtrum plures
in Christo filiationes. Item, Vtrum Deus po-
tuerit suppositare mulierem, vel diabolum, vel
asinum, vel cucurbitam, vel filicem. Et si
suppositasset cucurbitam , quemadmodum fue-
rit concionatura , editura miracula, & quò-
nam modo fuisset fixa cruci.* Item, A - sçauoir - mon qu'eust consacré S. Pierre s'il
eust consacré alors que le corps de Iesus
Christ estoit pendu en la croix. Item, A -
sçauoir - mon si apres la resurrection il sera licite de manger & boire. Et quant
aux anges, A - sçauoir - mon si les anges
sont

font bien d'accord enfemble. A-fçauoir-
mon fi Dieu fe fert de tous. A-fçauoir-
mon fi les anges font marris de la damnation des hommes qu'ils ont en garde. Ie
laiſſe les queſtions des noms des anges &
archanges, de leurs preeminences & leurs
fieges: combien eſt haut monté l'vn pardeſſus l'autre, & autres choſes qui concernent leur hierarchie. Ils ont auſſi force
queſtions *de notionibus, relationibus, inſtan-*
tibus, formalitatibus, quidditatibus, ecceita-
tibus, & autres mots qui femblent auoir
eſté faicts pour coniurer les diables, &
fouloyent toutesfois eſtre ordinairement
en la bouche des docteurs fcholaſtiques,
tant nominaux que réaux, Thomiſtes, Al-
bertiſtes, Occaniſtes, Scotiſtes, & autres.
Auſſi fe font-ils amufez & s'amufent à des
queſtions fort fogrenues touchant leurs
articles de la religion Chreſtienne, & nommeement touchant ce qu'ils appellent le
fainct facrement de l'autel : comme on
peut voir au liure appelé *Cautelæ miſſæ*.
Et encores n'ont ils fçeu faire tant de
queſtions touchant ce point, qu'on n'en
trouue de iour en iour vn grand nombre
de nouuelles. Dequoy il ne fe faut efmerueiller, veu les dangers aufquels leur facrifice eſt fuiect. Car quant à l'hoſtie : ils
ont bien meu force queſtions touchant les
inconueniens qui luy pouuoyent auenir :
mais fi en eſt-il auenu defquels ils ne fe
fuſſent iamais doutez. Et mefme ils ne
par-

parlent point d'vn accident tel que celuy
qui auint à S. François : c'eſt qu'en diſant
la meſſe (au fueillet 72 du liure Des conformitez allegué ſouuent ci-deſſus) il
trouua en ſon calice vne araignee, laquelle ne voulant point ietter hors, il la but
auec le ſang. Il eſt vray que ſe frottant
& gratant la cuiſſe là où il ſentoit vne
demangezzon, il ſe fit ſortir ladiĉte araignee par icelle cuiſſe. Voici, à dire la
verité, vn conte lequel peut eſtre motif
de pluſieurs queſtions qui n'ont point encores eſté ouyes. Car premierement on
pourra demander ſi ce ſang ainſi empoi-
ſonné auoit autant de vertu que s'il ne
l'euſt point eſté, & notamment ſi el-
l'eſtoit alors penetratiue iuſques en purgatoire. Item ſi ceſte araignee eſtoit venue là de ſon propre mouuement, ou
bien par quelque reuelation qu'ell'auoit
eue miraculeuſement & contre tout ordre
de nature. Item ſi elle participa point aux
merites du ſacrifice, ou pour le moins ſi
elle fut pas ſanĉtifiee. Auſſi pourroit-on
mouuoir vn autre queſtion, ſi ceſte araignee
ſe pouuoit enyurer de ce breuuage. Voire
ceux qui entendent ces ſubtilitez, en
pourroyent mouuoir encore deux ou trois
douzaines : qui eſt la raiſon pour laquelle ie di qu'on ne ſe doit esbahir s'ils ne
peuuent trouuer le bout des queſtions
qu'engendre ceſte myſtiquement ou myſ-
terieuſement eſtrange façon de ſacrifice.

II. TOUTESFOIS encore n'y auroit-
il pas si grand' pitié en eux s'ils ne se
rompoyent la teste qu'apres les questions
qui appartiennent aux points susdicts :
mais tant s'en faut qu'ils se contentent
de celles-la, qu'ils veulent entrer iusques
au conseil priué de Dieu, quant à toutes
choses generalement. Aussi les a incitez
ceste curiosité à aiouster par leur hardie
inuention à ceste partie de la bible qui
contient des histoires, toutes sortes de
circonstances : comme on a pu voir ci-
deuant ou i'ay parlé de leurs paraphrases :
voire iusques à vouloir assuiettir les histoires de la saincte escriture à cela mesme
à quoy ils ont assuietti les fables des legendes, à-sçauoir iusques à leur faire
rendre conte du nom qu'auoit le chien
de S. Roch.

III. POUR donc prouuer par exemples
ce que ie vien de dire, & commancer
par les questions curieuses ou il-y-a
moins de danger, escoutons la plaisante
raison qu'allegue Menot (au fueillet 47.
col. 4.) pour laquelle Iesus Christ ne voulut
permettre à S. Pierre d'vser de son espee.
Pource (dit-il) qu'il n'auoit point appris à en iouer : comme il monstra bien
quand au lieu de couper la teste à Malchus, il luy coupa l'oreille. Car pensez
vous (dit-il) qu'il feroit beau voir qu'vn
homme portast vn liure, auquel il ne sçeust
pas lire ? ainsi est-il de porter l'espee
sur

fur la cuiffe, & n'en fçauoir pas iouer.
Or notons ici outre cefte tant outrecuidee fentence, touchant la raifon qui mut
noftre Seigneur à faire ce commandement
à S. Pierre (au lieu que la vraye raifon
eft toute euidente) deux autres points
qu'il tient pour tous certains, combienque ni luy ni homme du monde ne les
ait pu affeurer, par les mots de l'Euangile, auquel feul on fe doit arrefter. Ces
deux points font : l'vn, que S. Pierre
vouloit couper la tefte à Malchus alors
qu'il luy coupa l'oreille, mais il faillit
fon coup : l'autre eft, que le glaiue duquel
il luy coupa l'oreille, eftoit vn'efpee. Ie
laiffe vn autre point, qui n'eft pas moins
plaifant : à fçauoir que Pierre eftoit pape
des lors. Car il dit, *Sed cur Dominus no-*
luit quòd Petrus vteretur gladio, vifo quod
papa erat? Et à dire la verité cefte parole a donné beaucoup d'affaires à plufieurs
autres docteurs & prefcheurs. Car il n'a
pas efté iufques à Pafquin qui n'ait obiec-
té cefte parole de noftre Seigneur au pape : mais on luy a bien fçeu quelquesfois
trouuer fa refponfe : comme on pourra
voir en ces deux epigrammes,

Quum tibi non ætas habilis fit Caraphe bello,
   Et caftris habeas cognita clauftra magis :
Quum defit miles bellique pecunia neruus,
   Quis te præcipitem cogit ad arma furor?

Infir-

Infirmis humeris damnata quid induis
   arma ?

Quæ tibi quum libeat ponere, non liceat ?

Cur respirantem & curantem vulnera mun-
   dum

   Concutis, & Martem solus ad arma cies ?

Da miseris requiem, & spatium concede ma-
   lorum,

Si nobis pater es, si tua cura sumus :

Conde senex gladium, & Christi reminisce-
   re verbi :

   Quod dixit Petro, dixit & ille tibi.

Responfe,

Quod dixit Petro Christus, nolim esse putetis
   Dictum (pontificum pace Petrique) mibi.

Nam neque sum Petri successor, nec quo-
   que talem

   Agnoscit bona pars Christicolarum bodie.

Pauli ego (successu cœptis meliore deinceps

   Dij faueant) sumpsi nomen & arma
   simul :

Et Christi verbi memor intrepidusque mi-
   nister,

   Non veni pacem mittere sed gladium.

Et à propos de Malchus, auquel S. Pierre, adreffant mal fon coup, coupa l'o-
reille, penfant couper la tefte, le mef-
                me

me prescheur dit que ce n'est pas sans
cause que Malchus estoit seruiteur du prince des prestres : mais que c'est pourceque
Malchus signifie roy. Sur quoy il sçait
tresbien faire sa conclusion, que comme
Malchus ayant vn nom qui signifie roy,
seruoit au prince des prestres, ainsi la
maiesté royale est assuietie à la puissance
& autorité prestrale. Aussi me souuient
d'vne question du mesme prescheur sur le
propos dudict S. Pierre : c'est pourquoy
Iesus Christ bailla plustost les clefs de l'e-
glise audict S. Pierre qu'à S. Ian, lequel
(dit - il) valoit bien pour le moins S.
Pierre. Voici donc ce qu'il respond. C'est
pourceque S. Ian estoit de la parenté de
Iesus Christ, voire son cousin germain :
à fin qu'il monstrast par cest exemple qu'en
conferant les dignitez ecclesiastiques on
ne doit auoir esgard à la parenté, mais
à la vie. A quoy aussi Moyse (dit - il)
eut esgard quand au lieu de resigner sa
principauté à ses deux enfans, iaçoit
qu'ils fussent bien entendus, il la resigna
à vn estranger, c'est à dire d'vn autre
tribu, à - sçauoir à Iosue.

IV. ILs ont aussi force questions curieuses touchant Iesus Christ & la vierge
Marie, lesquelles ils prennent des docteurs qu'ils nomment contemplatifs : (du
nombre desquels estoyent *Landulphus &*
Bonauentura.) Comme, A sçauoir - mon
si Iesus Christ a ri. Oliuier Maillard

I 3   res-

refpond de l'autorité de *Landulphus*, qu'il
a fouuent pleuré, mais iamais n'a ri.
Et au paffage mefme ou il dit cela, il
aioufte plufieurs autres curiofitez touchant la robbe que portoit Iefus Chrift:
à - fçauoir qu'ell'eftoit de couleur de
cendres, ronde tant par haut que par
bas, ayant auffi les manches faictes en
rond : & des bordures par bas, à la façon des Iuifs : & que cefte robbe eftoit
faicte à l'aiguille, de la main de la vierge
Marie : & qu'à mefure que Iefus Chrift
croiffoit, fa robbe croiffoit auffi : & qu'elle ne s'vfoit point. Item qu'vn an deuant
fa paffion il auoit accouftumé de porter
vn'autre petite robbe fous cefte-ci. Menot d'autre cofté tient pour refolu que
Iefus Chrift auoit la charnure fort tendre,
voire fi tendre que heurtant du talon contr'vne petite pierre, il fentoit plus de mal
qu'vn autre n'en euft fenti en la prunelle
de l'œil. Et voici la raifon, *quod corpus*
eius fuit formatum ex puriffimis fanguinib.
beatiffimæ virginis Mariæ. Auffi a-il falu
fçauoir qu'elle a efté la plus grande douleur de toutes celles que Iefus Chrift a
fouffertes. Et a efté trouué que ç'auoit efté quand il entra au iardin à x i. heures,
& fua de l'eau & du fang en telle abondance qu'il y en auoit vn petit ruiffeau.
Et comment l'a on fçeu ? On ne l'à pas
fçeu par la contemplation des docteurs,
comme le refte, mais par la reuelation

faicte

faicte à vne femme deuote : laquelle en cest endroit a releué de grand' peine lesdicts docteurs contemplatifs. Ce n'est pas tout : on est venu iusques à vouloir sçauoir comment estoyent faictes les verges desquelles Iesus Christ fut fouetté en la maison de Pilate. Item combien il eut de coups. Item combien il y auoit d'espines en sa couronne. Et ont si bien contemplé aucuns docteurs qu'ils ont trouué certaines nouuelles de tout ceci. Premierement donc en chacun sion des verges estoit attaché vn certain instrument trenchant en façon de rasoir. Quant au nombre des coups les contemplations ne s'accordent pas du tout. Car par la contemplation de quelques docteurs ne s'en trouue que cinq mille de conte faict : mais la contemplation de quelques autres luy en donne mille d'auantage : qui disent qu'il en eut cinq mille sur le corps , & mille sur la teste. Quant à sa couronne , Bonauenture dit qu'il y auoit mille espines. Et quelles sortes d'espines ? *Dicit Lyra* (dit Oliuier Maillard , fueill. 208. col. 2.) *quòd erant de iunco marino. Et quæsiuit ab illis qui fuerant cum beato Ludouico rege in terra sancta , quòd quidam dixit quòd illæ spinæ penetrabant sotulares cum duplici semella , quantumcunque essent noui & fortiter reparati. Corona erat sicut corona imperatoris, in qua erant mille cuspides : & ponebant super caput eius , prementes cum magnis baculis & lapidibus.*

I 4   V. MAIS

V. MAIS S. Ian leur a bien taillé de la befongne quand il ne leur a point voulu dire qu'efcriuit noftre Seigneur alors qu'on luy eut amené la femme qui auoit efté furprife en adultere. Or de plufieurs opinions touchant cela Menot en amene quelques-vnes au fueillet 138. col. 4. ou il dit auffi que l'homme auec lequel ell'auoit efté furprife, fe cachoit derriere les autres. Et tout d'vn train en la colomne precedente on trouuera la refponfe à vne queftion meue touchant le bon larron, à-fçauoir fi Dieu peut pardonner à quelcun fes pechez fans qu'il ait faict penitence & fatisfaction.

VI. ILs n'ont pas efté fi empefchez à deuiner qu'auoit dict noftre Seigneur à fes difciples touchant le figuier qu'il auoit faict deuenir fec : mais ont incontinent trouué en leur cerueau, qu'il leur auoit dict que le figuier fignifioit la fynaguogue des Iuifs, qui deuoit eftre deftruite en brief, à caufe de la malediction que Dieu auoit donnee. Et qui ne me voudra croire, life Menot au fueillet 166, col. 3. Ou il rend auffi la raifon pour laquelle noftre Seigneur auoit eu faim alors. A-fçauoir, pourcequ'il auoit mal fouppé ? Et pourquoy auoit-il mal fouppé ? Pourcequ'il eftoit arriué tard. Car nous fçauons que c'eft l'ordinaire que ceux qui arriuent tard, ont la petite part. Il eft vray qu'il dit que felon aucuns docteurs cefte faim n'eftoit corporelle mais fpirituelle.

VII. ILs

VII. ILs ont faict auſſi telle diligence
qu'ils ont trouué preſque tous les noms
(à propos de ce que i'ay tantoſt dict touchant le nom du chien de S. Roch) de
tous ceux & celles dont il eſt faict mention es Euangiles : tellement qu'il n'y a
ſi petit entr'eux qui ne reſponde à telles
queſtions. Exemple : quant au nom de la
femme pechereſſe qui vint oindre les pieds
de Ieſus Chriſt eſtant à table chez le Pha-
riſien, c'eſt vne choſe hors de doute entr'-
eux qu'ell'auoit nom Marie Magdelaine,
comme i'ay monſtré ci-deuant. Quant à
ceſte femme qui dict à Ieſus Chriſt Bien-
heureux eſt le ventre qui t'a porté, ils
tiennent pour auſſi certain qu'elle ſe nommoit Marcelle, que ſi l'euangeliſte l'euſt
dict. Barelete au fueillet LXXI, col. III,
Quum hæc diceret, extollens vocem quædam
mulier (ſcilicet ſancta Marcella, famula bea-
tæ Marthæ ſororis Lazari) dixit Beatus ven-
ter qui te portauit. Il eſt vray qu'Oliuier
Maillard dit ſeulement que c'eſtoit vne
damoiſelle de Marthe, au fueillet 140.
col. 3. Or quand ils ſe ſont veus eſtre empeſchez à trouuer les noms de quelques
perſonnes, ils ont vſé de nouuelles me-
tamorphoſes : comme quand ne pouuans
trouuer le nom de celuy qui donna le coup
de la lance, ils l'appelerent luymeſme
Lance : (car lonchi comme nous auons
dict ci-deſſus) ſignifie lance : lequel nom
lonchi ils ont donné à celuy qui fit ledict

coup.

coup. Il eſt vray qu'on l'a depuis corrompu en Longi : & meſmes depuis auoir eu
ce credit d'eſtre mis au nombre des ſainǎs
(pour raiſon de ce grand merite d'auoir
percé le coſté à noſtre Seigneur) ſon nom
luy a eſté augmenté d'vne ſyllabe , en
l'appelant ſelon la terminaiſon Latine _Lon-
ginus_.

VIII. OR leur curioſité a bien encore
paſſé plus outre quand ils ſont venus iuſques à ces queſtions , A - ſçauoir - mon ,
ſi Ieſus Chriſt n'euſt point eſté crucifié ,
ſi Iudas ne l'euſt point trahi : A - ſçauoir-
mon ſi la vierge Marie euſt crucifié ſon
fils , ſi autre ne ſe fuſt trouué qui l'euſt
voulu faire. La premiere eſt es ſermons
de Barelete au fueillet 158. col. 4. La
ſeconde ne ſe trouue pas ſeulement es
ſiens , au fueillet 115 : mais auſſi en ceux
de Menot au fueillet 169. col. 3 , comme
i'ay diǎ parcideuant. Et qui eſt la pitié ,
ils ne s'eſtonnent pas de telles queſtions ,
ni ne s'y trouuent autrement empeſchez :
aucontraire ſe trouuent empeſchez (i'enten irreſolus & en grand' doute) en quelques queſtions deſquelles les payens meſmes faiſoyent conſcience de douter. Pour
exemple : _Sed quicquid ſit de corpore_ , (dit
Menot) _anima quæ peccauerit, ipſa morie-
tur. Sic relinquo quæſtionem arduam de im-
mortalitate animæ._ Et toutesfois encore
les deux queſtions que ie vien de propo-
ſer, ne ſont rien au pris de quelques autres

tres que nous auons amenees ci-deſſus de
Barelete, au chapitre des blaſphemes : A-
ſçauoir-mon quels propos auoyent eſté
tenus en paradis quand il fut deliberé &
conclu de faire prendre à Ieſus Chriſt chair
humaine au ventre d'vne vierge, au fueillet 229. col. 4. Item, quelle controuerſe
il-y-auoit eu entre ceux qui s'offroyent
pour aller annoncer la reſurrection de noſtre Seigneur à la vierge Marie, au fueill.
164. col. 4. Item, que dirent les Apoſtres
à la vierge Marie, eſtans fáſchez de ce
que ſon fils ne leur tenoit promeſſe quant
à leur enuoyer le S. Eſprit. Et quel debat il y eut (ô treſexecrable blaſpheme)
en paradis entre le Pere & le S. Eſprit,
refuſant de deſcendre en terre, de peur
qu'on ne le traictaſt de la meſme ſorte que
Ieſus Chriſt , (au fueillet 278. col. 1.)
Mais que di-ie queſtions ? Il recite ces
choſes & autres ſemblables auſſi aſſeuree-
ment que s'il les auoit trouuees en la
ſaincte eſcriture.

IX. Ie vien à vne queſtion qui n'eſt pas
ſi horrible que quelques autres dont i'ay
faict mention ci-deſſus, & nommeement
que ces trois dernieres : mais toutesfois
ie l'ay expreſſeement gardee pour la fin
de ce chapitre pour luy donner toute la
place qui reſteroit, comme à celle qui me
ſembloit meriter que i'en fiſſe mention
bien ample. La raiſon eſt que iamais queſtion de noſtre religion n'a eſté demenee

ſi

fi courageufement, fi afprement, voire fi
felonnement, que cefte-ci : iamais pour
aucune queftion les docteurs de la religion
Rommaine ne fe font tellement bandez les
vns contre les autres : iamais n'y a eu telles partialitez. C'eft la queftion touchant
la vierge Marie, à·fçauoir·mon fi ell'a
efté conceue en peché originel. Or le
plus grand debat & qui a efté accompagné
de maints coups de poing, a efté entre
les Iacopins (ou Iacobins) & les Cordeliers, car les Iacopins tenoyent qu'ell'a-
uoit efté conceue en peché originel, les
Cordeliers le contraire. Sur quoy il me
fouuient d'vn'hiftoire contenue es anna-
les de France : c'eft qu'enuiron l'an 1384,
il y eut aucuns docteurs & autres de l'ordre des freres prefcheurs qui prefcherent
publiquement que la vierge Marie auoit
efté engendree & conceue en peché originel. Et y eut vn entr'autres qui dict que
s'il ne le prouuoit par viues raifons, il
vouloit qu'on l'appelaft Huet. (k) Et
pour-

(k) *Huet* &c.) C'eft à dire *Hérétique*, homme
qu'en cette qualité on deuoit *huer*, en criant fur lui
hu hu, comme dans Rab. 5. 12. le Moine Frére Jean
fur Grippeminaud, qu'il prenoit pour un Hérétique,
fur ce que, Moine qu'il étoit, celui-ci vouloit lui
faire époufer les fiévres quartaines. *Huet*, dans le
fonds, n'eft qu'un diminutif du prénom *Hue* qu'on
a dit pour *Hugue*, d'où Huguenot, pour défigner un
homme entaché d'une héréfie plus nouvelle que celle des prémiers *Huets* qui ne vouloient pas croire la Conception immaculée. Voiez le *Valefiana* pag. 120. & 121.

pourtant quand on voyoit quelcun defdicts freres prefcheurs Iacopins par les rues de Paris, le peuple par derifion crioit apres eux Aux Huets, aux Huets : tellement qu'ils auoyent honte de fe plus monftrer. Et pour ledict erreur fut affemblé vn grand confeil de clercs & notables gens à Paris, & par eux fut ladicte propofition declaree erronee, en pleine affemblee & proceffion generale de l'vniuerfité de Paris. Voila ce que portent nofdictes chroniques telles que nous les auons. Maintenant voyons combien toutes les deux parties fe font efchauffees apres cefte queftion. Vn Iacopin de Francford dict Vigand compofa vn liure il-y-a enuiron foixante ans par lequel il fouftenoit que la vierge Marie auoit efté conceue & nee en peché : & reprenoit tant les docteurs anciens qui auoyent efté de contraire opinion, que ceux de fon temps qui la tenoyent : & entr'autres taxoit vn Cordelier nommé Ian Spengler, qui fe fentant picqué par ledict Vigand fit tant qu'vne difpute touchant cefte queftion fut affignee à Heidelberg : mais le prince Philippe Palatin l'empefcha. Et pourtant le Iacopin cita le Cordelier à Romme, ou cefte caufe a demeuré long temps pendue au croq. Quelque temps apres auint que les Iacopins tindrent vn chapitre general à Vimpffen : auquel entr'autres chofes confulterent comment ils pourroyent fouftenir

leur

leur opinion, combienque prefque tout
le monde la reiettaſt : & que pluſieurs
docteurs euſſent eſcrit & auſſi faict croire
le contraire par l'autorité de quelques miracles forgez par eux. Et qu'il faloit auiſer aux moyens qu'on pourroit auoir d'en
forger auſſi bien que ceux-là auoyent
faict. La concluſion eſtant faicte en ce chapitre conuentuel de proceder par faux miracles, il fut reſolu que ceſte entrepriſe ſeroit executee par quatre Iacopins de Berne, (dont les noms & fur-noms feront
declarez ci-apres.) Pour donc en venir à bout, ayans communiqué auec le
diable (auquel l'vn d'eux, qui eſtoit necromancien, adreſſa les autres) & ayans eu
promeſſe de luy qu'il leur aideroit, regarde-
rent depuis ſongneuſement ſi quelque moyen ſe preſenteroit point à eux. Or a-
uint-il au bout de quelque temps qu'vn
compagnon couſturier nonamé Ian Ietzer
natif de Zurzac fut reçu de leur ordre.
Et bientoſt apres qu'on luy eut baillé l'habit, l'vn des quatre l'alla trouuer de nuit
en la cahuette qu'on luy auoit baillee,
& ſe mit à contrefaire l'eſprit, s'eſtant
enuelopé d'vn linceul, & menant vn fort
grand bruit tant par pierres qu'il iettoit,
qu'autrement. Dequoy ce poure nouice
s'eſtant plaint aux quatre principaux, (qui
eſtoyent ceux meſmes dont venoit ceſte
tromperie, & meſmes l'vn deſquels eſtoit
le contrefaiſeur d'eſprit) il fut conſolé
par

par eux & exhorté à prendre patience.
Vne nuit entr'autres cest esprit contre-
faict parle à ce poure nouice, & luy en-
charge de faire certaine penitence pour
luy. Ce que le nouice ayant communiqué
aux quatre susdicts, il fut auisé de luy
faire faire publiquement ceste penitence,
qui estoit pour la deliurance dudict esprit.
Lors vn d'entr'eux commença à prescher
de cest esprit, & exposer au peuple pourquoy ceste penitence se faisoit. Et ce n'estoit sans magnifier leur ordre , (auquel
cest esprit s'estoit adressé pour estre aidé
par leurs merites) & au contraire blasmer
celuy des Cordeliers. Vne fois entr'autres
cest esprit exalta fort à ce nouice l'ordre des Iacopins, tant pour les bons personnages qui en estoyent, que pour la
bonne maniere de viure qu'on y obser-
uoit: aioustant, qu'il n'ignoroit pas toutesfois que cest ordre estoit hay de plusieurs, à cause de leur docteur S. Thomas, lequel ils suiuent en ce qu'ils disent
la vierge Marie auoir esté conceue en
peché originel: & toutesfois que plusieurs
de ces malvueillans estoyent griefuement
tourmentez par vengeance de Dieu. Et
mesme que la ville de Berne periroit s'ils
ne dechassoyent les Cordeliers, qui sous-
tenoyent que la vierge Marie auoit esté
conceue sans peché. Et que notamment
le docteur Alexandre d'Ales & Ian l'Escot
docteur subtil tous deux Cordeliers souf-
froyent

froyent grand' peine en purgatoire pour
auoir fouftenu cefte opinion. En la fin
contrefit la vierge Marie, qui elle mefme l'affeura de fa conception impure &
fouillee, & de plufieurs autres points
qu'on vouloit fçauoir d'elle: aufli luy im-
prima en la main dextre vne cicatrice de
la paffion de fon fils Iefus Chrift. Ce
qu'elle fit en perçant la main d'vn clou
bien aigu. Puis pour addoucir la douleur
de fa playe, luy donna du cherpis faict des
bandelettes de fon enfant defquels elle
l'enuelopoit en Egypte. Or non contens
de ceci les quatres fufdicts luy baillerent
à boire d'vn' eau faicte par forcelerie, par
laquelle ils luy firent perdre le fens &
l'entendement, & puis d'vn'eau forte luy
imprimerent encore quatre playes. Luy
eftant reuenu à foy par le moyen d'vn'autre eau qu'ils luy auoyent baillee, s'eflon-
noit fort de ces autres playes: mais ils
luy firent croire que cela venoit de Dieu.
Apres ils le mirent en un petit poile à part
tout tapiffé de pourtraits ou la paffion de
Iefus Chrift eftoit figuree, par laquelle il
deuoit apprendre les contenances de Iefus Chrift. Et faifoyent tout ceci à caufe
du commun peuple, qui auoit ia ouy le
bruit de tous ces beaux miracles : en la
prefence duquel ils faifoyent iouer la paffion à ce poure nouice, apres qu'ils luy
eurent faict faire fon apprentiffage. Aufli
luy bailloyent vn breuuage qui le faifoit
ef-

escumer: & luy faisoyent croire que par grande deuotion il luitoit contre la mort, ainsi que Iesus Christ. Et pour conclusion, ils firent tant de tels tours à ce poure moine qu'vne fois il s'apperceut de quelque tromperie: & toutesfois encore firent ils si bien qu'il se persuada que toutes les apparitions n'auoyent esté fauses: tellement qu'encore depuis ils se seruirent de luy à contrefaire quelque miracle. Mais en la fin toute leur meschanceté de laquelle on auoit ia grand soufpeçon, ayant esté descouuerte par ce poure moine (lequel Dieu auoit miraculeusement sauué de leurs mains, eux ayans essayé plusieurs moyens pour le faire mourir) leur proces fut tellement faict que les quatres beaux·peres estans remis au bras seculier par les ecclesiastiques (qui s'estoyent efforcez de les sauuer) ils furent brulez en vn pré de ladicte ville de Berne, vis à vis le conuent des Cordeliers. Leurs noms estoyent, Iean Vetter prieur, Estienne Boltzhorst prescheur, François Vlchi souprieur, (qui contrefaisoit l'esprit, estant necromantien) Henri Steniecker receueur. I'ay laissé plusieurs meschancetez notables que le lecteur pourra lire en l'histoire (1) qui en a esté escrite au long.

Et

---

(1) *En l'histoire* &c.) J'ai dit plus haut qu'en 1509. cette Histoire avoit été imprimée à Berne, en Latin & en Aleman.

Et maintenant ie le prieray de confiderer comment ces malheureux eftoyent enragez apres cefte queftion quand ils cerchoyent tels moyens pour la confermer. Ce qui ne leur procedoit point de quelque zele, mais d'ambition laquelle les faifoit creuer de defpit de ce que l'opinion des Cordeliers leurs aduerfaires auoit la vogue.

X. Oyons maintenant le prefcheur Barelete, comment de fa part auffi il renuoye loin les Cordeliers auec leur opinion, les appelant *æmulos* de fon ordre. Car ayant dict qu'il-y-a quaranteneuf docteurs de fon opinion (dont il nomme vne grande part) vient à dire, *Quid vobis videtur ciues mei fuper boc? Quare omnes religiones non pugnant pro doctoribus fuis? Ecce quot doctores, quot fapientes boc affirmant. Sed dicunt æmuli noftri quòd fuit priuilegiata, quia à peccato præferuata. Oftendant illud priuilegium, & eis fidem dabimus.* Et entr'autres paffages allegue vn d'Alexandre d'Ales ou il met fon opinion contraire à celle pour laquelle l'efprit fufdict appofté par les Iacopins de Berne donnoit à entendre qu'il eftoit tourmenté en purgatoire: *Si beata virgo Maria non fuiffet concepta in peccato originali, non fuiffet obligata peccato, nec pœnæ, nec babuiffet reatum peccati. Sed qui non habet reatum peccati, non indiget redemptione (quia redemptio eft folum propter obligationem peccati, vel pœnæ, & propter reatum peccati.)*

Er-

Ergo beata virgo non indiguiſſet redemptio-
ne: quod non eſt ſecundum catholicam fi-
dem ponendum. Or ſi ainſi eſtoit, lediĉt eſprit apoſté par les Iacopins de Berne auoit
grand tort de faire ainſi tourmenter ce
poure homme en purgatoire, puiſqu'en
ce paſſage il accordoit tout ce qu'ils demandoyent. Mais ie laiſſe le debat à Barelete, qui auoit auſſi diĉt au commancement, *Non ſolùm antiqui doĉtores ſed etiam*
poſteriores tenuerunt & in ſcripturis relique-
runt quòd virgo beata & omnes homines
(præter Chriſtum) in ſui conceptione pecca-
tum contraxerunt. Quod patet triplici teſti-
monio impræſentiarum, primò eccleſiæ doĉto-
rum, ſecundò canoniſtarum, tertiò religionum.

XI. A u-contraire Oliuier Maillard en
vn ſien preſche introduit par forme de
dialogue deux dames qui diſent leur opinion de ceſt article, Menterie & Verité.
Et premierement Menterie tient ce language, Ie di que la vierge Marie a eſté
conceue en peché originel, & qu'en ce
temps-la ell'eſtoit fille du diable, & maudite de Dieu, au regard du peché originel: & que ſi elle n'euſt eſté rachetee par
la paſſion de Ieſus Chriſt, ell'euſt eſté dam-
nee. Et qu'ainſi ſoit, i'ay pluſieurs autoritez & raiſons. Premierement Dauid
diĉt, I'ay eſté enfanté en iniquité, & ma
mere ma conceu en peché. Et apres que
Menterie a allegué quelque nombre d'autres raiſons, Verité vient à parler ainſi,

Beau-

Beau-pere, mes oreilles ne peuuent porter que la vierge, qui a rompu la teſte
au diable, qui a eſté des le commancement eſleue mere du Dieu & homme,
ait eſté vn ſeul moment de temps ſous
l'ire de Dieu. En la fin apres que Verité
à dict qu'il eſt bien vray que la vierge Marie eſtoit en danger de tomber au peché
originel, mais qu'ell'a eſté priuilegiee, il
luy demande, Mais que reſpondez-vous
madame à ce que diſent tant de docteurs,
ſainct Bernard, Thomas d'Aquin, Bonauenture, Guido, & autres ? A cela elle
fait ceſte reſponſe, pour couper broche
à toutes les diſputes qui s'en pourroyent
encore faire: Ie di que deuant que l'egliſe en eut determiné il eſtoit licite d'opiner d'vne ſorte ou autre : maintenant
pourceque le concile de Baſle a eſté d'autre auis, il eſt dangereux de tenir l'autre opinion: voire ie croy que cela ſoit
heretique. Et meſme les mots pris pour
noſtre theme s'accordent à cela, *Tota
pulchra es amica mea*, *& macula non eſt in
te*, *Cantic. cap.* 4. C'eſt à dire, Ma bien-
aimee tu es toute belle, & en toy n'y a
point de macule.

XII. Mais l'auteur des ſermons intitulez *Dormi ſecurè* amene d'autres preuues
que tous les autres: car il allegue trois
miracles faicts tout à propos: ayant premierement (comme i'ay dict ci-deuant)
pris la diabolique hardieſſe de falſifier le
paſ

paſſage de Dauid, en retrenchant ce qui
ne faiſoit pour luy, & au lieu de *Et in
peccato concepit me mater mea*, alleguant
ſeulement *Concepit me mater mea*, & puis
prenant ces mots pour le theme du preſche qu'il fait de la conception de la vierge Marie, & les appliquant à elle. Or
promet - il de monſtrer qu'ell'a eſté conceue ſans peché originel, par trois ſortes
de raiſons : Premierement pourceque
Dieu l'a preſeruee (car il prend pour tout
prouué ce qui ha le plus grand beſoin
d'eſtre prouué.) Secondement, pourceque
cela a eſté prefiguré par la ſaincte eſcriture, & approuué par les ſentences des ſaincts
docteurs. Tiercement, pourceque cela
a eſté confermé par exemples. Qui ſont
donc ces exemples ? Des miracles apoſ-
tez. Deſquels ie penſe eſtre ceux - meſmes
que nous auons tantoſt ouys eſtre repro-
chez aux Cordeliers par les Iacopins. Le
premier eſt (duquel i'ay faict mention
deſia parcideuant) que ayant publié par
tout qu'il prouueroit la vierge Marie a-
uoir eſté conceue en peché originel, toutes les trois fois fut ſurpris de maladie,
& ainſi fut empeſché de ce faire. Toutesfois encore depuis ſe delibera de de-
terminer touchant ceſt article, & arreſta
du iour: mais la nuict precedente il tomba en vne treſgriefue maladie, de laquelle preſſé il inuoqua la vierge Marie à ſon
aide. Laquelle l'eſtant venu trouuer in-

con-

continent, luy dict qu'il enduroit ceste maladie pourcequ'il s'efforçoit de prouuer qu'ell'estoit conceue en peché originel. Toutesfois apres luy auoir dict cela, elle prit le couteau de la chambriere qui la suiuoit, & d'iceluy coupa au costé dudict maistre Alexandre vne piece de chair pourrie: puis auec vn'aiguille & du fil de soye (car il-y-a *serico filo*) raccoustra & consolida la place puis elle s'en alla. Et apres son depart luy se porta tresbien, & declara ceci à vn escholier qui dormoit en la mesme chambre: & alors renonça totalement à ceste opinion qu'il auoit eue touchant la conception de la vierge Marie: & non content de cela, composa vn gros liure pour l'approbation de l'opinion contraire. Le second conte est, qu'vn bon frere mineur allant chasque nuict faire ses oraisons au chœur du temple, oyoit ordinairement sur l'autel de la vierge Marie vn certain son comme d'vne mousche: & s'esbahissant que cela pouuoit estre, vne fois entre les autres dict à cela qui faisoit vn tel son, Ie t'adiure par nostre seigneur Iesus Christ que tu me dies quelle chose tu es. Alors il ouyt vne voix qui luy disoit, Ie suis Bonauenture. Luy respondit, O excellent maistre comment vont vos affaires? & d'ou vient que vous faites vn tel son? A quoy il fit responce, Mon cas se portera bien: car ie suis du nombre de ceux qui seront sauuez: mais pour-

pourceque i'ay tenu ceste conclusion que
la vierge Marie auoit esté conceue en
peché originel, i'endure ici mon purgatoire & ma penitence sur l'autel d'icelle.
Mais quand i'auray esté purgé, ie vole-
ray au ciel. *Vnde* (dit-il) *Bonauentura
potest de ista conclusione dicere illud Psalmi,
Propter te mortificamur tota die.* Le troisieme conte est touchant S. Bernard : c'est
qu'apres sa mort il apparut à quelcun auec
vne tache : & luy dict qu'il auoit ceste
tache pourcequ'il auoit soustenu que la
vierge Marie auoit esté conceue en peche
originel.

XIII. VOILA comment la vierge Marie (selon ces contes) se vengeoit de
ceux qui auoyent tenu l'opinion d'elle
qui ne luy plaisoit. Mais escoutons aussi
comment elle monstra bien que ceux qui
celebroyent la feste de sa conception luy
faisoyent grand plaisir. Vn certain abbé
nommé Helsin estant sur le point d'estre
noyé vit vn certain personnage habillé à
la pontificale (qui estoit vn ange, selon
Barelete) lequel luy ayant demandé s'il
auoit enuie de s'en retourner sain & sauf
en son pays, & luy ayant esté respondu
par cest abbé pleurant, qu'il desiroit cela de tout son cueur, il luy dict, Sçaches
que i'ay esté adressé à toy par nostre Dame mere de Dieu, laquelle tu as inuo-
quee de si grand courage, & que tu es-
chapperas auec toute la compagnie, si tu

me

me veux promettre que tu celebreras tous
les ans folennellement la fefte de la conception de la vierge Marie, & prefcheras
qu'on la doit celebrer. Ce qu'il promit
de faire trefvolontiers (s'eftant faict dire
le iour & l'office duquel il faloit vfer)
& ainfi il efchapa auec tous ceux de fa
compagnie. Lequel conte eft auffi recité
par Barelete, aiouftant (comme i'ay dict)
que celuy qui apparut audict abbé, eftoit
vn ange. Et mefme recite ceft argument
qu'on fondoit expreffeement fur cela : Ce
qui eft reuelé par vn ange, doit eftre tenu fermement : or a-il efté reuelé par
vn ange que la vierge Marie eftoit conceue fans peché (comm'il appert par le
conte de l'abbé Helfin, qui &c.) ergo il
faut tenir fermement que la vierge Marie a efté conceue fans peché. Mais il en
met encore trois (entre plufieurs autres)
qui font de fi bonne grace que ie ferois
confcience de les omettre. Le premier
argument pour prouuer que la vierge Marie eftoit conceue fans peché originel,
eft tel, Ce qui eft confermé par plus de
voix, doit eftre fuiui : la pluralité de
voix eft pour ceux qui difent la vierge
Marie auoir efté conceue fans peché originel : leur opinion donc doit eftre fui-
uie. Le fecond, On ne celebre point de
fefte finon de chofe faincte : or on celebre la fefte de la conception : ergo cefte
conception a efté faincte, & par confequent

quent a esté sans le peché originel. Le
troisieme, Les indulgences ne se donnent
point sinon pour vne chose saincte : or
le pape Sixte IIII a donné à toutes personnes qui celebroyent la feste de la conception, indulgences pour toute l'octaue
d'icelle : ergo ceste conception a esté
saincte, &c.

XIV. I'AIOUSTERAY encores vn
conte qui fera qu'on n'aura occasion
de s'esbahir des precedens : & c'est à
propos du soin que la vierge Marie a-
uoit de ceux qui pareillement estoyent
songneux de son honneur. Enuiron l'an
1470. sous le pape Sixte IIII, vn nommé Alain de la roche, Iacopin, forgea du psautier de la vierge Marie ce
qui a esté nommé *Rosarium* : & le pres-
cha au lieu de l'euangile, & finalement
en institua vne confrairie. Laquelle fut
approuuee par les bulles dudict pape ,
vsant de grande largesse d'indulgences. Et
outre ce , Iaques Sprenger prouincial d'A-
lemaigne forgea plusieurs miracles pour
l'autorizer. Et qui est bien d'auantage , on
n'eut point honte de publier vn liure traitant de ceste confrairie , au commencement duquel il estoit recité qu'vn iour la
vierge Marie estoit entree en la chambret-
te dudict Alain, & luy auoit faict vn aneau
de ses cheueux , auec lequel elle l'auoit
espousé. Item qu'elle l'auoit baisé , & luy
auoit presenté ses tetins pour les manier
K 5   &

& les tetter. En fomme, qu'ell'eſtoit auſſi familiere auec luy qu'vne femme ha couſtume d'eſtre auec ſon mari.

XV. Ie penſe lecteur vous auoir ſuffiſamment donné à congnoiſtre qu'elles eſtoyent les queſtions de ces illuminez docteurs, & leur façon de diſputer, & comment les vns par deſpit des autres faiſoyent des miracles ſeruans à confermer leurs opinions : aumoins comment cela a eſté pratiqué en ceſte derniere queſtion, apres auoir eſté ſi aſprement, voire felonnement (comme i'ay dict) debatue : ou nous voyons qu'à la fin la verité par le menſonge a eſté ſurmontee. Or ſçay-ie bien qu'il y a vne infinité d'autres queſtions outre celles qui ont eſté debatues par les docteurs : mais ie penſe en auoir aſſez allegué pour prouuer la folie qui a regné au temps de nos predeceſſeurs, & regne encore au noſtre en quelques endroits ou on ne s'amuſe ſeulement aux queſtions ſuſdictes, mais à quelques autres telles que ceſte-ci, A-ſçauoir-mon quelle eſt la plus grande feſte, ou la feſte Dieu, ou la feſte de la Touſſaincts : les vns alleguans que Dieu eſt plus grand que les ſaincts, les autres, que Dieu ne peut eſtre ſans ſes ſaincts, non plus qu'vn roy ſans ſa cour.

XVI. En ce chapitre, parlant de ceux qui aiouſtoyent aux euangeliſtes les noms qu'eux auoyent voulu taire, i'ay oublié

ceux

ceux qui ont prefché & prefchent que le
petit enfant que noftre Seigneur mit au
milieu de fes difciples alors qu'ils difpute-
rent qui eftoit le plus grand d'entr'eux,
eftoit Ignace, appelé depuis S. Ignace,
& tenu pour difciple de S. Ian. Auffi ay-
j'oublié ceux qui ont prefché que le pelerin compagnon de Cleophas mentionné
par S. Luc, c'eftoit luy mefme. Pareillement ceux qui ont dict en leurs prefches
que Nathanael eftoit celuy qui depuis a
efté dict S. Vrfin. Quant au difciple duquel le nom eft teu au chapitre 18. de S.
Ian, on ne s'eft pas contenté de fçauoir
qu'il eftoit, mais on a voulu fçauoir d'ou
venoit cefte congnoiffance entre luy & le
fouuerain facrificateur, qui eft là mentionnee: on a donc fi bien cerché qu'on a trouué (comme mefme tefmoigne ce diable
de menteur Nicephore) que c'eftoit Ian
qui eftoit congnu du fouuerain facrificateur pour luy auoir vendu fa maifon pater-
nelle.

CHAP.

C H A P.　X X X V I.

Des inuentions des ſuſdicts preſcheurs pour
faire rire ou pleurer leurs auditeurs, ou
acquérir reputation de ſain&eté, ou fai-
re venir l'eau au moulin : & de leurs pro-
pos ridicules.

C OMBIENQVE les ſuſdicts preſcheurs ayent eu ceſte opinion,
voire ayent preſché comme vne
choſe treſcertaine, que Ieſus
Chriſt n'auoit iamais ri, ſi eſt-ce qu'ils ne
l'ont pas voulu enſuiure en cela: mais au
contraire aucuns ont pris ſi grand plaiſir
à rire, que meſmement en preſchant la
paſſion ils ont meſlé des riſees, & diuerſes façons de ſornettes & goſſeries. Voire ne ſe ſont contentez aucuns de dire
des propos pour faire rire, mais auſſi ont
faict des actes tendans à ceſte fin. Du
nombre deſquels fut vn Cordelier, qui
ayant gagé de faire en vn meſme temps
rire vne moitié du peuple & pleurer l'autre, & ce le iour du grand vendredi (autrement dict le vendredi ſainct) vſa de
ceſte inuention. Il prit vn habillement qui
eſtoit fort court par derriere, & ne veſ-
tit point de haut de chauſſes: puis eſtant
en

en vne chaire posee au milieu du peuple,
& qui n'estoit point close par derriere,
quand il vint à faire ses grandes exclama-
tions contre les meschans Iuifs, & à declarer les grands tourmens qu'auoit endu-
rez nostre seigneur Iesus Christ, il bais-
sa tellement la teste & les espaules en croi-
sant les bras, qu'il descouurit toutes ses
posterieures : lesquelles voyans ceux qui
estoyent derriere ceste chaire, ne se pu-
rent tenir de rire, au lieu que ceux qui
estoyent deuant estoyent esmeus à pleurer, tant par les propos qu'il leur tenoit,
que par les simagrees qu'il faisoit. Voila
comment il gangna la gageure, ayant faict
pleurer vne partie du peuple & rire l'autre en vn mesme temps, voire en vn mesme instant.

I I. Vn autre cordelier nommé par Erasme *Robertus Licienfis*, (*m*) s'estant vanté en vn banquet qu'il pouuoit faire venir les larmes aux yeux à ses auditeurs
toutes & quantesfois que bon luy sembloit,
fut mocqué par vn de la compagnie ; disant qu'il n'estoit pas assez habile homme
pour faire pleurer quelques personnes d'esprit, mais seulement pourroit faire pleurer quelques femmes des plus idiotes, ou
les

(*m*) *Robertus Licienfis* &c.) Robert *Caracciol* de *Lecce*. Voiez le Menagiana de 1715. tom. 1. pag. 171. C'est au reste dans son de *ratione concionandi* qu'Erasme fait souvent mention de ce Cordelier.

les petis enfans. Alors ce moine bien faf-
ché de cefte mocquerie, luy dict, Vous
donc monfieur qui faites tant du graue,
trouuez-vous demain en mon fermon en
la place que ie vous affigneray vis à vis
de moy: à la charge que fi ie ne vous fay
fortir des larmes des yeux, ie donneray
vn bon banquet à la compagnie : fi ie
vous en fay fortir, vous le donnerez. Cela eftant accordé, & ceftuy-ci s'eftant
le lendemain affis ou il auoit efté dict, le
cordelier vint prefcher : lequel ayant bonne memoire de fa gageure, fe mit en propos de la bonté & douceur de Dieu
enuers les hommes & de fa largeffe, &
puis vint monftrer comment les hommes
eftoyent ingrats & mefcongnoiffans de
tant de biens qu'ils receuoyent de luy
iournellement : auffi comment ils eftoyent
fi endurcis en leurs mauuaifes façons de
faire que par remonftrance aucune on ne
les pouuoit attirer à faire penitence & à
s'aimer mutuellement. Et apres auoir pour-
fuiui ce propos vn peu plus auant, en la
fin vint introduire Dieu parlant ainfi, O
cueur plus dur que fer, ô cueur plus dur
que diamant. Le fer fe fond par le feu,
le diamant eft furmonté par le fang de
bouc : & moy quoy que ie face, ie ne te
puis tant amollir que tu iettes vne feule
larme. Et ne fe contenta de dire vne fois
ce propos, mais le reitera tant de fois,
criant toufiours de plus fort en plus fort,
qu'en

qu'en la fin celuy contre lequel il auoit
gagé, ne fe put garder de pleurer non
plus que les autres qui eftoyent autour de
luy. Ce que voyant le cordelier, tendit
la main vers luy, difant l'ay gangné. Lequel mot les autres penfoyent eftre dict
en parlant encores en la perfonne de Dieu :
comme voulant dire qu'il auoit efté le
plus fort, ayant obtenu des hommes ce
qu'il demandoit, quant à s'amollir le
cueur.

I I I. CE mefme Robert auoit vn'amoureufe (par difpenfe de fon fainct François) qui luy dict vne fois que hormis
l'habit, il luy plaifoit bien quant à tout
le refte. Quel habit (dit - il) me faudroit-
il prendre pour vous plaire en tout & par
tout ? L'habit de gendarme, dit - elle. Ne
faillez donc (refpondit - il) de vous trouuer demain à mon fermon. Le lendemain
il entra en la chaire portant l'efpee, &
quant au refte pareillement habillé en foldat, fous fa robbe. Puis en prefchant fe
mit à exhorter les princes de faire la guerre aux Sarrazins & aux Turcs, & à tous
autres ennemis de la religion Chreftienne : & en la fin vint à dire que c'eftoit
grand pitié que perfonne ne fe prefentoit pour eftre chef d'vne fi louable entreprife. Que s'il ne tient qu'à cela (dit-
il) me voila tout preft à defpouiller cefte robe de S. François pour vous feruir
ou de fimple foldat, ou de capitaine. Et
en

en difant ceci defpouilla cefte robbe , & demeura prefchant demie heure en habit de capitaine. Ayant donc efté mandé par quelques Cardinaux qui eftoyent de fes amis, & interrogué pourquoy il auoit vfé de cefte nouuelle façon de faire , il leur confeffa que c'auoit efté pour complaire à vne fienne amoureufe , fuiuant ce qui a efté tantoft dict.

IV. CE mefme Robert ayant à prefcher en la prefence du pape & de fes cardinaux, quant il eut bien confideré toutes leurs pompes, & nommeement comme on adoroit le pape, ne dict autre chofe eftant entré en chaire , finon, Fy fainct Pierre, Fy fainct Paul. Et apres auoir plufieurs fois reiteré ces mots , en crachant puis d'vn cofté, puis d'autre, (comme font ceux à qui quelque chofe fait mal au cueur) il fortit viftement de la chaire, laiffant tous fes auditeurs fort eftonnez : dont les vns penfoyent qu'il auoit le cerueau troublé, les autres foufpeçonnoyent qu'il adheroit à quelque fecte contraire à la religion Chreftienne. Or comme on eftoit fur le point de le faire mettre en prifon , vn cardinal qui congnoiffoit de plus pres que les autres fon humeur, & luy portoit quelque amitié, fit tant qu'il fut mandé par le pape, pour luy rendre raifon de ce propos en prefence, auffi de quelques cardinaux. Eftant donc interrogué à quoy il auoit penfé en

blaf-

blafphemant fi horriblement, il refpondit qu'il auoit bien deliberé de traiter vn'autre matiere, laquelle il leur expofa fommairement. Mais confidérant (dit-il) que vous auiez fi bien tous vos plaifirs en ce monde, & qu'il n'y auoit pompes ni magnificences pareilles aux voftres, & d'autre part confiderant en quelle poureté, en quelle peine & mifere les apoftres ont vefcu, i'ay penfé en moymefme ou que les apoftres eftoyent grans fols d'auoir pris vn fi fafcheux & fi penible chemin pour aller au ciel, ou que vous eftiez au droit chemin pour aller en enfer. Mais de vous autres qui tenez les clefs du royaume des cieux, ie n'ay peu auoir mauuaife opinion : quant aux apoftres, ie ne m'ay pu garder de les defdaigner comme les plus fottes gens du monde, de ce que pouuans aller au ciel en viuant de la mefme façon que vous viuez, ils ont mieux aimé mener vne vie fi auftere & fe donner tant de peine.

V. I e parleray maintenant des inuentions de quelques autres, defcrites par celuy mefme duquel ie tien les contes precedens, à-fçauoir Erafme. Vn certain prefcheur ayant long temps crié contre ceux qui s'addonnoyent à feruir à Satan, leur prefenta incontinent vn homme mafqué, ayant les yeux flamboyans, vn gros bec crochu, des dens de fanglier, les ongles auffi crochus, tenant vn hauet

faict d'vn'eftrange façon , & iettant vne
voix fort efpouuantable. Et pendant que
chacun regardoit ceft homme, Voila (dit-
il) quel eft le maiftre à qui vous vous eftes rendus ferfs apres auoir quitté Iefus
Chrift. Lequel conte recité par Erafme
(comme i'ay dict) i'accompagneray d'vn
qui vient tresbien à ce propos , & m'a efté donné en payement ou pluftoft en ef-
change de ceftuy-la par vne damoifelle
de Lorraine , fe fentant bien affez pri-
uee de moy. C'eft qu'vn qui prefchoit
en vn village dudict pays de Lorraine ,
apres auoir remonftré à fes auditeurs qu'ils
iroyent en enfer s'ils ne s'amendoyent :
& quel penfez-vous (dict-il) que foit
enfer ? Voyez-vous ce trou-la? il eft
bien puant, mais le trou d'enfer eft encore plus puant. Mais il faut noter que ce
trou qu'il monftroit , eftoit le derriere du
fonneur de cloches du village, qui s'eftoit
accordé auec luy de iouer cefte farce.

VI. Ie retourne à Erafme, qui raconte auoir veu quelques moines , qui paffans
parmi le peuple pour aller à leur chaire,
couuroyent leur face de leur capluchon :
& quand ils s'agenouilloyent pour prier
la threforiere de grace, en difant leur *Ave
Maria*, ils heurtoyent fi fort leur genoux
contre le bois de leur chaire que chacun
pouuoit ouyr le bruit. Il dit auffi auoir
ouy parler d'vn prefcheur Italien , qui paffant pour aller monter en chaire fe cou-
uroit

uroit toute la tefte d'vn manteau. Il ne
prefchoit iamais es temples , mais feulement à defcouuert. Auffi ne vouloit qu'on
le vinft trouuer pour communiquer auec
luy, mefmes denioit cela aux princes. Il
couchoit fur la dure , fe contentant de
pain & d'eau : & auffi auoit le vifage fi
pafle & fi extenué qu'on penfoit voir le
vifage d'vn mort. Il parloit par truche-
ment , & vfoit de geftes & de cris eftranges par lefquels il efpouuantoit le peuple.
Aucunesfois fe ferrant le col d'vne corde,
contrefaifoit des yeux ceux qu'on eftran-
gle : & puis fe rauifant defcouuroit fa poic-
trine , & frappant du poin deffus crioit en
fon Italien , *Mifericordia , mifericordia.* Il
auoit couftume de crier fort contre les
dez & les cartes , & contre les tabourins.
Il en vouloit auffi à ceux qui portoyent
des plumes : tellement qu'vne fois il ofta
la plume du bonnet d'vn gentilhomme qui
eftoit aupres de fa chaire , & la mit en
plufieurs pieces , lefquelles il ietta ça &
la parmi le peuple , faifant des exclama-
tions horribles. Il raconte encore d'vn
autre , qui apres auoir bien crié contre
les mefchancetez des hommes par lefquelles ils crucifioyent derechef Iefus Chrift,
prefentoit vn'image du crucefix , à laquelle eftoyent attachees des veffies pleines de fang, qui fortoit fitoft qu'il les tou-
choit, & puis il l'efpandoit fur le peuple.

VII. Oyons maintenant autres faicts

& dicts de ces gens de bien , dont ie fuis
tefmoin des vns , les autres ie les ay ouy
raconter , ou les ay leus , aucuns es nouuelles de la roine de Nauarre , aucuns ailleurs.   l'ay ouy parler d'vn qui preschant
à Orleans fe mit à goffer , & vint à dire
entr'autres chofes qu'il leur monftreroit
vn cocu , & pour ce faire fit femblant de
luy ietter vne pierre.   Or ayant chacun
baiffé la tefte de peur d'eftre frapé , Oho
(dit - il) ie penfois qu'il n'y en euft qu'vn ,
mais ie voy bien que tous le font. (*n*)
                                                        V I I I.

(*n*) *Que tous le font* &c.) C'eft une obfervation
de M. de Valois pag. 119. du *Valefiana* , que du
tems de Marot comme aujourd'hui , les *Orléanoifes*
étoient toutes laides. Mais , à Orléans il y a une grande Univerfité ; c'eft beaucoup dire , & dans Rab. 3.
33. Carpalim fe vante qu'en fa jeuneffe , étudiant
au Droit à Orléans , pour réuffir auprès des femmes
mariées , fon grand fecret étoit de leur répréfenter for-
tement la jaloufie de leurs maris.   C'eft cette même
jaloufie qui , faifant croire à ces maris qu'ils étoient
cocus , porte ici le Prêcheur à témoigner qu'il veut
bien le croire auffi.   C'eft fans doute en partie par
rapport au décri où étoient tombées les Orléanoifes ,
par les vifites d'une jeuneffe libertine , que le Jour-
nal de Paris &c. imprimé en 1729. remarque pag. 25.
fous l'année 1414. qu'en ce tems - là *toutes femmes*
étoient vitupérées d'eftre menées à Orléans.   Mais une
autre raifon de ce décri , felon moi , c'eft que Louis
Duc d'Orléans , qu'en 1407. Jean Duc de Bourgogne
ayoit fait affaffiner en partie par jaloufie , comme
l'infinue fous cette année-là Jean de Serres , étoit un
Prince luxurieux qui , non content de débaucher dans
Paris , tout autant de belles femmes qu'il pouvoit ,
                                                        em-

VIII. VN autre au pays de Beauuois,
qui prefcheoit en vn preau, apres auoir
crié contre les Lutheriens, vint à dire à
fes auditeurs qu'il craignoit bien qu'il n'y
en euſt d'entr'eux qui fuſſent infectez de
leur meſchante doctrine : & qu'il prioit
ceux & celles de la compagnie qui ne
s'en fentoyent point entachez, mais eſtoyent bons catholiques, de prendre vne
goulee d'herbe à belles dens, en l'honneur de noſtre mere faincte egliſe. Ce que
les voyant faire, il fe prit à dire en riant,
Depuis l'heure que Dieu me fit naiſtre,
ie ne vi tant de beſtes paiſtre.

IX. AVSSI quand ils s'efchauffoyent
ou faifoyent femblant de s'efchauffer contre leurs auditeurs, ils auoyent couſtume de n'efpargner point le diable en leurs
propos. Teſmoin meſſire Ian Fouet, vicaire de Villers en Tartenois, qui diſoit,
Puiſ-

emploioit encore des Gens à lui en gagner d'autres
qu'ils faifoient conduire à Orléans, où ce Prince les
tenoit dans une efpéce de Sérail. Brantôme dans les
premieres pages de fa vie du Roi Louïs XII. parle de ce Duc d'Orléans comme d'un Prince que fon
amoureux tempérament promenoit tour à tour depuis le Sceptre juſqu'à la Houlette. Or, cela feul auroit pû donner lieu au bruit qu'à Orléans, autant
d'hommes mariez, autant de cocus. Mais, ce qui
avoit commencé à mettre les femmes d'Orléans en
mauvaife réputation, c'eſtoit, comme je l'ai déja
dit, fon Univerfité, dont peut-être les Ecoliers
furpaſſoient en nombre les habitans d'Orléans.

Puiſque vous ne tenez conte de vous amender, le diable vous emportera, & moy apres vous. Teſmoin auſſi vn autre curé qui diſoit: Vous ne tenez aucun conte des remonſtrances que ie vous fay, ains au contraire vous allez tous les iours en empirant: & cependant i'ay la charge de vos ames, que le grand diable y ait part. Mais ſur le propos des ames données en garde aux curez, ie ferois grand tort au curé de Pierrebuſſiere, au haut Limoſin, ſi ie l'oubliois. Ce bon perſonnage, pour mieux exhorter ſes paroiciens à bien viure, leur dict entr'autres choſes, Quand le iour du iugement ſera venu, Dieu voudra que ie luy rende conte de vous autres, & m'appellera, Curé de Pierrebuſſiere, qu'as tu faict de tes brebis? Et moy mot. Or dict-il ceci par trois fois, ſe cachant en la chaire chaſque fois qu'il diſoit Et moy mot. Mais puis il leua la teſte, & vint à dire, Ie ſçay bien que ie luy reſpondray, Beſtes vous me les auez baillees, beſtes ie les vous ren. Vray eſt que ceci ne peut auoir telle grace ainſi traduit, qu'il a en ſa propre langue, a-ſçauoir eſtant couché en nayfs atticiſmes Limoſins: & pourtant ie me ſuis faict bailler par vn du lieu l'original, qui eſt tel, Quan ſe vendro lou iour deu iugamen, Diou me demandaro que iou ly rendo comte de vou autre: & me apelaro, Chapelo de Peyrebuſiero,

en

en qual eytat fon ta olia ? Et you ny mot.
Et en mapelaro enquero, & diro, Chapelo de Peyrebufiero, en quel eytat fon
ta olia ? Et you ny mot. Et enquero eu
me diro, Chapelo de Peyrebufiero, en
qual eytat fon ta olia ? Iufque à tre
viage. Et you ly reypondray, Sei-
gne, beytia la ma beylada, & beytia
la te rendi. Et à propos de celuy qui
monftroit le crucefix, (comme raconte
Erafme ci-deffus) i'ay ouy affeurer qu'à
Blois il y eut vn moine il-y-a enuiron
vint ans, qui le iour de la Touffains
prefchant fur le tard & en vn lieu affez
obfcur, auoit vn nouice derriere qui de
fois à autres leuoit en haut vne tefte de
mort attachee au bout d'vn bafton, laquelle auoit vne chandelle efclairante dedans. Ce qu'il faifoit à fin qu'on euft
plus grand peur des morts : comme de faict
cela donna telle frayeur à quelques femmes qu'on dit qu'elles en auorterent.

X. A propos auffi de ce *Robertus Licienfis*, qui eftonna tant le pape & les
cardinaux fes auditeurs par ces mots,
(lefquels il prononça incontinent qu'il
fut monté en la chaire) Fy S. Pierre,
Fy S. Paul, il me fouuient d'vn autre qui
commança fon prefche par ces paroles,
Par le fang, par la chair, (o) par la mort
de

(o) *Par le fang, par la chair* &c.) Dans le IV.
Livre de Rab. *Par la vertu Dieu* eft vne affez fré-
quente

de Iefus Chrift nous fommes rachetez.
Car ceftuy-ci auffi rendit fes auditeurs
fort eftonnez, pourcequ'il fit quelque
paufe apres auoir dict Par le fang, par
la chair, par la mort. Ce que i'ay ouy
reciter à vn vieillard qui difoit l'auoir
ouy. Aucuns toutesfois racontent qu'il
dict, Par le fang Dieu nous fommes fauuez, par la mort Dieu nous fommes rachetez. Or ceci me reduit en memoire la
mefchanceté de deux chanoines de Blois,
dont l'vn nomma Mort (*p*) le fils d'vn
ap-

quente façon d'affirmer, laquelle l'Auteur voulant ju-
ftifier dans fes Notes fur ce Livre I V. P A R   L A   V E R-
T U S   D I E U, dit-il : *ce n'eft jurement : c'eft affertion :
moyennante la vertus de Dieu. Ainfi eft-il en plufieurs
lieux de ce livre : comme à Tholofe prefchoit frére
Quambouis. Par le Sang Dieu nous fufmes rachetez.
Par la vertus Dieu nous ferons fauvez.* Voiez à la fuite du Rabelais de 1596. en I V. Livres, fans nom
de lieu ni d'Imprimeur, les Notes de Rabelais lui-
même fur fon I V. Livre, par lui intitulées *Briéve
déclaration d'aucunes dictions obfcures contenues au qua-
triéme livre des faits & dits Héroiques de Pantagruel.*
Du refte cette Note fe trouve auffi dans *l'Alphabeth
de l'Auteur François,* mais placée fous la lettre P.

(*p*) *Dont l'un nomma* Mort &c.) Le 15. Juillet
1532. furent executez à Rome deux Napolitains, nommez, l'un *Pater Nofter,* & l'autre *Ave Maria,* pour
avoir, difoit-on, entre eux deux, à divers tems & en
divers lieux, affaffiné cent & feize hommes. Voiez
les Lettres recueillies par Rufcelli, de la traduction
de Belle-foret, au feuill. 174. b. de l'édition de
1574. Du refte, c'étoient-là, non pas des prénoms,
mais des Sobriquets donnés à ces Scélérats, ou
pris

appelé Ian Dieu, l'autre nomma Vertu
la fille de cestuy-la-mesme : tellement
qu'en aiouftant le furnom paternel, le
fils auoit nom Mort-dieu, & la fille Ver-
tu-dieu. Mais on dit que ces noms leur
furent puis oftez en la confirmation qu'ils
appellent.

XI. Lesquelles façons de iure-
mens me garderont d'oublier vn certain
curé de Paris, les prefches duquel feruoyent de farces à plufieurs. Ce gentil perfonnage ne fit confcience vne fois en prefchant de iurer par Dieu, en defpit des
Lutheriens : car voulant prouuer qu'ils eftoyent pires que le diable, Le diable (dict-
il) s'enfuiroit fi toft que ie luy ferois le
figne de la croix : mais fi ie faifois le figne de la croix à vn Lutherien, par Dieu
il me fauteroit au col & m'eftrangleroit.
Et puifque ie fuis fur le propos de ce curé, ie fuis deliberé de pourfuiure tout
d'vn train le refte de fa legende, au
moins le refte que i'en fçay. Car c'eft
vn homme à qui (par le tefmoignage de
luymefme) Dieu a faict beaucoup de graces. Ie di par le tefmoignage de luymefme,
pourcequ'en vn certain prefche ou profne, il dict, Ie ne fçay que veut dire que
tant

pris entr' eux par rapport à ce qu'avant que de dé-
pêcher ceux qui étoient tombez entre leurs mains
l'un des deux faifoit dire aux uns la *Patenotre*, &
l'autre l'*Ave-Maria* aux autres.

tant d'autres curez de cefte ville ne prefchent auffi bien que moy. Ils difent qu'ils
ne font pas affez fçauans : & vous fçauez
bien qu'il n'y - a qu'vn an que ie ne fça-
uois rien, & maintenant vous voyez comment ie prefche. Auffi prouua - il en vn
autre prefche fa chafteté, mais par le tefmoignage de fa fœur. Il - y - en - a (dict-
il) qui ont iafé que l'entretien des gar-
ces chez moy : voila ma fœur (en monf-
trant fa fœur au doit) qui en doit bien
fçauoir quelque chofe : car il faut que ie
paffe par fa chambre pour aller en la
mienne : qu'elle die tout haut fi cela eft
vray. Ce mefme docteur qui en vn an eftoit deuenu fi fçauant, ayant porté vne
fois vn papier en fon profne, auquel l'e-
uefque de Paris & l'official excommunioyent quelques - vns, & l'ayant laiffé tomber en vn pertuis de fa chaire, s'auifa
d'vn expedient qui n'auoit iamais efté
prattiqué, voire auquel peut - eftre iamais
homme n'auoit penfé. Car auec fon papier ayant auffi perdu la memoire des
noms de ceux qui eftoyent excommuniez,
I'excommunie (dict-il) tous ceux qui
font dedans ce trou. (q) Il eft bien vray
que

(q) *Dedans ce trou* &c.) Ce Curé, duquel H. Etienne vient de faire déja plus d'un Conte, & duquel il
fait encore celui-ci, eft le Curé de *Brou*, fameux
dans les Contes de Bonavent. des Périers, defquels
ce dernier, qui eft le 36, dans l'édit. de 1565. a été
omis dans celle de 1711.

que toft apres ayant vn peu mieux penfé à ceux qui eftoyent dedans le trou,
(c'eft à dire à ceux qui eftoyent eferits
au papier lequel y eftoit tombé) il dict
qu'il exceptoit monfieur de Paris & fon
official. Ce mefme prefcheur fe courrou-
çant vn iour de ce que quelques enfans
alloyent par la ville chantans vilaines
chanfons, Vn tas de petis fils de putains
(dict-il) s'en vont chantans vne telle chanfon: ie voudrois eftre leur pere :
Dieu fçait comment ie les accouftrerois.
Auffi bien rencontra-il vne fois en parlant au roy Henri deuxieme de ce nom
(qui l'auoit faict appeler pour en tirer
du plaifir.) Car le roy luy ayant demandé des nouuelles de fes paroiciens,
il luy dict qu'ils ne tenoit pas à les bien
prefcher qu'ils ne fuffent gens de bien.
Et le roy l'ayant interrogué s'ils fe gouuernoyent pas bien, En ma prefence
(dict-il) ils font bonne mine, & font
prefts de faire tout ce que ie leur commande: mais fi toft que i'ay le cul tourné, foufflez fire. Ce qui fut pris en bonne part de luy, comme n'y allant point
à la malice, non plus qu'es rencontres
qui luy eftoyent couftumieres en fes prefches. Car fi on euft apperceu qu'il euft
equiuoqué de propos deliberé fur le mot
de Soufflez (qui outre fa premiere fignification, fe prend au languange du commun peuple pour cela auffi qu'il dit au-
tre-

trement De belles : c'eſt à dire Il n'en eſt
rien) ie croy bien qu'on luy euſt appris
à ſouffler d'vne autre ſorte.

XII. MAIS pour retourner aux preſches de ce ferial doĉteur, il monſtra bien
vne fois vne merueilléuſe gaillardiſe de
cerueau (combienque par ſon teſmoignage meſmes tout ſon ſçauoir ne fuſt venu
qu'en vn an) quand il n'employa que l'autorité de ſon cheual pour confondre tous
ceux qui nient le purgatoire : au lieu
que les autres pour ce faire ont employé
les autoritez de tant de menus & gros docteurs , & meſmement aucuns des plus illuminez, voire S. Patrice luymeſme, auec
maintes chartees d'ames retournantes de
l'autre monde , & toutesfois on leur a
fermé la bouche. Parlant donc ce gentil perſonnage des Lutheriens qui ne vouloyent croire qu'il y euſt vn purgatoire,
Ie vay (diĉt - il vous faire vn conte, par
lequel vous congnoiſtrez combien ils ſont
meſchans de vouloir nier le purgatoire.
Ie ſuis fils de feu monſieur d'E. (comme
vous ſçauez) & nous auons vn aſſez beau
lieu au pont d'Antoni : or y allant vn iour,
ainſi que la nuiĉt nous auoit ſurpris, mon
malier (& ſçachez que i'ay vn fort bon
malier , au commandement de toute la
compagnie) s'arreſta contre ſa couſtume ,
& commença à faire Pouf pouf. Ie di à
mon valet , Picque , picque. Ie picque
(diĉt - il) Monſieur : mais voſtre malier
voit

voit quelque chofe pour certain. Alors
il me fouuint de ce que i'auois ouy dire
vn iour à feu madame ma mere, qu'il y
auoit-eu autresfois quelque apparition en
ceft endroit-là. Parquoy ie me mis à
dire mon *Pater* & *Aue maria*, qu'elle m'a-
uoit appris la bonne dame : & commande derechef à mon valet qu'il picque. Ce
qu'il fait : mais le cheual ayant marché
deux ou trois pas en auant, s'arrefte de
plus beau, & fait encore Pouf pouf. Et
m'ayant affeuré encore mon valet que ce
cheual voyoit quelque chofe, i'aioufte
mon *De profundis*, que feu monfieur mon
pere m'auoit appris. Et incontinent ne
faillit le cheual à paffer outre. Mais s'eftant arrefté pour la troifieme fois, ie n'eu
pas pluftoft dict *Auete omnes animæ*, &
Requiem æternam, qu'il paffa franchement,
& iamais depuis n'en fit difficulté. Or maintenant que ces mefchans dient qu'il n'y
a point de purgatoire & qu'il ne faut point
prier pour les trefpaffez : ie les renuoye
à mon malier, voire à mon malier pour
apprendre leur leçon.

XIII. SI ne faut-il pas que ce venerable curé emporte tout l'honneur de telle fubtilité : car vn Iacopin nommé Di-
nolay s'y oppoferoit, qui vfa pareillement d'vne comparaifon fort fubtile pour
prouuer vn point ou tous les docteurs ont
perdu leur Latin. Ces mefchans Lutherien (dict-il) ne veulent pas croire que
le

le corps & le fang de Iefus Chrift foit en l'hoftie : pource (difent - ils) que s'ils y eftoyent on les verroit. Et vien-ça groffe befte , quand tu as vn pafté de venaifon , ne dis tu pas que c'eft vn pafté de telle chofe ? & toutesfois tu ne vois pas ce qui eft dedans.

XIV. O N oit tous les iours parler de plufieurs autres comparaifons que fouloyent faire les prefcheurs il n'y a pas long temps, dont les vnes ne font que ridicules, les autres non feulement font ridicules, mais ordes & fales, voire font autant de profanations de la religion Chreftienne , qui meritent d'eftre mifes au nombre des blafphemes. Car encore qu'on voufift pardonner à ceux qui accomparoyent la grace de Dieu aux crottes de cheure, (difans que tout - ainfi que quand vne cheure montee fur vn four y fait des crottes, elles s'efpandent de cofté & d'autre, ainfi la grace de Dieu s'efpand par tout) que fera - ce des autres qui profanoyent en tant de fortes le myftere de la Trinité ? voire iufques à en faire comparaifon auec vn haut de chauffes. Et comment ils l'accommodoyent, i'aurois horreur de l'efcrire, combienque ie l'aye fouuent ouy reciter. Et n'eftoit guere moins mefchante (combienqu'ell'euft plus de grace) la comparaifon de la Trinité auec vn cordelier, faicte par vn qui n'eftoit pas des amis de S. François:

çois : car il difoit qu'en la Trinité il y auoit trois perfonnes, & que toutesfois ce n'eftoit qu'vn Dieu, tout, ainfi qu'vn cordelier eft tondu comme vn fol, gris comme vn loup, lié de corde comme vn larron, & toutesfois n'eft qu'vn homme. Auffi parloit bien profanement (encore que ce ne fuft fans faire rire) celuy qui difoit à quelques foldats qu'il voyoit en fon prefche, Il eft de vous en toutes chofes, ainfi que de Iefus Chrift. Il fut pris : auffi ferez-vous : Il fut mené deuant le iuge : auffi ferez-vous : Il fut lié de cordes comme vn larron, auffi ferezvous : Il fut fouetté : auffi ferez-vous : Il fut mené au gibbet, auffi ferez-vous : Il defcendit aux enfers, auffi fairez vous : mais il en reuint, vous y demeurerez. Mais pour ouyr vne comparaifon fort nayfue, il nous faut retourner au curé mentionné ci-deffus, duquel i'ay dict que les fermons feruoyent de farces à plufieurs. Ce gentil perfonnage prefchant vn iour de la ftatue d'or que Nabuchodonozor fit eriger, au chapit. III. de Daniel, C'eftoit (dit-il) vne grande vilaine idole comme noftre S. Euftace : maisell'eftoit toute d'or maffif : pleuft à Dieu que noftre S. Euftace luy refemblaft.

XV. QUE fi on a enuie d'ouyr plufieurs autres comparaifons de mefme ftyle, ou pour le moins approchant fort de cefcestuy - ci , il ne faut que s'adresser à quelques vieillards , qui ayent bonne memoire , ou mesme lire les liures que nous ont laissez quelques gentils prescheurs d'alors. Comme quand Menot escrit (au fueillet 115. col. 2.) qu'on fait en paradis comme es hosteleries d'Espagne. La façon de faire de paradis (dit - il) est de payer auant que manger : comme on fait en Espagne , ou il faut que ceux qui arriuent es hosteleries achetent leurs viandes s'ils veulent manger. Ainsi Lazare a premierement payé en ce monde , en endurant beaucoup de maux , & puis il est allé banqueter en paradis. Mais au - contraire la coustume d'enfer est de faire grand' chere & puis payer, comme on fait en France. Ainsi ce riche a faict grand chere en ce monde, mais maintenant en enfer il conte à son hoste. Et au fueillet 140. col. 4, il plaisante encore bien mieux, discourant sur le repas que donna nostre Seigneur aux cinq mille personnes (mentionné par les euangelistes.) Car premierement il dit que puisque le texte porte qu'ils estoyent cinq mille personnes sans les femmes & les petis enfans, nous deuons conclurre qu'il y auoit bien quatre mille femmes : pourceque nous voyons par experience qu'à vn sermon pour vn homme il - y - a tousiours quatre femmes. Et puis ie croy (dict - il) qu'il y auoit grand nombre de petis enfans, fi les femmes de ce pays-la auoyent la bonne couſtume qu'ont celles d'ici : qui feroyent marries de venir au ſermon ſans apporter vn enfant pendu à leur mammelle. Et puis il leur faut touſiours vne mignee d'autres enfans à la queue , qui ne ceſſent de crier autant que dure le ſermon , & empeſcher tant les preſcheurs que les aſſiſtans. Et puis il vient à faire comparaiſon du diſner que donna noſtre Seigneur à ces gens auec le diſner des Limoſins. Mais ie demanderois volontiers (dict-il) ou noſtre Seigneur a appris à faire vn diſner, ou vn banquet. Ie croy qu'il n'auoit point frequenté auec les frians de ceſte ville, qui n'oublieront pas en vn banquet le boire auec la viande. Ce diſner de noſtre Seigneur eſtoit ſemblable au diſner d'vn Limoſin. Vous voyez auſſi en Beauſſe & en Champagne qu'ils ſe mettront contre vn mur & tireront bien ſix liures de pain de leurs beſaces, ſans boire auec cela vne ſeule fois : voire meſme s'ils ont vne chopine de vin auprcs d'eux, ils feront conſcience de regarder qu'il y a dedans. Les François ne font pas cela , & principalement les Picards : qui apres auoir payé leur hoſte boiront bien encore du vin pour ſix patars. Et s'il y auoit vn petit pain de deux deniers ſur la table , ce ſeroit vn coup de couteau pour celuy qui l'entameroit. Mais noſtre Seigneur a faict auiourdhuy le diſner d'vn Li-

mofin. Et vn peu apres, Ie croy (dict-il) qu'il eftoit quarefme comme mainte-nant , & que chacun prenoit du poiſſon tant qu'il vouloit. Or noſtre Seigneur premierement es noces auoit donné du vin feulement , & non du pain: mainte-nant du pain feulement , & non du vin. En quoy il monſtra bien fa grande pru-dence : car il tenoit table ronde à tous venans. Il n'eſt point dict au texte que la vierge Marie y fuſt : & ie croy que ſi ell'y euſt eſté, ell'euſt dict à ſon fils com-me es noces , (au 2. chap. de S. Ian.) Ils n'ont point de vin. Helas mon fils quant à raſſaſier tant de gens , vous en eſtes tresbien venu à voſtre honneur : ie voy qu'ils mangent de ſi bon courage : toutesfois le principal leur defaut : ils n'ont point de vin. La voſtre merci : ils font bonne mine , mais cependant ils n'ont point de vin à boire , ils n'ont point de quoy ils puiſſent tremper leurs morceaux. Et pourquoy noſtre Seigneur ne s'eſt - il point foucié du breuuage auſſi bien que de la viande ? Ie reſpon, *propter aquarum ap-proximationem, miraculi maiorem declaratio-nem , facramenti euchariſtiæ præfigurationem:* c'eſt à dire, Pourceque les eaux eſtoyent pres , pourcequ'il vouloit declarer mieux le miracle, pourcequ'il vouloit prefigurer le facrement de l'euchariſtie. Et quant au premier , il eſt dict qu'ils eſtoyent dela la mer de Galilee : ils eſtoyent aſſis ſur la
bel-

belle herbe verde : & apres auoir mangé
il leur eſtoit permis d'aller boire en la mer
à tirelarigaud. Car il vſe de ce mot expreſſeement en ſon Latin entrelardé de
François , parlant ainſi , *& poſt comeſtio-
nem habebant licentiam eundi ad bibendum in
mari* à tirelarigaud. I'ay bien voulu alleguer tout ce paſſage (combienque i'euſſe
beſoin pour le preſent de l'endroit ſeulement ou il met ceſte comparaiſon) pour
monſtrer encore plus amplement comment ils ſe iouoyent de la ſaincte eſcriture : de quoy nous auons deſia ci-deſſus veu
pluſieurs exemples. Or cependant ie confeſſe bien qu'ils ont auſſi quelques comparaiſons ou ſimilitudes qui ſont plaiſantes
ſans eſtre autrement profanes : comme
quand Oliuier Maillard dit que les moines
eſtans en leurs cloiſtres , ſont comme pois
en leur eſcoce : depuis qu'ils en ſont ſortis, ſont comme pois en pot.

XVI. Auſſi auoyent cela de bon les
ſuſdicts preſcheurs, qu'ils n'eſtoyent point
honteux de demander en leurs preſches
leurs petites neceſſitez : mais aucuns
auoyent en cela beaucoup meilleure grace que les autres, vſans d'equiuoques fort
à propos, ou mots à deux ententes : comme celuy qui diſoit , En noſtre caue on
n'y voit goutte, en noſtre grenier on n'y
voit grain. En l'autre, Quand ie vins preſcher ici , i'eſtois phlegmatique , maintenant ie m'en retourne ſanguin : faiſant

M 2   vn'al-

vn'allufion entre Sanguin & fans gain. Et
l'autre, La laine me faut (pourceque c'eſtoit alors qu'on tondoit les brebis) au lieu
que les moins ruſez entendoyent, L'alene
me faut. Et à propos de la laine me faut,
i'ay ouy faire le conte d'vn qui au preſche
auquel il prenoit congé, vint à dire que
tout du long du quareſme il auoit bien regardé s'il verroit point vne qu'il cer-
choit, mais iamais ne l'auoit peu apperceuoir. Et luy eſtant demandé le nom,
il dict qu'il ſe terminoit en ette. Alors
l'vn ayant demandé ſi c'eſtoit point Toi-
nette, l'autre, Perrette, l'autre, Guille-
mette, il dict que non. On luy en nomma encore quelques autres ayans ſemblablement ceſte terminaiſon en leurs noms : il
dict que ce n'eſtoit pas vne de celles-là. En
la fin quelcun luy demande ſi c'eſtoit point
Iaquette : vous l'auez trouuee, dict-il:
c'eſt Iaquette que ie vous demande.

XVII. MAIS il faut noter que ſouuent il y auoit de l'enuie entre les religions, & principalement entre les Cordeliers & Iacopins : & alors c'eſtoit à qui
ſçauroit ſi bien preſcher qu'il oſtaſt la
chalandiſe à ceux d'vn autre pour la faire auoir au ſien. Comme pour exemple
vn Italien raconte en vn liure imprimé
il-y-a douz' ans, qu'en vne ville de Si-
cile vn Cordelier en preſchant fit a-croire à ſes auditeurs que S. François tous
les ans au iour de ſa feſte deſcendoit en
pur-

purgatoire, & deliuroit d'iceluy toutes les ames de ceux qui faifoyent des aumof- nes à fes freres. Les Iacopins (qui là font appelez auffi Les freres de la vierge Marie) voyans que cefte opinion qu'on auoit de S. François eftoit caufe que l'eau ne ve- noit plus fi bien à leur moulin que de couf- tume, fe mirent à prefcher que la vierge Marie, comme celle qui auoit plus gran- de charité & autorité que S. François, ne laiffoit point, comme luy, les deubts & bienfaifans à fes freres, demeurer vn an en purgatoire, mais fept iours feule- ment, pour le plus long temps. Car vn chacun famedi, qui eft le iour à elle de- dié, elle defcendoit en purgatoire pour deliurer tous ceux qui auoyent faict des aumofnes à fes freres. Lefquels auertiffe- mens furent caufe de les faire retourner en credit, & eftre mieux achalandez que iamais. Et à propos du purgatoire, i'ay faict ci-deffus vn conte qui conuient tresbien ici, d'vn certain beaupere qui prefchoit à Bordeaux que quand on donne pour les trefpaffez, les ames oyans le fon de l'argent qui fait Tin tin, en tombant dedans le baffin ou le tronc, en reçoiuent fi grand'ioye qu'elles fe mettent à rire, & font Ha ha ha, hi hi hi. Auffi appartient ici le conte que i'ay faict d'vn curé Sauoifien (fi i'ay bonne memoire) qui prefchoit qu'Abel alloit tous les iours à la meffe, & payoit tresbien les dimes

M 3   au

au curé, voire du plus beau & du meilleur : au lieu que Cain ne tenoit conte
de faire ni l'vn ni l'autre. Quant à ceux
qui preſchoyent quelques propoſitions ou
quelques miracles qui ne tendoyent point
directement à faire venir l'eau au moulin,
(comme quand Picard preſchoit entre
les louanges de la virginité, que S. Paul
& S. Barbe, pource qu'ils eſtoyent vierges ne ſaignirent que du laict quand on
leur coupa la teſte) il-y-en-a aſſez
d'exemples en diuers endroits de ce liure : & meſmement quant aux moyens de
faire venir l'eau au moulin, il en ſera
parlé ci-apres.

XVIII. Or combien familierement
ils preſchoyent, nous le pouuons congnoiſtre par ce que dict meſſire Adrian
Beguin curé de S. Germain de Noyon à
ſes paroiciens en vn proſne, Mes amis
vous aurez patience pour ceſte fois-ci,
à cauſe que ie ſuis prié au diſner chez
monſieur le maiſtre à manger d'vn cochon : autrement par l'arme du bon fiu
men pere vous dirois rouge rage enragee.
Et vn autre curé au bourg en Querci
parmi ſon proſne parlant du Mardi gras,
autrement dict Qareſme-prenant, ou Qua-
reſm'entrant, recommanda à ſes paroiciens ces trois bons ſaincts, S. Panſſard,
S. Mangeard, & S. Creuard.

XIX. Encore monſtroyent-ils bien
plus grande familiarité quand ils ſe mettoyent

toyent fur le propos des femmes : ce qu'ils auoyent accouftumé de faire en certains paffages des euangeliftes : & notamment ou il eft dict que Iefus Chrift apres eftre refufcité fe fit voir premierement aux femmes. Car alors il n'y auoit fornette qui ne fuft dicte du babil des femmes : à caufe duquel il s'eftoit adreffé premierement à elles, fçachant que le bruit feroit bien pluftoft femé par tout, que s'il s'addreffoit aux hommes. De ma part i'ay bonne memoire de m'eftre trouué en quelque fermon ou ceft argument fut traité bien au long & iufques à faire rougir toutes les femmes qui n'auoyent perdu leur honte. Et depuis i'ay ouy parler de plufieurs autres femblables. Aucunesfois auffi ils exaltoyent les femmes pardeffus les hommes en ce qu'il n'auoit faict à aucun homme tel honneur qu'à la vierge Marie. Mais vn certain beau - pere les accouftra bien vne fois en vn fien fermon : & ce contre leur efperance. Car ayant pris pour fon theme, ces mots du dernier chapitre de l'euangelifte S. Luc, O fols & tardifs de cueur à croire, (fans aioufter le refte : comme leur couftume eftoit de couper les fentences de la faincte efcriture, ainfi que bon leur fembloit) il fe mit à defchiffrer le grand deshonneur que receuoyent ici les hommes, & qu'en toute la faincte efcriture ne fe trouuoit point telle iniure auoir efté dicte aux

M 4

fem-

femmes. Et encore fi nous regardons à
quels hommes a efté dicte cefte-ci, ç'a
efté aux principaux de l'eglife. Et entr'autres chofes qu'il allegua pour l'honneur des femmes, fut, qu'il n'y auoit fi
petit village ou fi on alloit demander la
maifon de la fagefemme, on ne la monf-
traft : mais en quelque lieu qu'on allaft,
on auroit beau demander la maifon du
fage homme. Et apres auoir donné aux
femmes plufieurs autres titres d'honneur
que n'auoyent point les hommes, congnoiffant à leurs contenances qu'elles y
prenoyent grand plaifir, & commançoyent à regarder les hommes par deffus
l'efpaule, Toutesfois (dict-il) ne vous
en orgueilliffez pas trop : car ie vous aurois bientoft rabaiffé voftre caquet. Et
n'euft pas pluftoft acheué le mot, qu'il
commança, Premierement il-y-a vne religion de bons hommes, il n'y en a point
de bonnes femmes. Et puis Secondement, Tiercement, &c. fans oublier aucun des propos dont les bons goffeurs
font la guerre aux femmes.

　XX. ENCORE n'auons-nous-pas tout
dict : car ces vilains prefcheurs (& principalement ceux qui eftoyent dicts beaux-
peres) ne tenans comte de la leçon qui
leur eft donnee, *Si non cafté, tamen cau-
té* (c'eft à dire, Si non chaftement, au
moins cautement) fouuent en chaire parloyent fi gras qu'il fembloit eftre queftion
　　　　　　　　　　　　　　non

non pas de prefcher la parole de Dieu,
mais de celebrer les bacchanales en prefence de Margot & Alizon. Lefquels
noms ie pren de Ian Menard : qui ayant
efté long temps de l'ordre des Cordeliers, & grand zelateur d'iceluy, voire
iufques à le defendre de bec & d'ongles,
& en fin Dieu luy ayant faict la grace de
congnoiftre l'abus, s'en retira, & alors
compofa vn liure appelé Declaration
de la regle & eftat des Cordeliers, ou il
defcouure quelque peu le pot aux rofes :
& entr'autres chofes efcrit qu'outre ce
qu'il faloit pour la penfion du conuent de
Paris, on demandoit tant fouuent argent
pour auoir habillemens, liures, papier,
ancre, pour la defpenfe faicte en maladies &c. qu'il en demeuroit affez pour
vifiter le pannier verd pres des Iacopins,
& autres tauernes & maifons fecrettes :
& là on trouuoit des habillemens de toutes fortes que les galans prenoyent pour
aller vifiter Margot & Alizon : & pour
aller iouer à la paume auec des dames defguifees, voire femmes des feigneurs qui ne faifoyent point de refiden-
ce en leurs maifons. Il aioufte auffi ceci
auoir efté faict à Paris, que les Cordeliers
auoyent ioué quelques parties à la paume,
à la condition que ceux qui gangneroyent,
choifiroyent les premiers entre les dames : & celles d'entre les dames qui gangneroyent, choifiroyent les premieres entre
les

les Cordeliers. Mais pour retourner à mon propos, ces beaux peres ne faifoyent confcience d'vfer de tel language en plein fermon qu'ils euffent vfé en plein bordeau. Surquoy ie fçay plufieurs rencontres qu'aucuns pourroyent trouuer bien plaifantes, mais (comme i'ay defia fouuent protefté) ie m'abftien volontiers du recit de telles chofes, tant que ie puis, pourcequ'à la verité, c'eft affez, & trop auec, que l'air & la terre en ayent efté vne fois empuantis. Et quand on n'auroit autres exemples de telle vilanie que les mots qui font recitez par la roine de Nauarre derniere defuncte en la Nouuelle x 1, proferez par vn Cordelier en prefchant, mon dire feroit affez confermé. Et pour monftrer qu'il ne fe foucioit guere du fcandale qu'il donnoit par fes propos lafcifs, Or ça (dict-il) mes belles dames, tantoft en caquetant parmi les commeres, vous demanderez, Mais qui eft ce maiftre frere qui parle fi hardiment ? C'eft quelque bon compagnon. Ie vous diray mes dames, ie vous diray : ne vous en eftonnez-pas, non, fi ie parle hardiment : car ie fuis d'Aniou à voftre commandement. Et comment euft-il eu peur de donner fcandale, quand mefmes il fe moqua de ceux qui fe fcandalizoyent de luy ? difant, Eh dea meffieurs & mefdames de S. Martin ie m'eftonne fort de vous, qui vous fcanlizez d'vne chofe qui eft moins

que

que rien , & tenez vos contes de moy
par tout , & dites, C'eſt vn grand cas :
mais qui l'euſt cuidé que le beau-pere euſt
engroſſi la fille de ſon hoſteſſe? Vrayement (dict - il) voila bien dequoy s'esbahir, qu'vn moine ait engroſſi vne fille :
mais venez-ça belles dames, ne deuriez
vous pas bien vous eſtonner d'auantage
ſi la fille auoit engroſſi le moine? Voila
que contient en ſomme ladicte Nouuelle.'
Or qui voudra exemples des faicts con-
ſonans à ces paroles, il en trouuera ci-
deſſus au chapitre qui traite de la paillardiſe des gens d'egliſe.

XXI. l'auois deliberé de mettre ici fin
à ce chapitre: mais ie fay conſcience d'o-
mettre vne petite hiſtoire qui vient fort
bien à propos de ces graſſes paroles dont
ces graſtondus vſoyent en chaire : a-fin
qu'on ſçache qu'ils ne ſont iamais deſgouſ-
tez, ni ne perdent courage, non pas meſme quand ils ſont parmi les treſpaſſez.
L'hiſtoire eſt racontee par vn qui a faict
des annotations ou apoſtilles ſur l'extraict
de l'Alcoran des Cordeliers , homme digne de foy : & eſt couchee en ces propres mots, Quant à moy, puiſqu'il vient
ici à propos , ie diray ce que i'ay veu à
Paris. C'eſt que les quatre mendians eſtans
appelez pour enterrer vn corps, le tour
des Cordeliers eſtoit de chanter à haute
voix leur *Requiem & Libera*, leſquels s'en
aquittoyent gayement : car la proye leur
de-

demouroit. Cependant les trois autres
troupeaux de caymans deuiſoyent à plaiſir : entre leſquels ie vi (en deſcendant
d'vne maiſon) deux Auguſtins ieunes &
ver - galans , qui s'entretenoyent par la
main, & chantoyent.

Brunette ſuis , iamais ne ſeray blanche.

C H A P.   X X X V I I.

*Du ſubtil ſçauoir & de là ſubtile doctrine des
ſuſdicts preſcheurs , ou des profeſſeurs de
theologie de la meſme eſchole. Item , des
ſubtiles traditions des regles de S. François , S. Dominique , & autres.*

N Ovs auons parlé ci - deſſus des
preſtres & moines du tout ignorans , & auons produit quelques
exemples de leur ignorance :
auſquels on en pourroit aiouſter pluſieurs autres, & celuy pour le moins d'vn
François valet d'vn Eſcoçois : lequel François eſtant interrogué en Latin par l'eueſque qui le deuoit paſſer preſtre , penſa
que ce language Latin eſtoit Eſcoçois,
& pourtant luy fit reſponſe que ſon maiſtre entendoit bien Eſcoçois, mais non pas
luy. Auſſi l'exemple de celuy qui eſtant
in-

interrogué. *Quot funt* (r) *feptem facramen-*
ta, refpondit *Tres : afpergillum, thuribu-*
lum, & magnum altare. Mais auffi il faut
confeffer qu'en recompenfe de cela aucuns ont efté fort fubtilement fçauans,
voire iufques à trouuer des fubtilitez defquelles à grand' peine s'auiferoyent maintenant ceux qui ont bon efprit & bon iugement. Et premierement, s'il faut venir
à leur langage, il eft certain que plufieurs
en ont parlé qui eftoit cerché fi loin que
Cicero luymefme n'en auoit iamais ouy
parler. Et puis ils ont amené cefte inuention de miftionner le Latin parmi le François (s) de fi bonne grace qu'il eft quafi
impoffible de s'ennuyer en les lifant. Et
de ces deux points pourront tefmoigner
quel⌋

(r) *Quot funt* &c.) De ceci fut faite une Epigramme qui fait partie d'un petit Recueil imprimé à Rouen,
in 16. en 1555. où le nom de l'Auteur de l'Epigramme n'eft marqué que par les lettres initiales G. C.
qui, felon Mr. de la Monnoye , tom. 2. pag. 319.
du *Menagiana* de 1715. pourroient bien défigner le
Poëte Germain Colin. Ce Poëte fut en effet , pendant
quelque tems de la Religion, fous le régne de François I. & ne changea dans la fuite que par infirmi-
té & après une longue prifon , dont autrement il ne
feroit jamais forti que pour aller au fupplice. Voiez
Beze, Hift. Eccl. tom. 1. pag. 62. & 63.

(s) *Le Latin parmi le François* &c.) Il a été déja
remarqué que ces Sermons, que nous n'avons qu'en
Latin & en abrégé , ont été débitez avec plus d'éten-
due, & dans le langage maternel du Prédicateur.

quelques paſſages alleguez ci-deſſus de
Menot & d'Oliuier Maillard, à ceux qui
n'auront pas leurs liures. Car ils voyent
là les plaiſans entrelardemens de ces languages, non ſans quelque ſubtilité. Mais
il-y-a vn troiſieme point, c'eſt qu'ils ont
exprimé des choſes en leur Latin que tous
les auteurs de la langue Latine n'ont ſçeu
exprimer : comme quand Oliuier Maillard
dit, au fueillet 6. col. 3, *Primò venit ad
primam in domo ſua exiſtentem, & percutit
ad oſtium, dicendo Trac trac trac: (t) &
ancilla venit &c.* Car ie vous prie lecteur
penſez-vous que Cicero ou quelque autre auteur de la langue Latine euſt eu l'eſprit ou la hardieſſe de latinizer ce gentil
petit mot *Trac*, qui eſt de ſi bonne grace,
& exprime ſi bien ce qu'on veut dire ?

II. OR n'eſt-ce pas tout : car ils ont
voulu ſçauoir rendre ſi bonne raiſon de
chaſque parole qu'ils diſoyent, qu'ils ont
laiſſé paſſer bien peu de mots ſans ſçauoir
leurs etymologies : de ſorte qu'ils en ont
trouué de ſi ſubtiles qu'on ne s'en ſçauroit
aſſez esbahir. Et pour commancer par A V E,
qui eſt celuy maintenant qui penſeroit
ſous ce mot eſtre caché vn tel ſecret que
nous trouuons en pluſieurs preſcheurs &
qui

____

(t) *Dicendo*, Trac trac &c.) Ne ſeroit-ce point
là proprement *le* Trictrac *des freres frapars* de Rab.
2. 7. No. 111. Les Quêteurs *frappent* aux portes, &
ſouuent ces Quêteurs ſont de vrais *freres frapars.*

theologiens d'alors, & nommeement en
Barelete, & en l'auteur des sermons intitulez *Dormi securè* ? Barelete au fueillet
230. col. 1, *Ingressus Gabriel ad eam, dixit,*
Aue gratia plena, Dominus tecum. Ab A
(*quod est sine*) *& Ve, culpa: Immunis à*
triplici Ve : de quibus Apocal. 12. *Ve ve ve*
habitantibus in terra. Autant en dit l'autre que ie vien de nommer, en son cinquieme sermon, qui est *De conceptione*
beatæ Mariæ virginis. L'habilité n'a esté
guere moindre en l'anatomie de ce mot
SACERDOS, qui nous est ainsi depeinte
au liure intitulé *Stella clericorum, Quinque*
enim sunt dignitates sacerdotum præ cæteris.
Primò dicitur SACERDOS *quasi sacris do-*
tatus, scilicet sacris ordinibus : quia ipse est
in summo gradu qui est sacerdotum. Secundò
SACERDOS, *quasi sacris deditus, id est sa-*
cramentis, ad sacrificanda sacramenta : nam
ipse sacrificat sacrosanctum corpus Domini
cum verbis, signis, prodigiis, & cætera sa-
cramenta. Tertiò dicitur SACERDOS *quasi*
dans sacra. Dat enim baptismum, confessio-
nem, pœnitentiam, indulgentiam, eucharis-
tiam, benedictionem, & extremam vnctionem.
Quartò dicitur SACERDOS *quasi sacra do-*
cens: docet enim verba sancti euangelij & ar-
ticulos rectæ fidei. Quintò dicitur SACER-
DOS *quasi sacer dux, quasi ducatum præbens*
& iter populo ad regna cælorum, verbo sa-
cræ doctrinæ & vitæ bono exemplo. Vnde
versus,

Sacris dotatus & facris deditus , atque
Sacra docens , facra dans , & dux facer ,
efto SACERDOS.

III. Et dedans DOMINICVS qui de-
uineroit non plus qu'on y - euſt trouué
tout le myſtere qui ſenſuit? *Dicitur Domi-*
nicus (dit Barclete, au fueill. 191. col. 4.)
quaſi totus Domini : vel Dominicus , quaſi
cuſtos Domini : Vel Dominicus , quaſi à Do-
mino cuſtoditus. Et à FRANCISCVS que
luy a - on trouué au ventre ? Eſcoutons
que dit ſa legende , *Franciſcus dicitur à ra-*
tione ſecuritatis , ex virtute & operum perfec-
tione & boneſtatis in conuerſatione. Aiunt
enim franciſcos dici quædam ſigna inſtar ſecu-
rium quæ Romæ ante conſules ferebantur ,
quæ erant in terrorem & ſecuritatem. Il eſt
vray qu'elle met pluſieurs autres etymologies , mais ceſle - ci eſt là tenue pour la
plus ſeure. Or n'eſt - ce pas en ces noms
ſeulement qu'on voit telle ſubtilité, mais
en tous les noms des ſainɛts du liure intitulé La legende doree, ou Les legendes
dorees. Comme, GREGOIRE eſt diɛt de
Grex, qui eſt à dire aſſemblee, & de Goire, qui eſt à dire preſcheur. Item , KA-
THERINE eſt diɛte de Katha , qui eſt à
dire Tout, & de Ruyne, c'eſt à dire trebucheure , Katherine eſt autant à dire
comme vniuerſelle trebucheure: car l'edi-
fice du diable trebucha du tout hors d'elle. Item, QVINTIN eſt diɛt de cinq: &
de

de *Teneo tenes*, c'eſt à dire Tenir : & vaut
autant à dire comme Tenant cinq choſes. Que ſi quelcun reſpond qu'il ne ſe
faut eſmerueiller ſi les anciens Latins n'ont
parlé de ces etymologies, veu que ces
mots n'eſtoyent en vſage, ie leur repli-
queray que la ſubtilité de ces perſonnages
n'a eſté moindre es mots de l'ancien language Latin : teſmoin ce mot MVLIER,
etymologizé *quaſi Mollis aer*. C'a eſté auſſi
vne fort ſubtile inuention, de trouuer en
Latin l'etymologie des mots Grecs & He-
brieux, comme ci - deſſus nous auons monſtré de *Presbyter* & de *Diabolus*, & de
Ieſus.

IV. IL faut venir aux ſubtilitez qui
conſiſtent en choſes plus grandes. Quels
cerueaux penſons - nous qu'ayent eu ceux
qui ont forgé tant de belles queſtions qui
ont eſté mentionnees ci - deſſus : Que dirons - nous auſſi de leur induſtrie quant à
expoſer la ſaincte eſcriture, voire quant
à la ſçauoir ſi bien manier que d'en faire comme de cire, ainſi qu'il a eſté monſtré parcideuant ? Nous auons veu auſſi
combien ils eſtoyent ſubtils à deuiner
pluſieurs choſes dont la ſainct' eſcriture
ne fait aucune mention. Outreplus ont
eſté produits quelques exemples de leurs
ingenieuſes comparaiſons, & des braues
argumens qu'ils faiſoyent. Et encore ſi
on veut prendre la peine de fueilleter les

N 2   li-

liures ou tout ceci a esté pris, on y trouuera bien autre chofe. Comme (pour
exemple) quand Menot fait paffer Iefus
Chrift par tous les douze fignes du zodia-
que, (au fueillet 48. col. 3.) c'eft encores vne forte de fubtilité que nous n'a-
uons point veue es paffages alleguez ci-
deffus. Mais ils ont eu l'efprit encore bien
plus agu en quelques autres contemplations : comme quand par icelles ils ont
trouué es deux cornes des mitres epifco-
pales le vieil & le nouueau Teftament :
quand au capluchon des moines ils ont
trouué fimplicité & innocence : quand auffi
ils ont trouué autres chofes femblables,
que nous verrons tantoft.

V. Et s'il faut venir iufques aux ex-
pofitions myftiques de tous les ferremens
& de tous les tourdions de la meffe, ne
faudra-il pas confeffer que la-deffous y-
a de la fubtilité fi grande que les meilleurs
efprits & meilleurs iugemens du monde font
ceux qui y entendent le moins ? Car n'eft
ce pas bien fubtilizé que de faire iouer à
vn mefme homme en meffatizant, vint ou
vintcinq perfonnages ? à-fçauoir de Chrift,
& de la vierge Marie fa mere, de tous
les apoftres, & nommeement du traiftre
Iudas : du larron pendu, du centurion,
du publicain, & autres ? Et comment
peut-il reprefenter tant de perfonnes ?
Vne partie auec des feules croifades. Car
no-

notamment par vne des croifades qui fe
font fur l'hoftie & vne de celles qui fe
font fur le calice fepareement, il ioue
deux perfonnages, de Chrift & de Iudas.
Par trois autres qui fe font auparauant il
reprefente le Pere, le fainct Efprit, &
ledict Chrift, eftant par foy & par eux
liuré à la mort. Mais ce feroit peu de
chofe fi c'eftoit ici tout le fecret des croifades : efcoutons donc. Apres ces deux
croifades faictes ainfi fepareement, & a-
pres que le croifadeur a eftendu fes bras
(en quoy il figure Chrift eftendu en croix)
& qu'il a leué fon hoftie en haut pour
la faire adorer (ce qu'ils appellent leuer
Dieu) par les trois croifades qu'il fait,
l'vne furl'hoftie, l'autre fur le calice,
la tierce fur foymefmes, il ioue le perfonnage des trois eftats, à-fçauoir de
ceux qui font au ciel, en purgatoire, &
en terre. Et quant aux cinq croifades
qui viennent apres les trois premieres,
outre ce que de ces cinq les deux, eftans
fepareement faictes l'vne fur l'hoftie, l'autre fur le calice, ont telle fignification
que nous auons dict : toutes enfemble fignifient encore beaucoup d'autres chofes :
& premierement les cinq iours d'interual-
le depuis le iour des rameaux iufques au
iour de la paffion : apres les cinq playes de
Chrift, deux aux pieds deux aux mains, &
vne au cofté dextre. Encore n'eft ce pas
tout, car de ces cinq les trois premieres qui

fe font fur le calice & fur l'hoftie enfemble-
ment, figurent la liuraifon de Chrift aux
preftres, aux fcribes, & aux Pharifiens: item
le pris de la vendition de Chrift, a-fçauoir trois fois dix, qui valent trente deniers. Or maintenant confiderez lecteur
fi defia fous les croifades il-y-a tant de
fubtilitez & fi profondes, quels fubti-
lizemens doiuent eftre fous tous leurs
engins, fous tout leur equippage, fous
tous leurs vireuouftes, fous le frappe-
ment d'eftomach, & fous tout le ref-
'e d'vne fi belle & fi plaifante farce-
'ie, fingerie, ou mommerie. Or (qui
plus eft) chacun a eu des reuelations par-
ticulieres quant à ces fubtilizations: ie di
chacun des alcoraniftes de la meffe, comme Titelman & Gabriel Biel, Brunus,
item vn certain Philo, & autres. Car l'aube du preftre meffatizant declare la conuerfation de Iefus Chrift en fa chair, felon aucuns: & felon les autres, la purité de fon corps incarné au ventre de la
vierge: & felon les autres, la robbe
blanche prefentee par Herode à Chrift,
quand il fut renuoyé comme vn fol à Pilate: felon les autres, la fermeté de la
trefreluifante lumiere. Quand au lin duquel eft compofee l'aube, ils l'interpre-
tent la fubtilité des Efcritures. Ainfi en
prend-il à l'amict comme à l'aube:
car aucuns entendent qu'il reprefente le
voile duquel Chrift eftoit couuert lors que
les

les Iuifs fe moquans de luy en la maifon
de Caiphe le fouffleterent : aucuns penfent qu'il fignifie la diuinité de Chrift
cachee fous l'humanité : aucuns difent
qu'il tient la place de l'ephod Iudaique.
Ie laiffe la zone, le manipule, l'eftole, qui
font auffi diuerfement interpretez. Quant
au feu & cierge allumé, aucuns difent
qu'il nous figure Chrift, comme eftant
le feu qui confume la rouilleure de nos
pechez : les autres font d'opinion que le
feu fignifie le feu de charité enuironnant
le peuple Chreftien : & le cierge allumé,
la lumiere de foy, & la ioye de la venue
& incarnation de Chrift. La patene auffi
figure felon le iugement de quelques-vns,
la diuinité de Chrift, auffi bien que l'a-
mict : felon aucuns elle figure autre chofe. Item, le *Gloria in excelfis*, eftant prononcé de voix douce & baffe, reprefente
(felon aucuns) la voix puerile & bee-
lante de Iefus Chrift eftant encores au
berceau : & felon quelques autres docteurs, il reprefente quelqu'autre chofe.
Mais quelle fubtilité fçauroit-on demander plus grande que cefte-ci, d'auoir fon-
gé que dit le preftrot meffatizant alors
qu'il ne fonne mot ? Bref c'eft vn abyf-
me de fubtilizations : & y-a-bien d'a-
uantage, c'eft que ie ne parle que de la
farce qui fe ioue à vn perfonnage : or ie
vous laiffe penfer que c'eft de celle qui
fe ioue à trois, à fçauoir quand le mef-

N 4   fa-

fatizant ha pour compagnons le diacre
& foudiacre. Car quand il n'y auroit que
ceci d'auantage, que le diacre, (felon
Titelman) quand il ioue fon roulet, en
chantant quelque paffage decoupé de l'e-
uangile, & fe tournant vers aquilon,
(c'eft à dire vers le north) dechaffe par
fa croifade tous les diables aquilonaires,
cela ne feroit-ce pas vn vrayement monf-
trueux myftere? Mais ie ne pourfuyuray
plus auant ces fubtilitez, de peur de faire venir cnuie à quelque lecteur de ce liure de fe mettre de la confrairie des mef-
fatizans. Et pour conclufion diray ceci
feulement, que les mifomeffes appelle-
ront ceft acte comme ils voudront, ou
farce, ou fingerie, ou mommerie (comme il-a efté dict) ou baftelerie, ou forcelerie: mais fi faudra-il qu'ils confeffent
en la fin que iamais Pythagoras n'eut l'efprit par fes myfteriaux nombres d'inuenter
vn fi plaifant & fi proufitable ieu. Or
n'eft-ce fans caufe que i'allegue Pythagoras: car outre ce que nous fçauons la
philofophie Pythagorique auoir eu quelques traits de fubtilité femblable, nous
voyons au liure intitulé La conformité
de S. François auec Iefus Chrift, Pythagoras eftre nommé le premier entre les
philofophes, l'exemple defquels Iefus
Chrift a enfuiui à bon droit, quant à a-
uoir des difciples: au fueillet 43 de l'impreffion fufdicte, *Dubium eft iftud, An
Do-*

*Dominus noster Iesus Christus decenter fecit
Apostolos eligendo, & discipulos habere speciales volendo: quia videretur melius fore
habere multos quàm paucos, & omnes quàm
aliquos speciales. Respondetur quòd Dominus
decentissimè fecit, primò volendo habere discipulos. Ratio prima: quia quum esset virtuo-
sissimus, aliquos ipsius adinstar aliorum imi-
tatores habere debebat. Pythagoras, Plato,
Socrates, Aristoteles (& sic de aliis) Iohan-
nes Baptista, habuerunt discipulos: quare ipse à fortiori.*

VI. TOUTESFOIS ie trouue les al-
legories du liure intitulé Quadragesimal
spirituel estre beaucoup plus miraclifique-
ment subtiles & procedees de plus gail-
lards ceruceaux. Lequel Quadragesimal spirituel autrement dict Quaresme allegorié
fut rimprimé à Paris l'an 1565, (*v*) &
ce auec la reueue & correction de deux
venerables docteurs en la faculté de theologie à Paris. Duquel i'extrairay ici quelques passages par lesquels le lecteur pourra
aiseement faire iugement de tout le liure.
Parlant donc l'auteur au premier chapitre
de la salade qui se mange en quaresme à
l'entree de table, il dit, Pour parler spi-
ri⸗

(*v*) *Rimprimé à Paris l'an* 1565. &c.) En 1521.
Jean Saint Denis avoit imprimé *in* 4. ce livre-là.
Le titre en est dans cette prémiére édition : *Le Qua-
dragésimal Spirituel,* ou la *Salade du Carésme.*

N 5

rituellement, par ceſte ſalade qui eſt faicte de diuerſes choſes, & qui met les
gens en appetit, pouuons entendre la parole de Dieu, qui nous doit donner appetit & courage. Vn peu apres, Par l'huile de douceur & le vinaigre d'aigreur
(qu'on met par equippollent autant de
l'vne que de l'autre, dedans la ſalade)
nous pouuons entendre la miſericorde de
Dieu & la iuſtice.

VII. Au chap. 11, Apres la ſalade
les feues frittes viennent à la bouche,
par leſquelles nous deuons entendre noſtre confeſſion. Quand lon veut bien
faire cuire les feues, on les met deu-
uant tremper: autrement pas ne cuiront
de bonne ſorte. Si nous nous voulons a-
mender & corriger de nos fautes, pas
ne ſuffit ſeulement ſe confeſſer à l'au-
uenture, comme font aucuns, mais eſt
licite premierement mettre tremper en
l'eau de meditation ſa confeſſion, en diſ-
tinguant toutes ſes offenſes de degré en
degré. Vn peu apres, Lon ne fait pas cuire dix ne douze feues, mais toutes celles qu'on veut manger. Auſſi ne faut-il
pas ſeulement tremper, c'eſt à ſçauoir
mediter à dix ou douze pechez, ni à dix
ou douze iours: mais à toutes les offenſes qu'on a commiſes & à tout le temps
qu'on a veſcu, s'il eſt poſſible d'en ſouuenir.

VIII. Au chapitre 111, Le pois paſſé

fé n'eſt pas à oublier, mes dames : vous le ſçauez ſi bien faire qu'il eſt friant & de bonne comeſtion. Par le pois paſſé autre choſe ne chante noſtre flute d'allegorie, ſinon la vraye contrition du cueur, qui eſt vne des parties de penitence. Notez que le pois ne cuit pas bien de l'eau du puis ou de fontaine : mais on le fait cuire de l'eau de la riuiere : qui ſignifie quant au ſens ſpirituel que la vraye penitence ne peut bien cuire, c'eſt a-ſçauoir eſtre parfaicte de l'eau du puis ou fontaine, qui repreſente les larmes d'attrition. Mais qui bien veut le faire cuire : luy eſt neceſſaire prendre de l'eau de riuiere, c'eſt à noter de vraye contrition. Par l'eau du puis qui point ne court, eſt entendu attrition, & par l'eau de la riuiere, contrition. Parainſi diſent les docteurs qu'il-y-a bien difference : car attrition n'eſt pas certaine, ne n'en cuit bien le pois ſpirituel : mais contrition eſt certaine, qui fait bonne decoction du pois de penitence. L'eau de riuiere qui ſe mouue, court & fluc, moult eſt valable pour faire cuire pois. Ie dis qu'il faut auoir contrition de ſes pechez, & prendre l'eau courante : c'eſt à-ſçauoir les larmes du cueur, qui doiuent courir, mener & venir iuſques aux yeux.

IX. Au chapitre IIII. La puree moult eſt à louer, & eſt vne choſe qui moult bien pare les diſners de Careſme. La puree

ree ſe paſſe par l'eſtamine : par laquelle deuons entendre le propos de ſoy abſtenir de peché.

X. Au chapitre v. Apres la comeſtion de la lamproye, lon ſe prend au poiſſon. Ie trouue que la lamproye deuant tout autre genre de poiſſon eſt bien nutritiue, parquoy i'ay voulu comparer reſtitution à ce poiſſon. Aucuns ſont qui diront parauenture qu'ils n'ont aſſez argent pour acheter ceſte lamproye. Communeement les lamproyes ſont cheres : il eſt vray, mais elles ſont bonnes auſſi. Si vous voulez manger de ceſte noble lamproye, qui eſt la remiſſion de vos pechez, c'eſt a-ſçauoir l'amour de Dieu, ſi la faut-il acheter, nonobſtant qu'elle ſoit bien chere : vous ne l'aurez point pour demi franc, demy eſcu, ou vn franc, vn eſcu : mais il eſt bien force de bailler tout l'argent, les biens & autres choſes que vous retenez ſans raiſon de voſtre prochain. Il faut tirer ceſt argent de voſtre bourſe pour en faire reſtitution : pareillement toute rancune du coffre de voſtre cueur : ou vous ne mangerez-ia ceſte lamproye dignement auec ſon ſang, duquel eſt faiête la bonne ſauce, c'eſt à-ſçauoir le merite de la paſſion.

XI. Au chapitre vi, Par le ſaffran, qui doit eſtre mis en tous les potages, ſauces & viandes quadrageſimales, i'enten la ioye de paradis, laquelle nous deuons
pen-

penſer en toutes nos operations , odorer,
& aſſortir. Sans le ſaffran nous n'aurons
iamais bonne puree , bon pois paſſé , ne
bonne ſauce : pareillement ſans penſer aux
ioyes de paradis ne pouuons auoir bons
potages ſpirituels.

XII. Au chapitre v i i , Les orenges
ſont bonnes auſſi en Careſme ſelon les
medecins. Par l'orenge i'enten la charité
que deuons auoir enuers Dieu , qui eſt
bien denotee par l'orenge quant à la couleur, & quant aux grains muſſez dedans.
Ce fruit eſt de couleur punique , c'eſt à-
ſçauoir iaune , tirant ſur le rouge , qui
ſignifie charité en l'eſcriture ſainɛte. Ceſte
charité deuons auoir en Dieu , l'aimer de
tout noſtre courage : ou autrement toutes nos operations ne ſçauroyent prouſi-
ter. *Si linguis hominum loquar & angelo-
rum : charitatem autem non habeam , nihil
ſum.* Par les grains qui ſont enclos en l'o-
renge , i'enten les ſecrettes aumoſnes. Vn
peu apres, Les grains de l'orenge nous re-
monſtrent , qui ſont muſſez dedans , la pomme de charité. Parquoy ie di (& eſt vray)
que Dieu aime fort ce noble fruit. La
couleur luy en plaiſt : fais luy en donc
preſent. Le gouſt en aime l'ame : donne
luy en à manger à ton diſner ſpirituel.

XIII. Au chapitre v i i i , Mes dames
vous ſçauez qu'il n'eſt choſe plus honneſte dedans la main d'vne femme qu'vn beau
bouquet. Ce mois de Mars eſt ouurier de
pre-

prefenter les beaux bouquets : car communeement en Mars croift la belle violette de couleur celefte, d'azur & de pers.
Voulez-vous porter durant ce carefme,
pareillement en tout temps vn beau bouquet qui vous donnera bonne odeur ? prenez la violette de Mars. C'eft à-fçauoir
la vertu d'humilité : car ie vous affeure
que c'eft vne vertu qui moult plaift à
Dieu, & à l'ame proufite. La violette de
Mars &c.

XIV. Au chapitre IX, Les pruneaux
font auffi neceffaires pour faire le difner
bien complet : pourtant il en faut auoir.
Par ces pruneaux, qui font noirs & de
bonne fubftance, i'enten les abftinences
de peché, mortification de la chair, &
ieufnes corporels.

XV. Au chapitre X, En apres pour
vn autre mets l'on appofe fur la table des
figues, qui font moult bonnes & proufitables : car elles tiennent l'eftomach fort
& de bonne odeur. Par ces figues pouuons entendre la memoire de la fainête
paffion de Iefus Chrift, qui eft vne chofe qui tient l'eftomach fort & de bonne
difpofition contre toutes tribulations, ten-
tations, ennuis, labeurs, melancolies, &
qui fait bonne odeur.

XVI. Au chapitre XI, Ce n'eft pas
tout pour bien fe raffafier en carefme :
car il faut encores manger les amendes.
Les medecins difent que les amendes ame-
                                        res

res font plus proufitables que les douces ;
parquoy ie veux de ceux-ci parler. Ie di
que nonobftant que les amendes foyent
ameres, fi n'en faut-il pas laiffer à manger. Il-y-en-a qui prennent les douces
& laiffent les ameres : elles ne font pas
fi proufitables. Ce qui n'eft pas bon à la
bouche, peut eftre bon au cueur. Par ces
amendes ameres i'enten la memoire de la
mort, du iugement & des peines d'enfer,
qui doiuent accompagner noftre difner en
carefine.

XVII. Au chapitrexii, Le miel eft
vne chofe precieufe pour les dames fpecialement, lequel fe mange en carefine.
Le philofophe dit que le bon miel eft à
l'or femblable. Par le miel ie n'enten autre chofe que la conuerfation celefte, que
tous deuons auoir : mefmement au fainct
temps quadragefimal, la conuerfation laquelle nous deuons auoir, doit venir, proceder & diftiller du ciel, comme le bon
miel precieux.

XVIII. Au chapitre xiii, Puis a-
pres le pain blanc, les efchaudez, & le
vin, ne fe doiuent en oubli mettre : car
c'eft le principal du difner. Par le pain
& le vin pouuons entendre l'acquifition
des ioyes de paradis. Par les efchaudez
nous entendons la foy que nous deuons
auoir en vn feul Dieu createur du ciel &
de la terre, qui eft en trois perfonnes
diftinctes. Et ceci bien appert en l'efchau-
dé

dé qui ha trois cornes : toutesfois les
trois cornes ne font qu'vne chofe par ef-
fence de nature. L'on fait des efchaudez
d'autre forte, c'eft a ſçauoir en forme
de croiſſant, n'ayant que deux cornes,
ſignifiant les deux ſubſtances qui ſont en
Iefus Chriſt, diuinité & humanité. Tout
ceci deuons fermement croire, ſur peine
d'eftre damnez : & le doiuent monſtrer
& apprendre les peres & meres à leurs
enfans, predicateurs au peuple commun :
& les maiſtres d'efcoles à leurs difciples :
meſmement au fainct temps de careſme,
felon la fimilitude des efchaudez, qui en
celuy temps aux ieunes enfans ſont donnez à manger. Vn peu apres, Il eſt de
deux manieres de vin, blanc & rouge. Le
blanc ſignifie l'efperance qui eſt en Iefus
Chriſt, & le rouge la charité qu'il nous
a monſtree quant à l'acquiſition des gloires deſſuſdictes. Le pain duquel eſt faicte mention, a eſté cuit au four de ceſte
charité, qui eſt ſon coſté precieux, de
l'amour d'humain lignage totalement em-
braſé. Retournons au vin, & congnoiſ-
ſons ſa nature. Le vin outre ces deux couleurs eſt fort & ſauoureux : auſſi par la
force pouuons entendre la charité de laquelle Dieu nous a aimez, tellement qu'il
a miſe ſon ame pour nous : & par la ſa-
ueur, l'efperance qu'il nous a donnee de
paruenir, ſi nous voulons bien ouurer &
faire modercement laſus en paradis. Vn
peu

peu apres, Ce vin eft de deux couleurs, blanc & rouge. Parquoy il eft dict, *Dilectus candidus & rubicundus, electus ex millibus.* Le blanc nous donne l'experience d'aller en paradis: car il fait bon courage, iambes de vin & audace de ioyeufeté: & le rouge fait le bon fens, reduifant en memoire que le precieux fang de Iefus Chrift a efté tiré tout rouge de fon cofté pour noftre falut. Ce vin eft efleu & choifi entre toutes liqueurs. *Electus ex millibus.*

XIX. Au chapitre xiiii. De ce vin deffufdict eft faict le bon & fauoureux hipocras, claré, & pigment. Le Roy Salomon le fait & le vend, comme il eft dict en fes cantiques, *Dabo tibi vinum conditum.* Le marchand & inftiteur qui a baillé les drogues, efpices & confitures aromatiques, eft monfieur fainct Paul, qui de loin comme vray marchand les a apportees, c'eft à-fçauoir de paradis. Par ces drogues, efpeces diuerfes & mixtures precieufes, comme fucre, canelle, grene de paradis, cinamomum, & autres chofes delicates, nous entendons les diuerfes efpeces & multitudes des gloires de paradis, que ledict fainct Paul apporta de là-fus quand il fut raui au troifieme ciel: & tant en apporta qu'oncques ne peurent renger en l'humaine boutique du cueur humain: comme il eft dict, *Vidit arcana quæ non licet homini loqui, nec in*

cor hominis afcendit quæ præparauit Deus di-
ligentibus fe. Monfieur fainct Paul vit des
gloires en paradis & en telle multitude,
fumptuofité & contemplation , que le
cueur de l'homne ne les peut par meditation receuoir. Ces ioyes celeftes vend l'a-
poftre fainct au roy Salomon, vray apo-
ticaire , c'eft à - fçauoir à l'homme paci-
fique, cueur manfuet & contemplatif.

XX. Au chapitre x v i , A fin d'auoir
bons potages , & viandes bien appareil-
lees, il eft requis auoir bons cuifiniers à
gens de bien, feigneurs & marchands. Les
bons cuifiniers qui nous doiuent feruir
en carefme , font les monitions de nos
bons anges , infpirations & perfuafions,
aufquels nous deuons croire, fpecialement
plus en ce fainct temps de penitence qu'en
autre. Car plus ils nous infpirent adonc à
bien faire qu'en autre temps, pourceque
le diable plus malicieufement nous tente.
Communeement l'on mange de plus de
fortes de viandes en carefme qu'en autre
faifon , aufli deuons-nous plus manger,
yfer, & prendre des celeftes monitions en
ce temps, &c.

XXI. Au chapitre x v i i , Les feruiteurs qui à table doiuent feruir en carefme , font les exemples des martyrs qui
ont fouffert grande tribulation pour paruenir en gloire. Chacun nous fert en fon
office: Sainct Laurens prefente le poiffon
& hareng rofti fur le gril: Sainct Ian l'e-
uan-

uangelifte le poiffon bouilli & maree : Sainct Denis & fainct Cofme prefentent & offrent les paftez cuits au four : car ils ont efté mis en fournaifes. Et plufieurs autres feruent de poiffon frit : ce font ceux qui ont efté mis & bouillis en poif-les & chaudieres, pour le nom de Iefus.

XXII. Au chapitre xviii, En ca-refme l'on nettoye la vaiffelle, pots, ver-res & chauderons : l'on prend auffi blan-che nappe fur table, pareillement fert-on de blanches feruiettes : & ceci eft l'of-fice des filles, chambrieres & ancelles. A l'imitation des vierges de paradis nous de-uons nos vaiffeaux (comme pos, verres & chauderons, c'eft à-fçauoir nos cueurs) nettoyer : pourcequ'il n'eft plus queftion qu'on face dedans la chair cuire, c'eft à-fçauoir viure charnellement. Chafteté & mundicité doiuent mettre la blanche nape licitement, & eftendre fur la table.

XXIII. A u chapitre xix, Quand vne creature fi a de toutes ces viandes man-gé, il m'eft auis que c'eft affez competem-ment difné : parquoy plus ne refte que graces. Mais maintenant en lieu de dire graces à Dieu, l'on prend vn tablier, & fait-on les dez deffus courir. Les vns ne demandent que le ieu, & les autres pren-nent vn luc, & iouent quelques chanfons diffolues, & tourdions & baffes danfes. Et auffi en lieu de graces & de l'honneur qu'on deuft à Dieu faire, on fait honneur

au

au diable, qui a efté des ieux inuenteur.
Sçauez-vous bien que fignifie le tablier
auquel vous iouez? Par ledict tablier que
vous ouurirez apres que vous eftes bien
faouls corporellement, non pas fpirituel-
lement, eft entendu enfer, qui fera ouuert apres que nous ferons bien faouls de
nos pechez & offenfes : & lors les tables
feront là demenees, trainees & traquaf-
fees l'vne fur l'autre, c'eft a-fçauoir les
ames tourmentees par diuers tourmens,
denotez par les diuers lieux du tablier &
divers mouuemens des tables qu'on met
de lieu en lieu. *Tranfibunt ab aquis, nimium ad calorem nimium.* Diuerfes font les
peines d'enfer, &c.

XXIV. Au chapitre xx, Quant eft
de ceux qui iouent du luc & chantent
chanfons diffolues en lieu de graces, pas
n'eft-ce chofe raifonnable (ce m'eft ad-
uis) veu que chacun doit Dieu regra-
cier des biens qu'il luy a donnez à fon
difner. Ie monftreray bien à ceux & à
celles qui aiment les lucs & inftrumens,
de quel luc ils doiuent iouer. Or efcou-
tez : Le luc ha fept cordes, & eft creux :
par les fept cordes les fept petitions de
la patenoftre peuuent, eftre notees, par
lefquelles nous deuons bien Dieu remer-
cier. Car le *Pater nofter* eft la plus belle
mode d'oraifon qui foit veue : car elle
contient tout ce qui nous eft neceffaire.
Pareillement les fept cordes fignifient les
fept

sept vertus, prudence, temperance, force, iustice, foy, charité, & esperance : lesquelles nous deussions auoir, & prier Dieu nous les enuoyer, ou les autres sept vertus qui opposent aux sept pechez mortels, c'est à-sçauoir humilité, dilection, abstinence, diligence, liberalité, chasteté & patience. Voila les sept cordes que nous deussions sonner deuant Dieu, en luy rendant graces & mercis durant le caresme. Par ce que le luc est creux, nous pouuons entendre que nostre cueur doit estre creux & vague de toutes choses, fors seulement de la resonnance des bonnes pensees diuines, & celestes louanges. Le luc est creux, & si il n'y a chose dedans que le resonnement des cordes, qui quand & lesdictes cordes retentit : ainsi doit estre nostre cœur creux, & n'y doit auoir chose que la resonnance des bonnes pensees & autres choses dessusdictes. Le chant des cordes du luc, &c.

XXV. Au chapitre xxi, Comme ie voulois oster la plume de dessus mon liure pour le fermer, l'vn de mes neueux me dict, Dea mon oncle (dict-il) vous auez parlé de tout excepté de la dragee, laquelle vous oubliez. Il est vray, di-ie : lors ie reprins ma plume pour en escrire ce qui s'ensuit. Chacun n'ignore point que la dragee se gouste sus le soir, en lieu de soupper, quand il est ieusne. Nous sommes en temps de ieusner spirituelle-

O 3   ment :

ment : & pourtant fi nous voulons ieuf-
ner, ie trouue qu'il fait bon au foir prendre la dragee, laquelle ie vous veux donner.   Par la dragee fpirituelle i'enten per-
feueranche de bien viure. Vne perfonne
n'eft pas reputee d'auoir ieufné le quarefme quand ell'en laiffe deux ou trois iours,
mais faut qu'elle ieufne toute la quaran-
taine. C'eft à dire que pas ne s'uffit s'abf-
tenir feulement aucuns iours de pecher,
mais continuellement faut perfeuerer en
bien. *Qui perfeuerauerit vfque in finem, fal-
tuus erit: qui verò non, condemnabitur.* Et
pourtant qu'il eft expedient perfeuerer,
ie compare perfeuerance pour obeir, à
ma fantafié, conuenablement à la dragee
qui eft ronde: car la rondeur fignifie perfeuerance, veu qu'vne figure ronde n'ha
ne commencement ne fin : comme cefte
lettre ci O, qui eft de façon de dragee.

XXVI. LAISSANT le refte de ces
fubtilitez quadragefimales aux plus curieux
qui auront defir d'apprendre d'auantage
d'vne fi belle fcience, (puifque i'ay en-
feigné le lieu où on les trouuera) ie viendray aux fubtilitez qui font es regles de
ceux qui s'appellent religieux, tant des
caymans, ou befaciers, ou bribeurs, que
des autres. Non pas que ie vueille entreprendre de parler des fubtilitez de chacun
ordre particulierement : mais il me fuffira
de dire vn mot en general de toutes, &
puis particularizer fur quelcune d'icelles.

II

Il faut donc noter quand nous voyons vn
moine , ſoit blanc , ſoit noir, ſoit gris,
ſoit enfumé, ſoit crotté, ſoit bien eſpouſ-
ſeté , qu'il n'y a ſi petite piece en tout
ſon equippage ſous laquelle il n'y ait de
la ſubtilité cachee. Mais comment eſt-il
poſſible (dira quelcun) ſi on vient aux
ſubtilitez des habits du tout contraires ,
qu'il n'y ait auſſi contrarieté en icelles ?
Pour exemple, ſi la ceinture de corde de-
note perfection , ne ſera-ce pas imper-
fection d'auoir vne large courroye auec
des galantes boucles garnies de leurs gentils hardillons, comme l'ont les Auguſtins?
Comment auſſi s'accorderont les ſubtilitez
ès couleurs contraires qu'ils portent ? Et
en quoy eſt-ce qu'ils ne diſcordent point
les vns des autres outre cela ? L'vn eſt nus
pieds , l'autre eſt demi chauſſé , l'autre
chauſſé du tout ; l'vn porte des ſouliers
feneſtrez pardeſſus , l'autre des ſouliers
couuers pardeſſus : l'vn des ſouliers de
cuir, l'autre des ſouliers de bois , dicts
proprement ſabots. Item l'vn va à pied,
l'autre va à cheual. Item, l'vn porte
chaperon ou capluchon pointu , l'autre
le porte rond : l'autre long, l'autre court.
Item, l'vn n'ha qu'vn peu la teſte pelee,
l'autre l'ha plus : l'vn audeſſus des oreilles, l'autre au deſſous : les autres n'ont
du tout qu'vn petit floccon de cheueux.
item, les vns portent argent, les autres
n'en portent point. Item , les vns man-

gent de la chair, les autres n'en mangent
point. Toutesfois ceux qui fe vantent fçauoir fubtilizer bien fpeculatiuement, cer-
chent les moyens d'accorder toutes ces
diuerfitez & contrarietez : mais ie crain
que ce foit autant de peine perdue. Bien
eft-il vray que quant à aucuns points on
les peut bien mettre d'accord : comme,
quant à ce que les Iacopins portent le
noir deflus & le blanc deflous, les Carmes au contraire portent le blanc deflus,
le noir deflous, on peut refpondre que
tout ainfi que les Iacopins portent la liuree de la vierge Marie (car elle la reue-
la à S. Dominique) aufli les Carmes portent la liuree d'Elie & Elifee : & ainfi
comme ceux-ci complaifent à leurs fondateurs en leur habit, ainfi ceux-la complaifent à leur fondatrice. Et puis s'il eft
vray que par la fubtilization de la vierge
Marie mefmement, la cape blanche fignifie purité & virginité, voici qui s'accorde le mieux du monde, que les Iacopins foyent purs & vierges pardedans, les
Carmes le foyent pardehors. Que fi tout
fe pouuoit aufli bien accorder comme ceci, on n'auroit occafion de leur obiecter
la diuerfité qui eft en leurs fectes : mais
il-y-a de telles contradictions en quel-
ques-points, qu'il me femble que la meilleure refponfe qu'ils peuuent donner pour
fermer la bouche à toutes les obiections
qu'on leur fçauroit faire quant aux diuerfitez

sitez ou contrarietez qui sont en leurs sectes, c'est de respondre que comme ils ne tiennent pas vn mesme chemin, aussi ne sont-ils pas leur conte d'aller en vn mesme lieu, c'est à dire en vn mesme paradis. Or qu'ainsi soit qu'il y ait plusieurs sortes de paradis selon les moines, il appert par quelques passages du liure intitulé La conformité de S. François auec Iesus Christ. Pour le moins est-il à presumer qu'ils ont eu opinion qu'il y auoit vn paradis pour les mangeurs de chair, & vn autre pour les mangeurs de poisson.

XXVII. De quoi toutesfois laissant le iugement aux autres, ie particularizeray seulement touchant les subtilitez de la secte minorique, c'est à dire des freres mineurs, autrement dicts Cordeliers ou Franciscains, pourcequ'ell'est tenue pour la plus parfaicte, seule canonizee, mise au sixieme liure des Decretales ou Clementines. Mais comme ainsi soit qu'il y ait des subtilitez tant en leurs habits qu'en leurs façons de faire, ie ne parleray, quant aux habits, que de la corde & des brayes, pource que c'est là ou gist la plus profonde speculation. Premierement donc ceste corde toute entiere est subtilifiquement exposee perseuerance, pourcequ'on lie volontiers d'vne corde ceux qu'on craind qu'ils s'enfuyent: selon les speculatifs cerueaux est interpretee diligence, pourceque quand on est

O 5   ceinct:

ceinct, la robbe n'empefche pas tant de
courir. Voila les allegorifiques significa-
tions de la corde toute enfemble: voyons
maintenant que fignifie chacun nœu à
part. Le nœud d'embas qui traine fouuent iufques en terre, myfterieufement
declare leur obeiffance. Le nœu du milieu, qui pour eftre fouuent manié eft
ordinairement plus mal-net que les autres, demonftre par vne myftique anti-
phrafe, leur netteté & chaftteté. Celuy
d'enhaut duquel ils fe ferrent & lient ef-
troitement, fignifie leur eftroite poureté.
Quant aux brayes, elles font allegori-
zees diuerfement: mais la plus commune
opinion eft qu'elles declarent la grande
odeur du facrifice d'obeiffance, pourcequ'elles font communeement perfumee
d'vne odeur horriblement forte.

XXVIII. ENTRE leurs façons de
faire i'en choifiray auffi quelque nombre
feulement: mais fans aioufter l'expofition
des fubtilitez, pourceque ie ne l'ay encore trouuee en aucun docteur. I'appelle leurs façons de faire les couftumes ce-
rimoniales de leur ordre ou regle. Et
d'autant que les fufdictes brayes font
comme la plus belle rofe de leur chapeau
(foit pourcequ'elles feruent à engroffir les
femmes, foit pour autre raifon) ie commanceray par icelles. Il faut donc fçauoir
qu'il eft trefexpreffeement & auec grandes comminations defendu aux Cordeliers

liers de n'aller ne venir, ne manger, ne dormir, ne prescher, ne dire la messe, sans auoir leurs brayes, comm'estans mystifiquement incorporees auec l'habit. Il est vray que quelquesfois se sentans fort escorchez par icelles entre les iambes, (comm'il auient en cheminant) ils les mettent pour quelque peu de temps en leurs manches. Audemeurant ce qui s'apprend en l'an de probation & auant qu'ils soyent profez, c'est à tenir le doit au cul du verre en beuuant, ou bien à le tenir des deux mains: à regarder en terre, à contrefaire les torticolles, à cacher les mains es manches, à faire chatemitiquement l'inclinabo en l'eglise & autre-part, en haussant le cul, & baissant la teste par egal contrepois: item à baiser la terre, s'agenouiller deuant les *patres*, quand on les rencontre, leur baiser la main, la corde, ou les pieds, s'il ne leur plaist de presenter la bouche. Ie laisse les choux qu'on fait planter aux poures nouices la racine contremont, les arbres morts qu'on leur fait arrouser, le gros os qu'on leur fait porter en la bouche: & plusieurs autres manieres de faire descrites par celuy-mesme dont i'ay tiré ces autres, asçauoir Ian Menard, en vn liure qu'il a intitulé Declaration de la regle & estat des Cordeliers. Lequel en pouuoit parler & escrire comme celuy qui auoit esté de cest ordre, mais par la grace de Dieu

Dieu s'eſtoit deſcapluchonné, apres auoir congnu tant les ſubtilitez ſuſdictes que pluſieurs autres leſquelles il raconte.

XXIX. Au reſte, lecteur, ſi d'auenture vous n'eſtes encore ſaoul de ſubtilitez, ou les aimez mieux en ryme qu'en proſe, ie vous en ay auſſi trouué : entre leſquelles eſt mentionnee auſſi celle des mitres epiſcopales, dont i'ay deſia parlé.

> L'aube & le ſurplis blanc denote
>> Vie ſans macule & ſans note.
>> La mitre de deux pars cornue,
>> Science certaine abſolue
>> Du vieil & nouueau Teſtamens.
>> Les gans, des ſacrez ſacremens
>> Sincere adminiſtration.
>> La croſſe, ſaine attraction
>> Des brebis à vraye paſture.
>> La croix, les liures, l'Eſcriture,
>> Des humaines affections,
>> Auecque les afflictions,
>> Les auenemens ſignifient.
>> Voila ou caphars ſe confient
>> Par belles contemplations.

CHAP.

CHAP. XXXVIII.

Combien grandes richeſſes acqueroyent les gens
d'egliſe par les abus, du temps de nos pre-
deceſſeurs, principalement: & combien eſ-
toit impudente leur auarice.

SI nous conſiderons de pres les abus eſquels le clergé a entre-tenu nos predeceſſeurs, & en-tretient encores auiourdhuy pluſieurs, nous trouuerons que tous ces abus, depuis le plus petit, iuſques au plus grand ont ſerui à faire ve-nir l'eau à leur moulin : & ce qui à bon droit nous ſemble inepte & hors de tou-te raiſon (pour ne dire bien pis) leur ſembloit eſtre de bonne grace & fondé ſur tresbonne raiſon, quand ils regardoyent le proufit qui leur en reuenoit. Et tout ce qu'on leur pouuoit alleguer aucontrai-re, eſtoyent autant de paroles perdues, pourcequ'on parloit contre leurs ventres, qui n'auoyent point d'oreilles : comme auſſi n'ont les autres, ſelon le prouerbe ancien. Auſſi pouuons - nous bien penſer qu'ils auoyent touſiours ceſt ancien pro-uerbe deuant les yeux, *Lucri bonus odor*
ex re qualibet, c'eſt à dire L'odeur du gain
eſt

est bonne de quoy que ce soit, Ni ne
faut douter que quand on se moquoit
d'eux, en les appelant pilleurs de l'eglise (au lieu qu'ils se faisoyent appeler piliers de l'Eglise) mangeurs de crucefix,
fesseurs de *requiem*, cafars, pates pelues,
chatemites, loups rauissans, ils ne dissent ce
que dit en Horace l'auaricieux Athenien,

———— *populus me sibilat, at mihi plaudo*
Ipse domi simul ac nummos contemplor in
   arca.

Car desia du temps de nos predecesseurs
ils commençoyent à estre moquez, comme aussi il sera monstré au chapitre suiuant. Mais il est certain que des lors ils
estoyent plus effrontez que vieilles putains. Sur quoy il me souuient de ce qui
fut dict il-y-a assez long temps par vn
moine à Bloys, respondant à quelques-
vns qui se moquoyent de luy & de son
ordre, Encore de long temps les secu-
liers ne se feront tant moquez des gens
d'eglise, que les gens d'eglise se font moquez d'eux. Ce qu'il disoit ayant esgard
aux abus esquels ils auoyent entretenu le
poure monde si long temps, menans les
hommes par le nez comme buffles. Il est
vray qu'il ne parloit encore si outrageu-
sement que le pape Leon dizieme, qui
respondit au cardinal Bembe, luy alleguant quelque passage de l'euangile, Quelles richesses nous a apporté ceste fable de
                                           Ie-

Iefus Chrift ! Or quant aux richeffes, ce
malheureux ne mentoit point : & euft parlé du tout vrayement, s'il euft dict, Quelles richeffes nous auons acquis en abufant
du nom de Iefus Chrift ! De vray c'eft vne
chofe incroyable combien grahs ont efté
les biens des gens d'eglife : veu ce que
Baptifte Fulgofe (au demeurant fauteur
de la religion Rommaine) nous raconte
d'vn nommé Pierre Riare , qui eftant de
l'ordre des freres mineurs fut faict Cardinal par le pape Sixte I I I I. Car il dit
qu'il ne fe contentoit pas de porter en fa
maifon mefmement des robbes de drap
d'or, & d'yfer de couuertes de lict de drap
d'or, mais iufques aux coittes de lict, il
en auoit de drap d'or , & les autres eftoyent de drap de foye. Il raconte auffi
qu'à Romme il fit vn feftin à Eleonore
d'Arragon, qui paffoit pour aller efpoufer
le duc de Ferrare nommé Hercules d'Eft,
auquel il y auoit tant de fortes de mets,
de viandes des plus exquifes , qu'il dura
fept heures : & de peur qu'on ne s'en-
nuyaft, il faifoit iouer cependant diuers
ieux. Auffi entr'autres magnificences vfa
de cefte - ci , que à chacun nouueau feruice tous les feruiteurs prenoyent nouueaux habits. Toutesfois tout ceci n'eft
rien aupris de ce qu'il recite apres touchant la putain dudict cardinal , nommee
Tirefie. Car il dit qu'il l'entretenoit publiquement en telle fumptuofité qu'il luy
fai-

faifoit porter des fouliers couuerts de pierres precieufes. Et fi quelcun fait difficulté de me croire, life ledict Fulgofe au liure 1 x. chapitre i, qui eft *De hominum
luxu atque deliciis*, lequel parle comme
d'vne chofe qui de fon temps eftoit congneue à tous. Mais pour retourner au pape Leon, luymefme qui s'efmerueilloit
des richeffes que cefte fable (ainfi qu'il
parloit) leur auoit apportees, combien
les augmenta-il par vne feule croifade ?
En telle forte qu'vn Cordelier Milanois
nommé Samfon, de l'argent qu'il y auoit
gangné, offrit cent & vint mille ducats
pour acheter le fiege papal. Que s'il offroit cela, combien penfons-nous qu'il
y auoit gangné d'auantage ? Car il n'eft
pas croyable qu'il ne fe voufift referuer
quelque bonne fomme à tous euenemens.
Et fi les richeffes des valets eftoyent fi
grandes, quelles faut-il eftimer auoir efté les richeffes des maiftres ? Nonobftant
lefquelles, nous voyons qu'ils ont verifié
le fufdict prouerbe ancien (s'accordant à
l'opinion des plus vilains auaricieux) L'o-
deur du gain eft bonne, de quoy que ce
foit : voire verifié mieux que iamais le
fut, quand ils ont voulu eftre participans du butin des paillardes. Or confiderez vn peu lecteur, s'il eft vray ce que dit
Ouide, (comme il eft force de confeffer,)

Turpe tori reditu cenfus augere paternos,

(c'eft

(C'eſt à dire,

C'eſt grand'honte qu'vn bien par le pere acqueſté,
Du reuenu du lict ſoit apres augmenté.)

Conſiderez di - ie combien c'eſt vne choſe infame que les S. Pierre & S. Paul Ro-
maneſques ayent vne partie de leur reuenu aſſigné ſur celles qui gangnent leur vie
à vne ſi miſerable ſueur de leur corps, &
qu'vne choſe qui eſt ſi profane qu'on a
honte d'en parler, leur ſoit conſacree.
Il eſt vray que du temps de pape Paul
III, le nombre deſdictes filles ioyeuſes
eſtoit beaucoup diminué : car il n'y en
auoit en ſes regiſtres que quarante cinq
mille, ainſi que l'ont eſcrit ceux qui nous
ont donné l'hiſtoire des vies des papes.
Il eſt certain auſſi que le mot de courti-
ſane (qui eſt le moins deshonneſte ſy-
nonyme de putain) a pris ſon origine de
la cour de Romme, a - ſçauoir des premieres deuotes qui frequentoyent plus que
tresfamilierement iour & nuit auec les
prelats de Romme. Au demeurant ce propos des richeſſes papales me ramentoit le
ſermon d'vn moine Gaſcon, auquel il
preſchoit que quand l'antechriſt viendroit
il vſeroit d'vne largeſſe incroyable, & n'eſ-
pargneroit aucunement les preſens pour
gangner les cueurs des perſonnes : bref

Tome II.　　　　　P　　　　　qu'il

qu'il femeroit l'or & l'argent par tout. (*x*)
Par lefquels mots il fit fi bien venir l'eau
à la bouche d'vn certain Gafcon qui eftoit l'vn de fes auditeurs, qu'il cria tout
haut, E diu quan biera ed aquet bon
Segno d'antechrift. Si ce poure gafcon (auquel peut-eftre il y auoit grand
pitié) euft efté auerti qui eftoit ceft antechrift, il n'euft pas demandé quand il
viendroit, mais feulement des lettres de
recommendation pour luy porter. Il eft
vray qu'il luy euft falu apprendre (fi defia ne le fçauoit) quelque meftier de ceux
par lefquels on entre en credit enuers fa
fainéteté.

II. IE laiffe ces grands terriens ecclefiaftiques & retourne à leurs fuppofts,
employant l'autorité du bon prefcheur Barelete, qui parle du prouerbe qui couroit de fon temps (& auoit couru long
temps auparauant) Les preftres, les moines,

(*x*) *L'or & l'argent par tout* &c.) C'eft une opinion débitée par des Docteurs du XII. Siécle, qu'une
infinité de Trefors renfermez dans le fein de la terre où, foit dit en paffant, le peuple croit qu'ils font
gardez par des Démons font réfervez à l'Ante-Chrift
qui, après les avoir déterrez, ou les diftribuera à
fes Difciples, ou du moins les leur montrera, avec
une entiére liberté d'y puifer. Voiez Malvenda, *de
Antichrifto.* liv. 7. ch. 13. *Ipfe verò Antichriftus, ut
peffimæ generationi fatisfaciat, opes malorum irritamenta
effodiet & exponet,* dit un de ces Docteurs citez par
le même Malvenda.

nes, la mer, sont trois choses insatia-
bles. Et d'ou pensons-nous que soit venu ce prouerbe ? Il est certain que l'experience commune l'a mis en vsage : car
quand on a veu les gens d'eglise tirer
proufit de tout, on a dict ce qu'on voyoit
toutes les heures pratiquer deuant ses
yeux. Car non seulement on les voyoit
prendre du vif & du mort (ainsi que porte le prouerbe François) mais à ceux
mesmement qu'ils auoyent & vifs & morts,
piller les enfans iusques à la troisieme &
quatrieme, voire iusques à la derniere generation. Et quels moyens auoyent-ils
si grands de piller? Les abus leur estoyent
des moyens les plus aisez du monde : le
nombre desquels abus nous sçauons auoir
esté infini , & pourtant ne se faut esmerueiller si leurs richesses pareillement ont
esté infinies. Entr'autres a esté ce moyen
merueilleux, de se seruir des morts pour
piller les vifs & les morts : duquel seul ie
parleray pour le present. Ie di donc premierement que ce moyen ha deux parties,
comme il·y a deux sortes de morts. Vne
partie est par les morts qui sont canonizez, l'autre partie par les morts qui meurent sans canonization : qui sont ceux par
lesquels ie commanceray le present discours. Ie di donc qu'au lieu qu'ils se sont
seruis des corps & des ames des morts
canonizez , ils ne se sont seruis que des
biens & des ames des autres , lesquelles

ils

ils ont faict reuenir de purgatoire pour
menacer & espouanter ceux qui ne voudroyent foncer à l'appointement. Car
nous sçauons que la meilleure pratique
des simples prestres & moines souloit venir & vient encores à present du *requiem* :
tesmoin ceste façon de parler commune
entr'eux, Allons boire sur le premier cuir
qui viendra. Tesmoin aussi le curé qui
se plaignoit à ses paroiciens, en disant,
Que voulez vous que ie face mes paroiciens ? Vous ne me baillez point d'offrandes, & si ne mourez point, dequoy pen-
sez-vous que ie viue ? Mais quand, apres
auoir bien chanté le *requiem*, on ne leur
bailloit à leur appetit matiere de chanter
gaudeamus, alors le diable y estoit : alors
les ames de ceux ausquels on auoit chanté vn si maigre *requiem*, retournoyent
pour se venger de leurs enfans, ou parens, ou amis, qui ne donnoyent occasion aux prestres de chanter si gayement
pour elles qu'elles n'eussent mauuais temps
en purgatoire tant qu'elles auoyent : (comme aussi nous voyons es poetes anciens
tant Grecs que Latins les ames des trespassez retourner pour dire iniure à ceux
qui n'ont faict le deuoir quant à leurs ob-
seques tel qu'il leur appartenoit.) Dequoy nous auons eu vn fort notable
exemple en l'esprit forgé par les Cordeliers d'Eureux, & vn autre depuis en l'esprit d'Orleans : c'est à dire, en vn corde-

lier

lier nouice nommé Halecourt qui eſtant
caché ſur la voute du temple contrefai-
ſoit l'eſprit de la femme du preuoſt. Et
pourquoy? pourceque ce preuoſt n'auoit
donné que ſix eſcus aux Cordeliers dudict lieu pour enterrer ſa femme, & puis
quand ils l'auoyent requis de leur donner
du bois, il les auoit eſconduis. Sur quoy
auſſi il nous faut ſouuenir du cordelier de
Bordeaux mentionné ci - deſſus, touchant
les ames de purgatoire qui rioyent quand
on donnoit des offrandes pour les treſpaſſez. Et pourceque la plus part des lecteurs pourra ia auoir les oreilles batues
de pluſieurs contes touchant les eſprits
retournans la nuit, & du tintamarre qu'ils
faiſoyent, autour principalement de ceux
qui eſtoyent en leur lict, & des folies qui
s'en ſont enſuiuies, ie n'en diray d'auantage, mais viendray à l'autre point.

III. Cest autre point eſt touchant
les morts canonizez : leſquels ie di auoir
porté double proufit aux gens d'egliſe, à-
ſçauoir de leurs corps & de leurs ames :
quant à leurs corps, en ce qu'ils en ont
faict des reliquaires : quant à leurs ames,
en ce qu'ils les ont fait ſeruir à diuerſes
offices & diuers meſtiers, deſquels ils ont
pris le proufit. Et premierement quant
aux reliquaires, ils ne ſe ſont contentez de
faire adorer les charongnes de ceux qui
auoyent eſté vn peu plus gens de bien que
les autres, comme ayans quelque diuinité,

mais

mais ont faict adorer celles mefmement de
quelques damnez. Tefmoin vn ancien
docteur qui dit, *Multorum corpora adoran-
tur in terris quorum animæ cruciantur in in-
feris.* C'eft à dire, que les corps de plufieurs font adorez en terre, dont les a-
mes font tourmentees en enfer. Ce qui
nous eft confermé par la legende de S.
Martin, ou nous lifons d'vn damné qu'on
adoroit auec trefgrande deuotion pourcequ'on le penfoit eftre en paradis. Ie
laifle deux autres tromperies qui fe commettoyent en ceci: l'vne, quand on faifoit a-croire à quelque poure fainct, qui
n'y penfoit en nul mal, qu'il auoit eu
demie douzaine de teftes, deux ou trois
douzaines d'oreilles, autant de mains,
autant de bras, autant de iambes. Laquelle impofture a efté fuffifamment defcouuerte il-y-a ia plus de quinze ans,
par vn liure (y) qui contient l'inuentoi-
re de plufieurs reliques de diuers pays.
L'autre, quand le corps de celuy qu'on
appeloit fainct, ou pour le moins quelque membre, ou offement, ne pouuant
plus eftre conferué, au lieu d'iceluy on
fuppofoit le premier qui fembloit eftre
beau, voire fuft-il d'vn pendu: & mefme quelquesfois l'os de quelque afne ou
chien, ou autre befte. Comme à Geneue
ce qu'on auoit long temps adoré pour
bras

(y) *Par un livre &c.*) *L'Inventaire des Reliques &c.*
par J. Calvin.

bras de S. Antoine, fut trouué eftre le
membre d'vn cerf. Et quand bien ils n'euffent vfé de ces tromperies, il eft certain
que la mefchanceté eftoit fort grande en
ce qu'ils donnoyent le nom de diuinité
à des charongnes. Car encore que ce fuffent vrayement les corps ou les membres
de quelques-vns ou quelques-vnes qui
auoyent vefcu en plus grande crainte de
Dieu que le commun, il eft certain qu'ils
ne laiffoyent pourtant à eftre charongnes.
Toutesfois comme nous auons veu qu'ils
abufoyent outrageufement du nom de la
parolle de Dieu, l'appliquans à des efcris
mefchans & malheureux, il ne fe faut
efmerueiller s'ils abufoyent auffi du nom
de diuinité, l'attribuans à tout ce que
bon leur fembloit. Car ils ne fe contentoyent de faire adorer les corps ou quelques membres des corps des faincts ou
fainctes, mais il faloit que les veftemens,
les meubles & vtenfiles d'eux & d'elles
fuffent participans de la mefme adoration.
Comme on dit qu'à Trier en l'abbaye S.
Simon les pantoufles S. Iofeph ont efté
long temps en vogue: & à Aix en Ale-
magne on fouloit monftrer les chauffes
de luymefme, auec vne chemife de la vierge
Marie: à telles enfeignes que la chemife
eftoit affez grande pour vne geante, au-
contraire les chauffes n'eftoyent non plus
grandes qu'il les faudroit à vn petit enfant, ou à vn nain. On dit auffi qu'en

quel-

quelques lieux eſtoyent mis en reliques des pots & eſcuelles d'aucuns ſainéts. Il n'a pas eſté iuſques à la queue de l'aſne ſur lequel noſtre Seigneur fut porté, qu'on n'en ait faiét vne relique à Gennes. Et à propos de l'aſne, le ſainét foin auſſi (c'eſt à dire le foin qui eſtoit en la creche ou fut mis noſtre Seigneur ſitoſt qu'il fut né) a eu grand bruit en quelque pays, en Lorraine, ſi i'ay bonne memoire. Mais que dirons-nous d'vne reſuerie encore plus eſtrange, à-ſçauoir de ceux qui ont faiét adorer des pierres, comme eſtans celles dont ſainét Eſtienne fut lapidé? comme en Arles aux Auguſtins, au Vigand en Languedoc, & à Florence. De ceux qui ont pareillement faiét adorer les fleſches deſquelles ils diſoyent ſainét Sebaſtian auoir eſté tiré? dont l'vne ſouloit eſtre à Poitiers aux Auguſtins, l'autre à Lambeſc en Prouence, les autres ailleurs. Si les pierres lapidatoires meritoyent eſtre adorees, combien plus les lapidateurs? Semblablement ſi les fleſches eſtoyent dignes de ceſt honneur, combien plus ceux qui les auoyent deſcochees?

IV. TOUTESFOIS à fin que le lecteur ne s'eſtonne par trop de ceſte reſuerie, ou beſtiſe, ie luy reciteray vne certaine hiſtoire par laquelle il pourra congnoiſtre comment en matiere de reliques le poure monde n'auoit yeux ni en la teſte ni en l'entendement, tellement que

ſa

fa condition eſtoit pire que des poures
aueugles qui ſe fient à ceux qui les me-
nent. L'hiſtoire eſt telle (car nous leur
ferons ce plaiſir de l'appeler ainſi) Quand
Nicodeme dependit noſtre Seigneur de
la croix, il recueillit du ſang d'iceluy en
vn doit de ſon gan (notez que Nicodeme portoit des gans auſſi bien que nous)
auec lequel ſang il faiſoit pluſieurs grans
miracles. A raiſon dequoy eſtant perſe-
cuté par les Iuifs, fut contraint en la fin
de s'en desfaire par vn'inuention merueilleuſe. C'eſt qu'ayant pris vn parchemin
ou il eſcriuit tous les miracles & tout ce
qui appartenoit à ce myſtere, il enferma
le ſang auec ce parchemin dedans vn grand
bec d'oiſeau (car l'hiſtorien a omis ſon
nom) & l'ayant lié & accouſtré le mieux
qu'il luy eſtoit poſſible, le ietta en la
mer, le recommandant à Dieu. Qui voulut que mille ou douze cens ans apres,
ou enuiron, ce ſainct bec apres s'eſtre
bien pourmené par toutes les mers de
leuant & de ponent, arriua en Normandie, au lieu meſme ou eſt auiourdhuy
fondee l'abbaye du bec. (z) Ou eſtant
ietté par la mer entre quelques brouſſail-
les, auint qu'vn bon duc de Normandie
(du nombre de ces grans fondateurs qui
eſtoyent

(z) *L'Abbaye du bec* &c.) L'Abbaye *de Beck*
en Normandie. Rapin , Hiſt. d'Angl. tom. 2. pag.
164.

P 5

eſtoyent alors) chaſſant vn cerf en ces
quartiers là, on ne ſceut que deuindrent ni
le cerf ni les chiens : iuſques à ce qu'il fut
apperceu en vn buiſſon eſtant à genoux,
& les chiens aupres de luy, tous cois,
& à genous auſſi : (aucuns eſcriuent qu'ils
diſoyent leurs heures.) Ce qui eſmut tellement la deuotion de ce bon duc que
ſoudain il fit eſſarter ce lieu, où le precieux bec fut trouué & le contenu en
iceluy. Qui fut cauſe qu'il y fonda l'abbaye appelee auiourdhuy pour ceſte cauſe
l'abbaye du bec, (là où ils monſtrent encore maintenant ce beau miracle) ſi bien
enrichie qu'on peut bien dire que c'eſt
vn bec qui nourrit beaucoup de ventres.
Or ſi la relique ou le reliquaire d'vn ſeul
bec nourrit tant de ventres (voire nourrit ſes hoſtes ſi graſſement qu'ils ne peuuent eſtre appelez que ventres) & ne
les nourrit ſeulement, mais les fait ſi ri-
ches, ie vous laiſſeray maintenant iuger
lecteur combien grandes richeſſes a apporté ce nombre de reliques ſi grand
que iamais on n'en a peu faire l'inuen-
toire. Nous pouuons (ce me ſemble)
coniecturer combien elles ont eſté grandes, par les chaſſes dedans leſquelles ſouloyent eſtre miſes leſdictes charongnes:
car de la terre ſe faiſoit le foſſé: c'eſt à
dire, que les deniers prouenus du baiſe-
ment & adorement (ou adoration, pour
mieux parler) on leur achetoit vne ſi
belle

belle maiſon d'argent doré. Et combienque toutes les reliques n'eſtoyent & ne
ſont encore maintenant enchaſſées, ie
croy qu'il-y-en-a-eu fort peu (pour
le moins de celles qui ont eu bonne rencontre) qui n'ait bien apporté à ſes hoſtes la valeur d'vne chaſſe, ou à peu pres.
Toutesfois pourcequ'il s'en faut beaucoup que toutes les reliques ayent eſté
de pareil rapport, d'autant que les vnes
n'eſtoyent en ſi bonne terre de miracles
que les autres, ne mettons les meilleures
qu'à cent mille eſcus, (combienqu'il y
en ait eu telle qui a parauenture rapporté iuſques à beaucoup de millions)
les moyennes, qu'à ſoixante mille,
les moindres, qu'à douze mille, &
puis ayans conté combien il y en auoit
(voire en ne prenant que celles dont la
memoire dure encore maintenant) calcu-
lons combien les reliques ont apporté de
mille eſcus.

V. Lequel calcul toutesfois ne s'eſtend pas iuſques aux reliques particulie-
res que les porteurs de rogatons ou leurs
compagnons faiſoyent trotter par pays
auec eux. Car quant à celles-ci, ſouuentesfois elles eſtoyent deſauouees par
les gens d'egliſe qui eſtoyent es lieux ou
leſdicts porteurs de rogatons paſſoyent.
Lequel deſauouement procedoit en partie d'enuie, en partie de crainte que le
ſimple peuple s'apperceuant de l'abus en
vne

vne impofture trop groffiere , ne com-
mençaft à tenir pareillement pour fufpect
tout le refte. Car il faut noter que lefdicts galans fe moquoyent quelquesfois fi
euidemment & fi impudemment des poures idiots, quant aux reliques qu'ils leur
faifoyent adorer , que fi on les euft laiffez faire , le meftier en la fin n'euft rien
valu ni pour eux ni pour les autres. Ils
ne fe contentoyent en defployant leur
belle marchandife , de dire (ie laiffe les
chofes les plus communes) Voila en cefte
phiole du fang de Iefus Chrift recueilli
fous la croix par la vierge Marie : item ,
Voila en ceft'autre phiole des larmes de
Iefus Chrift : item , Voila des bandelettes dont la vierge Marie emmaillottoit Iefus Chrift en Egypte : item , Voila du laict
de la vierge Marie : item Voila des cheueux de la vierge Marie : ils ne fe contentoyent (di-ie) de cela , mais eftoyent fi
effrontez qu'aucuns ont dict, En cefte
boifte (mais il ne la faut pas ouurir) y-a
du fouffle de Iefus Chrift, gardé fongneu-
fement par fa mere depuis le temps qu'il
eftoit petit enfant. Et entre ceux qui font
venus à cefte impudence, nous lifons d'vn
preftre de Gennes , qui retournant de Leuant, fe vanta d'auoir apporté de Bethle-
hem ledict fouffle, ou halene : & du mont
Sinai auoir apporté les cornes qu'auoit
Moyfe defcendant d'iceluy. Et quand on
le vint trouuer pour luy remonftrer qu'il
se

ſe moquoit trop euidemment du peuple,
de luy vouloir faire a-croire qu'il y auoit
du ſouffle de Ieſus Chriſt en la phiole laquelle il monſtroit, & que les cornes deſquelles auſſi il faiſoit monſtre, fuſſent celles de Moyſe, on n'eut autre reſponſe de
luy ſinon que, ſi on ne vouloit pas croire qu'il euſt du ſouffle de Ieſus Chriſt &
les cornes de Moyſe, il ne croiroit pas
auſſi que le laict qu'on monſtroit publiquement & ſolennellement à Gennes pour
le laict de la vierge Marie, fuſt d'elle.
Voici qui ſuffira (ce me ſemble) pour
donner à congnoiſtre l'impoſture particu-
liere auſſi qui ſe commettoit au faict deſdictes reliques : laquelle nous pouuons bien
penſer n'auoir eu en ſon endroit moindre
vertu de faire bouillir le pot, que la pu-
blique.

VI. Aprés auoir entendu quel proufit
tiroyent les gens d'egliſe des corps des
ſaincts treſpaſſez, (car pour ceſte heure
nous mettrons toutes les reliques ſous le
nom des ſaincts, comprenans auſſi les
ſainctes) il reſte de donner à entendre
comment ils ſçauoyent faire leur proufit
des ames, ſe monſtrans auſſi bons meſnagers en ceſt endroit qu'en l'autre. En quoy
ie m'efforceray de faire mon deuoir auſſi
bien qu'en l'autre point, priant toutesfois les lecteurs de m'excuſer ſi quant aux
noms des ſaincts & ſainctes ie n'accompli le role de la Kyrielle. Car il n'eſt pas
queſ-

queſtion de les nommer feulement, mais
faut dire quell'office ou meſtier on a donné à chacun & à chacune, pour declarer par quels moyens ils ont faict venir
l'eau aux moulins des gens d'egliſe. Leſquels premierement ie prieray de me confeſſer, ſans ſe faire tirer l'oreille, qu'il·y·a
grande conformité en pluſieurs choſes
entre les dieux des payens & leurs benoiſts
ſaincts, entre les deeſſes & leurs ſainctes: non pas conformité de la part des
·vrais ſaincts & ſainctes (à-fin que mon
dire ne ſoit point calomnié) mais de la
part de leurs adorateurs. Car ſi on conſidere bien l'adoration des dieux & deeſſes par les payens, & l'adoration des
ſaincts & ſainctes par ceux de la religion
Rommaine, on les trouuera fort ſemblables, hormis quant à la façon de ſacri-
fier. Et qu'ainſi ſoit, comme les payens
s'addreſſoyent à Apollo & à Eſculape
comme à dieux faiſans profeſſion de medecine & de chirurgie, les autres ne s'a-
dreſſent-ils pas à S. Coſine & S. Da-
mian? Et S. Eloy, le ſainct des mareſ-
chaux, quand il forge les fers ne tient·
il-pas la place du Dieu Vulcain? A S.
George ne donnent-ils-pas les titres
qu'on donnoit anciennement à Mars? A
S. Nicolas ne font-ils-pas le pareil honneur que les payens faiſoyent au dieu
Neptune? S. Pierre, entant qu'on le fait
portier, ne repreſente-il-pas le dieu Ia-
nus?

nūs ? Auffi feroyent-ils volontiers à croire à l'ange Gabriel qu'il eſt le dieu Mer-
cure. Pallas entant qu'ell'eſt la deeſſe des
ſciences, n'eſt elle pas repreſentee par
ſainſte Katherine ? Et au lieu de Diane
n'ont-ils-pas ſainſt Hubert, le ſainſt des
chaſſeurs ? Lequel meſtier eſt auſſi aſſigné
à ſainſt Euſtace par aucuns. Et quand on
fait veſtir vne peau de lion à ſainſt Iean
Baptiſte, n'eſt-ce-pas pour nous remet-
tre deuant les yeux Hercules ? Voit-on
pas auſſi en pluſieurs lieux ſainſte Katherine peinte auec vne roue, comme on
ſouloit peindre Fortune ? Il-y-a bien
d'auantage : c'eſt que ſi on vient aux fables eſcrites des dieux, on trouuera les
couſines germaines de quelques-vnes es
legendes des ſainſts. Si non qu'on vueille dire que ce qui eſt fable eſtant eſcrit
des dieux, ſoit hiſtoire eſtant eſcrit des
ſainſts : comme (pour exemple) que le
draguon tué par S. George ne ſoit pas
fabuleux comme la Meduſe tuee par Per-
ſeus. Vne choſe y-a qu'ils ne peuuent
nier, c'eſt que Boniface IIII du temple de Romme dict Pantheon, c'eſt à dire Tous dieux, il en fit vn Tous-ſainſts,
c'eſt à dire vn temple pour tous les ſainſts,
& d'auantage ordonna que la vierge Marie mere de Ieſus Chriſt tiendroit la place de Cybele, mere des dieux. Ie paſſeray
encore plus outre, c'eſt que combienque
i'aye ci-deſſus excepté les ſacrifices quant

à

à la conformité de l'adoration des sainéts
& l'adoration payenne des dieux, toutesfois on y trouuera quelques sacrifices
semblables, si on veut prendre le loisir
d'y penser. Pour le moins me souuient-il
d'vn qui est notable: c'est du coq qu'on
offre (au moins on souloit offrir) à S.
Christophle en Touraine, pour vn certain mal (*a*) qui vient au bout du doit.
En quoy (pour augmenter la superfti-
tion) on obserue vne chose, c'est qu'il
faut expresséement que ce coq soit blanc:
autrement au lieu de rendre sainét Christophle propice par ce sacrifice, ou oblation, on le courrouceroit. Quant au sacrifice messal, plusieurs ont monstré assez clairement qu'en partie il auoit son
origine des payens: comme aussi on voit
la plus part des cerimonies qui ont esté
aioustees à celles de la primitiue eglise,
auoir esté empruntees d'iceux, mais sans
iamais vouloir rendre. Quant au purgatoire, on ne peut nier que les poetes
payens n'en soyent les premiers & les
plus grands doéteurs.

VII. Mais

(*a*) *Pour un certain mal* &c.) Apparament celui
qu'en Lorraine on appelle *blanc-mal*, & qu'ailleurs
on nomme mal d'auenture. Dans l'opinion des su-
perftitieux, St. Christophle a succédé à l'ancien Her-
cule *alexicaque* ou *détournant le mal*. En cette qualité on lui offroit en Touraine un *Coq blanc*, comme
a un autre Esculape.

VII. MAIS laiſſant ceſte correſpondance qui eſt entre les ſainɛts & les dieux payens, (en la ſorte que ie l'ay propoſée) ie pourſuyuray les offices & meſtiers des ſainɛts & ſainɛtes, a fin qu'on congnoiſſe que les payens ont eu meilleure conſideration en ceſt endroit que n'ont eu les papicoles. Car les payens ont faiɛt conſcience, combienqu'ils euſſent grand nombre de dieux, de grans, de moyens, de petis (ainſi qu'il y a des ſainɛts) de leur departir tellement toutes les offices & tous les meſtiers qu'ils ne laiſſaſſent rien à leur ſouuerain dieu Iupiter, comme s'il euſt eſté inutile, & n'euſt ſerui que de nombre : au contraire les papicoles, ſans auoir aucun eſgard à cela, ont tellement employé les ſainɛts en toutes leurs affaires & petites & grandes, qu'ils ſe ſont voulu paſſer de Dieu : ne luy ayans reſerué autre choſe que l'office de pleuuoir, neger, greſler, tonner : & encores en la fin ont ils voulu que S. Genneuiefue (& principalement celle de Paris) le haſtaſt de pleuuoir quand il arreſteroit trop à ce faire, & le fiſt auſſi ceſſer quand il pleuueroit deſordonneement & outre meſure. Et quant aux tonnerres & foudres, ils ont voulu que S. Barbe laquelle ils auoyent faiɛte la ſainɛte des harquebouziers, priſt par meſme moyen la charge de repouſſer les coups deſdiɛts tonnerres & foudres. Il eſt vray que tous n'ont

Tome II. Q pas

pas accordé que ce fuſt Dieu qui tonnaſt
& foudroyaſt & fiſt autres ſortes de tempeſtes & orages, mais ont penſé que cela
venoit des diables : & qu'ainſi ſoit, ont
vſé de coniurations contre les tempeſtes
en s'adreſſant aux diables. Suiuant laquelle opinion vn certain preſtre Sauoiſien
ayant apporté l'hoſtie pour faire ceſſer
vn orage, & voyant qu'elle n'en pouuoit
venir à bout, la menacea de la ietter en
la fange ſi elle n'eſtoit plus forte que le
diable : a-ſçauoir comme eſtant le diable
auteur de ceſt orage. Toutesfois le prouerbe commun qui dit (pour exprimer
vn fort grand bruit) On n'orroit pas Dieu
tonner, contredit à ceſte opinion. Il-y-a
encores vn autre point auquel les payens
ſemblent s'eſtre monſtrez plus honneſtes :
c'eſt qu'ils n'ont eu en ſi grand meſpris
aucuns de leurs dieux que les papicoles
ont eu pluſieurs de leurs ſainꞔts : à-ſçauoir iuſques à faire garder les oyes à l'vn,
les brebis à l'autre, les bœufs à l'autre,
les pourceaux à l'autre. Deſquels ſainꞔts
ſe ſouuenant vne certaine damoiſelle Françoiſe en ſa maladie, ne ſe put tenir de
dire à ſon confeſſeur, qu'elle craignoit
fort que quand elle ſeroit en paradis, on
luy baillaſt auſſi en charge quelques beſtes ordes & ſales, auſquelles elle ne pren-
droit pas plaiſir : mais ſeroit bien aiſe qu'on
luy baillaſt des petis chiens en garde, auſquels ell'eſtoit ia accouſtumee. Mais il
ne

ne nous faut pas eftre fi delicats que cefte damoifelle, laquelle (à ce qu'on peut
coniecturer) prefumoit trop de fes merites : autrement elle fe fuft bien conten-
tce d'eftre en paradis à la mefine condition qu'eftoyent lefdicts faincts : les noms
defquels ie mettray ici , quand ie viendray à leur reng. Car i'ay deliberé de
tenir quelque ordre en ce denombrement,
autant pour le moins qu'il femble eftre
poffible d'en tenir en vne matiere fi con-
fufe. Or eft-il ainfi que ie n'ay peu m'a-
uifer de meilleur moyen, pour ce faire,
que les diftinguer par bandes , felon ce
que i'auois obferué autresfois touchant
iceux, en compofant le liure que i'ay intitulé De la conformité du language François auec le Grec : ou aufli i'en ay touché
quelque mot. Voici donc ce qu'il m'en
femble. A quelques faincts on a affigné
les offices felon leurs noms , comme (pour
exemple) quant aux faincts medecins ,
on a auifé que tel fainct & tel guariroit
de la maladie qui auoit vn nom approchant du fien. Tellement que fuiuant cela on a faict S. Maturin le medecin des
fols, à-fçauoir en ayant efgard à ce mot
Italien *Matto* (venant du Grec *matœos*)
duquel aucuns François ont faict Mat.
Pareillement quand on a dict que S. Acaire guariffoit les acariaftres, ie ne doute
point qu'on n'ait regardé à l'origine de
fon nom. Autant en eft il de S. Auertin

Q 2   qui

qui guarit les auertineux, coufins germains des acariaftres. Pour le moins on dit que S. Auertin guarit tous maux de tefte, defquels nous fçauons le plus grand eftre en ceux qu'on appelle auertineux. Semblablement quand on a faiƌ S. Eutrope medecin des hydropiques, ie croy qu'on a confondu Eutrope auec Hydrope. Pour cefte mefine confideration (comme ie penfe) on a faiƌ S. Mammard le medecin des mammelles, S. Fiacre le medecin du phy, & de celuy principalement qui vient au fondement. Quant à S. Main (*b*) qui guarit de la rongne des mains, ces noms n'approchent pas feulement l'vn de l'autre, mais font les mefmes. Quant à S. Genou, qui guarit de la goutte, c'eft pource que cefte maladie fe loge volontiers au genou. Quant à S. Agnan (ou Aignan) il eft vrayfemblable que ceux ou celles qui prononçoyent S. Tignan, (*c*) ont faiƌ ce pouré fainƌ eftre medecin de ce vilain mal qu'on appelle la tigne. On a eu le mefme efgard (felon mon iugement) en affignant les
mef-

(*b*) S. *Main* &c.) Par corruption pour *Meen*, en latin *Mevennius*. S. *Meen* étoit Abbé de *Ghé* en Bretagne. (*Gehim*) d'où le *Mal S. Meen* , pour la *gale* qui vient aux *mains*. Voiez Châtelain, au mot *Mevennius* de fon vocabulaire Hagiologique.

(*c*) S. *Tignan* &c.) Voiez la note *s.* fur le chi 9. du 2. liv. de Rab.

meftiers à quelques faincts : comme (pour exemple) quand on a faict S. Crépin cordonnier & patron des cordonniers, ie me perfuade totalement qu'on s'eft fouuenu de *crepida* mot Latin (pris du Grec) qui fignifie pantoufle : tellement que S. Crépin feroit autant à dire en bon François que S. Pantouflier. Quant à S. Medard (*d*) duquel le meftier eft (fi meftier fe doit nommer) de rire du bout des dens, non plus ne me pourroit-on ofter de la fantafie qu'il ne vienne du mot Grec *meidan*, qui fignifie rire. En quelques autres faincts ie croy qu'on a eu confideration des maux dont ils ont efté perfecutez pendant qu'ils eftoyent en ce monde. Dequoy nous auons exemple en S. Sufanne, qui fait profeffion d'auoir pitié des perfonnes aufquelles auient le méfme opprobre qu'on luy fit pendant qu'ell'eftoit fur terre, ou quelque autre femblable. I'ofe bien auffi affeurer que pour ce méfne efgard on a faict Iob medecin : mais

---

(*d*) *S. Medard* &c.) Dans Grégoire de Tours, *de Gloria Confeff.* ch. 95. S. Médard guérit du mal de dens, auquel apparemment il étoit fujet, ceux qui fuffent de ce mal ne pouvant guéres, non plus que ce Saint, rire que du bout des dens, pendant que la douleur les preffe. La verité eft pourtant, felon d'habiles gens, que S. Médard, que, comme on fait, on repréfente montrant fes dens, n'eft repréfenté de la forte, que pour avertir que fon office eft de guérir du mal de dens.

mais on a eu grand tort de le faire medecin des verolez, (*e*) comme si la gale
qu'il

(*e*) *Medecin des verolez* &c.) Job n'est vénéré
sur ce pié-là, qu'à cause de la *patience* admirable de
ce saint personnage, passée en Proverbe, & plus né-
cessaire encore aux verolez, que l'herbe appelée *patience*, qui entre dans la curé de leur mal. Du reste H. Etienne a omis ici S. *Claude*, duquel *l'Inventaire des Messes* &c. par *Hans Knobloch*, en contient
une pour les *boiteux* : S. *Léger*, qui fait hâter ceux
qui sont chargez de cuisine. Le Calendrier de Jean
Molinet pag. 197. de la nouv. édit. de la Légende
de Pierre Faifeu :

> Gens pes... *pour eulx alléger*,
> Requerront ... ent *saint* Léger.

Saint *Servais*, & Saint *Laud.* Voiez les Rem. Crit.
pag. 4010. de la 3. édit. du Dictionn. de Bayle. Du
reste, H. Etienne n'est pas le premier des Ecrivains
Protestans, qui ait regardé sur ce pié-là le *Job* des
Catholiques Romains. L'Inventaire des Messes attribué à Hans Knobloch :

> Il y a Messe de Saint Galle,
> Pensez que c'est pour les galeux,
> Et Saint Job est pour les rogneux :
> Et pour dire en une parole,
> Il guérit bien de la verole :
> Et d'autant que le benoit Saint
> De soy-mesme seroit mal sain,
> Sans le prendre en mauvaise part,
> Il est en une chambre à part :
> Autrement seroit en danger
> De tous les autres saints anges.

qu'il a eue auoit esté verole : laquelle maladie nous sçauons n'estre nee qu'vn peu deuant nostre temps. Quant à plusieurs autres saincts & sainctes, ie pense qu'on s'est reglé par leurs legendes, quand il a esté question de leur assigner leur office ou mestier. Comment qu'il en soit, ie mettray ici le role des autres que ie n'ay point nommez en ce dernier catalogue, sans oublier leurs dictes offices ou mestiers. Comme S. Crépin est cordonnier, ainsi S. Roch (qui guarit aussi de quelque maladie) est sauetier, ou rataconneur de souliers. S. Wendelin garde les brebis. S. Pelaud (selon les autres S. Pelage) est bouuier. S. Antoine est porcher. Saincte Gertrude chasse les souris. S. Honoré est boulanger. S. Eloy est mareschal. S. Hubert est veneur, autrement chasseur. S. Luc est peintre. S. Nicolas est marinier. S. George est cheualier. S. Yue est auocat. S. Anne fait retrouuer ce qu'on a perdu. S. Leonard fait aux prisonniers trouuer les portes ouuertes, & fait aussi que leurs chaisnes se rompent d'elles-mesmes. Outre plus il-y-a les saincts qui sont officiers en la cour de paradis, l'vn estant portier, l'autre, archer de la garde, l'autre, valet de chambre, l'autre, maistre d'hostel, l'autre, secretaire, l'autre, chancelier, &c. mais ie laisseray ce discours à quelcun qui aura meilleur loisir. Quant aux saincts qui sont medecins, il faut noter

qu'ils

qu'ils ne font pas comme nos medecins,
qui font profeſſion de guarir de toutes
maladies & de pluſieurs autres : ains ſe
contentent de guarir chacun d'vne. S. Eutrope (comme il a eſté dict) guarit de
l'hydropiſie. S. Ian & S. Valentin guariſſent du mal caduque, (ƒ) ou haut mal, appelé auſſi le mal S. Ian. S. Roch & S.
Sebaſtien guariſſent de la peſte. (Il eſt
vray que ſelon aucuns S. Roch ne guarit
que des rongnes & gales.) Saincte Petro-
nelle, fille de S. Pierre, guarit de toutes
ſortes de fieure. Saincte Appollonie guarit du mal des dens. S. Maturin guarit
du mal de folie, comme nous auons dict.
S. Romain chaſſe les diables hors des
corps des demoniaques. S. Coſme & S. Da-
mian ne ſont pas medecins, mais chirur-
giens, comme nous voyons par vn chef
d'œuure qui eſt raconté en leur legende,
& auſſi mentionné ci-deſſus : c'eſt que
voulans guarir la cuiſſe d'vn de leurs a-
mis, pour auoir pluſtoſt faict ils la luy
couperent, & en ſon lieu mirent celle
d'vn poure Ethiopien, qui s'eſtoit nouuellement laiſſé mourir, tout à propos,
comme il eſt à coniecturer.

VIII. Les autres ſaincts & ſainctes,
medecinans & medecinantes, me pardon-
neront

(ƒ) *Guariſſent du mal caduque* &c.) A Rufach en
Alſace. Pog. 475. de la Coſmogr. de Munſter, imprimée en François en 1556.

neront (s'il leur plaiſt) ſi ie ne les en-
regiſtre point ici : car ce n'eſt pas que
ie les deſdaigne , ou que ie vueille eſ-
pargner le papier : mais c'eſt pour crainte d'entrer en la male - grace des medecins. Car s'il auenoit que quelques
papicoles eſtans malades les laiſſaſſent
pour aller auſdicts ſaincts , il y auroit
danger qu'ils ne m'accuſaſſent de leur auoir
oſté leurs pratiques. Toutesfois il - y - a
encores vn' autre raiſon qui me garde
de pourſuiure ce catalogue : c'eſt que
ceux qui ont eſcrit des habilitez des
ſaincts, ne s'accordent point. Et qu'ainſi ſoit, les vns diſent que S. Feriol eſt
le plus habile du monde à garder les oyes :
les autres diſent que c'eſt à faire à S.
Andoche : (g) les autres aſſeurent qu'ils
n'y

(g) *S. Feriol . . . S. Andoche &c.*) Si S. Feriol
(Ferreolus) eſt en poſſeſſion de garder les oyes, ne
l'y troublons point. *Ferrer les oyes* eſt un proverbe
emploié par Villon , & peut-être que , comme le
nom de *Feriol* ou *Ferréol* ſemble entrer dans ce proverbe c'aura été la raiſon pourquoi l'office de garder
les oyes aura été aſſigné à S. Feriol : mais ſuivant
l'énergie du nom d'*Andoche* , qui vient tout naturellement d'*anas, atis*, & d'*anca*, donnons S. *Andoche*
pour Vicaire de cet emploi à S. *Feriol* , & établiſ-
ſons - le en titre d'office pour gardien des canars.
D'*anas* & d'*anca* on aura fait un S. *Andoche* , qui ſeul
auroit ſuffi à prendre ſoin & des oyes & des canars ,
ſi S. *Feriol* ne l'avoit prévenu dans la fonction de
gardien des oyes.

Q 5

n'y entendent tous deux rien, mais que
de cela il faut parler à S. Galliçet, que
quelques-vns ont nommé en Latin *Sanc-*
tus Gallus (combien qu'aucuns vueillent
dire que ce n'eſt le meſme.) Pareillement
iaçoit que i'aye dict que c'eſt le meſtier
de S. Wendelin garder les brebis, ie n'i-
gnore pas que pluſieurs maintiennent que
c'eſt le meſtier de S. Loup : mais ie puis
dire pour ma defenſe, *vnde verſus*, *Wind-*
linus cuſtodit oues ouiûmque magiſtros. Ou il
faut noter que le poete a rongné le nom
de ce poure ſainct pourcequ'il eſtoit trop
long pour ſon vers. Voila donc l'vne des
autoritez que i'ay ſuiuies en aſſignant ce
meſtier à ce ſainct : mais s'il eſt licite d'v-
ſer de coniectures en telle matiere, ie
me douterois fort que les vns n'auroyent
point voulu de S. Wendelin pourceque
c'eſt vn nom qui ſent ſon Allemand : les
autres au-contraire l'ont encore mieux
aimé que S. Loup, pourcequ'il leur ſembloit que c'eſtoit vne choſe de mauuais
preſage, de bailler des brebis en garde
à vn qui portaſt le nom de Loup, quelque
beau ſainct qu'il ſuſt. Et de faict ſi S. Loup
me demandoit conſeil, ie ſerois d'auis qu'il
changeaſt ſon nom. Il-y-a auſſi de la controuerſe touchant celuy qui garde les a-
gneaux : (car ce ſont choſes à part, quand
on parle des ſaincts, garder les brebis &
garder les agneaux) aucuns veulent dire
que c'eſt Sainct Ian, aucuns leur donnent
                                        vn

vn autre gardien: & de vray il · y · a bien
peu d'apparence que S. Ian garde les
agneaux, pourceque la peau de lion qu'il
porte, leur feroit peur. Item felon aucuns S. Hubert garde les chiens: les autres difent qu'il eft feulement veneur ou
chaffeur, & non gardien de chiens. Item,
plufieurs donnent à S. Main l'office que
nous auons donnee à fainct Roch quant
à guarir de la rongne & de la gale : mais
ceux qui tiennent bon pour ceftuy - ci,
difent que ce titre n'a efté donné premierement à S. Main que par des gros maraux tenans les carrefours, forgez expreffeement par luy pour contrefaire le
mal S. Main. Auffi quant à la guarifon
de la goute que nous auons attribuee à
S. Genou, plufieurs en donnent l'honneur
à S. Maure. Et quant aux yeux rouges,
les vns difent que c'eft fainct Clair qui
les guarit, les autres que c'eft faincte
te Claire. Les autres difent que ni luy ni
elle n'y entendent rien, mais que faincte
te Otilie (qu'on dit communeement Otlie)
(*b*) guarit toutes maladies d'yeux. Toutesfois la bonne femme s'adreffoitpour ceft
effect à madame faincte Claire, qui prioit
vn preftre de luy chanter vne meffe, ou
il mift de faincte Claire pour guarir fes
yeux,

(*b*) *Otlie* &c. (A Hohembourg en Alface. Cof-
mogr. de Munfter, pag. 475. de la trad. Fr. Bâle 1556.

yeux, de S. Auertin pour guarir sa tefte, & de S. Antoine pour guarir son pourceau. (*i*) Ce qui me fait souuenir de la Parisienne dont nous auons parlé ci-deffus (qui est encores en vie, si elle n'est morte depuis peu de temps) laquelle prioit vn messire Ian de luy mettre en sa messe pour deux liards ou vn douzain de Sainct Esprit. (*k*) Mais si le testmoignage de ladicte bonne femme doit

va-

(*i*) *Son pourceau* &c.) L'Auteur a omis ici S. Marcou, qui, dit-on, guérit des écroüelles, & dont le corps est vénéré à Corbigni, Diocése de Laon. De *Marcou* on a fait *Malcou*, & comme il n'est pire *mal au cou* que les écroüelles, on a conclu que ce Saint devoit les guérir. Voiez le Martyrologe de Châtelain, Paris 1709. pag. 209. *Marcou*, au reste, est auſſi le nom d'un chat, animal dont le poil donne, dit-on, les écroüelles. Ainſi un *Marcou* guérit le mal que fait un autre *Marcou*. Voici ce qu'en dit l'Inventaire des Meſſes :

> *De Saint Marcoul la Meſſe on chante*
> *Pour le rat qui au grenier hante;*
> *On dit qu'il guérit écroüelles*
> *Ainſi qu'un maçon ſans truelle.*

(*k*) *Un douzain de S. Esprit* &c.) C'est sur ce Conte qu'a été bâti celui de certaine fille qui souhaita que pour le plus sûr, on mit un tantet de la Madelene dans une Meſſe de la Vierge qu'on devoit dire pour elle. Ce dernier Conte en vingt six vers François se trouve tom. 3. pag. 372. du *Menagiana* de 1715.

valoir, ie m'en rapporte à ceux qui font
mieux verfez es legendes des glorieux
faincts: ne pouuant dire autre chofe,
finon que ie penfe que ceux qui ont pourueu fainct Clair ou faincte Claire de cefte
office de guarir les yeux, ont eu efgard
à l'etymologie de leur nom (ainfi que
n'a-guere nous auons veu auoir efté faict
en plufieurs autres) car on ne fçauroit
mieux guarir les yeux que de les faire
voir clair. Audemeurant Sainct Quentin
auffi eft du nombre des faincts qui ne iouif-
fent pas paifiblement de leurs offices &
eftats. Car il-y-a quelques autres faincts
qui querelent l'office de guarir de la toux,
comme leur appartenant. Il-y-en-a auffi qui trouuent fort mauuais qu'on ait
faict faincte Apollonie (qu'on appelle
communeement faincte Apolline) guarif-
feufe de dens: & difent que S. Chriftophle en eft le vray & naturel medecin.
Et quant à moy ie leur donne ma voix,
& di que ceft honneur appartient beaucoup mieux à S. Chriftophle: veu fa dent
qu'on monftre à Beauuois en Beauuoifin,
en vne petite abbaye qui porte le nom
de luy: laquelle dent eft telle que iamais
Geoffroy à la grand' dent n'y fit œuure.
Car ell'eft de tel qualibre qu'il faudroit
que la bouche qui en logeroit vne feule
douzaine de telles, fuft plus grande que
la plus grande gueule de four qui foit entre Paris & Lion. Que voulez-vous inferer

ferer par cela? (dira quelcun) senſuit-il par cela qu'il deuoit pluſtoſt eſtre le medecin des dens? Ie di qu'ouy? pourceque quand il n'euſt trouué des dens pour mettre en la place de celles qu'il arrachoit, il n'euſt eu qu'à prendre vne petite parcelle de quelcune des ſiennes. Mais l'entrepriſe ſeroit trop grande ſi i'entreprenois de decider telles controuerſes : & croy auſſi, lecteur, que congnoiſſant ma profeſſion, vous n'attendrez point cela de moy, & principalement veu que ceux-meſmes qui ſont auteurs de tous ces beaux comtes, ne ſçauent ou ils en ſont. Ie me contenteray donc d'auoir enfoncé ceſte matiere auſſi auant que les plus grans docteurs d'icelle l'ont enfoncee.

IX. QUANT à S. Michel, S. Iacques, S. Claude, (qui preſtans leurs noms à leurs pelerins, les ont faict appeler Michelots, Iacquets, Claudins) ils n'ont pas leur taſche en quelque certaine beſongne comme les autres, & pourtant ie laiſſeray parler d'eux à quelqu'autre. Il-y-a auſſi quelques ſaincts qui ſemblent auoir eſté controuuez par plaiſir ou par malice, comme S. Friand, qui vendit ſa robbe (ainſi qu'ils diſent) pour auoir ie ne ſçay quelle friandiſe. Auſſi de S. Fauſtin, ou Fortin (1) on en a
faict

_____

(1) S. Fauſtin ou S. Fortin &c.) D'autres le nomment Photin, & d'autres encore Fotin & Fouin, le
tout

faict vn certain saint qui n'est pas hon-
neste aux hommes à nommer, & encore
moins aux femmes.

X. QUE si quelcun demande si les a-
dorateurs des saincts ont - pas opinion
qu'iceux guarissent aussi de quelques
maladies desquelles les medecins ordinaires ne peuuent guarir, ie luy res-
pon qu'ouy. Et premierement quant au
mal de sterilité, (auquel les medecins
se trouuent si empeschez) il - y - a force
saincts qui en guarissent, faisans auoir des
enfans aux femmes, voire par vne seule
apprehension deuotieuse. Et premierement S. Guerlichou (*m*) qui est en vne
abbaye de la ville du Bourg de Dieu, en
tirant à Rommorantin & en plusieurs autres lieux, se vante d'engrosser autant de
femmes qu'il en vient, pourueu que pendant le temps de leur neuuaine ne fail-
lent à s'estendre par deuotion sur la be-
nois-

tout par corruption pour Potin, comme on lit dans
Eusébe le nom de ce Prélat, qui fut martyrisé étant
Evêque de Lyon. Voiez les notes sur le ch. 2. du
second liv. de la Conf. de Sanci.

(*m*) *S. Guerlichou* &c.) Par corruption pour *Grelichon*, comme ce Saint est nommé par Pierre Viret
dans son Traicté de la vraye & fausse Religion, liv.
7. ch. 35. De *gracilis* on a appelé grelots cette espé-
ce de sonnettes de forme ronde, qu'on attache au
cou des mulets: & c'est de-là que vient le nom de
ce bon Saint, à cause de la vertu prolifique des *grelots* de sa Statue.

noiste idole, qui est gisante de plat, &
non point debout comme les autres. Outre cela il est requis que chacun iour elles boiuent vn certain breuuage meslé de
la poudre raclee de quelque endroit d'i-
celle, & mesmement du plus deshonneste
à nommer. Or si cela seul engrosse ou
non, i'en laisse la decision à ceux qui ont
forgé ou qui entretiennent vne telle & si
vilaine deuotion, laquelle seroit trouuee
fort estrange si elle nous estoit racontee
de quelques peuples barbares & payens :
& que dirons - nous donc de la v⁻ ⁻ estre
en vsage entre ceux qui se donnent le nom
de Chrestiens ? Ie ne sçay pas toutesfois
si encore pour le iourdhuy ce sainct est
en tel credit qu'il estoit : pourceque ceux
qui l'ont veu (desquels ie tien ce que i'en
ay raconté) disent qu'il - y - a enuiron
douz'ans qu'il auoit ceste partie - la bien
vsee à force de la racler. Il - y - a aussi
au pays de Constantin en Normandie
(qu'on dit communeement Contantin)
vn S. Gilles, (n) qui n'a pas eu moins
de credit en ces affaires, quelque vieil &
caduc qu'il fust : selon le commun prouerbe de ceux - la mesmes qui s'amusent à
tels abus & qui les vendent aux autres,
qu'il

(n) S. *Gilles* &c.) L'Aleman nomme *Schell* vne
sonnette, d'ou *eschiles* pour des *clochettes* dans *Fénes-*
te, ;. 7. & de là l'opinion que S. *Gilles* deuoit estre
un aussi bon faiseur d'enfans que St. *Grelichon*.

qu'il n'eſt miracle que de vieux ſainĉts.
I'ay auſſi ouy parler d'vn certain S. René
en Aniou , (o) qui ſe meſle de ce meſtier : mais comment les femmes ſe gou-
uernent autour de luy (qui leur monſtre
auſſi ce que l'honneſteté commande de
cacher) comme i'aurois honte de l'eſcrire , auſſi les lecteurs auroyent honte de
le lire. Ie trouuerois encore beaucoup
de choſes à dire ſur ce propos , leſquelles la meſme raiſon me fait omettre. I'a-
iouſteray ſeulement ce qu'on raconte de
Noſtre - Dame de lieſſe : c'eſt que les
femmes qui ne peuuent auoir enfans , ti-
rent à belles dens (au moins ſouloyent
tirer) les cordes des cloches de ſon temple.
XI.

(o) S. *René* &c.) Alluſion de *rein* à *René.* On a
ſuppoſé que St. *René* ne devoit pas avoir moins de
vigueur aux *reins* que St. Renaud. *Hans & Noblock,*
dans cet ancien *Inventaire des Meſſes* qui lui eſt attribué :

> *Saint André pour les Bourguignons,*
> *Et Saint* Renaud *pour les* rognons.

A Saint Auban , où la ſtatue de Saint Arnault portoit un tablier qui lui cachoit les parties génitales,
les femmes ſteriles , ſuppoſant qu'à cauſe de quelque reſſemblance de nom , St. Arnault devoit avoir
la même vertu que le St. *Renaud* des Bourguignons,
levoient le tablier de cette Statue , comme ſi la ſeule inſpection d'un tel objet avoit dû les rendre fé-
condes. Voiez Ste. Aldegonde , tom. 1. part. v. ch.
10. de ſon Tableau des différens &c.

XI. ET de ialoufie iamais fut-il medecin qui en fçeuft guarir ? Il eft certain
que non : mais de ce que tous les medecins n'ont iamais fçeu faire, on dit qu'il-
y-a vn fainct à Tou qui en eft grand ouurier. Nous auons auffi S. Auertin, S.
Acaire, S. Maturin (i'enten S. Maturin
de l'Archant, que les autres nomment S.
Mathelin, dont vient Tefte mathelineu-
fe) qui guariffent des maladies fufdictes,
defquelles nous fçauons que les medecins
ne peuuent venir à bout auec tout leur
ellebore. Lefquels exemples suffiront pour
monftrer combien grans medecins font les
faincts des papicoles.

XII. Il-y-a bien encores vn'autre
difference notable entre les faincts qu'on
dit faire profeffion de l'art de medecine
en paradis, & les autres medecins qui
font parmi le monde : c'eft que chacun
de ces faincts peut enuoyer la mefme maladie de laquelle il peut guarir. Et qu'-
ainfi foit, quand on dit le mal S. Main,
le mal S. Ian, c'eft auffi bien à dire le
mal qu'ils enuoyent, que le mal duquel
ils guariffent. Il eft vray qu'il-y-a des
faincts plus coleres & plus dangereux les
vns que les autres : entre lefquels S. Antoine eft le principal, à caufe qu'il bru-
le tout pour le moindre defpit qu'on face ou à luy ou à fes mignons. Car fi quelque iniure eft faicte à fes mignons, foyent
hommes, foyent pourceaux, (car il en-
tre-

tretient les deux) ils prient incontinent
leur S. Antoine en venir faire la vengeance, & alors le diable y eft. Quant aux
pourceaux, il eft vray qu'ils ne difent
mot, mais ils n'en penfent pas moins :
d'autant que ce fainct ne les laiffe pas demeurer fi beftes qu'ils font de leur naturel. Or peut-on bien dire de ce fainct
& de quelques autres des plus coleres &
des plus dangereux, ce qu'vn poete Latin
a dict generalement de tous les dieux,
Primus in orbe deos fecit timor. Car comme la bonne femme, apres auoir donné
vne chandele à fainct Michel, en donnoit
auffi vne au diable qui eftoit auec luy :
à fainct Michel, a-fin qu'il luy fift du
bien, au diable, afin qu'il ne luy fift point
de mal : ainfi ne faut-il douter que fainct
Antoine & autres femblables faincts n'a-
yent efté adorez autant & plus pour crainte de mal qu'ils pouuoyent faire, que
pour efperance de quelque bien. Et voila pourquoy il-y-a-eu grand combat
entre ceux de la ville d'Arles & les Anto-
niens de Viennois fur cefte queftion, lefquels fe diroyent poffeffeurs du corps dudict S. Antoine : d'autant que tant les vns
que les autres en monftroyent vn qu'ils
difoyent eftre fien : mais en la fin fainct
Antoine eft demouré ayant deux corps
entiers, par faute d'vn, & outre iceux,
plufieurs membres en diuers lieux : pour
le moins auec demie douzaine de genoux,

l'vn

l'vn à Bourg , l'autre à Maſcon , l'autre
à Dijon , l'autre à Chalons, l'autre à Ou-
roux , l'autre aux Auguſtins d'Albi. Voila combien ſainct Antoine a gangné à faire du mauuais, ou pour le moins à faire
courir le bruit qu'il eſtoit tel. Auſſi nous
doit apprendre ceci à nous gouuerner ſa-
gement à l'endroit de ceux qui ſont en
danger d'eſtre canonizez apres leur mort :
car ce que dit le prouerbe que les treſpaſſez ne mordent plus , n'eſt pas vray
quant aux canonizez, ou toute ceſte philoſophie des papicoles eſt fauſſe.

XIII. MAIS voyons ſi en ce point
auſſi il - y - a conformité entre les dieux
des payens & les ſaincts : & par meſme
moyen regardons , tout conté , tout ra-
batu , leſquels ont plus receu d'honneur
de leurs adorateurs. Ie di donc qu'il n'y-
a - point de doute que les payens n'euſſent opinion de leurs dieux , qu'ils ſçauoyent faire malades auſſi bien que guarir , comme les papicoles ont eſtimé de
leurs ſaincts : mais au lieu que les papicoles penſent que chacun ſainct ne guarit
que d'vne maladie , & auſſi ne peut enuoyer par vengeance que ceſte - la meſme, les payens ſe perſuadoyent que leurs
dieux auoyent egalement puiſſance ſur
toutes maladies , pour guarir d'icelles , ou
pour en fraper les perſonnes que bon leur
ſembleroit. Or en ceci nous pouuons voir
euidemment combien il s'en faut que les
papi-

papicoles facent autant d'honneur à leurs
faincts que les payens à leurs dieux. Ce
que ie di comprenant auſſi les ſainctes
ſous le nom des ſaincts, & les deeſſes
ſous le nom des dieux. Mais les papicoles, ne ſe contentans de ne faire que ce
demi honneur à leurs faincts tant en ceci, qu'en ce qu'ils leur veulent faire a-
croire qu'ils ne ſçauent qu'vn meſtier,
ſont venus iuſques à leur faire du deshonneur fort grand en ce que nous auons
dict ci-deſſus: à-ſçauoir en leur donnant
des meſtiers ſi vils & ſi abiects, voire ſi
ors & ſi ſales qu'à grand peine les peut-
on nommer ſans auoir mal au cueur: comme pour exemple quand ils ont faict les
uns cordonniers, voire aucuns ſauetiers,
les autres porchers. Car combien que les
payens miſſent *Pan* au nombre des moindres dieux & des plus petis compagnons entr'iceux, ſi ont-ils eu honte de luy donner des pourceaux en garde. Et quant aux faincts qui ſont ma-
nouuriers, forger des armes (comme fait
Vulcain) eſt bien vne beſongne plus honneſte que faire des ſouliers. Il eſt vray
que les preſcheurs des papicoles ont bien
faict en ſorte (au moins ceux qui ont eu
de l'eſprit) que le poure peuple n'a laiſſé pour cela de leur faire des offrandes
auſſi belles & bonnes que s'ils euſſent eſté de quelque noble eſtat: car ils tour-
noyent cela à leur plus grande louange.

Teſ-

Tefmoin celuy qui prefchant la vie & les louanges de S. Crépin, difoit que ce glorieux fainct auoit pû eftre pape, auoit pû eftre roy, (voire roy de France) auoit pû eftre empereur, mais il auoit mieux aimé eftre cordonnier. Et toutesfois (dict-il) meffieurs & mef-dames confiderez combien c'eft vn vilain meftier, & combien ord & fale: quand il n'y auroit que cela qu'il leur faut toufiours manier le chigro, (*p*) & tirer ces puantes peaux à belles dents. Et tant mieux pouuez-vous congnoiftre combien a efté grande l'humilité de ce glorieux fainct. Mais toutes les plus nobles bandes des cordonniers & fauetiers de la ville ou il prefchoit, l'empoignirent au fortir de la chaire, & le frotterent fi bien qu'ils luy firent conftruire d'vne piteufe forte toute fa declamation. Duquel faict laiffant opiner les autres, (i'enten, qui auoit tort, ou les batteurs, ou le battu) ie di que ce prefcheur auoit raifon de dire cela de S. Crépin, pour luy fauuer fon honneur: mais il difoit vne chofe qui eft fort malaifee à croire, & qui feroit (comme ie penfe) peculiere à ce-fainct, c'eft qu'eftant en ce monde il euft defia choifi le mef-

(*p*) *Le chigro* &c.) A la Picarde, pour *Chegros*, qui étoit plus commun, & qui eft ce fil qu'on nomme auffi *fil-gros*. C'eft le ligneul, ou fil poiffé qui fert à coudre le cuir.

meftier dont il fe vouloit mefler auffi quand il feroit en paradis.

XIV. MAIS voici vn'obiection qu'on me pourra faire fur ce que i'ay dict, que les papicoles faifoyent moins d'honneur à leurs faincts que les payens auoyent faict à leurs dieux, quand ils donnoyent à entendre que chacun fainct n'auoit puiffance que fur vne maladie, & ne fçauoit faire qu'vn meftier. On me pourra obiecter les faincts qui font patrons des villes ou pays, ne plus ne moins que les payens auoyent vn dieu patron de chacun lieu. Exemple : comme les Babyloniens auoyent le dieu Bel pour leur patron, les Egyptiens Ifis & Ofiris, les Rhodiens le Soleil, les Samiens Iuno, les Paphiens Venus, les Delphiens Apollo, les Atheniens Minerue, les Ephefiens Diane : ainfi les Efpagnols pour leur patron ont fainct Iaques, les François ont fainct Denys, & ceux du Limofin ont fpecialement S. Martial, les Alemans tous en general ont fainct George, & ceux d'Augsbourg ont eu fainct Vlrich, ceux de Colongne ont les trois Rois, les Milanois ont fainct Ambroife, les Venitiens fainct Marc, les Rommains de noftre temps S. Pierre & S. Paul, & leur lieutenant. Ie laiffe les faincts qui ont donné leurs noms aux villes, comme fainct Quentin, fainct Difier, faint Denys, S. Agnan, fainct Paul, fainct Omer, qui fe peuuent en Latin appeler,

(com-

(comme auſſi les autres que ie vien de
nommer) *tutelares ſanĉti*, ainſi qu'on diſoit *tutelares dij*. Mais que pouurra - on inferer par ceſte obieĉtion? que les papicoles faiſans tenir à leurs ſainĉts la meſme place que ſouloyent tenir les dieux
du temps des payens, ont bien monſtré
qu'ils auoyent auſſi bonne opinion de
leur ſuffiſance que les payens auoyent
de celle de leurs dieux, quant à commander à toutes maladies, pour les enuoyer
ou les chaſſer, & quant à ſçauoir tous
meſtiers : (car les payens, encore qu'ils
ne diſſent-pas que leurs dieux exerçoyent
les meſtiers, ils tenoyent pour tout aſſeu-
ré qu'ils les ſçauoyent.) Mais la conſequence n'eſt pas bonne : car pluſieurs en-
treprennent des beſongnes leſquelles ils
font puis faire à autres, ne les pouuans
pas faire : comme ceux qui en Latin s'ap-
pelloyent *redemptores*, encore qu'ils en-
trepriſſent de rendre vne maiſon toute
baſtie, il ne ſenſuit pas qu'ils fuſſent
charpentiers, & tailleurs de pierres, &
maſſons, & couureurs, mais ils accor-
doyent auec les vns & les autres de ce
qui appartenoit au meſtier de chacun, &
ſe repoſans ſur eux prenoyent la charge
de tout l'œuure. Ie ne doute point que
ces gros ſainĉts tutelaires, patrons des
villes, n'en fiſſent ainſi, & qu'ils ne mar-
chandaſſent auec chacun des autres ſainĉts,
qui eſtoyent petits compagnons, de la
be-

befongne qui eftoit particulierement de
fon meftier, ou de la charge à laquelle il eftoit propre, & ainfi s'aidans de
plufieurs, entrepriffent le gouuernement
general.

XV. Pensant eftre venu à la fin
de ce difcours, i'ay trouué qu'il me ref-
toit bien encore de la befongne: car ie
me fuis auifé d'vne legion de Noftres-
Dames, dont procede le principal reuenu
du clergé. Et ce qui me les faifoit oublier
(car ie veux confeffer la debte) c'eftoit
qu'en parlant des faincts & fainctes, i'a-
uois eu peur de faire vne incogruité fi
ie les mettois parmi leur troupe : mais
depuis, la diuerfité de propos me les a-
uoit oftees de la memoire. Quelcun dira peut-eftre, que c'eft une incongruité
encore plus grande, de les mettre à la
queue des faincts : mais ie me fauueray
par la mefme allegation dont vn autre
s'aida en cas femblable : c'eft que celuy
qui tient le premier & le plus honnora-
ble lieu en la proceffion, marche le dernier. Toutesfois fi les papicoles ne vouloyent prendre cefte raifon en payement,
& me venoyent à efchauffer la tefte, ils
trouueroyent parauenture auoir a-faire à
plus forte partie qu'ils ne penfent. Car
ie ne les laifferois iamais en paix qu'ils
ne m'euffent refpondu categoriquement fi
autant de Noftres-Dames font autant de
vierges Maries, meres de noftre feigneur
Iefus

Iesus Chriſt. S'ils reſpondoyent qu'ouy, ils tomberoyent en des abſurditez enor-mes : s'ils reſpondoyent que non, ils tom-beroyent en des autres encore plus enor-mes. Mais pourceque ie m'aſſeure tant de leur douceur que ie me perſuade qu'ils excuſeront aiſeement l'incongruité com-miſe en ce que ie vien de dire, (quand ainſi ſeroit) ie ne les tourmenteray point par vne queſtion ſi violente, & telle qu'ils y pourroyent perdre le petit demeurant qu'ils ont de ſens & entendement : ſeulement les prieray de me dire ſi toutes les Noſ-tres - Dames que ie m'en vay nommer ſont vne meſme Noſtre - Dame.

XVI. IL faut donc noter qu'aucunes Noſtres - Dames prennent leur nom du lieu ou elles ſont, aucunes du meſtier duquel elles ſe meſlent. Et quant à celles qui ſont nommees du lieu, les vnes por-tent le nom de quelque ville au village, les autres monſtrent par leur nom quel eſt le lieu ou elles ſont. Exemples de celles qui ont le nom de la ville ou village ou elles ſont, Noſtre - Dame de Lorette, Noſtre - Dame de Boulongne, Noſtre-Dame du Puys en Auuergne, Noſtre-Da-me d'Aix, Noſtre - Dame de Nantueil, Noſtre - Dame de Francueil. Exemples des autres par le nom deſquelles nous entendons quel eſt le lieu ou elles ſont, Noſtre - Dame du val, N. D. du mont : (& en pluſieurs le nom du mont eſt ſpe-ci-

eifié, comme N. D. de Mont-ferra, N.
D. de Mont-gautier, N. D. de Mont-ro-
land. Et en Languedoc, N. D. de cabi-
mont, (qui eft au cab du mont, c'eft à
dire fommet) N. D. des bois, N. D.
des champs, N. D. de beau-chaifne,
pourcequ'ell'eftoit fur le chemin contr'vn chaifne: & N. D. de beau noyer,
pour vne femblable raifon. N. D. du
puys, qui eft aupres d'vn puys: N. D.
de la fontaine, pour vne femblable raifon. Et à Chartres, pource qu'il·y·a
(au moins y auoit) deux Noftres Dames,
dont l'vne eft dedans le temple, l'autre
deffous: celle qui eft dedans, s'appelle
Noftre Dame d'enhaut: l'autre N. D. d'embas, (*q*) ou N. D. fous terre: ou N. D.
des crotes: non pas qu'elle foit crotee,
mais pourcequ'ell'eft en quelque creux
fous terre faict en façon de caue. Car ce
mot crote en cefte fignification vient du
Grec *crypta* : dont encores en quelques
lieux on vfe de ce mot croton es prifons,
comme qui diroit baffe-foffe. Audemeurant on dit auffi, N. D. des Carmes, en
fignifiant Qui eft au temple des Carmes,
& N. D. des neiges, pourcequ'au plus
chaud

(*q*) *N. D. d'embas* &c.) A Rome il y a une Eglife de N. D. d'un nom que je crois équivalent à ce-
luy-ci. Blondus *Rom. inftaur. lib.* 2. *cap.* 63. la nomme *Parva S. Mariæ Eclefia de Inferno.* Voiez Thom-
ton, ch. 15. de fa chaffe de la B. R.

chaud de l'eſté le lieu ou elle eſtoit, ſe trouua miraculeuſement plein de neiges, ainſi qu'ils diſent. Ie vien maintenant aux Noſtres - Dames qui ont pris leur nom du meſtier qu'elles exercent, ou bien de leurs actes. Voici donc les exemples, N. D. de recouurance, N. D. de confort, N. D. de lieſſe, N. D. de toutes ioyes, N. D. de pitié, N. D. des vertus, N. D. de bonnes nouuelles, N. D. de bon deſir, N. D. des aides, & vne infinité d'autres.

XVII. MAIS ce n'eſt pas tout : car il faut ſçauoir qu'il-y-a des differences bien grandes entre ces N. D. auſſi bien en pluſieurs autres choſes qu'en leurs noms. Car l'vne eſt vieille & fort laide, l'autre ieune & fort belle, l'autre de moyen aa-ge & de moyenne beauté: (ce qui eſt encores excuſable) l'vne eſt fort gran-de, l'autre fort petite: (ce qui auſſi n'em-porte pas beaucoup) l'vne ha la face ioyeuſe, l'autre ha la face triſte : (en quoy auſſi il n'y a pas grand mal.) En quoy donc eſt - il? en ce qu'ordinaire-ment elles ont & la mine & les accouſ-tremens de putains, & tels qu'ils ont ac-couſtumé de bailler à Marie Magdelai-ne. Laquelle ils n'ont point faict conſcien-ce de peindre nue en quelques lieux, com-me auſſi S. Marie Egyptienne. Et ſur ce propos il me ſouuient de ce que i'ay leu au liure du ſuſdict Ian Menard, d'une Noſtre - Dame de toutes beautez à Tours,

qui

qui eut ce nom pourcequ'on auoit vfé du mefme moyen pour la peindre qu'vn peintre ancien vfa pour peindre la deeffe Venus. Car on contempla toutes les plus belles filles & ieunes femmes de Tours, & de l'vne on prit le large front, de l'autre les yeux à fleur de tefte, gays & gracieux, de l'autre le nez traitif, de l'autre la petite bouche riante, le menton fourchu, des autres, autres parties du corps. Or fi l'obiect d'vne fi belle Noftre-Dame enflambe mieux la deuotion, i'en laiffe prononcer à ceux qui peuuent eftre iuges plus competens : ceci puis-ie affeurer que i'ay des liures en parchemin contenans matines, vefpres, complies, & les autres pieces de tel feruice, efquels en certains endroits font peintes des ieunes dames qui ont vn maintien fi lafcif qu'on en pourroit bien dire ces mots du poete Properce, *Docta vel Hippolytum Veneri mollire negantem.* Mais de quelles dames eftoyent ces pourtraits, à-fçauoir-mon fi de celles que les maiftres defdicts liures gouuernoyent, où de celles qu'ils defiroyent gouuerner, cela ne puif-ie pas dire. Comment qu'il en foit, c'eftoyent quelques-vnes (ainfi qu'il eft à prefumer) aufquelles ils portoyent fi bonne affection qu'ils vouloyent voir leurs pourtraicts pendant qu'ils faifoyent leurs prieres, de peur de les y oublier.

XVIII. MAINTENANT ie retourne

à

à la queſtion ſuſdicte, à ſçauoir ſi toutes les Noſtres-Dames que ie vien de nommer, ſont vne meſme Noſtre-Dame. S'ils reſpondent que c'eſt vne meſme, ie leur demande pourquoy elle ſe deſguiſe en tant de ſortes : s'ils diſent qu'elles ſont diuerſes, ie les prieray de me dire laquelle d'entr'elles eſt la vierge Marie mere de Ieſus Chriſt. Mais ce ſeroit pour retumber en l'autre queſtion premiere, de laquelle i'ay promis de ne les point tourmenter. Il vaudra-donc mieux pour ceſte heure que nous nous contentions d'alleguer l'opinion de la bonne femme de Montrichard, qui diſoit Noſtre-Dame de Nantueil & Noſtre-Dame de Francueil eſtre ſœurs : & que nous auiſions par bonne & meure deliberation ſi nous pourrons tant faire qu'elles ſoyent toutes, ſi non ſœurs, au moins d'vn meſme parentage.

XIX. MAIS à propos des diuers habits des Noſtres-Dames, il-y-a auſſi treſgrande varieté es habits des ſaincts, voire ſi grande que ſi on entreprenoit de la deſchiffrer on auroit bien à ſonger par ou on deuroit commancer. Car l'vn eſt tout nu, l'autre eſt à demi nu, l'autre bien veſtu. L'vn porte vn grand chapeau, l'autre vn petit : l'autre porte ie ne ſçay quoy reſemblant à vn turban. Aucuns ſaincts ſont emmitouflez, aucuns enchaperonnez ou encapluchonnez, aucuns embeguinez. L'vn eſt armé de pied en cap,
l'au-

l'autre n'a feulement que l'efpee & le bou-
clier, l'autre n'ha que l'efpee & la dague.
L'vn eft à pied, l'autre à cheual. Encore n'eft-ce pas tout: car l'vn rit, l'autre
pleure : l'vn femble auoir tout gangné,
l'autre femble auoir tout perdu. Brief,
il-y-a vne difference entr'eux & infinie
& incroyable, non feulement en ces chofes, mais en plufieurs autres. Et d'autant plus nous deuons-nous efmerueiller
(qui fera la conclufion de ce propos)
comment eftans fi difcordans, ils font toutesfois vne fi bonne harmonie es cuifines
de noftre mere fainct'eglife, lefquelles ils
entretiennent tous d'vn accord , (em-
ployans toute leur benoifte & glorieufe
miraclificence à faire bouillir fon pot) &
les entretiennent tellement qu'elle ne porte enuie à celles des rois & des empereurs. Il eft vray qu'elle les entretient
aufli du reuenu des reliques defdicts faincts,
ainfi qu'il a efté dict ci-deffus : mais combien qu'il foit fort grand (comme on peut
voir par le calcul qui en a efté faict en
gros feulement , & à veue de pays) fi
eft-ce que fi nous regardons de combien
eft plus grand le proufit qu'elle tire des
ames des faincts trefpaffez que celuy qu'elle tire de leurs corps , il femblera que le
reuenu qui vient defdicts corps , ne foit,
à comparaifon de l'autre , que pour auoir
la defferte.

XX. IE vien à l'autre point que i'ay

à la queſtion ſuſdicte, à ſçauoir ſi toutes les Noſtres-Dames que ie vien de nommer, ſont vne meſme Noſtre-Dame. S'ils reſpondent que c'eſt vne meſme, ie leur demande pourquoy elle ſe deſguiſe en tant de ſortes : s'ils diſent qu'elles ſont diuerſes, ie les prieray de me dire laquelle d'entr'elles eſt la vierge Marie mere de Ieſus Chriſt. Mais ce ſeroit pour retumber en l'autre queſtion premiere, de laquelle i'ay promis de ne les point tourmenter. Il vaudra-donc mieux pour ceſte heure que nous nous contentions d'alleguer l'opinion de la bonne femme de Montrichard, qui diſoit Noſtre-Dame de Nantueil & Noſtre-Dame de Francueil eſtre ſœurs : & que nous auiſions par bonne & meure deliberation ſi nous pourrons tant faire qu'elles ſoyent toutes, ſi non ſœurs, au moins d'vn meſme parentage.

XIX. MAIS à propos des diuers habits des Noſtres-Dames, il-y-a auſſi treſgrande varieté es habits des ſaincts, voire ſi grande que ſi on entreprenoit de la deſchiffrer on auroit bien à ſonger par ou on deuroit commancer. Car l'vn eſt tout nu, l'autre eſt à demi nu, l'autre bien veſtu. L'vn porte vn grand chapeau, l'autre vn petit : l'autre porte ie ne ſçay quoy reſemblant à vn turban. Aucuns ſaincts ſont emmitouflez, aucuns enchaperonnez ou encapluchonnez, aucuns embeguinez. L'vn eſt armé de pied en cap, l'au-

l'autre n'a seulement que l'espee & le bou-
clier, l'autre n'ha que l'espee & la dague.
L'vn est à pied, l'autre à cheual. Encore n'est-ce pas tout: car l'vn rit, l'autre
pleure: l'vn semble auoir tout gangné,
l'autre semble auoir tout perdu. Brief,
il-y-a vne difference entr'eux & infinie
& incroyable, non seulement en ces choses, mais en plusieurs autres. Et d'autant plus nous deuons-nous esmerueiller
(qui sera la conclusion de ce propos)
comment estans si discordans, ils font toutesfois vne si bonne harmonie es cuisines
de nostre mere sainct'eglise, lesquelles ils
entretiennent tous d'vn accord, (em-
ployans toute leur benoiste & glorieuse
miraclificence à faire bouillir son pot) &
les entretiennent tellement qu'elle ne porte enuie à celles des rois & des empereurs. Il est vray qu'elle les entretient
aussi du reuenu des reliques desdicts saincts,
ainsi qu'il a esté dict ci-dessus: mais combien qu'il soit fort grand (comme on peut
voir par le calcul qui en a esté faict en
gros seulement, & à veue de pays) si
est-ce que si nous regardons de combien
est plus grand le proufit qu'elle tire des
ames des saincts trespassez que celuy qu'elle tire de leurs corps, il semblera que le
reuenu qui vient desdicts corps, ne soit,
à comparaison de l'autre, que pour auoir
la desserte.

XX. IE vien à l'autre point que i'ay

entrepris de traiter en ce chapitre, afça-
uoir, combien eſtoit impudente l'auarice
des gens d'eglife. Et comment ? (dira
quelcun) ne peut·on pas defcouurir ceſte impudence par pluſieurs paſſages de ce
liure, & meſmement par ce qui a eſté
deſia dict en ce chapitre ? Cela ie confeſſe : mais ie veux à preſent monſtrer
vn'impudence monſtrueuſe, ou (s'il eſt
licite d'ainſi parler) vne quint'eſſence
d'impudence, voire d'impudence conioin-
te auec vne treſabominable impieté. Et
eſt ſi authentique l'exemple que i'en veux
produire, qu'ils ne le ſçauroyent nier,
ſans nier leur ſeing & leur eſcriture. Car
voici leurs propres paroles qu'ils ont gra-
uees en lettres Gothiques, en vn tableau
de pierre (r) qui eſt (au moins ſouloit
eſtre

(r) *En un tableau de pierre* &c.) Suiuant une remarque ſur le Dictionn. de Bayle, pag. 4001. de la
3. édit. ce *Tableau* fut ſupprimé ſur les remontran-
ces de François Duaren, qui, comme on ſait, mourut en 1559. & cependant, tom. 2. pag. 13. de la
Bibliothéque de Draud. on trouve ce titre du Livre :
A. D. S. M. M. *Verſion de 28. carmes latins, qui*
ſe liſent eſcrits en Pierre au grand temple de S. Etien-
ne de Bourges, contre le pilier auquel joint l'Autel,
avec l'interprétation d'iceux impr. en 1564. D'où il
s'enſuit, ou que, cinq ans après la mort de Duaren,
le Tableau dont·il s'agit n'avoit pas encore été dé-
placé, ou que l'édition qui ſe fit de cette verſion
en 1564. n'étoit pas la prémiére. Ce qu'au reſte
[il eſt ajoûté dans le titre, qu'à la Verſion des 28.
carmes latins eſt jointe leur interprétation] fait bien
voir que tant les Vers François que leur Commen-
taire étoient l'Ouvrage d'un Proteſtant.

eftre il n'y a pas long temps) attaché à
vn pilier du temple de S. Eftienne à Bourges, pres de l'autel ou fe chantoit la meffe cardinale.

Hic des deuotè : cæleftibus affocio te.
   Mentes agrotæ per munera funt ibi lotæ.
   Ergo venitote gentes à forde remotæ.
   Qui datis, eftote certi de diuite dote.
   Te precor, accelera, fpargas hic dum
      potes æra :
   Et fic reuera fecurè cælica fpera.
O fi tu foires quantum data profit ibi res,
   Tu iuxta vires donares quod dare quires.
   Te mifer à pœna, dum tempus habes, a-
      liena.
   Huc dare te pœna, veniæ fit aperta cru-
      mena.
   Confors cæleftis fabricæ, qui porrigit
      eft is.
   Ex hoc fum teftis, hic vos mundare
      poteftis.
Fratres haurite àe trunco pocula vitæ :
   Hic aliquid finite, veri velut Ifraelitæ.
   Crede mihi, crede, cæli dominaberis æde.
   Nam pro mercede Chrifto dices, Mihi
      cede.
Hic datur exponi paradifus venditioni.
   Currant ergo boni rapientes culmina
      throni.

Vis retinere forum? mihi tradas pauca
  bonorum,

Pro fumma quorum referabitur aula po-
  lorum.

Hic fi largè des, in cœlo fit tua fedes:

  Qui feret hic parcè, parcè comprendet in
    arce.

  Cur tardas tantum? nummi mihi des ali-
    quantum.

Pro folo nummo gaudebis in æthere fummo.

Denos fume quater, vnum femel, hæc facra
  mater

  Annos condonat, fanctus pater ifta co-
    ronat.

  Tot quadragenas dat & abluit hic tibi
    pœnas

  Mil miffis decies focius, fi des ibi, fies.

XXI. LE fuiect de ces vers (ce que
ie diray pour ceux qui n'entendent point
Latin: ne les ayant voulu traduire, pourceque leur grace confifte en ce qu'ils font
rymez) n'eft autre chofe finon que, Qui
donne au tronc, va en paradis: (& tant
plus il donne, tant plus belle place il-
y ha) qui n'y donne point, n'y va
point. Car

Hic datur exponi paradifus venditioni,

  fignifie en bon François,

En ce lieu paradis eft expofé en vente.
                                        Mais

Mais à fin que le lecteur qui n'entend
Latin, puiſſe iuger ſi i'ay eu raiſon de
dire de ces vers ce que i'en ay dict, ie
luy expoſeray encore ces deux,

Crede mihi, crede, cœli dominaberis œde :
Nam pro mercede Chriſto dices, Mihi
cede.

Car voici qu'ils chantent,

Ayant donné argent, tu feras au ciel
Maiſtre,
Repouſſant Ieſus Chriſt de ſon lieu,
pour y eſtre.

Et qui voudra auoir le ſens mot pour
mot, voici la belle leçon qu'ils nous ap-
prennent, Croy moy, croy moy, tu ſeras maiſtre au chaſteau celeſte. Car pour
recompenſe de l'argent que tu auras donné, tu diras à Ieſus Chriſt, Quitte moy
la place.

CHAP.

CHAP. XXXIX.

Comment nos predeceſſeurs eſtoyent entretenus en ignorance quant au faiƈt de la religion Chreſtienne : & comment les gens d'egliſe ſe maintenoyent touſiours, encore que leur meſchanté vie fuſt toute notoire , & que pluſieurs abus & meſmes des faux miracles euſſent eſté deſcoũuerts.

AYANT deliberé de monſtrer en ce chapitre comment deſia du temps de nos predeceſſeurs, aucuns commançoyent à ouurir vn peu les yeux, & deſcouurir la meſchanceté & tromperie des gens d'egliſe, l'ay penſé qu'il ſeroit bon de conſiderer premierement combien grandes eſtoyent les tenebres & combien grands eſtoyent les abus. Ie prieray donc le leƈteur de recueillir en ſa memoire, en premier lieu, pluſieurs exemples de cela , qui ſont eſpars en diuers endroits de ce liure. Outre leſquels toutesfois on en amaſſeroit vn nombre infini, ſi on y vouloit vn peu penſer : mais trois ou quatre pourront ſuffire. Car n'eſt-ce point vne folie merueilleuſe , de penſer que tous ceux & toutes celles que les faiſeurs d'almanacs auoyent

uoyent marquez de lettres rouges , eſtoyent ſainéts & ſainétes ? c'eſt à dire
dieux & deeſſes ? ou pour le moins demi
dieux , & (s'il eſt licite d'ainſi parler)
dieux ſubalternes ? Car s'ils ne les euſſent
eſtimez tels , il eſt certain qu'ils ne leur
euſſent pas attribué la puiſſance laquelle
Dieu s'eſt reſeruee. Ne voyons - nous
pas ici vne folie , non pas ſimple, mais
accompagnee d'vne impieté horrible ?
Toutesfois en voici vn' autre qui paſſe
bien plus outre, ſur ce meſme propos des
ſainéts : c'eſt d'auoir oſé dire que ſi le S.
Eſprit eſtoit mors d'vn chien enragé, encore faudroit - il qu'il vint à S. Hubert s'il
vouloit eſtre guari. Ce qui fut dict par
vn porteur de rogatons ayant des reliques
dudiét S. Hubert. Et ſi nous regardons
en quelle eſtime on a eu le pape, auſſi
bien que les ſainéts, n'eſtoit - ce point pareillement vne folie eſtrange , de croire
qu'vn homme, depuis qu'il eſtoit faict pape, deuenoit dieu ? de croire qu'il auoit
les clefs , & de paradis & d'enfer, pour
loger en paradis ceux qui donneroyent à
luy ou aux ſiens : pour loger en enfer
ceux qui ne donneroyent rien ? De croire que c'eſtoit moindre peché de tuer vn
homme , que de manger de la chair le
vendredi , ou rompre quelque autre tel
commandement de ce dieu terreſtre ?
Que ſi nous venons au ſacrifice meſſati-

que,

que, & à l'abus qui a esté quant à iceluy,
ne dirons-nous pas les hommes auoir esté & plusieurs estre encores à present enforcelez estrangement, auant que croire
qu'il-y-a des ames en purgatoire qui n'en
peuuent estre chassées sinon qu'à grands
coups de messes ? Auant que croire qu'vn
messire Ian ayant prononcé certains mots
sacramentaux sur tous les pains d'vn marché, face autant de pains deuenir autant
de dieux ? Croire qu'on mange son Dieu,
& puis qu'on le face sortir pour aller au
lieu qu'on a honte de nommer ? Et (qui
est vn point bien à noter) n'est-ce pas
vn cas dont on ne se sçauroit assez esmerueiller, que plusieurs choses qui leur
deuoyent seruir à desraciner de leurs entendemens la superstition, l'y enracinoyent
d'auantage ? Car ils deuoyent tenir leur
dieu de paste pour suspect alors au moins
qu'ils voyoyent son sang auoir esté empoisonneur, & sa chair empoisonneresse :
le sang, empoisonneur de Guillaume ar-
cheuesque d'Yort, au temps du pape
Anastase 1 1 1 1 : la chair, empoisonneresse
de l'empereur Henri v 1 1. à l'aide de Bernard du Montpolitian Iacopin, de la fac-
tion des Guelphes. Et non seulement le
deuoyent tenir pour suspect, mais le deuoyent totalement reietter, voire en luy
faisant toute sorte d'infamie, alors quils
le voyoyent se laisser manger aux bestes:
com-

comme plusieurs sçauent le chien barbet
du feu magnifique Maigret (*s*) en auoir
mangé quatre-vints pour vn desieuner,
& tous sans boire. Mais comment se fust
il reuengé contre les chiens, quand il ne
se pouuoit pas reuenger contre les souris ? Car ces petites bestioles ne se sont
contentees de l'aller souuent empoigner
iusques dedans son armoire, mais ont
bien esté si braues que de le prendre sur
son autel, quand le prestre s'endormoit
en son Memento : ce que nous sçauons
estre auenu à S. Marie, & à Paris, au
temple S. Marri. (*t*) Ils deuoyent (di-
ie) estre rendus plus sages par tels acci-
dens, & discourir en leurs entendemens
combien ils estoyent loin de leur conte,
d'attribuer diuinité à vn tel morceau de
paste

(*s*) *Magnifique Maigret* &c.) Marot, Epigr. VI.
qui est de l'année 1530. parle d'un Alchymiste, sur-
nommé le *Magnifique*, lequel, soit dit en passant,
aiant depuis embrassé la Réformation, se tenoit à
Genéve en 1543. Voiez Eustorg. de Beaulieu, pag.
207. de sa *Chrétienne Réjouissance*. &c.

(*t*) *S. Marri* &c.) A la *Parisienne*, pour *S. Merri*,
Medericus. Marot dans son Epitre au Roy, pour
être déliuré de prison :

> *Quinze jours a (je les ay bien comptez)*
> *Et des demain seront justement seize,*
> *Que je fuz faict confrére au diocése*
> *De Sainct Marry en l'église Sainct Prés.*

paſte qui ſe laiſſoit ainſi gober par vne
ſouri : mais au - contraire ils aiouſtoyent
folie à folie quand telles choſes aueno-
yent. Comme (pour exemple) à Lodeue
en Gaſcongne, au lieu que la ſouri qui
auoit mangé ce dieu, leur deuoit faire
ouurir les yeux à l'abus auquel on les entretenoit, non ſeulement ils ne laiſſerent
pour cela d'attribuer aux autres morceaux de paſte, ſes compagnons, autant
de diuinité que parauant, mais canoni-
zerent la ſouri, l'appelans ſainĉte Souri.
Vn pareil abbrutiſſement fut veu pendant
les derniers troubles qui ont eſté en France : car vn certain gentilhomme miſo-
meſſe (du nom duquel ie fournirois bien,
ſi beſoin eſtoit) ayant ouy ſonner vne
clochette en vn village par lequel il paſſoit, demanda qu'elle ſignifioit : & ayant
entendu qu'ell'auertiſſoit qu'on alloit leuer
dieu, diĉt à ſes gens, Haſtons- nous pour
eſtre au leuer de dieu, & luy ſeruir de
valets de chambre : quant à moy, ie luy
porteray ſa chemiſe blanche. Eſtant arriué, il empoigna ce gentil dieu, & le
preſenta à ſon cheual, deuant toute l'aſ-
ſiſtence des auditeurs de la meſſe, qui regardoyent ceſt aĉte auec vn merueilleux
eſtonnement. Mais incontinent qu'ils virent ce cheual tendre les babines quand
on luy approchoit ce dieu, ils comman-
cerent à dire, Puiſque ce cheual fait cela, c'eſt bien ſigne qu'il a accouſtumé de
faire

faire ſes paſques. A ce meſme propos il
me ſouuient du ſainct Caniuet, c'eſt à dire du caniuet dont vn'hoſtie fut à Paris
piquée par vn Iuif, lequel caniuet depuis
a eſté mis au nombre des plus precieuſes
reliques, en vn des temples de ladicte
ville, (à ſainct Ian en Greue, ſi i'ay
bonne memoire) comme ſi par vn tel
acte il eſtoit ſanctifié. Voila comment au
lieu d'auoir en meſpris ces dieux qui ſe
laiſſoyent ainſi meurdrir, qui ſe laiſſoyent
ainſi manger par les beſtes, ils n'ont laiſſé de les adorer comme deuant, & outre cela adorer les mangeurs & les meurdriers d'iceux: car i'appelle meurdrier ce
caniuet duquel fut faict le coup.

II. Or nous esbahirons-nous moins comment les hommes eſtoyent ſi brutaux que de
preſter l'oreille à vne telle doctrine, quand
nous conſidererons en quelle reputation
ils auoyent les auteurs d'icelle. Car quand
les anges deſcendans viſiblement du ciel,
fuſſent venus leur annoncer quelque doctrine, ils n'euſſent pu les receuoir en
plus grande reuerence qu'ils receuoyent
vn tas de meſchans & abominables cafars,
qui les paiſſoyent non de ſimples bourdes, mais de bourdes pleines d'impieté,
& pires ſans comparaiſon que toutes les
Iudaiques & Turciques. Et pour venir du
general au particulier, c'eſt à dire, de
pluſicurs ſortes de cafars venir à vne, ne
ſera-ce pas à la poſterité matiere de grande

de admiration d'ouir dire qu'on deferoit
tant aux Cordeliers , voire à leur habit
mefmement, qu'on le faifoit porter quelqu'efpace de temps aux petis enfans, à
fin qu'ils puffent paruenir en aage d'hommes? que les vns le prenoyent vn peu
auant que mourir, fe fentans preffez de
maladie : les autres , qui n'auoyent eu
le loifir de le prendre deuant, ordon-
noyent par leur derniere volonté qu'il
fuffent enterrez en iceluy? Et qui eſtoyent ceux qui vfoyent de telle metamor-
phofe ? Les grans feigneurs autant ou
plus que le commun peuple: voire iufques aux rois & empereurs. Bien eſt-il
vray que le conte de Carpi, (*v*) ayant eſté
des derniers qui ont ioué ce beau ieu,
est

(*v*) *Le conte de Carpi &c.*) A L B E R T O P I O,
Comte de *Carpi*, mort aux Tournelles à Paris, non
pas en 1535. comme pourroit le faire croire fon
Epitaphe aux Cordeliers où il eſt enterré , mais au
mois de Janvier 1531. felon le calcul Romain , &
alors felon le notre 1530. Ce qu'au reſte H. Etienne dit du Comte de Carpi demeuré *en Proverbe &
en rifée*, c'eſt par rapport à cet endroit de la 2.
Epitre du Coq à l'Afne de Cl. Marrot.

> *Tefmoin le Comte de Carpi*
> *Qui fe fit Moyne après fa mort.*

Epitre qui, foit dit en paffant , pourroit donc bien
avoir précedé l'année 1535. que vraifemblablement
cette Epitaphe lui aura fait donner pour époque
dans le Marrot commenté.

eft demeuré feul en prouerbe & en rifee.
On ne fe contentoit de cela : mais la plus
part, en prenant leur habit, & donnant
fon corps à leur conuent, y donnoit
quand - & - quand fes biens, en defraudant
fes enfans, ou autres qui par droit & di-
uin & humain deuoyent eftre heritiers.
Et quant à ceux qui s'alloyent rendre
Cordeliers, ne fera-ce point auffi pour
faire eftonner ceux qui viendront apres
nous, de dire que puifque la phantafie
les prenoit de fe mettre de cefte religion,
tant s'en faut qu'ils s'en deuffent confeiller à leurs parens, que mefme fi pour y
entrer il euft falu paffer pardeffus les ventres de leurs pere & mere, ils le de-
uouent faire ? Et à fin d'en attirer d'auantage, ils eftoyent fi effrontez quant à
abufer de la fimplicité du poure peuple,
qu'ils luy difoyent & tachoyent de perfuader que le feul moyen de faire que le
diable fuft fauué, feroit de luy perfuader
de prendre l'habit de S. François. Ce que
toutesfois ie n'ay fouuenance d'auoir leu
en leur liure de Conformité, mais i'ay
bonne memoire d'y auoir leu des menfonges encore plus impudens touchant la
louange de leur regle.

III. OR comme nous auons dict tantoft touchant leur dieu de pafte, qu'au
lieu que les inconueniens aufquels on le
voyoit tous les iours tomber, deuoyent
faire ouurir les yeux aux poures idola-
tres,

tres, ils les fermoyent tant plus : ainſi en
ont-ils faict à l'endroit de ces cafars.
Car ce qui leur deuoit faire congnoiſtre
la vilanie & ordure de ces meſchans,
leur confermoit d'auantage l'opinion qu'ils
auoyent deſia de leur ſainateté. I'allegueray pour exemple, ce que nous auons
veu auenir de noſtre temps en la mort
d'vn fameux cordelier nommé De cornibus. (x) Chacun ſçait que ce vilain mourut de verole : les boutons de laquelle luy
eſtans ſortis, & le rendans rouge, le peuple qui le voyoit porter en terre (car il
y fut porté en ſon habit & à face deſ-
couuerte) ſe perſuadoit ceſte rougeur eſtre procedee de ce qu'il eſtoit deuenu ſeraphin. Ie croy que la mort auſſi d'vne
damoiſelle, qui mourut de la puantiſe
des pieds de ce venerable verolé, leſquels ell'auoit baiſez apres ſa mort (n'eſtant

---

(x) *De cornibus* &c.) On auroit donc pu appliquer à ce vénérable défunt ces vers de Marot dans
ſon Epitaphe de frére Jean Léveſque autre Cordelier, mort en 1520.

> *Or affin que Saintles & Anges*
> *Ne prennent ces boutons eſtranges,*
> *Prions Dieu qu'au frére Frappart*
> *Il donne quelque chambre à part.*

Touchant le Cordelier *de Cornibus*, voiez la Note 4,
ſur le chap. 14. du 1. livre de Rab.

tant accouſtumee à odeurs ſi fortes) fut
tellement interpretee qu'ell'augmenta pareillement l'opinion de la ſainſteté d'iceluy. Voire ne fay aucune doute que ceux
qui de la rougeur de ſa verole en faiſoyent vne rougeur de ſeraphin (tant ils
y alloyent à la bonne foy) s'ils l'euſſent
ſurpris en l'aſte auquel il l'auoit gangnee,
ne ſe fuſſent ſemblablement perſuadez a-
uoir veu autre choſe que celle qui s'eſtoit preſentee à leurs yeux: ou (pour
parler comme le poete Latin) n'euſſent
faiſt a‑croire à leurs yeux auoir veu autre choſe que ce qu'ils auoyent veu. Comme auſſi celuy qui ſentant deux pieds aupres des deux de ſon maiſtre (qui, pour
obſeruer eſtroitement les regles epiſcopales, auoit ſa garſe couchee aupres de
ſoy) y alla ſemblablement tant à la bonne foy qu'il ſe prit à crier par la feneſ-
tre, Venez voir mon maiſtre qui ha quatre pieds. (y) Voila comment la Chreſ-
tienté, au lieu de s'auancer à la congnoiſſance des abus, s'en reculoit par vn iuſte
iugement de Dieu.

IV. O R toutesfois ce grand aueugle-
ment n'eſtoit ſi general qu'il n'y euſt touſiours quelcun qui deſcouuriſt quelques
abus, & apperceuſt quelque partie du
meſ-

(y) *Qui ha quatre pieds* &c.) C'eſt le ſecond des
Contes imprimez ſous le nom de Bonauent. des
Periers.

meſchant train que menoyent les gens d'egliſe. Et S. Bernard meſmes (comme i'ay deſia dict ci-deſſus) auoit crié fort & ferme contre iceluy. Auſſi a eſté allegué (ſi i'ay bonne memoire) quelque paſſage d'vn liure de *Guillielmus De ſancto amore*, ſur ce meſme propos. Or fut du meſme temps, a-ſçauoir enuiron l'an 1260, vn Nicolas Gallique natif de Narbonne, qui ayant eſté quelque temps general de l'ordre des carmes, & n'ayant pu comporter la meſchante vie de ſes compagnons, non ſeulement les quitta, & renonça du tout à ceſt ordre, mais eſcriuit vn liure contr'eux appelé Sagette de feu: auquel il leur diſoit entr'autres choſes, qu'ils eſtoyent enfans reprouuez, citoyens de Sodome, contempteurs du treſbon Teſtament, ſeducteurs de ceux qui eſtoyent & de ceux qui ſeroyent apres, la queue du dragon mentionné en l'Apocalypſe. Mais quant aux liures dudict Guillaume de ſainct Amour, le pape Alexandre IIII les abolit entant qu'en luy fut, (z) par edits expres: lequel d'au-

---

(z) *Les abolit entant qu'en luy fut &c.*) Celui de ces livres où les Moines Mandians étoient le moins ménagez avoit pour titre : *Traité des dangers des derniers tems.* Aux inſtances du Pape, ce livre fut brulé publiquement à Paris : mais il faut bien qu'il s'en fût conſervé quelque exemplaire, s'il eſt vrai ce que le Juriſconſulte Charles du Moulin remarque, dit-

d'autre part (comme Platine recite) brula vn liure que les mendians auoyent publié, par lequel ils maintenoyent que
l'eſtat de grace ne procedoit point de la
loy de l'euangile, mais de la loy de l'Eſprit. Et le brula non pas pour remors de
conſcience de voir le poure monde ainſi
abuſé, mais craignant que ce menſonge
ſi lourd & ſi impudent ne fiſt deſcouurir
beaucoup de leurs autres meſchancetez.
Ce liure eſtoit intitulé l'Euangile eternel,
ou l'Euangile du S. Eſprit : & auoit eſté
baſti de la doctrine de l'Abbé Ioachim,
& des viſions d'vn Carme nommé Cyril-
le, par les Iacopins & Cordeliers, taſ-
chans, entr'autres choſes, de reſiſter par
l'autorité de ce liure aux Vaudois, autrement dicts Les poures de Lion, &
autres, qui s'armoyent contr'eux des paſſages du vray euangile. De ce liure le
ſuſdict Guillaume de ſainct Amour eſcrit
ce

dit - on, quelque part, qu'on garde encore en Sorbon-
ne un Manuſcrit de ce livre. Wolphgand Wiſſenbourg
fit imprimer à Bâle en 1555. deux Diſcours du même Guill. de Saint Amour, avec quelques autres piè-
ces curieuſes des meilleurs Auteurs du XIII. Siécle, où l'on voit une infinité de plaintes de l'Egliſe d'alors. Voiez l'*Hiſtoire du Papiſme* &c. Amſt. 1685.
tom. 1. pag. 175 & 176. Du reſte, Guill. de *Saint
Amour* fut ſurnommé de la ſorte, parcequ'il étoit
d'un Village de ce nom - là dans la Franche - Comté.
Hiſt. Crit. de la Republ. des Lettres, Tom. XV.
pag. 218.

ce qui fenfuit, Ce maudict euangile eft defia publié en l'Eglife, & pourtant il faut craindre la perdition de ladicte Eglife. Si ceft euangile eft accomparé à celuy de Iefus Chrift (difent - ils) il eft d'autant plus perfaict & plus digne, que le foleil eft plus clair que la lune, & le noyau vaut mieux que l'efcaille &c. Il raconte auffi beaucoup d'autres execrables propos qui eftoyent en ce liure. Mais de ces deux comparaifons notamment eft faicte mention par le Rommant de la rofe, ou il parle de ce liure, en le deteftant & taxant l'hypocrifie des freres mendians qui l'auoyent introduit. Voici fes mots,

Vous ne congnoiftrez point aux rob-
  bes (a)
Les faux traiftres tous pleins de lobbes.
Parquoy leurs faicts faut regarder,
Si d'eux bien vous voulez garder.

Vn peu apres.

Fut or baillé (c'eft chofe voire)
Pour bailler commun exemplaire,
Vn liure de par le grand diable,
Dict l'Euangile perdurable,

Dont

(a) *Vous ne les congnoiftrez point aux robbes* &c.) Ce paffage & les deux fuivans du *Roman de la Rofe* fe trouvent aux feuill. 73, b, & 74, a. de l'édit. de 1531.

Dont le fainct Efprit fut miniftre:
Si comme il apparut au titre,
Ainfi eft-il intitulé.
Bien eft digne d'eftre brulé.
A Paris n'eut homme ne femme
Au paruis deuant noftre-Dame
Qui lors bien auoir ne le puft,
Pour le doubler, fi bien luy pluft.
Là trouuaft par grans mefprifons
Maintes telles comparaifons.
Autant que par fa grand chaleur,
Soit de clarté, foit de valeur,
Surmonte le foleil, la lune,
Qui trop eft plus trouble & plus brune:
Et le noyau des noix, la coque:
(Ne cuidez pas que ie vous moque:
Cela di fans bourde ne quille)
Tant furmonte ceft'euangile
Ceux que les quatr' euangeliftes
Du fils Dieu firent à leurs titres.
De tels comparaifons grand' maffe
Là trouuoit-on, que ie trefpaffe.

V. ET à propos auffi de ce qui a efté
dict des liures de ce Guillaume de S. A-
mour contre la poureté feinte des mendians, ce mefme poete en fait mention.
Car apres auoir traité affez amplement
quels mendians doiuent eftre tolerez, &

quels

quels non, & auoir allegué, pour confermer son dire, les sermons dudict de Sainct Amour, il aioufte, en la personne de Faux-semblant,

Qui groncer en voudra, si gronce,
Et courroucer, si s'en courrouce.
Car ie n'en mentiroye mie,
Si ie deuoye perdre la vie:
Ou estre mis contre droiture,
Comme sainct Pol, en chartre obscure:
Ou estre banni de ce royaume
A tort, comme maistre Guillaume
De sainct Amour, qu'hypocrisie
Fit exiler par grand'enuie.
Ma mere en exil le chassa.
Le vaillant homme tant brassa
Pour verité qu'il souftenoit.
Vers ma mere trop desprenoit,
Pourcequ'il fit vn nouueau liure
Ou sa vie fit tout'escrire:
Et vouloit que ie reniasse
Mendicité, & labourasse,
Si ie n'auoye dequoy viure.
Bien me pouuoit tenir pour yure.
Car labourer ne me peut plaire:
D'aucun labeur n'ay-ie que faire:
Trop y-a peine à labourer.
Mieux vaut deuant les gens orer,

Et

Et affubler ma renardie
Du mantel de papelardie.
A. O fol diable quel eft ton dict.
Et ce que tu as ici dict?
F. Quoy? A. Grans defloyautez apertes.
Ne crains tu donc pas Dieu? F. Non certes.
Car à peine peut homme atteindre
Chofe grande qui Dieu veut craindre.

VI. Pour trois raifons i'ay allegué ces
paffages, premierement pour mieux faire entendre cefte hiftoire touchant ceft
euangile fuppofé, (lequel i'auois omis
ci-deflus, en parlant des autres) comm'-
m'eftant fort memorable: fecondement,
pour mieux faire congnoiftre que con-
tenoyent ces liures de Guillaume de S.
Amour, qui furent abolis par le fufdict
pape Alexandre IIII: tiercement, à-fin
que le lecteur fçeuft que non feulement
fes liures furent abolis, mais auffi luy
fut banni du royaume de France pour a-
uoir dict la verité. Toutesfois il faut noter que celuy qui enuiron l'an 1260 ne fut
que banni, s'il euft efté trois cents ans
aprés, il n'euft pas efté quitte à fi bon
marché, mais on l'euft faict difputer contre les bourrees & fagots, auffi bien qu'on
a faict vn'infinité d'autres depuis cinquant'ans. Quant à l'hiftoire que i'ay dict
eftre fort memorable, ie la trouue telle
pour vne confideration: c'eft qu'en rap-
por-

portant ce temps-la au noſtre, nous
voyons clairement combien eſt grande la
ſubtilité & fineſſe du diable. Car il me
ſemble auoir ioué en ceſt endroit (i'enten quant à faire valoir ce faux euangile) vn tel tour que les princes iouent
quelquesfois à leurs ſuiets: quand les voyans ſe faſcher du mot de tailles ou im-
poſts, ils vſent du mot d'emprunts, &
cependant reuiennent touſiours à leur
conte: (ainſi que Solon ancien legiſla-
teur fit couler doucement ſous le nom
de ſiſachthie (b) ce qui ſe trouuoit trop
rude ſous ſon propre & premier nom)
Ie di que le diable me ſemble en auoir
vſé ainſi à-l'endroit de ſon execrable
euangile. Car voyant que ce nom d'euangile eternel, & la procedure qu'il y tenoit, deſplaiſoit à chacun, il a ſçeu treſ-
bien en changeant le nom, retenir la
doctrine, tellement qu'il eſt paruenu au
but auquel il pretendoit. Et qu'ainſi ſoit,
lecteur, ſi iamais vous auez leu le ſainct
& ſacré euangile, conſiderez s'il faut pas
bien que le diable ait oppoſé à ceſtuy-ci
vn autre qu'il ait forgé, (mais l'appelant
tou-

(b) *Siſachthie* &c.) Le Lexicon de Scapula, ſous
le mot ἄχθος, où celui de συνάχθεια eſt rendu par
onus excuſſum, renvoie pour ce mot à Plutarque *in Cæ-
ſare*: mais c'eſt proprement en ſa vie de Solon qu'il
faut conſulter Plutarque ſur ce même mot. Voiez
le Lexicon Jurid. Calvini, au mot συνάχθεια.

toutesfois autrement) pour introduire ce que les papicoles appellent ſeruice de Dieu, conſiſtant en tant de fanfares & manigances que le plus grand doĉteur d'entr'eux auroit beſoin de prendre trois iours de terme pour rendre conte des noms d'icelles, & encore trouueroit-il en la fin qu'il en auroit beaucoup oublié. Car conſiderons combien longue queue traine ce ſeul mot de merites (qui eſt direĉtement contraire à la doĉtrine euangelique) premierement quant aux diuerſes ſortes de merites , & puis quant à la matiere de chacune ſorte d'iceux. Car nous ſçauons qu'il-y-a merites *congrui, digni, condigni,* ou bien de *congruo, digno, condigno, &c:* & puis, quant aux bonnes œuures qu'ils appellent, & diſent eſtre la matiere des merites, nous ſçauons qu'il-y-a les ſimplement bonnes œuures, & puis les œuures de ſupererogation , & autres. Et en quoy conſiſtent les bonnes œuures ? En toutes ſortes de deuotions & bonnes intentions ſur leſquelles le clergé peut trouuer à mordre. A faire ſonner, chanter, gringuenoter, marmoter, brimboter (dont vient brimborium) ou barboter force meſſes , grandes, petites : hautes, baſſes : meſſes à la ſouppe au vin, meſſes ſeches : item meſſes pour les viuans, meſſes pour les treſpaſſez , dĉtes de Requiem : meſſes de noſtre-Dame de pitié , de N. D. des vertus : de N. D. de bonnes nouuel-

les,

les , de N. D. de toutes beautez , &c.
meſſes de S. Sebaſtien , meſſes de S. Go-
degran: de S. Guerlichou , de S. Aliuer-
go, de S. Andoche : item meſſes de tous
les ſainɛts & ſainɛtes, confeſſeurs & con-
feſſereſſes (s'il s'en trouue) martyrs &
martyreſſes, bref meſſes au nom des on-
ze mille vierges. Et encore n'eſt - ce pas
tout : car il y a les meſſes des confrairies,
les meſſes des chaſſeurs , les meſſes des
gendarmes: & puis les meſſes qui ſont dia-
crizees & ſoudiacrizees , & celles qui ne
le ſont point : & tant d'autres ſortes dont
il ne me ſouuient point. Puis ſi on vient
aux ferremens d'vne ſeule meſſe , l'Aube,
l'Eſtole , la Zone , le Manipule , l'Amiɛt,
la Chappe, ou Chaſuble , &c. Platine ou
Patene , Corporaliter , Encenſoir. Ie ne
parle point de l'hoſtie , comm'eſtant hors
du nombre des ferremens miſſatiques : car
c'eſt celle pour qui l'eſchaffaut eſt dreſſé
& pour qui tout le ieu eſt ioué. Quant
aux vireuouſtes & tourdions , nous en
auons touché quelque mot ci-deſſus, enſemble des ſecrets mirelifiquement ſubtils
& plus que Pythagoriques , cachez tant
ſous leſdiɛtes vireuouſtes & tourdions ,
que ſous les ferremens ou engins. Maintenant leɛteur penſez vn peu en vous-
meſines de quel euangile eſt ſorti tout ceci. Penſez auſſi ſelon quel euangile , au
ſainɛt ſacrement de Bapteſme on a meſlé du crachat, du ſel , de l'huile, & autres

tres façons de faire fentans fi puamment
leur magie. Penfez auffi combien doit
eftre eftonnee vne perfonne à laquelle
Dieu a faict la grace de n'eftre nourri d'autre doctrine que de celle de fon Euangile , quand elle fe trouue parmi ceux qui
font profeffion d'vne mefme religion, &
toutesfois luy parlent non feulement des
badinages fufdicts (mais malheureux &
dangereux badinages) ains d'un nombre
infini d'autres , de fuffrages des faincts ,
des images, des reliquaires, des luminai-
res , des pardons & indulgences du pape , des bulles , des mitres , des croffes ,
des vœux, des tonfures , des confeffions ,
des abfolutions, des extremes onctions ,
& du tant fameux & miffifiqueux purgatoire, auec tous fes apennages. Certainement fi vne telle perfonne fe trouue
fort eftonnee d'ouir parler ce langu1age ,
& encore plus de voir iouer tout ce badinage, ce ne fera point fans caufe : mais
quand ell'aura leu cefte hiftoire touchant
ce diabolique euangile , appelé l'euangile eternel , & qu'ell'aura penfé en foymefme combien le diable eft fin & cauteleux,
elle n'aura pas grand' occafion de s'eftonner. Car il n'y a point de doute que
(comme i'ay dict) le diable n'ait gardé
ce maudict liure , en changeant feulement
le nom : à fin que comme il y auoit vn
Chrift & vn Antechrift, auffi y euft vn
Euangile & vn Antieuangile. Or n'a il pas

vſé de fineſſe quant à changer le nom ſeulement, mais tout-ainſi qu'on a veu auenir en quelques villes que le bordeau public eſtant brulé, les cendres d'iceluy s'eſ-
pandoyent par tous les quartiers d'icelles, & ainſi n'y auoit plus de bordeau
quant au nom, mais quant à l'effeĉt il y
eſtoit plus grand que iamais : luy pareillement, apres que ce deteſtable liure a eſté brulé, a faiĉt eſpandre les cendres d'i-
celuy par tous les liures qui ont eſté depuis compoſez par ſes ſuppoſts.　Les Decretales en ont eu leur part, les Sommes
auſſi la leur, les Legendes, les Martyro-
loges, les liures Queſtionaires, les Diſ-
tinĉtionaires, les Quodlibetaires, les Mandeſtons, les Tartarets, (c) les Breuiai-
res, les Meſſels, les Heures ont eu leur
part de ces cendres là.　Encore ne s'eſt-
il pas contenté de cela, mais a introduit
certains meſchans liures ſous ce meſme titre d'euangile, comme il a eſté diĉt parcideuant.　l'eſpere leĉteur que ceci ſuffira pour vous faire ſouuenir de l'euangile
diabolique appelé eternel, toutes & quantes

(c) *Les* Mandeſtons , *les* Tartarets &c.) Deux
Doĉteurs quodlibétaires, au dernier deſquels vraiſemblablement Rabelais. 2. 7. n'attribue un Livre *de*
modo cacandi, que par rapport à ce que ce Doĉteur
ſoutenoit ridiculement que la derniére ſyllabe du
pronom *mihi* devoit ſe prononcer *chi*.　Voiez la note 31. ſur ce chapitre.

tesfois que vous orrez parler de la doctrine des papicoles. Et de faict (fuiuant
ce que i'ay tantoft dict) puifque les hommes ont enduré vn Contrechrift, il ne fe
faut pas efmerueiller s'ils ont enduré vn
Contreuangile.

VII. POUR retourner à mon propos,
à fçauoir que de tout temps quelques abus
ont efté defcouuerts, ie ne doute point
que fi tous ceux qui les apperceuoyent,
en euffent voulu auertit la pofterité, nous
ne trouuaffions maintenant vn grand nombre de tels auertiffemens : mais les vns
n'eftoyent gens qui peuffent rediger telles chofes par efcrit, les autres qui eftoyent fuffifans pour ce faire, n'eftoyent
affez hardis. Toutesfois encore font par-
uenus iufques à noftre temps quelques liures qui font mefmes plus anciens de beaucoup que ceux dont i'ay tantoft faict
mention, efquels on trouue en certains
endroits des inuectiues contre le pape,
ou quant à fa vie, ou quant à fa doctrine. Mais il femble qu'il foit auenu à la
religion Chreftienne, ce qui eft auenu
aux bonnes lettres, & aux fciences : car
tout ainfi qu'vn peu deuant noftre fiecle
elles ne fleuriffoyent point comme elles
auoyent fleuri quelques centaines d'ans
auparauant, & comme elles ont fleuri depuis : auffi a efté plus grande l'ignorance
quant à la religion Chreftienne de ceux
qui ont vefcu vn peu deuant noftre fiecle,
qu'el-

qu'elle n'auoit esté du temps de leurs ayeuls, ou pour le moins bisayeuls, & qu'aussi nous ne l'auons veue depuis.

VIII. OR y-a-il encores vn point à noter sur ceci, c'est que quant à ceux qui ont esté voisins de nostre temps, outre ceux qui ont faict guerre ouuerte aux abus & à la meschante vie du pape & de ses creatures, comme Wiclef, Ians Hus, Hierome de Prague, & autres) plusieurs leur ont donné des assaux qui toutesfois ne faisoyent semblant d'estre ennemis de la religion Rommaine: comme il est certain que iamais on n'eust pensé que Petrarque parmi ses escrits se fust ainsi attaché à la ville qui se disoit la saincte, iusques à dire d'elle, *Gia Roma*, (*d*) *or Babylonia falsa e ria*. Ce qu'il dit en vn sonnet qui est entre ses autres poesies, ne contenant au reste autre chose sinon que la description de la vie desordonnee & dissolue qui se menoit en la cour de Romme. Mais il ne s'est pas contenté d'en dire là son auis, ains en diuers passages de ses epistres Latines il a bien passé plus outre: disant entr'autres choses, que Christ en

_____

(*d*) *Gia Roma* &c.). Ce Sonnet, qui est le 108. de ceux de Petrarque, & qui, & de même le précédent, avec le 92. ont été retranchez de quelques éditions, dont parle le *Scaligerana*, au mot *Petrarque*, se trouvent dans telles de Lyon chez Guill. Rouillé avec Privilege du Roi, 1558 & 1564.

en eſt banni, (e) l'Antechriſt y eſt maiſtre, Beelzebub eſt iuge. Que ſous l'eſ-
tendart de Chriſt on y fait la guerre à
Chriſt. Que là eſt faicte plus grande vilanie à Ieſus Chriſt que iamais ne fut faicte par les Phariſiens. Que là l'eſperance de
la vie eternelle eſt tenue pour vne vraye
fable. Que là tant plus vn homme eſt
confit en meſchancetez, tant plus il eſt
priſé & honnoré. Et quant à l'auarice,
Ici (dit-il) pour or s'ouure le ciel, ici
Chriſt eſt vendu pour or. Item, Si Iudas
apporte ici ſes trente deniers, le pris du
ſang de Chriſt, il ſera receu, & la porte
ſera fermee à Chriſt. Et quant à la verité, Ici (dit-il) la verité eſt tenue pour
fo-

(e) *Que Chriſt en eſt banni* &c.) De la Cour d'A-
vignon, s'entend. Pétrarque écrivoit ceci, fort outré
contre Benoit XII. qui, non content de vouloir débaucher une ſœur du Poëte, belle & toute jeune,
avoit tenté de l'en rendre lui-même le maquereau,
ſous de grandes promeſſes. C'eſt Jerôme *Squarzafico* qui, ſelon du Pleſſis-Mornay, dans ſon *Myſtére
d'iniquité* nous apprend cela dans ſa vie de Pétrarque : à quoi l'Hiſtorien ajoute que, ſi l'on en croit
Philelphe, c'eſt à cette offençante propoſition de Benoit à Pétrarque, que ſe rapporte la Chanſon 22. de
celui-ci, laquelle commence par *Mai non vo piû can-
tar, com'io ſoleva.* Jean Néviſan dit la même choſe
dans ſa Forêt nuptiale, liv. 4. ſect. 84. mais il ne
dit rien de ce qu'ajoute *Squarzafico*, qu'en ſuite la
fille fut pourtant livrée au Pape, par le moien du
Frére de Pétrarque, de qui notre Poëte indigné,
quitta Avignon, & ſe retira en Italie.

folie. Et en vn autre lieu, Ie ne parle
point de la verité : car comment verité
pourroit - elle eſtre logee ou tout eſt plein
de menterie & fauſſeté ? l'air, la terre,
les places, les maiſons, les tours, &c.

IX. Quelquesfois auſſi la mere
a eſté cenſuree par les enfans en quelque particularité concernant la doctrine :
comme nous liſons que l'vniuerſité de Paris reprit & condamna ouuertement vn
article d'vne bulle de Clement vi touchant l'an Iubilé, par lequel article il
ottroyoit à tous ceux qui auroyent pris
la croiſade, puiſſance de deliurer trois ou
quatre ames de purgatoire telles qu'ils
voudroyent. Et toutesfois ladicte vniuerſité ne reprit - pas le commandement qu'il
faiſoit aux anges de paradis, en vn'autre
bulle, de laquelle ie mettray ici le texte formel, Quiconque aura deliberé de
venir en voyage à la ſaincte cité, des le
iour qu'il ſortira de ſon logis pour ſe mettre en chemin, qu'il puiſſe elire vn ou
pluſieurs confeſſeurs, tant en chemin
comme en tous autres lieux. Auſquels
confeſſeurs nous donnons de noſtre autorité pleine puiſſance d'abſoudre de tous
les cas reſeruez au Pape, comme ſi nous-
meſmes eſtions là. Et outre, nous ot-
troyons que ſi celuy veritablement con-
fes, meurt en chemin, qu'il ſoit franc &
quitte de tous ſes pechez, & en ſoit ab-
ſous. Et neantmoins nous commandons
aux

aux anges de Paradis , qu'ils introduifent
en la gloire de Paradis vne telle ame ,
eſtant du tout exempte des peines de purgatoire, &c.

X. OUTRE tout cela il · y · a des prouerbes en vſage depuis long temps , qui
nous teſmoignent comment le clergé perdoit des lors beaucoup de ſa reputation.
Car nous voyons qu'es prouerbes anciens
qui reprennent en general les vices &
mauuaiſes façons de faire , l'egliſe eſt
touſiours nommee la premiere : comme en
ceſtuy ci qui a eſté allegué en la premiere partie de ce liure ,

Trois choſes ſont tout d'vn accord ,
L'egliſe , la court, & la mort.
L'egliſe prend du vif, du mort :
                              La court &c.
          Pareillement en ceſtuy · ci ,
L'egliſe fait la teneur (*f*) ſans droiture ,
Nobleſſe tient la contre ſans meſure :
Labeur ne peut à la taille fournir ,
Si le deſſus ne vient à ſouſtenir.

Semblablement en ce prouerbe, car il me
ſemble qu'on peut bien donner ce nom
                                        à

(*f*) *L'Egliſe fait la teneur* &c.) J'ai déja indiqué
la ſource où l'Auteur a puiſé la Proverbe précédent. Celui · ci ſe trouve à la page 136. du Recueil
de Pierre Groſnet,

à toutes ces fentences qui font ou ont eſté en la bouche d'vn chacun : encore que
ce mot de prouerbe fe die pluſtoſt des
dictons ou fentences ou il n'y-a tant de
paroles)

Depuis que decrets eurent ales, (g)
Et que les dez vindrent fur tables,
Gendarmes porterent males,
Moines allerent à cheual,
Au mondé n'y a eu que mal.

Au lieu de quoy Menot dit, Depuis le
temps que les gens d'eglife ont coman-
cé à porter les grans fayes de velours. Auſ-
fi fe trouuent des prouerbes par lefquels
eſt particulierement taxee leur auarice :
dont nous auons recité vn au precedent
chapitre, le prenans de Barelete, à-fçauoir, Les preſtres, les moines, la mer,
font trois chofes infatiables. Et de ce
nombre eſt auſſi celuy que nous venons
d'alleguer, L'Eglife prend du vif, du
mort. Mais il ne faut pas oublier, à propos

_____

(g) *Depuis que detrets eurent ales* &c.) Voiez la
note 20. fur le ch. 52. du IV. liv. de Rabelais. On
y a omis ce diſtique, duquel feu M. de la Monnoye
auroit voulu connoitre l'Auteur :

Quisquis Decretis malefanas addidit alas,
  Alas detraxit, Relligio alma, tibi.

pos du curé dont nous auons parlé au mefme chapitre, cefte façon de parler de laquelle on vſoit par maniere de prouerbe auſſi, pour ſignifier vne choſe qu'on ne verroit iamais, Quand les curez ne voudront plus d'offrandes. Duquel QUAND s'eſt bien ſerui vn certain bon compagnon (*b*) qui a eſcrit (il-y-a long temps) vn liuret contenant la prognoſtication de la venue du bon temps. Car il dit que le bon temps viendra Quand les femmes feront tout ce que leurs maris voudront, ſans aucunement iouer du rebec: Quand les yurongnes hayront le vin: Quand les ſergens feront fideles & loyaux: Quand filles de quinz'ans ne voudront point qu'on les marie: Quand les boulengers donneront leur pain, les tauerniers leur vin, pour l'honneur de Dieu: Quand on verra vn Picard ſans bauerie, & vn Normand ſans flaterie, Vn riche François ſans orgueil, Vn Alemand de net accueil: Quand d'vn proces on n'eh fera plus cinq ou ſix: Quand il n'y aura plus en France de ialoux, cocus, ni flateurs: Mais entre pluſieurs eſt

auſſi

(*b*) *Certain bon compagnon* &c.) Albert *Songecreux*, Biſcain. Cet Oüvrage facétieux, publié en 1527. eſt *in* 4, Gothique, & ne contient que quatre feuillets de rimes Françoiſes en petits quatrains. Voiez la note 5. ſur le chap. 20, du 1. livre de Rabelais.

aussi ce Quand (duquel i'ay parlé) a-
uec vn autre que ie n'ay pas voulu
omettre.

> Quand vous verrez que les curez
> Defendront d'aller à l'offrande,
> Et porter escus & deniers,
> Voire sur peine de l'amende :
> Et d'autre part, mes-que l'on pende
> Tous larrons priuez & estranges,
> Bon temps verrez (quoy qu'il attende)
> Accourir au trauers des fanges.

Il-y-a aussi des prouerbes anciens contre la paillardise & l'yurongnerie des gens
d'eglise : item, il-y-en-a contre le lieu
ou le pape fait sa residence : dont ces-
tuy-ci est l'vn,

> Iamais ni cheual ni homme
> N'amenda d'aller à Romme.

Et contre luymesme il-y-a non seulement
des prouerbes, mais des chansons faictes par nos predecesseurs, dont vne commance ainsi,

> Le pape qui est à Romme,
> Boit du vin comm'vn autr'homme,
> Et l'ypocras aussi.

Ce

Ce prouerbe auſſi eſt ancien, qui ſemble auoir eſté pris des paroles de Ieſus Chriſt,

Loups rauiſſans & faux prophetes
Portent habits de brebiettes.

Lequel prouerbe ie di auoir eſté pris (à mon iugement) de ce qui a eſté dict par Ieſus Chriſt en S. Matthieu, au chapitre v 1 1, Or donnez - vous garde des faux prophetes, qui viennent à vous en habits de brebis, mais par dedans ſont loups rauiſſans. Et ce qui me le fait penſer, c'eſt qu'il a eſté en vſage particulierement contre les moines, (& notamment contre les mendians, & encore ſpecialement les cordeliers) leſquels moines nous ſçauons auoir eſté moquez & brocardez ia de long temps, quand on les a appelez cafars, cagots, faiſeurs de ſimagrees, chatemittes : lequel dernier terme vaut quaſi autant que contrefaiſeurs de brebiettes. Et quant à ce qu'ils ſont appelez Loups rauiſſans, S. François n'euſt failli d'auouer cela, pour le moins ce mot de Loups, veu ce qu'il diſoit à vn loup (comme il a eſté allegué ci - deſſus) Mon frere le loup. Nous ſçauons auſſi que chacun de ces quatre ordres de mendians a eu ia depuis le temps de nos predeceſſeurs ſa louange à part, comme en maniere de prouerbe, quand on a dict, Iaco-

pin

pin en chaire, Cordelier en chœur, Carme
en cuifine, Auguftin en bordeau. Ce qui
doit toutesfois eftre entendu fainement,
non pas que les Iacopins & les Cordeliers ne foyent affez habiles gens pour fe
mefler du meftier des Carmes & des Au-
guftins: mais pourceque outre cefte habi-
leté ils auoyent auffi plus de grace que
les autres, les vns à papelarder en chaire, les autres à faire refonner leur gros
bec au chœur de leur temple, & bien
entonner vn Alleluya. Car de dire que
les Iacopins & Cordeliers ne fuffent auffi
vaillans champions de Bacchus que les
Carmes, ce feroit vn'herefie, veu ce que
dit le texte formel de la chanfon qu'on
chantoit dix ans (comme ie croy) deuant que ma mere grand fuft mariee,

Iacopins, Cordeliers, Carmes
En beuuant iettent les larmes,
Difans que c'eft pour les ames, &c. (i)

Et qu'ils foyent pareillement les mignons
de Venus, il appert affez par leurs actes racontez ci-deffus. Voila pourquoy
ie di cela deuoir eftre ainfi entendu.

XI Nous

(i) *Difans que c'eft pour les ames* &c.) La rime
veut qu'on life *armes*, de l'Italien *alma*: & peut-
être la chanfon difoit-elle ainfi. *Par l'arme du bon feu
men pere*, lit-on plus haut. *M'arme*, iurement Picard,
veut dire *par mon ame*.

XI. Nous lisons auffi es hiftoires des attaches que plufieurs perfonnes de toutes qualitez donnoyent au clergé ia du temps de nos prochains predecefleurs, & encore deuant : nous y lifons auffi plufieurs fornettes & rifees qu'ont inuenté fur les fottes fuperftitions de l'eglife Rommaine : comme fur l'eau benifte (qu'on appelle) fur le purgatoire (le lieu duquel on nommoit le trou S. Patrice, & le vulgaire difoit le trou S. Patri) item fur les pardons ou indulgences, fur l'adoration des fainfts. Dequoy nous ont donné des exemples ceux qui ont faift des recueils des faceties : il eft vray qu'ils racontent auffi aucuns propos tellement brocardans la fuperftition des papicoles, qu'ils paffent outre, & tiennent du lucianifme. Mais laiffant ceux qui font de telle forte, i'allegueray quelques-vns des autres, dont pour le prefent i'ay memoire. Premierement donc quant à l'eau benifte, il me fouuient de trois rencontres fur le propos d'icelle, qui font d'affez bonne grace : l'vne eft de celuy qui eftant repris de ce qu'il n'oftoit point fon bonnet quand on luy donnoit de l'eau benifte fur la tefte, refpondit, Si l'eau benifte paffe bien iufques en purgatoire, elle paffera bien à trauers mon bonnet. (*k*)

L'au-

(*k*) *A travers mon bonnet* &c.) Dans le *Ménagiana* de 1715. tom. 2. pag. 123. cette réponfe eft d'un

payi-

L'autre rencontre fur la fuperftition de l'eau benifte eft moderne, l'auteur de laquelle fut vn confeiller de la cour de Parlement nommé Godon , (*l*) homme qui auoit l'efprit naturellement fertile de faceties. Ce Godon fe trouuant vn iour ou on tenoit propos au roy François premier de ce nom, des moyens qu'il auroit de faire tefte à l'empereur qu'on difoit venir auec grandes forces, & oyant l'vn fouhaiter au roy tel nombre de bons Gafcons, l'autre tel nombre de bons Lanfquenelz , les autres faifans quelqu'autre tel fouhait, Sire, dict-il, puifqu'il eft queftion de fouhaiter, ie feray (fi vous plaift) auffi mon fouhait : mais ie fouhaiteray vne chofe à laquelle ne vous faudroit faire aucune defpenfe, au lieu que cela qu'ils ont ici fouhaité , vous coufteroit beaucoup. Le roy luy ayant demandé quelle eftoit cefte chofe , Sire, dict-il , ie fouhaiterois feulement de deuenir diable pour l'efpace d'vn quart d'heure. Et que feriez-vous ? Ie m'en irois

payifan Picard qu'on reprenoit pour ne s'être point découvert lorfque feu M. d'Amiens donnoit la bénédiction. Mais le Conte eft tiré des *Loci ac fales* d'Otomarus Lufcinius , Augsbourg , 1524. *in* 8. chap. 121. de l'édit. de Francf. 1602. *in* 16.

(*l*) *Nommé Godon* &c.) Voiez les Contes de Bonavent. des Périers, chap. 99. On ne trouve pas dans les nouvelles éditions le nom de ce Confeiller. Mais , ou H. Etienne le favoit d'ailleurs, ou peut-être fe lit-il dans l'édition qu'il a fuivie.

irois tout droit rompre le col à l'empereur. Vrayement, dit-le roy, vous
estes vn grand fol de dire cela, comme
s'il n'y auoit pas de l'eau beniste aussi bien
au pays de l'empereur, qu'au mien, pour
faire fuir les diables. Alors il repliqua,
Sire, vous me pardonnerez s'il vous plaist:
ie croy bien qu'vn ieune diable qui ne
sçauroit pas encore son mestier, s'enfuiroit pour de l'eau beniste: mais vn diable qui auroit esté autresfois Godon, toute l'eau beniste du monde ne le feroit
pas fuir. La troisieme rencontre, ou fa-
cetie, est encore plus recente : car l'auteur est le greffier Lori, qui dict à vn certain cardinal, parlant d'vne femme qui
auoit le diable au corps, lequel on ne pouuoit faire sortir par aucun moyen, Il-y-
a (dict-il) bon remede : il ne faut que
bailler à ceste femme vn clystere d'eau beniste. (*m*) Sur le purgatoire aussi se faisoyent desia deuant nostre temps plusieurs
risees, comme de vray c'a esté vne inuention vrayement ridicule. I'en raconteray deux dont il me souuient. Le pape Clement v I I I. estant assiegé au chas-
teau S. Ange, auec quelques prelats ses
amis, vn gentilhomme Rommain vint à
di-

(*m*) *Un clystere d'eau beniste* &c.) Cette sorte de
clystéres fut depuis en usage entre les Mignons, sous
le Roi Henri I I I. comme un préservatif assuré contre les mauvaises suites de l'arriere-venus.

dire, Iufques à prefent i'ay creu que le pape peut deliurer les ames de purgatoire : mais maintenant voyant qu'il ne fe peut deliuter foymefme de prifon, ie fuis contraint de croire que beaucoup moins il peut deliurer les ames de purgatoire. L'autre rifee fut faicte à Florence il - y - a affez long temps : & fut telle : Vn Florentin eftant importuné par quelques Cordeliers de faire dire des meffes pour tirer de purgatoire l'ame d'vn fien fils : Allez, dict - il, & fi vous la deliurez par vos meffes ie vous donneray vn efcu. Eux incontinent qu'ils eurent dict les meffes, n'oublierent de venir querir l'efcu. Mais le Florentin leur fit refponfe, Faites-moy apparoir que vous l'auez deliuree de purgatoire auant que ie vous donne l'efcu. En la fin les Cordeliers apres auoir long temps contefté contre luy, fe retirerent vers le duc, le fupplians de leur vouloir faire iuftice. Il le fit donc appeler, & luy demanda pourquoy il ne leur payoit ce qu'il leur auoit promis. A quoy il refpondit qu'il ne leur auoit promis finon à la condition qu'ils deliuraffent de purgatoire l'ame de fon fils : & qu'incontinent qu'ils luy feroyent apparoir l'auoir faict, il les payeroit. Ce qu'oyant le duc, fe retourna vers les Cordeliers, & leur dict, Il ha raifon : & pourtant faites que l'ame par vous deliuree m'en vienne elle mefme rendre tefmoignage : ou bien m'enuoye

uoye deux autres ames pour m'en tefmoigner, ou bien qu'elle m'enuoye vn mot
d'efcrit foubfigné de la main de Chrift :
& alors ie ne faudray de vous faire bailler l'efcu. Vn autre en France ioua d'vn
autre tour : car quand on luy vint demander payement pour les meffes qui auoyent
deliuré de purgatoire vne certaine ame,
interrogua les preftres fi depuifque les
ames eftoyent vne fois forties de purgatoire, elles n'eftoyent plus en danger d'y
retourner : & luy ayant efté refpondu que
non, Il n'eft pas donc befoin (dict-il)
que ie vous donne de l'argent pour cefte-
ci qui eft ia deliuree & mife en fauueté :
mais il le vaut mieux garder pour vn'autre qui y fera encore detenue. Vn Italien pareillement eut affez bonne grace,
qui dict à Venife au legat du pape, que
fi le pape euft efté bien confeillé, il n'euft
pas dict qu'il deliuroit les ames de purgatoire, mais qu'il les deliuroit d'enfer.
Car fur le purgatoire, il ha deux chofes
à prouuer : premierement, qu'il-y-a vn
purgatoire, fecondement qu'il en deliure
les ames : au lieu que chacun croit defia
qu'il-y-a vn enfer : ainfi n'euft refté qu'à
prouuer qu'il deliuroit les ames d'iceluy.

XII. QUANT à l'adoration des faincts,
il appert auffi par certains prouerbes anciens, qu'aucuns y vfoyent de quelque
difcretion plus que les autres. Comme
(pour exemple) ce prouerbe, Il n'eft

mi-

miracle que de vieux faincts, ne peut eftre
venu que de ceux qui eftoyent d'opinion
qu'on s'adreffaft pluftoft aux anciens faincts
qu'aux modernes : lefquels tacitement ils
condamnoyent, pour le moins declaroyent
qu'ils deuoyent eftre tenus pour fufpects.
Mais il-y-a vn'autre chofe à noter quant à
nos predeceffeurs, c'eft qu'ils ne tenoyent
pas fi grand conte de leurs faincts quils ne
leur chantaffent bien leur leçon, & parlaf-
fent à eux des groffes dens, quand ils leur
fembloyent auoir tort : en quoy ils fe monftroyent plus hardis que n'ont efté leurs
fucceffeurs. Tefmoin le Florentin qui dict
à S. Ian Baptifte (c'eft à dire à fon image) Que de Dieu fois tu maudict : tu as
toufiours efté mefdifant, & pour cela mefme Herode te coupa la tefte. Et qui le
mouuoit à dire ceci, ie l'ay recité en la
page 196. ou (*) auffi font les mots Italiens, aufquels refpondent ceux dont i'ay
ici vfé. Or au mefme liure dont i'ay pris
cefte hiftoire là , (intitulé *Piaceuoleze del
piouano Arlotto*) fe trouve ceft autre, qui
vient au mefme propos. Vn chaircuitier
de Florence auoit accouftumé de venir faire ordinairement fes deuotions & donner
des chandeles à l'image d'vn Iefus Chrift
fort ieune , (a - fçauoir de ceft aage qu'il
auoit quand fa mere le trouua au temple
conferant auec les docteurs:) & s'eftoit ainfi entretenu en fa bonne grace par l'efpace

de

(*) Tome I. de cette nouvelle édition.

de plus de vint ans: au bout duquel temps
auint qu'vne tuile tomba ſur la teſte de
ſon fils, & la luy accouſtra de telle façon qu'on n'eſperoit point qu'il ~~en deuſt~~
eſchapper. Ce que luy voyant, il s'en
vint trouuer ſon ieune Ieſus Chriſt, luy
apportant vn aſſez beau cierge, au lieu
qu'il n'auoit accouſtumé de luy apporter
que des chandeles: & luy fit ceſte priere, *Dolce ſignore mio Ieſu Chriſto, io ti prie-
go, renda la ſanita &c.* C'eſt à dire, Mon
cher ſeigneur Ieſus Chriſt, ie te prie de
rendre la ſanté à mon fils que i'aime tant.
Tu ſçais qu'il-y-a plus de vint-ans que
ie te ſers fidelement, pendant leſquels ie
ne t'ay iamais requis d'aucun plaiſir: maintenant ie ſuis venu pour me recomman-
der à toy, ayant mon fils en danger de
mort, qui eſt tout mon bien & toute mon
eſperance: de ſorte que s'il mouroit, incontinent apres luy ie mourrois deſeſpe-
ré. Pour le moins dois-tu auoir eſgard
à la deuotion qu'il te porte auſſi bien que
moy. Ayant faiſt ceſt'oraiſon, s'en retourne en ſa maiſon, ou il trouue ſon fils
mort. Et pourtant le lendemain eſtant en
grande cholere s'en vint de grand matin
trouuer ſon petit Ieſus Chriſt, ſans luy
porter aucune chandelle: & luy vint à dire, ſans s'agenouiller & ſans oſter le bonnet, Ie te renonce, & t'aſſeure que tu
ne m'auras iamais aupres de toy. Ie t'ay
ſerui fidelement l'eſpace de plus de vint-
ans,

ans, & en tout ce temps ie ne t'ay requis que de ce feul plaifir, & encore tu
m'as efconduit. Si i'eufſe faict cefte re-
quefte à ce grand crucefis qui eft aupres
de toy, ie ſçay bien qu'il me l'euſt ot-
troyee. Ie te promets bien que toute ma
vie ie me garderay d'auoir à faire ni auec
toy, ni auec enfant aucun. Et pour toute raiſon aioufta ce prouerbe Italien ,
Chi s'impaccia con fanciulli, con fanciulli ſi
ritroua. Laquelle hiftoire (qui eft là re-
citee plus au long, & iufques à fpecifier
le temple , & l'endroit de la ville auquel
demeuroit ce chaircuitier) vient fort bien
à propos du prouerbe fufdict , pour raifon de cefte conclufion. Auec laquelle
s'accorde bien auffi ce qui fut dict par
vn qui prioit vne Noftre Dame qui tenoit fon petit enfant : car au bout de fa
priere ayant eu quelque refponfe qui ne
luy plaifoit point , par vn qui s'eftoit
mis derriere l'image, (ainfi que celuy de
Florence fe mit derriere l'image de S.
Ian Baptifte, & parla comme eftant luy)
il iugea à la voix que ce n'eftoit pas la
mere qui auoit parlé, mais l'enfant, &
pourtant luy dict, Taifez-vous petit friand :
laiffez parler voftre mere qui eft plus fage que vous. Mais vn Bourguignon vfa
bien de plus groffes paroles contr'vn ieune crucefis , fils d'vn vieil par lequel il
auoit efté bleffé. L'hiftoire eft telle. En
Bourgongne pres d'vn village nommé
Cha-

Chaſeule , vn payſant qui paſſoit par vn
temple demanda à des ſonneurs pour quel
treſpaſſé ils ſonnoyent : ayant ſçeu le
nom, il ſe mit à dire quelqu'oraiſon pour
l'ame d'icelluy , deuant vn crucefis qui eſtoit pres deſdicts ſonneurs: lequel au lieu
de luy faire ſeulement ſigne de la teſte ,
tomba ſur luy , & le mit en tel eſtat que
ceux - la laiſſerent leur ſonnerie pour l'em-
porter viſtement en ſa maiſon : ou il demeura long temps malade. Apres laquelle maladie retournant au temple & voyant
vn beau ieune crucefis , qui auoit vne face riante (car il faut noter que le vieil en
tombant ſur ce poure homme s'eſtoit rompu le col) ne ſe put tenir de luy dire ,
Quelque belle mine que tu me faces , ſi
ne me fieray - ie iamais en toy. Car ſi tu
vis aage d'homme, tu ſeras auſſi meſchant
comme ton pere qui m'a cuidé tuer. Ces
trois hiſtoires nous peuuent ſuffiſamment
teſmoigner de ce que i'ay dict, a - ſçauoir
que nos predeceſſeurs ne tenoyent pas ſi
grand conte de leurs ſaincts qu'ils ne leur
chantaſſent bien leur leçon , & leur par-
laſſent des groſſes dens quand ils leur ſem-
bloyent auoir tort : en quoy ils ſe monſ-
troyent plus hardis que n'ont eſté pluſieurs depuis. Toutesfois la hardieſſe de
mes voiſins (i'enten ceux de Ville-neuf-
ue S. George , qui ſont pres de Paris)
eſt encore beaucoup plus grande : car ils
ne ſe contenterent pas de dire iniure à
S.

S. George de ce qu'il auoit laiſſé geler les vignes le propre iour de ſa feſte , mais apres luy auoir dict iniure , luy en firent auſſi , le iettans en la riuiere de Seine , ou il cuida eſtre gelé auſſi bien que les vignes. Et d'autant plus eſt grande ceſte hardieſ- ſe , qu'ils s'adreſſerent à celuy qui eſt le Mars entre tous les ſaincts.

XIII. Aussi eſtoyent les gens d'e- gliſe brocardez en pluſieurs ſortes ia du temps de nos predeceſſeurs , quant à leurs preſonnes. Et meſmement les preſ- tres & moines n'eſtoyent pas ſeulement appelez de ces beaux noms que i'ay tan- toſt recitez , par leſquels eſtoit repriſe leur hypocriſie , mais on leur en donnoit vn'- infinité d'autres : car les vns taxoyent leur gourmandiſe , les autres reprenoyent leur paillardiſe , les autres leur ignorance. Mais Laurens de Medicis entr'autres leur ſçeut bien faire l'honneur qui leur appartenoit , quand eſtant interrogué par vn ambaſſa- deur du Turc , dont venoit qu'en Floren- ce on ne voyoit point tant de fols par les rues comme au Caire , & es autres citez de ce pays - la : il fit reſponſe , Nous te- nons nos fols tous enfermez en diuers lieux , ſelon la diuerſité de leurs phre- neſies. Et le menant hors de Florence luy monſtra vn grand nombre de monaſ- teres , & luy dict que là eſtoyent leurs fols & leurs foles , qu'on appeloit moines & nonnains. Toutesfois Laurens de Medi- cis

cis euſt encore mieux rencontré (ce me
ſemble) s'il euſt dict qu'on ne laiſſoit courir par les rues autres fois que ceux qui
n'eſtoyent point malfaiſans, & que quant
aux mauuais fois, on les tenoit enfermez :
& pareillement des foles. Mais ce n'eſt
rien de tout ce qui a eſté dict par nos
predeceſſeurs contre le clergé, au pris
de ce qui ſe diſoit dès lors contre le pape, & contre ſa perſonne, & contre
toute ſa trafique. Car il y a ia long
temps que Paſquin a commancé à le brocarder en toutes ſortes, & luy donner
des atteintes ſi bonnes qu'il n'eſt poſſible
d'en trouuer de meilleures. Pluſieurs poetes auſſi qui ont eſté vn peu deuant noſtre temps, n'ont pas eſpargné les papes
qui eſtoyent pour lors, comme *Pontanus*, *Sannazarius*, & quelques autres.
Toutesfois ie commanceray ce diſcours
par la reſponſe que fit vn certain peintre à vn Cardinal de Romme. Ceſt homme ayant peint S. Pierre & S. Paul ſi
bien que chacun s'en contentoit, vn
Cardinal vint à dire qu'il y trouuoit vne
faute, à ſçauoir qu'il leur auoit faict les
viſages trop rouges. A quoy ce peintre
fit ceſte reſponſe ſur le champ, Ceſte
rougeur leur procede de honte : car ils
ſont honteux de voir le train que vous
menez au pris de celuy qu'ils ont mené.
Laquelle reſponſe s'accorde fort bien
auec

auec cest epigramme d'vn sçauant personnage (*n*) de ce temps,

Semiuiros quicunque Patres radiante galero
*   Conspicis, & rubræ syrmata longa togæ:*
Crede mihi, nullo saturatas murice vestes,
*   Diuite nec cocco pallia tincta vides.*
Sed quæ rubra vides, sanctorum cæde vi-
*   rorum,*
*   Et mersa insonti tota cruore madent.*
Aut memor istorum quæ celet crimina vestis,
*   Pro dominis iusto tacta pudore rubet.*

Ce qui me fait souuenir aussi du prescheur mentionné ci-dessus (en la page 160.) qui commança & acheua son presche par ces mots, Fy S. Pierre, fy S. Paul. Ie di commança & acheua, pource qu'il ne dict rien que cela: bien est-il vray que plusieurs fois il le reitera. Mais ie reuien à Pasquin, qui a si bien frotté & estrillé les papes: sous le nom duquel il faut entendre (ce que ie di pour le commun peuple) plusieurs personnages de bon & gentil esprit, qui ayans composé quelques vers en languvage Latin ou Italien contre quelcun desdicts papes, faisoyent
at-

(*n*) *D'un sçauant personnage &c.*) L'Epigramme *Semiuiros* &c. est la 5. des *Icones* de Théod. de Beze.

attacher le papier auquel ces vers eftoyent
eſcrits, à vne ſtatue dicte Paſquin. Voila
pourquoy il ne ſe faut esbahir, ſi Paſquin
rencontre quelquesfois ſi bien, veu qu'il
s'attribue les inuentions de pluſieurs gentils
eſprits. Toutesfois ie croy que iamais il
n'eut meilleure grace qu'alors qu'il diſoit
qu'il s'en alloit mourir de triſteſſe, & qu'on
luy auoit dict vn' iniure qui luy auoit percé
le cueur. Quelcun luy demandoit, Mon ami
Paſquin quell'iniure t'a eſté dicte? t'a on appelé larron? ou meurdrier? ou empoiſon-
neur? Elas non: (reſpondit-il) on m'a bien
dict pis. T'a on appelé ſacrilege, ou parri-
cide, ou bougre, ou atheiſte? Elas non:
on m'a bien dict pis. Apres qu'on l'eut interrogué de pluſieurs autres iniures les plus
grandes dont on ſe pouuoit auiſer, Elas, ce
n'eſt point tout cela, reſpondit-il: & iamais
vous ne deuineriez que c'eſt. En la fin, a-
pres s'eſtre beaucoup faict prier de dire ſon
deſconfort, iettant vn grand nombre d'e-
las, dict qu'on l'auoit appelé PAPE. Ce
meſme Paſquin monſtra bien auſſi en vn
epigramme Latin qu'il fit depuis, combien
nous deuions penſer qu'emportoit ce mot
de pape, quand il eſcriuit ainſi,

Hic Carapha iacet (o) *ſuperis inuiſus & imis:*
Styx animam, tellus putre cadauer habet.

In·

(o) *Hic Carapha iacet* &c.) Cette Epitahe regarde le Pape Paul I V. de la Maiſon des *Caraſes.* Je
ne l'ai vuë qu'ici.

Tome II. X

Inuidit pacem terris, diis vota precéfque:
Impius & clerum perdidit & populum:
Hoſtibus infenſis fupplex, infidus amicis.
Scire cupis paucis cætera? PAPA *fuit.*

Or à ceci s'accorde auſſi tresbien le prouerbe, qui dit qu'vn bon pape eſt vn
meſchant homme. (*p*) Audemeurant,
qui voudra voir comment ledit Paſquin
celebroit les vertus des papes, en voici
d'autres exemples,

Sixtum lenones, (q) Iulium rexere cinædi,
Imperium vani ſcurra Leonis habes.
Clementem furiæ vexant & auara cupido:
Quæ ſpes eſt regni Paule futura tui?

(Il eſt vray que Paſquin a vn peu
vſé de licence en ce nom *Iulium,* quant
à la quantité.) Auſſi ſe trouuent quelques epigrammes qui taxent particu-
lie-

·(*p*) *Qu'un bon pape eſt un meſchant homme &c.*) Et
par conſéquent, que, comme l'a dit le Cardinal Palavi-
cin, le Pape Adrien VI. qui étoit, dit-il, un bon homme, étoit un Pape très-médiocre. Dans le *Paſquillo-*
rum Tomi duo, ſe trouve un diſtique Grec de Poli-
tien, qui fait alluſion à ce Proverbe.

(*q*) *Sixtum lenones &c.*) Tiré du *Paſquillorum To-*
mi duo. Touchant le blâme qu'on donne à Sixte IV.
d'avoir en quelque ſorte établi dans Rome ce qu'on
appelle de mauvais lieux, voiez Agrippa, de *Vanit.*
Scient. ch. de *Lenonia.*

lierement l'auarice de quelques-vns: comme il eſt dict d'Alexandre VI,

Vendit Alexander claues, altaria, Chriſtum:
Emerat ille prius, vendere iure poteſt. (r)

Que i'ay traduict,

Clefs, autels, Chriſt auſſi vend le pape Alexandre:
Il les a achetez, il les peut bien reuendre.

Et Mantuan a ainſi eſcrit de l'auarice des papes en general,

Or voulez-vous ſçauoir quelle trafique mene
La marchande portant nom d'egliſe Rommaine?
Elle vent pour argent temples, preſtres, autels,
Couronnes, feux, encens, meſſes, & ioyaux tels:
Et en ſon auarice ell'eſt ſi fort extreſme,
Que vendre ell'oſe bien le ciel, voire Dieu meſme.

Le meſme auteur a declaré aucuns de leurs

_____

(r) *Vendit Alexander* &c.) C'eſt le premier diſtique d'une Epigramme du *Paſquillorum Tomi duo.*

leurs autres vices deteftables en ces
vers,

Le fainct champ du feigneur eft plein
    de parafites,

Et l'autel precieux ne fert qu'aux fo-
    domites:

Brief, les temples à fainéts vfages or-
    donnez

Par ces Ganymedes bougrins font pro-
    fanez.

Et Pontanus qu'a - il dict du pape Alexandre fixieme de ce nom, en efcriuant l'e-
pitaphe de la fille d'iceluy ?

Conditur hoc tumulo Lucretia nomine, fed re

   Thais pontificis, filia, fponfa, nurus. (s)

                      Le-

(s) *Conditur hoc tumulo* &c.) La note de M. de
la Monnoye fur les Jugemens des Savans &c. de Bail-
let, tom. 2. pag. 116. de l'édit. de Paris 1722. dit
que L'Epitaphe dont il s'agit fe trouve dans les Poëfies de Pontan, *Lib. Tumulorum.* 2. J'ai deux tomes
de ces Poëfies, de l'édit. d'Alde, 1513. & 1518.
dont le prémier contient un livre de Tombeaux,
& le fecond deux livres, auffi de Tombeaux : mais
je n'y ai trouvé nulle part cette Epitaphe qui, par
conféquent fera d'un 3. tome qu'il y a, dit - on, &
qui me manque des Poëfies de Pontan. Du refte,
Jovien Pontan mourut en 1503. Or, felon M. de la
Monnoye, il faut, ou qu'on lui attribue fauffement
l'Epitaphe dont il s'agit, ou s'il l'a véritablement
faite, que c'ait été en fe joüant, puis qu'il eft mort
vingt ans avant Lucréce Borgia.

Lequel epitaphe ie trouue traduict par deux: l'vn l'a ainsi interpreté,

Ci gist le corps d'vne certaine dame,
De nom Lucrece, & d'effect (dont
   ie tremble)
Du pape fut ribaude tresinfame,
Espouse , bru, & fille tout - ensemble.

L'autre l'a ainsi traduict,

Ci dort qui fut de nom Lucrece,
De faict Thais, putain de Grece:
Qui iadis d'Alexandre fille.
Et femme fut, & belle fille.

Le poete Sannazare aussi a escrit l'epi-taphe de cestuy · ci, pour la conclusion duquel (apres auoir declaré non seule-ment ces meschancetez , mais plusieurs autres, il dit, Et toutesfois cestuy - ci a presidé onz'ans, estant pape en la ville de Romme. Va maintenant , & parle des Nerons , & des Caligules, & des vilains Heliogabales. C'est assez de ceci: la hon-te m'empesche de dire le reste. Et l'epi-taphe de Boniface quelles louanges con-tient il ? *Intrauit vt vulpes, regnauit vt leo, mortuus est vt canis:* c'est à dire, Il est entré comme vn renard, il a regné comme vn lion, il est mort comme vn chien. Et a - fin qu'on voye comment ceux qui n'ont pu escrire leurs louanges

X 3   en

en bon Latin, les ont escrites en tel Latin qu'ils ont pu, pluſtoſt que de les taire, ie produiray l'epitaphe de Benoiſt douzieme,

Iſte fuit verò laicis mors, vipera clero,
Deuius à vero, turba repleta mero. (t)

Or ne s'eſcriuoyent point ces beaux epitaphes des papes ſeulement, mais les cardinaux, les eueſques, & autres prelats en auoyent auſſi qui teſmoignoyent de leurs vertus : dont aucuns ſe trouuent encores auiourdhuy : entre leſquels ceſtuyci eſt de bonne grace, contre vn eueſque qui auoit eſté cordelier,

Nudipes antiſtes (v) non curat clerus
vbi ſtes :
Dum non in cælis, ſtes vbicunque velis.

XIV. Mais

(t) *Turba repleta mero &c.*) H. Etienne, ſans s'arrêter à ce que le mot de *turba* ne faiſoit pas ici un bon ſens, a copié ce vers comme il l'avoit trouvé. A ce mot, Du Pleſſis - Mornai, dans ſon *Myſtère d'Iniquité,* au chap. de Benoît XII. a ſubſtitué *cuppa* : mais, peut-être, faut-il lire *tumba,* par aphéréſe pour *retumba,* ſorte de ſort groſſe bouteille ronde, dont parle Du - Cange, & que Rabelais, 4. 31. & 5. 22. appelle *retombe* ; & alors, *tumba* donnera la même idée qu'*amphora* dans ce vers du chap. 22. de l'Apol.

O monachi, veſtri ſtomachi ſunt amphora Bacchi.

(v) *Nudipes antiſtes &c.*) Le Prélat que regarde cette Epitaphe eſt Henri Knoders, fils d'un Boulanger

XIV. MAIS (pour ne parler que des papes) le moyen auſſi duquel on vſoit pour euiter qu'on ne fiſt vne papeſſe (ainſi qu'il eſtoit vne fois auenu) au lieu de faire vn pape, a eſté fort moqué deſia du temps de nos predeceſſeurs : touchant lequel vn nommé *Ioannes Pannonius* (*x*) a faiſt

ger d'Yſne au payis d'Algaſe dans la Souabe. Etant Cordelier à Lucerne, il fut tiré de ſon Couvent, & fait Evêque de Bâle en 1474. par l'Empereur Rodolphe I. & à douze ans de là , promû à l'Archevêché de Maïence par le Pape Honorius IV. On le ſurnomma en ſa langue *Gurtel-knopf* à cauſe de la *corde à neuds*, dont il ſe ceignoit comme Cordelier. *Knoders* ne ſiégea à Maïence que deux ans , pendant quoi il ſe fit tellement haïr de ſon Clergé , que cette haine produiſit ce diſtique, qui ſe voit encore aujourdhui ſur un des piliers de l'Egliſe Cathédrale de cette Ville - là. Salengre Mem. de Littérature, tom. 1. pag. 58. & Séb. Munſter dans ſa Coſmogr. pag. 542. de la traduction Françoiſe.

(*x*) *Un nommé* Joannes Pannonius &c.) Il fut Evêque de Cinq - Egliſes en Hongrie, ce qu'a vraiſemblablement ignoré H. Etienne qui , ſans cela , n'auroit pas manqué de relever par cette Dignité le témoignage d'un homme qui avoit atteſté en termes ſi forts l'impureté de la vie de tous les Papes. Il n'avoit pas même vû le Diſain de *Pannonius* ſans quoi il l'auroit donné en Latin & tout entier, comme tant d'autres Poëſies Satiriques qu'il a fait entrer dans ſon Ouvrage. Je dis plus encore, c'eſt que ce n'eſt pas lui qui a fait les ſix vers qui contiennent la Verſion des quatre derniers du Diſain. Ils ſont de l'anonyme qui a traduit en François les Vies des Papes de Baleus , & ſe trouvent au feuillet 63. b, de cette traduction , édit. de 1561. Baleus

au

a faict vn epigramme ou il rencontre affez bien, & a efté ainfi traduict,

Nul

au refte, avoit pris ces quatre vers dans l'Hiftoire
des Papes de Robert Barnes, imprimée en Latin dès
L'Année 1536. Et comme le *Pafquillorum Tomi duo*,
où fe trouve l'Epigramme entiére, ne parut que huit
ans après en 1544. c'eft apparemment Barnes qui l'aura fournie au Compilateur de ce Recueil, fi peut-
être on ne la trouve déja dans ces Poëfies de Pannonius, dont il y a une édition de l'année 1518.
Je ne donne point le Latin de cette fameufe Epigramme, c'eft affez qu'on fache où la trouver, mais voici une traduction du Difain entier. Elle eft de Mr.
de Julien - Scopon, Gentilhomme dont la Mufe a paru
jufqu'ici, ou férieufe, ou badine, fuivant les fujets
qu'il a voulu traiter :

> *C'étoit la coutume autrefois,*
> *Que celui dont on faifoit choix*
> *Pour la chaire Pontificale*
> *Devoit être prémiérement*
> *Vifité très exactement.*

A l'endroit on l'on pût s'affurer qu'on eft mâle;

> *Mais d'où vient que cela ne fe pratique plus ?*
> *Helas ! ces foins feroient deformais fuperflus :*
> *Le fujet qu'on éléve à ce dégré fuprême*
> *A prit le foin de faire voir lui - même*
> *Avant que le Papat par lui foit occupé,*
> *Qu'il étoit mâle autant qu'un au're,*
> *Digne par conféquent du Siége de l'Apôtre,*
> *On n'y peut plus être trompé.*

Je reviens à l'Auteur de l'Original. M. de la Monnoye dans fon *Ménagiana*, tom. 2. pag. 215. de lé-
dit.

Nul ne pouuoit iouir des sainctes clefs
    de Romme

Sans monstrer qu'il auoit les marques
    de vray homme :

D'ou vient donc qu'à present ceste
    preuue est cessee,

Et qu'on n'ha plus besoin de la chaire
    percee ?

C'est pourceque ceux-là qui ores les
    clefs ont,

Par les enfans qu'ils font monstrent bien
    ce qu'ils font.

Pareillement quant aux ordonnances papales, on trouue que nos predecesseurs
aussi se font opposez à quelques-vnes
tant qu'ils ont pu : & n'a tenu à bien
    crier

---

dit. de 1715. dit que *Janus Pannonius* mourut sur
la fin du quinziéme Siécle , sans parler du lieu où
cet homme illustre finit sa vie. Mais à en juger
par les paroles de *Bonfinius, rerum Hungar. Decad.* 4.
liv. 3. pag. 569. édit. de Hanau 1606. ce fut à *Za-
gabria* dans l'Esclavonie, environ l'année 1470. puisque, selon Pier. Valerian , *de Literator. infelicitate,*
liv. 1. ce fut à deux ans de là qu'en 1472. Matthias
Roi de Hongrie permit d'inhumer le corps de *Pannonius,* qu'un ami défunt avoit gardé chez lui deux
ans durant, dans un coffre poissé , sans oser s'en
ouvrir à personne , parceque , lors de la mort de
Pannonius, & dez quelques années auparavant, ce
Prélat, qu'on avoit rendu suspect à Matthias se tenoit caché loin de ce Prince , qui l'avoit fait cher-
cher long-tems.

X 5

crier al'encontre, qu'ils ne les ayent abo-
lies : mais c'a esté princⁱpalement contre
l'ordonnance qui commande aux prestres
le celibat. Contre laquelle en premier
lieu nous trouuons ces vers faicts à la
bonne foy,

O bone Calixte , nunc omnis clerus odit te.
Olim presbyteri poterant vxoribus vti,
Hoc destruxisti (†) tu quando papa fuisti :
Ergo tuum festum nunquam celebratur bo-
　　nestum.

Et puis dés autres qui commancent ainsi,

Prisciani regula penitus caßatur.
Sacerdos per HIC & HÆC *olim declinatur,*
Sed per HIC *solùm nunc articulatur ,*
Quùm per nostrum præsulem HÆC *amo-*
　　ueatur.

　　　Et vn peu apres,

Non est Innocentius , immò nocens verè ,
Qui quod facto docuit , verbo vult delere :
　　　　　　　　　　　　　　　　Et

(†) *Hoc destruxisti* &c.) Il y avoit long-tems
que les Papes avoient condamné le mariage des Prêtres.　Un Concile tenu à Rheims par le Pape Calixte II. en l'année 1119, fit un Décret de cette con-
damnation. C'est à quoi vise ce Quatrain , qui semble d'ailleurs insinuer , qu'ou ce Pape n'a point de
Fête, ou que , s'il en a une , le Clergé & les
Moines la chomment , c'est toujours pour le sûr,
aux dépens de la chasteté qu'on les avoit contraint
de voüer.

Et quod olim iuuenis voluit habere,
Modò vetus pontifex studet prohibere.
Gignere, &c.

Mantuan aussi a condamné ceste ordonnance, disant entr'autres choses,

> N'eust-il pas mieux valu suiure la droite voye,
> Par ou la loy de Dieu nous mene & nous conuoye,
> En ensuiuant les pas de nos anciens peres,
> Desquels la vie estoit chaste & sans vituperes,
> Quand ils se contentoyent d'auoir chacun leur femme?
> Elas, & qu'est-ce au pris du celibat infame,
> Que maintenir on veut contre Dieu & nature,
> Si non impieté pleine de forfaiture?

Il n'a pas esté iusques à maistre Alain Charretier qui n'ait crié contre ceste ordonnance, ou loy, escriuant ainsi en son liure appelé L'exil : (comme l'allegue maistre Iean le Maire.) Or fut-il pieça faict vn nouuel statut en l'eglise Latine, qui desseura l'ordre du sainct mariage d'auec la dignité de prestrise, sous couleur de pureté & chasteté sans souilleure. Maintenant court le statut de con-
cu-

cubinage au-contraire, & les attraits
aux eſtats mondains, & aux delits ſen-
ſuels & corporels: & (qui plus eſt) ſe
ſont rendus à immoderee auarice, &c.
Vn peu apres. Qu'apporte la conſtitution
de non marier les preſtres, ſinon tourner
& euiter legitime generation, pour con-
uertir en auoutrerie, & l'honneſte coha-
bitation d'vne ſeule eſpouſe en multipli-
cation d'eſchaudee luxure? Si ie diſoye
tout ce que i'en penſe, ie diroye, &c.

XV. MAIS comment nos predeceſſeurs n'euſſent-ils apperceu les meſchancetez de celle qui s'appeloit la mere
ſainct' egliſe, veu qu'elle ne les cachoit
aucunement, mais les monſtroit à tous
ceux qui vouloyent ouurir les yeux? Et
meſmement à propos de la defenſe du
mariage, nous liſons touchant les ſucceſſeurs du pape qui s'auiſa d'icelle, qu'aucuns n'ont pas faict conſcience de ſe marier à leurs propres filles: comme tantoſt
il a eſté teſmoigné d'Alexandre VI, par
l'epitaphe que luy a fait Pontanus, auec
lequel auſſi s'accordent ceux qui ont eſcrit ſa vie. En quoy ie penſe qu'il en-
ſuiuoit l'exemple de pluſieurs ſiens predeceſſeurs, outre ceux qui en ſont taxez
par les hiſtoriens: ie di les hiſtoriens qui
ont redigé par eſcrit les vies des papes.
Et comme luy faiſoit cela à l'exemple de
ſes predeceſſeurs, auſſi à l'exemple de
luy fut faict le meſme acte par le pape
Paul

Paul III. car nous lifons qu'il entretenoit
vne fienne fille nommee Conftance : & mefme, que quand elle fut mariee à vn fur-
nommé Sforce, voyant qu'il ne pouuoit
iouir d'elle fi bien à fon aife qu'auparauant, il le fit mourir par poifon. Ie ne
parle point de fa fœur qu'il a auffi entre-
tenue, pourceque c'eft vn incefte qui femble vn peu moindre que l'autre. Et quant
à ce qu'il empoifonna cefte fœur quand
il vit qu'elle ne prenoit pas tant de plaifir
à luy qu'à quelques autres, cela eft moins
que rien à l'endroit des confciences papales : tefmoin Hildebrand qui pour paruenir au papat, auoit faict mourir de poifon fept ou huict papes. Ce qui eft le plus
à noter, c'eft, qu'apres que de leurs filles, ou leurs fœurs, (comme auffi Ian
XIII) ou autres parentes, ils en auoyent
faict leurs paillardes, ils les marioyent à
des princes : comme on dit que la fufdicte Lucrece d'Alexandre, ie di Lucrece fa
fille, fa belle fille, & fa paillarde (c'eft
à dire, auec laquelle eftant fa fille il couchoit, & fon fils auffi, frere d'elle) fut
mariee à trois princes fucceffiuement : en
premieres noces, à vn duc nommé Ian
Sforce : en fecondes, (quand ceftuy-ci
l'eut repudiee) à Louys fils baftard d'Alphonfe, roy d'Arragon : en tierces, à
Alphonfe d'Eft, duc de Ferrare. Et ne
fe font contentez ceux qui ont defendu

le

le mariage aux autres, d'vſer de la liberté de Iupiter en tels mariages inceſtueux,
mais ont voulu à l'exemple d'iceluy auoir
auſſi leurs Ganymedes. Il eſt vray auſſi
que les vns ont eu des grans Ganymedes,
les autres des petis : & quand Mantuan en
parle es vers alleguez ci-deſſus, ie ne ſçay
pas deſquels il entend : mais cela ſçay-ie
bien, que le Ganymedes du pape Ian Maria De monté, dict Iules troiſieme, eſtoit de la taille de celuy de Iupiter, &
auoit aucunement le trait de viſage (ſelon que les poetes l'ont deſcrit) ce que
ie di pour l'auoir veu & contemplé à l'oi-
ſir, & meſmement vne fois qu'il eſtoit à
table auec ſon Iupiter. Mais on ne peut
reprocher à ces dieux terreſtres iupitri-
zans (c'eſt à dire imitateurs des actes de
Iupiter) qu'ils ſe ſoyent diſpenſez en ceſt
endroit d'vne choſe de laquelle ils n'ayent
volontiers donné diſpenſe aux autres auſſi
(voire à toutes ſortes de gens) pluſtoſt
que du mariage. Tellement que ie croy
que ſi les preſtres, apres que le mariage
leur fut defendu, fuſſent venus d'vn commun accord preſenter vne ſupplication à
leurs ſainctetez (en tenant la ſupplication
en vne main, & l'oblation en l'autre)
pour auoir recours au ſexe maſculin puiſque on ne leur permettoit vſer du feminin, ils n'euſſent point eſté eſconduits.
Et ce qui me conferme d'auantage en ceſt'
                                           opi-

opinion, eſt que nous liſons en la vie du
pape Sixte 1111, qu'il ottroya (y) à
toute la famille du cardinal de S. Luce
d'auoir la compagnie charnelle des maſ-
les, durant trois mois les plus chauds de
l'annee. Pareillement ce qu'on lit en la
vie d'Alexandre vi, qu'il permit à Pierre
Mendozze Eſpagnol, cardinal de Valen-
ce, de faire ſon Ganymedes de ſon fils
baſtard nommé le marquis de Zannet.

XVI. Or outre ce que les gens d'e-
gliſe commettoyent leurs meſchancetez à
la veue de tout le monde (comme il appert par ce que ie vien de dire, & par
pluſieurs autres paſſages de ce liure) il-
y-a vn autre point, c'eſt qu'ils ſe moquoyent eux-meſmes de pluſieurs choſes
leſquelles ils faiſoyent tenir au poure ſimple peuple pour articles de foy. Comme
quand le pape Leon dixieme, à vn ſien
confeſſeur, qui luy remonſtroit qu'il ne
deuoit rien craindre, veu qu'il auoit les
clefs de paradis, & de tous les merites de
Chriſt & des ſainéts, fit reſponſe, Vous
ſçauez que celuy qui a vendu vne choſe, il n'y ha plus rien: ayant donc vendu
aux autres paradis & tout le reſte, ie ne
doy pas faire mon conte d'y auoir plus
rien. Ce meſme pape eſtant vn iour repris

par

(y) *Qu'il ottroia* &c.) Ce fait eſt conteſté. Voiez
Bayle, Dictionn. Crit. à l'Article de Sixte IV, & encore pag. 4019, de la 3. édition.

par quelques cardinaux de fon mauuais
gouuernement & de fa mefchante vie,
comme celuy qui fe feroit fort changé
depuis eftre creé pape, refpondit, Si ie
fuis mefchant, vous en eftes caufe : car
vous m'auez faiɛt tel que ie fuis. Eux s'ef-
merueillans de ce propos, & ayans demandé comment il l'entendoit, C'a efté
en me faifant pape, (diɛt-il) car il eft
impoffible d'eftre pape & homme de bien
enfemble.   Ils faifoyent bien d'auantage :
c'eft qu'ils profanoyent tant par leurs
propos que par leurs aɛtes ce qu'ils vouloyent qu'on creuft eftre facré : comme
quand Iules 11. ietta les clefs (z) de fon
faineɛt Pierre dedans le Tybre, & prit l'efpee de S. Paul, difant que les clefs de S.
Pierre ne luy pouuoyent de rien feruir à
faire la guerre, au-contraire que l'efpee
de S, Paul luy feruiroit bien. Toutesfois
ceci eft peu de chofe au pris de ce que
fit le pape Gregoire VII, nommé auparauant Hildebrand : car quand il vit que
fon hoftie (que les papicoles nomment
le faineɛt facrement de l'autel, & le corps
de Iefus Chrift) ne luy donnoit refponfe de ce qu'il luy demandoit, defpité de
cela il la ietta dedans le feu, à la veue
de plufieurs cardinaux, qui ne l'en peurent empefcher.   Laquelle hiftoire nous
pour-

(z) *Quand Jules II. ietta &c.*) On n'a point de
preuue de cela. Voiez Bayle à l'Atticle de Jule II.

pourroit eftre fufpecte fi la perfonne dont ell'eft venue, l'eftoit: mais l'auteur d'icelle eft vn cardinal nommé Benno, (*a*) qui efcrit aufli qu'vn certain euefque du Port, nommé Ian, qui eftoit fecretaire & fort familier d'Hildebrand, eftant monté en la chaire du temple de fainct Pierre, dict vn grand peuple l'oyant, entre plufieurs autres chofes, (voulant fignifier cefte profanation de leur fainct facrement) Hildebrand a faict telle chofe & nous aufli, que nous meritons bien d'eftre bruflez tous vifs. Et qui ne voudra croire à ce cardinal, il trouuera encore d'autres tefmoins. De ma part ie ne trouve rien en ceft acte d'Hildebrand, qui ne foit plus que vrayfemblable. Car quand nous lifons fa vie, nous trouuons qu'il a bien profané en autres fortes fa religion. Ie di qu'il a profané fa religion : pourceque felon la vraye, la fufdicte hoftie pouuoit bien eftre iettee dedans le feu, fans aucune profanation, à fçauoir en qualité de morceau de pafte, & en telle qualité qu'elle defcend au ventre non feulement des hommes, mais aufli des beftes (comme nous auons entendu ci-deffus) pour puis deualer au lieu que par honnefteté on n'ofe nommet. Quelcun dira (peut eftre) qu'il

---

(*a*) Benno &c.) Partifan déclaré de l'Empereur Henri IV. & par confequent ennemi juré de Grégoire VII.

qu'il ne fe faut pas efmerueiller que Hildebrand ait faict ce tour contre l'hoftie,
pourcequ'il eftoit necromancien, comme
il eft amplement raconté en fa vie: mais
ie croy aucontraire que s'il euft demandé
confeil à celuy en l'efchole duquel il auoit
appris l'art de necromance, il n'euft pas
efté confeillé de ce faire. Et ce qui me
le fait penfer, c'eft que le maiftre des
necromanciens, (qui eft auffi le prece-
pteur des forciers & de toutes fortes de
magiciens, ne veut point de mal à ce dieu
de pafte, ains s'accorde tresbien auec luy.
Qu'ainfi foit, l'an 1538. furent brulez quelques preftres en Sauoye pour eftre forciers, & entr'autres fut brulé vn à Rolle
(qui eft vn bourg à quatre lieues de Lau-
fanne) enfemble fa paillarde, qui eftoit
auffi forciere : lequel confeffa auoir efté
vintquatr'ans forcier, pendant lefquels il
n'auoit laiffé de chanter ordinairement fa
meffe. Ce qui me fait dire qu'il y a vn
grand accord entre le dieu de la meffe &
le diable: car fi autrement eftoit, comment ce preftre forcier euft-il efté capa-
ble de chanter la meffe, veu que deuant
qu'eftre des difciples du diable en ceft art,
il faut fe donner à luy, corps & ame, tri-
pes & boyaux, & renier Dieu fon createur, renoncer à fon baptefme ? ainfi qu'on
peut voir par les proces qui fe font contre les forciers & forcieres. Ce ne fut
donc point par le confeil du diable (comme

me ie penſe) que Hildebrand, ietta l'hoſtie au feu, mais il fut deſpité de ce qu'elle, qui eſtoit appelee dieu par ceux de ſa
religion, ne ſçauoit pas donner reſponſe
auſſi bien qu'vn Apollo dieu des payens,
ou vn Bacis, ou vne Pythie, par leurs
oracles.

XVII. Qu e ſi quelcun ne peut encore croire par ce que ie vien de dire, ni
par ce que i'ay raconté ci - deſſus en diuers lieux (& notamment ou i'ay parlé
de l'hoſtie empoiſonnereſſe) qu'il y ait
accord, voire intelligence, entre le diable & le dieu de paſte, i'allegueray ici des
teſmoignages de ceux - meſmes qui ſont
les ſacrificateurs de ce dieu : leſquels tout
d'vn train ſeruiront pour la continuation
de mon propos touchant la profanation
ſuſdicte. Et premierement i'allegueray le
teſmoignage d'vn preſtre Sauoiſien dict
dom Antoine le Goetreu, (car Dom eſt
en Sauoyen ce que nous diſons Meſſire)
lequel en chantant ſa meſſe, voyant que
ſon compere qui luy aidoit à la dire, attendoit trop à luy reſpondre Amen, luy
vint à dire, Di Amen de part le diable.
Et incontinent le compere ne faillit de
dire Amen de par le diable. Il eſt vray
que ce ne fut ſans ſe faſcher, & ſans aiouſter audict Amen, ces paroles ici, Le chancre te ronge compere : ſi tu n'euſſes tant
crié, ie prenois la ſouri (car il faut noter
qu'il guettoit vne ſouri qui eſtoit venue

pour

pour ouir la meſſe, ou bien pour manger
le dieu de la meſſe, comme nous ſçauons
que ce tour a eſté faict par pluſieurs.)
Mais voici les propres mots, qui ont meilleure grace en leur dialecte, Amen: le ſan-
cro te runzay compaie: ſe te n'ouſſe tan
cria, zuſſo prey la ratta.

XVIII. Nous auons auſſi touchant
ceſt accord du dieu de paſte auec le diable, le teſmoignage d'vn preſtre, qui diſoit, Quant à moy ie confeſſe n'entendre
rien à ces meſſes des ſaincts, mais vne
meſſe commune ie vous la gringuenotte
en diable.　A ce meſme propos il ne faut
pas oublier celuy qui chantant ſa meſſe
en vn lieu qui auoit veue ſur ſon iardin,
ainſi qu'il tenoit ſon dieu de paſte par-deſ-
ſus ſa teſte, ayant apperceu au meſme inſtant vn garſon monté ſur un ſien ceriſier,
commença à crier, Deſcen de par le diable, deſcen: adreſſant ſa parole (comme
il eſt vray-ſemblable) auſſi bien à ſon
dieu de paſte qu'il tenoit ſur ſa teſte, qu'au
garſon monté ſur l'arbre.　Or s'accordoit
tresbien auec les preſtres ſuſdicts celuy
qui diſoit à vn , Venez dire la meſſe de
par tous les diables: monſieur ſe courrouce.　Auſſi faiſoit le gentilhomme de Lorraine, qui diſoit à vn ſien fils (qui n'eſtoit pas fort amoureux de meſſes) A la
meſſe de par tous les diables, à la meſſe.
Mais voici vne queſtion qu'on me pourra
faire, ſi ainſi eſt que le diable s'accordoit
&

& s'accorde bien auec le dieu de paſte,
& font amis, d'ou vient que les preſtres le
menacent quelquesfois du diable: comme (pour exemple) vn meſſire Ian au
pays de Lorraine menaçoit ſon dieu de
le donner au diable. L'hiſtoire eſt telle.
Vn qui vouloit mal à vn meſſire Ian, &
auoit grand'enuie de le dober la premiere fois qu'il le trouueroit, l'ayant rencontré par la ville portant ſon dieu, O
comme ie te froterois maintenant (diſt-
il) ſi ce n'eſtoit pour le reſpeſt du dieu
que tu tiens. Alors meſſire Ian, ſe ſentant bien homme pour luy, reſpond Ne
laiſſons point pour cela de voir lequel de
nous deux ſerà le plus fort pour porter
les coups. Voila mon dieu à terre: (car
il l'auoit mis là, pour ſe repoſer, & iuger cependant des coups) au diable ſoit-
il donné s'il ſe meſle ni pour l'vn ni pour
l'autre. C'eſt ici (di·ie) vne queſtion
qui eſt à la verité plus que Sorbonique:
voire pluſieurs ont eſté propoſees es con-
ciles qui ne la valoyent pas: car comment ſe peut faire, veu qu'il·y·a accord & amitié entre le dieu de paſte &
le diable, (ainſi qu'il a eſté monſtré ci-
deſſus) que le dieu de paſte ait peur de
luy, comme monſtrent ceux qui luy font
telles menaces? On me peut encore faire vne obieſtion, priſe d'vn aſte qui fut
faiſt il·y·a enuiron trent'ans par vn
Y 3 preſ-

preſtre Sauoyen, curé ou vicaire d'vn village dict Felinge, aupres de Bonne, en Fouſſigni: car ſes parroiçiens l'eſtans venus querir pour faire ceſſer vn grand orage, (pourcequ'il s'eſtoit vanté qu'il ne faloit craindre tempeſte ni orage en ſa parroice pendant qu'il y auroit le pied) il vſa premierement de force coniurations qu'il ſçauoit par cueur, puis apporta ſon breuiaire & ſon meſſel, & choiſit les plus rebarbatiues qui y fuſſent: (eſtant cependant ſous vn arbre qui le defendoit vn peu de ladicte tempeſte, & outre cela ſe faiſant tenir à quatre ou cinq de peur de renuerſer) voyant en la fin que tout cela ne ſeruoit de rien, apporta ſon ſainct ſacrement, c'eſt à dire ſon dicu de paſte, & luy tint ce language, Courdi ſe te né ṛle for que le diablo, ze te zeteray deguen le paco. C'eſt à dire, Par le cordieu, ſi tu n'es plus fort que le diable, ie te ietteray dedans la fange. Voici (di-ie) vn'autre hiſtoire ſur laquelle on peut fonder vn'obiection ſemblable à la precedente: à la ſolution de laquelle me trouuant fort empeſché, ie la remettray au prochain concile: ſinon qu'en attendant on vueille ſe contenter de ceſte ſolution: à-ſçauoir que les diables & les dieux de paſte font quelquesfois comme les procureurs & auocats, qui en public font ſemblant de ſe vouloir en-

entre-manger l'vn l'autre, en criant harol (*) pour le droit de leurs parties:
mais au fortir de là fe prennent par la
main & s'en vont boire enfemble, voire
aux defpens d'icelles. Il fe pourroit faire (di-ie) que les preftres auroyent efté
abufez par vne telle rufe de ces dieux &
de ces diables. Pour le moins voila tout
ce que i'en puis dire pour ceft'heure.

XIX. Audemeurant, quant aux
autres fortes de profanations (c'eft à dire
leurs faicts ou dicts par lefquels les facri-
fica-

(*) *En criant* harol &c.) H. Etienne, comme
beaucoup d'autres, a pris le mot de *Haro* pour une
corruption de *ha Raoul*! mais c'eft une erreur. *Haro* vient de l'Aleman *beer*, armée : & crier *haro*, c'eft
appeler à fon aide tout le peuple d'une ville. Les
Bretons, dans le XII. Siécle, appeloient *barelle*,
c'eft-à-dire *petite armée*, l'armée de l'Evêque de
Nantes, dans les guerres de ce Prélat, pour diftinguer de l'armée du Comte de Nantes cette *barelle*,
qui n'étoit compofée que des fujets du temporel de
l'Evêché. Voiez Lobineau, Hift. de Bretagne, tom.
2. pag. 204. Ainfi, dans cette exclamation du Poëte Villon dans fon grand-Teftament :

Haro, le grand & le mineur,

Haro le grand, c'eft proprement l'armée du Prince,
& *haro le mineur*, la *barelle*, entant que compofée
de Communes, & des feuls habitans du payis. C'é-
toit une efpéce de *Cohüe*, comme la fameufe *Harel-
le* de Rouen, convoquée fans autorité, au lieu que
l'*Oft* ou l'armée du Souverain fe formoit par une
légitime convocation du ban & de l'arriéreban.

Y 4

ficateurs des papicoles profanent eux-
mefmes ce qu'ils veulent eftre tenu pour
facrement) i'en donneray ici des exemples : laiffant iuger au lecteur, quelle reuerence les fimples papicoles doiuent
porter à leur religion quant aux autres
points d'icelle, veu que les facrificateurs
mefinement la profanent ainfi. le commanceray par vn preftre de Lorraine,
lequel tenant vne boifte pleine d'oublies qui
n'eftoyent point encore confacrees (ainfi
qu'ils parlent) les hochoit, difant, Ribaudaille, ribaudaille, (*b*) lequel de vous 'era
auiourdhuy dieu? Du preftre Lorrain, ie
viendray au Prouençal, qui en fonant le
dieu de fa meffe, luy ayant mis les iambes en haut & la tefte en bas, & apres
la meffe en ayant efté repris, C'eftoit
(dict il) de peur que fes chauffes ne luy
tombaffent. Apres ces deux i'allegueray
le preftre Sauoyard qui fe vantoit que
luy & fes compagnons, faifoyent de leur
dieu de la meffe, comme le chat fait de
la fouri : c'eft à - fçauoir qu'apres s'en eftre ioué, ils le mangeoyent. I'ay ouy
parler auffi de quelques-vns qui inferoyent voire incorporoyent à leurs meffes quelques propos d'autre forte, que
ceux que nous auons dicts : car nous auons
                                                    parlé

(*b*) *Ribaudaille ,   ribaudaille* &c.) Hurlu burlu,
Canaille.

parlé de celuy qui difoit à fon compere, Di amen de par le diable : & de
l'autre qui tenant fon dieu leué en haut,
commanda cependant à vn qu'il voyoit monté fur vn arbre, de defcendre
de par le diable : mais nous n'auons pas
parlé du chapelain de feu monfieur le ma-
refchal du Bié, lequel chapelain s'eftant
faict bailler (felon qu'il auoit accouftumé) du vin pour fon defieuner, auec celuy qu'il luy falloit pour chanter la meffe, puis l'ayant ferré en quelque coin de
l'autel, ou aupres, & couuert d'vn linge, pour iufques à quand qu'il auroit dict
fa meffe, il auint qu'vn laquais dudict
feigneur, eut deuotion de reuifiter ce
pot : & pour ce faire attendit iufques à
ce que le preftre fe fut mis à fon Memento : mais ce bon facrificateur, nonobftant fon Memento : ayant vn œil
aux champs & l'autre à la ville, quand
il vit fon pot en tel danger que d'eftre
en la mifericorde d'vn laquais, aioufta
voire incorpora à fondict Memento,
ces paroles, Laiffe cela fils de putain.
Quant à celuy qui s'eftant endormi en
fon Memento, puis s'efueillant en fur-
faut cria Le roy boit, (fe fouuenant
de l'antienne qu'il auoit gringuenotee
toute la nuit, de laquelle il auoit encore mal à la tefte) nous en auons parlé
ci-deuant : mais nous n'auons pas faict
mention de celuy qui cria l'ay flus, pen-

fant

fant eftre encores au ieu de cartes. Ie croy bien que tous n'y inferoyent pas des pieces venantes fi mal à propos, ains qu'aucuns y alloyent à la bonne foy en ce qu'ils y aiouftoyent. Comme le poure preftre d'vn certain lieu pres de Paris, qui ayant trouué en vn fien almanach *fol in cancro* en lettres rouges, penfant que ce fuft quelque fainct, fe mit en deuoir de cercher la meffe qui luy appartenoit : mais en la fin apres auoir bien fueilleté fon meffel, n'ayant trouué ce fainct, fit cefte conclufion par defpit, *Sol in cancro, fol in cancrus, nec eft virgo, nec martyrus : venite adoremus.* Et quand feroit-ce faict s'il falloit alleguer tous les exemples de telles decorations du facrifice miffal ? (Car confiderant maintenant ce qu'eft la meffe, & non pas ce que les papicoles l'eftiment eftre, i'appelle decoration & ornement ce que felon leur iugement i'appelois profanation.) Si faut-il que i'en aioufte encores vn, qui eft notable entre dix mille millions d'autres. C'eft d'Octauian de S. Gelais euefque d'Angoulefme, & toutesfois traducteur des liures d'Ouide *de arte amandi.* (c) Il auoit

***

(c) *Des Livres d'Ouide* de Arte &c.) Octavien de S. Gelais a mis en vers François les *Héroïdes* du même Poëte, & fi, comme le foutient M. de la Monnoye tom. 2. pag. 82. de fon *Ménaziana*, ce n'eft pas de lui qu'eft l'Ovide *de arte amandi*, en vers Fran-

auoit faict gageure qu'en quelque temps
& lieu qu'on parleroit à luy en ryme, il
feroit la responfe pareillement en ryme
fur le champ. Suyuant laquelle gageure
on luy vint propofer ces trois vers, pendant qu'il eftoit bien empefché à desbri-
der fa meffe,

> L'autre iour venant de l'efchole
> Ie trouuay la dame Nicole
> Laquell'eftoit de verd veftue.

Luy (fans aucunement rompre fa deuotion meffifique, ou meffifiquale, ou
meffifiquante) fit cefte refponfe promptement,

> Oftez - moy du col cefte eftole,
> Et fi bien toft ie ne l'accole,
> I'auray la gageure perdue.

Auffi eftoyent decorees les meffes par des
propos ioyeux dicts par les complices des
meffotiers : comme quand on crioit haut &
clair, (ô quels effrontez) A l'offrande
qui aura devotion : fur femmes leuez - le
cul.

François & d'impreffion Gothique, dont il eft parlé
pag. 303. du *Bibliotheca Fayana*, le *Verger d'Honneur* & imprimé fous le Roi Charles VIII. lui attribue plufieurs autres Poëfies qui ne font pas plus
chaftes. Peut-être H. Etienne a - t - il confondu les
Héroïdes du Verger d'Honneur avec l'*Art d'Aimer*.
Pource qui eft de l'impromptu de la gajure, *fi non
vero, bene trovato.*

cul. Mais il n'y auoit pas pour rire quand
le prestre ne desbridoit pas la messe assez viste au gré des auditeurs : ains alors
le diable y estoit à pied & à cheval. Au
diable sois tu donné messire Ian. Haste
toy de par le diable : on desieunera sans
nous. Tes fieures quartaines, messire Ian,
tu ne sçais pas lire à demi. Lesquels suf-
frages ne sont encore rien au pris de ceux
qui furent dicts par des gentilshommes
François à vn prestre, qui au lieu de leur
epitomizer ou abbreger leur messe ex-
traordinairement, la leur alongea de toute la passion. Ce qui auint par leur faute : car au lieu de luy demander vne messe de chasseur, ils luy demanderent vne
messe de gendarme, pensans l'auoir encore plus courte. Luy, apres auoir long
temps songé quel euangile faisoit mention
de gendarmes, en la fin s'auisa de ces
mots de la passion *cum fustibus & armis*,
& pourtant mit toute la passion dedans sa
messe, faisant cependant despiter & renoncer tant le sacrifice que le sacrifica-
teur messal à ses auditeurs, qui estoyent
ia bottez, & auoyent ia leurs cheuaux
tous prests, & se morfondans à la porte
du temple.

XX. Ces exemples sont (à mon iugement) plus que suffisans pour prouuer
ce que i'ay tantost dict : à-sçauoir, que
celle qui s'appeloit la mere saincte eglise ne cachoit aucunement ses meschancetez

tez à nos predeceſſeurs, mais les leur faiſoit voir, au moins à tous ceux qui n'eſtoyent aueugles, & ouyr à tous ceux qui n'eſtoyent ſourds. Il eſt vray que ces exemples monſtrent ſpecialement comment ils profanoyent ce qu'ils tenoyent pour vne vraye & ſaincte religion. Car de leur meſchante vie & de leur fauſſe doctrine, il en a eſté parlé plus amplement en quelques autres chapitres. Mais quant à nos predeceſſeurs, pour vn qui ſe plaignoit de leur fauſſe doctrine, cinquante ſe plaignoyent de leur mauuaſe vie : & la plus part du monde les accuſoit de choſes fort legeres, leur laiſſant paſſer cependant de grans crimes, ſans en mot dire. Comme quand ils ne les accuſoyent pas de leurs malefices en ce qu'ils tenoyent des benefices en telle & telle ſorte, mais de tenir des benefices incompatibles, ou d'en tenir trop grand nombre : ainſi que nous liſons que le roy Louys XII. dict à vn eueſque qui luy demandoit quelque benefice outre pluſieurs qu'il auoit deſia, Ie vous en donneray tant que le diable emportera tout, *Tot dabo tibi* (comme le recite Menot) *quòd diabolus portabit omnia.* Lequel preſcheur, auec ſes compagnons alleguez ſouuentesfois ci - deſſus, peut fournir autres exemples de ce dernier point.

XXI. IE vien aux faux miracles, dont les vns ont eſté deſcouuerts du temps de

nos

nos predeceſſeurs , les autres de noſtre
temps : & commanceray pa. Janne, la
ſainéte pucelle d'Angleterre. Ceſte pucelle fut tenue long temps pour ſainéte &
pour propheteſſe par la ſubtile inuention
des Cordeliers : qui meſmes faiſoyent acroire qu'ell'eſtoit deſcendue du ciel : & donnoyent à entendre (à fin que cela fuſt
plus vrayſemblable) qu'elle ne mangeoit
ne beuuoit , combienqu'en cachette elle
banquetaſt & paillardaſt fort & ferme auec
les ſainétetez des beaux - peres. Entr'autres choſes , ils perſuadoyent au poure peuple qu'elle ſçauoit les pechez de
toutes perſonnes : & de faiét , à chacun qui alloit vers elle , elle diſoit les
pechez qu'il auoit commis. Mais les
Cordeliers vſoyent de ce moyen pour les
luy faire ſçauoir, c'eſt qu'ils ne laiſſoyent
aller vers elle que premierement on ſe
fuſt confeſſé : or pouuoit elle entendre
aiſeement du lieu ou ell'eſtoit tout ce que
diſoit vn chacun en ſa confeſſion , les
Cordeliers luy ayans choiſi vn lieu treſ-
commode à cela. En fin l'abus eſtant deſcouuert (apres auoir abuſé vn nombre infini de perſonnes) elle fut executee à
mort auec les bons freres auteurs du miracle. Aucuns diſent que l'abus fut deſcouuert par le moyen d'vn gentilhomme ,
qui ſe doutant de ce moyen duquel les
Cordeliers vſoyent pour luy faire ſçauoir
les peſchez , ſe confeſſa de choſes que
ja-

iamais il n'auoit faictes : lefquelles luy eftans apres redictes par elle, la tromperie fut apperceue. Les autres difent qu'elle fut defcouuerte par autre moyen. On
recite auffi d'vn crucefis que les mefmes
Cordeliers faifoyent pleurer & parler. Du
faux miracle ou pluftoft des faux miracles des Iacopins de Berne & des Cordeliers d'Orleans, ie me contenteray d'en
faire fouuenir au lecteur, eftimant n'eftre
befoin de luy en faire le recit, veu que
ces hiftoires ont efté imprimees, & outre cela font en la bouche d'vn chacun.
Mais il faut noter que deuant l'efprit mi-
raculeux des Cordeliers d'Orleans, les
Cordeliers d'Eureux auoyent eu le leur,
duquel auffi i'ay faict mention ci-deffus.

XXII. Voici vn autre faux miracle,
qui n'eft pas de mauuais efprit, & eft recité par Ian Menard en fon liure intitulé
Declaration de la regle & eftat des Cordeliers. Vn porteur de rogatons de S.
Antoine ayant à prefcher fous vn noyer,
vn peu deuant fema de poudre à canon
le nid d'vne pie qui y eftoit, & puis y
attacha vne petite corde, mettant le feu
à l'autre bout d'icelle. Or ainfi qu'il prefchoit fes pardons, la pie fentant cefte
poudre, fe mit à faire grand bruit : luy
n'attendoit que cela, & penfoit bien qu'il
ne s'en faloit guere que le feu ne fuft
monté iufques au haut, vint à dire,
Mefchante befte qui empefches la faincte

te predication, monfieur S. Antoine te
vueille bruler de fon feu. Et bien toft
apres le feu qui eftoit paruenu iufques au
nid par le moyen de cefte cordette, le
brula auec les petis qui eftoyent dedans.
Ce qui ne fut fans bien crier Miracle,
qui luy fit faire vne quefte fort pecu-
nieufe. Il recite au mefme lieu qu'il a
ouy raconter à eux-mefmes (ie di à
quelques-vns de ces porteurs de rogatons ou quefteurs de S. Antoine) que
quand l'opportunité fe trouuoit, ils chauf-
foyent des petites croix ou images de
cuyure pendant que la bonne femme leur
alloit querir quelque chofe au grenier,
ou celier: & quand elle retournee auoit
offert fon don, ils luy faifoyent baifer
ladicte croix ou image : laquelle eftant
trouuee chaude par elle, ils luy donnoyent vne merueilleufe crainte, difans
que monfieur S. Antoine monftroit qu'il
ne fe contentoit du don qu'elle luy faifoit, & eftoit courroucé. Pour laquelle
caufe, la bonne femme retournoit querir
dequoy augmenter fon prefent, & l'apportant trouuoit l'image refroidie : ce
qu'ils difoyent eftre figne que monfieur S.
Antoine eftoit appaifé. Il efcrit au mefme paffage d'vn tour qui auoit efté ioué
en Italie vn peu auparauant (qui pouuoit
eftre enuiron l'an 1530) par vn du mefme meftier, & feruiteur du mefme maiftre : c'eft que ce galand defpité de ce
                                        qu'on

qu'on ne luy auoit rien donné chez vn
laboureur, mit le feu à l'eftable de fes
vaches, qui brula non feulement ceft'
eftable, mais auffi tout le refte de la maifon, enfemble tous les biens qui y eftoyent. Et vouloit faire acroire que c'eftoit par vn miracle de S. Antoine,
mais la verité fut congneue. Il aioufte encores vn'hiftoire qui eft fort notable, & a efté defcrite par plufieurs, touchant vn autre quefteur de S. Antoine, qui
mit le feu en la toile d'vne femme, faifant
accroire que c'eftoit par vengeance de S.
Antoine : ce qu'il dit eftre auenu au pays
de Vaux. Les autres difent que ce fût au
pais de Calabre : & racontent ainfi l'hiftoire : Vn de ces quefteurs allant par le pays,
auec vn valet qui conduifoit l'afne porteur des befaces, paffa pardeuant le logis
d'vn boucher : ou le valet ayant fonné la
clochette, la femme vint ouurir, & les
ayant faict entrer dedans, leur alla querir quelque piece de chair. Cependant ce
bon frere ayant apperceu deux beaux
pourceaux fe goguayans fur vn fumier,
attendit que la femme fuft reuenue : &
alors fe tournant vers fon valet, C'eft
grand dommage (dict-il) que ces deux
belles beftes meurent fi foudainement.
Cefte femme dreffe l'oreille à ce propos,
& s'enquefte plus auant du beau-pere.
Lequel luy fait refponfe, M'amie ie ne
vous puis dire autre chofe finon que ces

deux pourceaux me font grand pitié, qui
s'en vont mourir foudainement : & fi il
n'y a homme viuant qui s'en peuft apperceuoir s'il n'ha la grace du benoift S. Antoine. Mais il y auroit bien remede fi i'a-
uois deux des glans que le fecretain de noftre eglife benit tous les ans. La femme,
l'ayant prié à iointes mains de luy faire
tant de bien que de luy en donner, auec
promeffe de recongnoiftre ce plaifir, il
commença à regarder fon valet (qui eftoit
faict au badinage, & au proufit de la be-
face) & luy demanda s'il en auoit de refte
de ceux qu'il auoit donnez au village duquel il eftoit nouuellement forti. Le valet, apres auoir bien cerché, refpond qu'il
n'en trouuoit que deux, lefquels il gardoit
pour leur afne, qui eftoit fouuent malade.
A quoy il replique, Si noftre afne deuoit
mourir, fi faut-il faire plaifir à cefte bonne dame, que ie congnoy eftre fort affec-
tionnee à noftre religion. Et cependant
d'vn œil enuieux ayant guigné vne piece
de toile, luy dict, en continuant fon propos, Ma bonne fœur ie m'affeure tant de
voftre liberalité, que vous ne refuferez
vn peu de linge pour les poures malades
de noftre maifon. Elle luy offre & linge
& tout ce qu'il voudra pourueu qu'il fe
hafte de remedier à ce mal. Prenant donc
ces deux glans en fa main, il demande
vn vaiffeau plein d'eau, dedans laquelle il
met vn peu de fel : puis s'eftant defcaplu-
chon-

chonné, vient à dire force menus suffra-
ges, (le valet respondant tousiours Amen :
& la femme auec ses enfans estant cependant à genoux) Les oraisons estans dictes, il met ces glans en poudre dedans
cest'eau, & puis ayant brouillé le tout ensemble, le fait boire aux pourceaux, leur
donnant vne grande benediction sur le
dos, & inuoquant le bon baron sainct Antoine à ce miracle. Ce qu'ayant faict, il
dict à la femme que ses pourceaux estoyent
hors de danger. Elle, pour s'aquitter de
sa promesse, changea sa toile à vn grand-
merci du beau-pere. Le mari estant arriué vn peu apres ce depart, & ayant
entendu toute la farce, & comment sa
toile estoit du ieu, court apres eux, menant deux ou trois de ses comperes auec
soy. Le moine de loin les voyant venir
vers soy embastonnez, fut aussi estonné
qu'vn coupeur de bourses pris sur le faict:
toutesfois il s'auisa de gangner vne maison qui estoit assez pres du lieu ou il se
trouua, en laquelle le valet entre & secrettement apporte deux charbons, &
les enueloppe au milieu de la toile. Cela
faict, ils poursuyuent leur chemin, sans
faire semblant de rien. Le boucher bien-
tost apres attint le moine, & le saisit rude-
ment par le froc, luy demandant sa toile, en
l'appelant larron & luy vsant de grandes
menaces. A quoy il respondit doucement,
Mon ami, ie la vous quitte volontiers: pri-

ant

ant Dieu vous pardonner l'iniure que vous
me faites en m'oſtant ce qui m'auoit eſté
donné pour recompenſe du grand proufit que i'auois porté à voſtre maiſon. Ie
n'ay pas regret à la toile : mais pourtant i'eſpere que le glorieux baron monſieur S. Antoine monſtrera vn euident
miracle, & de bref, pour vous apprendre à ne traiter pas ainſi les bons ſeruiteurs & amis de Dieu. Le boucher, qui
ne prenoit garde à telles paroles, s'en
retournoit tout gay d'auoir ſauué ſa toile : mais eſtant à vn trait d'arc loin du
moine, il commança à ſentir le brulé,
& voir quelque peu de fumee entour de
ſoy : ce qui le rendit ſi eſtonné & ſes
compagnons auſſi, que la toile eſtant iettee ſur le champ, chacun d'eux commança à crier S. Antoine l'hermite, S. Antoine de Pade. A ceſte voix accoururent
le moine & ſon valet, faiſans auſſi bonne mine l'vn que l'autre : mais le valet
ſe mit incontinent à eſteindre le feu, le
moine commança à deſcharger force be-
nedictions ſur les teſtes de ces poures
ſupplians, qui eſtoyent agenouillez, ayans
ia perdu la parole à force de crier merci
à luy & au ſainct. Ce qu'ayant faict, il
les mena à la meſſe de parroice, ou la
toile ayant eſté deſployee & bien viſitee,
auſſi l'hiſtoire racontee, fut ſolennellement crié Miracle miracle. Et pour penitence fut enioint au poure boucher de
faire

faire compagnie audict moine par tout
le pays de Calabre, pour porter tesmoignage de ceste histoire. Lequel par ce
moyen ne gangna seulement la toile, mais
amassa grande somme d'argent, (se tenans bien-heureux ceux qui luy pouuoyent donner) le poure boucher au-
contraire ne perdit pas seulement sa toile,
mais receut grand dommage de ce voyage, tant pour l'argent qu'il y despendit,
que pour sa traffique qui cependant cessa.

XXIII. DE Calabre ie viendray en
France, laquelle ne doit rien (comme ie
pense) aux autres pays en fertilité de
faux miracles. Et commanceray par S.
Pierre des boudins, du pays de Berri:
duquel l'histoire est telle: La chambriere
d'vn prestre (à parler par reuerence)
auoit receu le sang d'vn pourceau dedans vn grand plat d'estain, ayant au milieu l'image de S. Pierre esleuee en bos-
se: duquel plat le curé se seruoit à receuoir ses offrandes, & lequel aussi il mettoit en parade sur l'autel. Ou estant vn iour,
fut apperceue quelque goutte de sang sur la
face de S. Pierre. Dont le curé commança à
faire grand bruit, n'oubliant entr'autres
choses d'en faire les cloches sonner, comme d'vn trescertain & tresbien qualifié miracle. Ceci y fit incontinent assembler les
processions de toutes les parroices d'alentour. Ce que voyant vn curé voisin, fut
tenté du peché d'enuie: & pourtant

s'en-

s'enquit fi foigneufemcnt de ce faiét,
qu'il trouua que du fang que cefte chambriere du curé auoit receu en ce plat,
quelques gouttes eftoyent entrees en la
concauité de ladiéte boffe par quelque
endroit ou elle n'eftoit bien iointe au
plat: lefquelles s'eftans gelees y eftoyent
demeurees iufques au temps du degel: &
alors en fortant eftans apperceues fur la
face de S. Pierre, firent courir le bruit
qu'il pleuroit. Lequel bruit depuis (ceci eftant aueré) fut changé en rifee, &
en moquerie de ce poure S. Pierre d'ef-
tain: car il en fut appelé fainét Pierre
des boudins.

XXIV. Ie produiray vn autre exemple fans partir dudiét pays. Au temple
du chafteau hors la ville de Bourges,
auint qu'vn oifeau (vn pigeon, felon
aucuns) faignant d'vn coup qu'il auoit receu, fe vint pofer fur la tefte d'vn Noftre-
Dame du chou: dont auint que le fang de-
coula par la face de ladiéte Dame. Et alors
ce fut à qui crieroit plus haut Miracle.
Mais le lieutenant du roy ayant faiét vifiter
cefte tefte, on trouua encore des plumes
de l'oyfeau auec le fang dedans le creux
d'icelle: & pourtant le miracle qui auoit
efté crié bien haut, fut defcrié tout bel-
lement.

XXV. I'ay ouy auffi parler d'vne Noftre - Dame diéte Noftre - Dame la neuue,
laquelle ayant efté defcouuerte miraculeu-
fe-

fement, fit pareillement force miracles,
ou pour le moins on luy voulut faire acroire qu'ell'en faifoit. On l'auoit enfouye
fous l'herbe , laquelle on auoit arrofee
d'eau falee : ce qui fut caufe que les vaches en broutant la defcouurirent.

XXVI. Aussi a efté fort renommee
la fauffeté du miracle du crucefis de Mu-
ret pres de Thoulouze. Car on fit accroire à ce crucefis il - y - a enuiron trent'-
ans qu'il pleuroit, & faifoit plufieurs miracles à l'endroit des boiteux, des aueugles, & autres, qui ont tel maux furmon-
tans l'art de medecine. Or quant à l'ar-
tifice duquel on vfa pour luy faire fortir
de l'eau des yeux qu'on difoit eftre des
larmes, il - y - en - a deux opinions : les
vns difent que c'eftoit par le moyen de
quelque miftion d'eau auec de l'huile : les
autres difent qu'on auoit mis vn fep de
vigne dedans la tefte dudict crucefis au
temps qu'elle iettoit fa feue , ou (felon
que parlent aucuns) elle pleure. Mais
le miracle dura plus long temps que cefte
faifon de l'annee , & pourtant encore
qu'on euft vfé de cefte inuention pour vn
temps , il euft efté befoin d'en trouuer
vn'autre.

XXVII. Or il faut noter que les
moyens pour faire entrer quelque crucefis ou quelque fainct en credit , eftoyent
tels : mais pour l'entretenir & augmenter
on attitroit quelques bons gueux de l'of-

tiere

tiere pour contrefaire les boiteux, ou les
aueugles, ou faire semblant d'estre venus
malades de quelque bien dangereuse maladie, & s'en retourner guaris. Quelquesfois aussi ils vsoyent seulement de ce
moyen là pour donner bruit à leur sainct.
De laquelle tromperie souuent ont esté
veus des exemples : & pour ceste heure
me souuient de trois. Le premier est de
S. Renaud à Paris, aux fauxbours de Nos-
tre-Dame des champs, auquel les moines
du lieu voulurent faire acroire qu'il estoit
sainct, & le plus habile faiseur de miracles qui fust à cinquante lieues à la ronde. Et pour cest effect ils auoyent appo-
té quelques boiteux, & quelques aueus-
gles, & autres contrefaits, ausquels ils
auoyent donné le mot du guet. Mais il
auint qu'vn entr'autres se presenta disant
estre aueugle de naissance, lequel apres
plusieurs agiots cria miracle, disant qu'il
voyoit. A laquelle parole prit bien garde vn certain personnage qui estoit là es-
piant l'occasion de descouurir cest abus :
lequel, sitost qu'il luy ouyt dire qu'il venoit de receuoir le don de la veue, luy
presente la doubleure de son saye, qui
estoit de couleurs : & luy dit, S'il est ainsi
que tu ne vis iamais, & tu vois maintenant, (ce que ie ne croy pas) di moy
quelle couleur c'est là. L'aueugle (qui
se feignoit estre) nomma incontinent la
couleur que c'estoit, chacun l'oyant. Alors
ce

ce perſonnage ayant ce qu'il demandoit, Voyez (dict-il) mes amis, s'il eſt ainſi qu'il ne vit iamais, comment peut-il iuger des couleurs ? Voila comment l'abus vint en euidence. Le ſecond exemple eſt de ceux qui feignans eſtre malades du haut mal, dict le mal S. Ian, s'en alloyent le trouuer le iour de ſa feſte, & apres auoir bien eſcumé, & crié long temps, Ian, Ian, Ian, autour de ſa chaſſe ou du lieu ou il eſtoit, faiſoyent ſemblant d'eſtre guaris. En quoy il y auoit vne fauſſeté manifeſte & impudente : d'autant que ceux qui tombent de ce mal, ni ne parlent, ni ne ſe remuent aucunement. Le troiſieme exemple eſt des miracles d'vn moine qui fut quaſi auſſi toſt decanonizé que canonizé, en la ville de Veniſe, il-y-a enuiron XLII. ans, lequel on nommoit *fra Matthio*, ſi i'ay bonne memoire. Là venoyent les gueux à grandes troupes, l'vn contrefaiſant le boiteux, l'autre l'aueugle, l'autre le paralytique, l'autre l'impotent de quelque membre, l'autre feignant auoir quelqu'autre mal : & ne venoyent qu'a bonnes enſeignes, eſtans tresbien ſalariez par les canonizateurs. D'iceux l'vn s'en retournant diſoit qu'il commançoit à ſentir guariſon, l'autre, qu'il eſtoit ia du tout guari. Mais ceſte farce ne ſe iouoit pas ſans grand murmure : car pluſieurs qui alloyent pour voir ceſte impoſture (du nombre deſquels ie

fu)

fu) ne ſe pouuoyent tenir de dire ce qu'ilſ
en penſoyent, ayans pitié du ſimple peuple, qui ne s'apperceuant que ces groſ
maraux eſtoyent attirez, ſe perſuadoit
que ce gentil-moine en mourant eſtoit
deuenu miraclifiqueux. Il eſt bien vray
que deſia en ſa vie il auoit acquis quelque
bruit de ſainéteté : ce qui eſtoit cauſe que
le peuple tant plus aiſeement ſe laiſſoit
perſuader ce qu'on diſoit de ſa miraclificence. Et entr'autres choſes i'ay ouy raconter de luy qu'il crioit fort & ferme
contre la cour de Romme quand ſa phan-
taſie le prenoit : auſſi vſoit-il d'vne licence Diogenique à brocarder & à reprendre
tous ceux qu'il rencontroit. Il me ſouuient auſſi d'vn comte que fit vn appelé
le capitaine Franchot à feu Odet de Sel-
.ue pour lors ambaſſadeur du Roy vers les
ſeigneurs de ladiéte ville, touchant ce
gentil perſonnage. Vn iour de quareſme
(diét-il) i'amenay diſner ce moine auec
moy, qui ne s'en eſtoit pas faiét prier deux
fois. Ce que ie fi pour donner paſſetempſ
à vne compagnie que i'auois inuitee, le
congnoiſſant homme qui ſçauoit tresbien
dire le mot quand il vouloit. Ce diſner
quadrageſimal eſtoit de cheureaux & autres viandes à la chardonnerette, (aux vſ
& couſtumes de Romme. (d) Deſquelles

(d) *Aux us & couſtumes de Rome* &c.) Prouerbe
qui regarde proprement les Heures Canonicales, du
récit

les ledict moine se farcit le ventre aussi bien qu'homme de la compagnie, sans faire aucun semblant de trouuer rien mauuais. Il est vray que nous apperceuions bien qu'il mangeoit comme vn homme qui ha grand haste. Ce qu'aussi il nous monstra depuis par effect : car il acheua beaucoup plustost que nous, & sortit de table, nous y laissant. Plustost ne fut-il en la rue que nous oyons crier à gorge desployee, *Allo'r inferno tutti quelli chi mangiano carne la quaresima.* Laquelle voix nous disions estre fort semblable à celle dudict moine, ne pouuans penser que ce fust elle mesme, veu qu'en criant contre ceux qui auoyent mangé de la chair en quaresme, il eust crié contre soymesme qui en venoit de manger auec nous, sans nous en rien dire. Mais quand on eut regardé par la fenestre, on trouua que c'estoit luy, & non autre. Et qui est bien d'auantage, tant plus on le prioit de se taire, tant plus haut il crioit : & n'y eut autre moyen de luy imposer silence, que de luy approcher le poin à deux doits pres de son nez. Ce comte acheué par ce capitaine, furent faicts quelques autres du mesme moine, se rapportans tresbien à cestuy-là : par lesquels on pouuoit congnois-

récit desquelles on se fait aisément dispenser à Rome. Voiez Ultic de Hutten, dans son *Philalethes Utopiensis.*

Pagination incorrecte — date incorrecte

NF Z 43-120-12

gnoiſtre quell'auoit eſté ſon humeur qui luy auoit procuré la ſuſdicte canonization.

XXVIII. IL me ſouuient auſſi d'auoir ouy parler de pluſieurs faux miracles à l'endroit des enfans mors-nez, pour les faire retourner en vie, ou pour le moins reprendre quelque ſentiment, iuſques à ce qu'ils fuſſent baptizez. Mais pour concluſion, nous ne deuons douter qu'il ne fuſt aiſé aux gens d'egliſe de faire acroire au poure peuple tout ce que bon leur ſembloit : car (comme dit-le prouerbe) bien-aiſé eſt à tromper qui à nul mal ne penſe. Or comment il faiſoit grande conſcience de penſer aucun mal de choſe aucune dicte ou faicte par eux, voire de iuger que la tromperie des gens d'egliſe (quand il s'en apperceuoit) fuſt tromperie, cela peut eſtre aſſez congnu par pluſieurs paſſages de ce liure, & nommeement de ce chapitre. Il-y-a touteſfois vn autre point à noter quant aux miracles que ces impoſteurs mettoyent en auant, c'eſt qu'en aucuns auſſi ils s'aidoyent de charmes, en aucuns ils eſblouiſſoyent les yeux du ſimple peuple par illuſions diaboliques. Et qui voudra auoir des exemples de tels miracles, auſſi bien que des autres (outre les exemples que ie vien d'alleguer) il en trouuera bon nombre au liure intitulé La conformité ou Les conformitez de S. Fran-

çois

çois auec Iesus Christ : duquel liure nous
auons souuent ci-dessus faict mention.
Là nous trouuons tant de personnes gua-
ries par S. François ou ses disciples,
tant de personnes ressuscitees, que si cela estoit vray, nous pourrions dire qu'ils
auoyent toutes sortes de miracles à leur
commandement, voire que faire vn miracle (& notamment quand à ressusciter
les morts) leur estoit aussi aisé que boire vn verre de vin. Car que pouuoit estre impossible à celuy duquel le froc estoit si miraclifique qu'il donna la veue à
trois aueugles, à vn homme & deux femmes, comme nous lisons au 72 fueillet?
Quant aux braues, comment miraclifi-
quement elles faisoyent enfler le ventre
aux femmes qui de nature estoyent ste-
riles, il n'est pas iusques aux petis enfans qui n'en puissent auoir ouy parler.
Mais en ce mesme liure il-y-a aussi des
actes racontez pour miracles, ou il semble bien que le diable ait employé ses
charmes & forceleries ou illusions.

XXIX. A ceste sorte de tromperie
nous pouuons bien aiouster l'autre dont
nous auons parlé ci-dessus, de ceux qui
des os du premier pendu qu'ils trouuoyent, (à faute d'autres) faisoyent
acroire que c'estoyent quelques miraclifi-
ques ossemens de tel sainct ou telle saincte,
qu'on appeloit reliques. De laquelle
tromperie pourcequ'il-y-a vn exemple

fort notable qui eſt teſmoigné par les pa-
·picoles meſinement , & dont toutesfois
n'a eſté faicte mention ci-deſſus, ie l'a-
iouſteray ici: mais d'autant que ie l'ay
ouy raconter autrement que Bocace ne
le raconte , (eſtant toutesfois la difference non au faict mais es circonſtances
ſeulement) ie le raconteray en toutes
les deux ſortes, pour donner le chois au
lecteur. Voici donc premierement comme ie l'ay ouy raconter. Vn porteur de
rogatons qui auoit engagé ſes reliques
en la tauerne, & ne pouuoit rendre l'argent qu'il auoit emprunté deſſus , pour
les retirer, s'auiſa de ce tour: C'eſt,
qu'ayant pris vn charbon en preſence de
l'hoſteſſe à laquelle il deuoit l'argent, il
l'enueloppa dedans vn beau linge blanc:
dequoy elle ſe moqua. Vous moquez-
vous de mon charbon? (dict·il) ſi eſt-
ce que ie le vous feray baiſer auant qu'il
ſoit nuit. Elle, voulant gager qu'il n'eſtoit pas en ſa puiſſance de le luy faire
baiſer, Et bien donc, dict-il, gageons
la ſomme que ie vous doy: à la charge
que vous me rendrez mes reliques ſi ie
gangne. La gageure faicte , ce gentil
moine, qui n'eſtoit deſpourueu d'eſprit,
quelques heures apres vint à l'egliſe, ou
il dict au peuple qu'il ne leur monſtreroit
pas les reliques qu'il auoit accouſtumé de
leur monſtrer, mais vne bien plus pre-
tieuſe. Alors deſployant ce beau linge,
monſ-

monſtra ledict charbon , diſant , Voyez-
vous bien ce charbon ? C'eſt vn des
charbons ſur leſquels le glorieux ſainct
Laurent fut roſti : mais il-y-a bien vn
point , c'eſt que toutes les filles qui ont
perdu leur pucelage , & toutes les femmes qui ont rompu la foy à leurs maris , n'en doiuent pas approcher : autrement elles feroyent en grand danger. Luy
ayant dict cela , il y auoit grand preſſe à
baiſer ce charbon , les poures femmes
& les filles voulans monſtrer qu'elles ſen-
toyent leurs conſciences nettes. L'hoſteſſe , d'vn coſté voyant bien qu'en l'allant baiſer elle perdoit la gageure , d'autre coſté qu'en n'y allant point , elle ſe
rendoit ſuſpecte d'auoir ioué vn mauuais
tour à ſon mari , & qu'elle ne ſeroit pas
creue ſi elle racontoit ſa gageure, alla baiſer le babouin apres tous & toutes les autres. Ainſi ce bon frere desgagea ſes reliques ſans rien desbourſer , & aiouſta
ceſte nouuelle relique aux anciennes. Menot cordelier, (duquel le teſmoignage ne
nous doit eſtre ſuſpect , veu qu'il eſtoit
du meſme bois dont eſtoyent faicts les
porteurs de rogatons) ne touche ceſte
hiſtoire qu'en paſſant , mais s'accordant
toutesfois auec moy quant à ceſte cir-
conſtance , que les reliques eſtoyent de-
mourees en la tauerne. Voici ſes paroles , au fueillet 41. col. 4. *Dic de illis qui*
reliquias ſuas in taberna perdiderunt , & ſti-

pitem inuentum in sudario, loco reliquiarum.
suarum, dixerunt esse quo beatus Laurentius
combustus fuerat. Ie mettray maintenant
l'histoire comme Bocace la recite , mais
vsant de plus grande briefueté : sans toutesfois omettre ce qui sert à faire entendre le style de papelardisme que tenoyent
ces freres frappars. Vn religieux de S.
Antoine , nommé frere Oignon , (*e*)
ayant accoustumé d'aller tous les ans vne
fois en vn village pres de Florence appelé Certalde , pour recueillir les aumosnes , vne fois entr'autres y estant arriué,
s'en alla le dimanche au matin en la principale eglise , ou tout le peuple non seulement du village , mais aussi d'autour ,
estoit venu à la messe. Estant là , quand
il luy sembla estre temps , vsa de ceste
harangue , Messieurs & mesdames , vous
auez accoustumé tous les ans (de vostre
grace) d'enuoyer aux poures du baron
monsieur sainct Antoine , de vos blez &
auoines , les vns plus , les autres moins,
chacun selon son pouuoir & selon sa deuotion : à fin que le benoist S. Antoine
soit garde de vos bœufs , asnes , pourceaux , & brebis : & outre ce , vous auez
accoustumé de payer (& ceux notamment
qui sont escrits en nostre confrairie) ce
peu

_____

(*e*) *Frere Oignon* &c.) C'est la Nouv. X. de la
VI. Journée du Décaméron.

peu de deuoir qu'on paye vne feule fois
l'an. Pour lefquelles chofes recueillir, ie
fuis enuoyé par noftre fuperieur, monfieur l'abbé. Et pourtant, regardez bien
que ne failliez de venir apres midi,
(quand vous orrez fonner les clochettes) ici hors de l'eglife : là ou à la mode
couftumee ie vous feray le fermon, &
vous donneray la croix à baifer : & d'a-
bondant (pourceque ie vous congnoy
trefdeuots feruiteurs du baron monfieur
fainct Antoine) ie vous monftreray de
grace fpeciale vne treffaincte & belle relique, laquelle moymefme i'ay iadis ap-
portee de la terre faincte d'outre mer,
fçauoir eft vne des plumes de l'ange Gabriel, laquelle demoura en la chambre
de la vierge Marie quand il luy vint faire
l'annonciation en Nazareth. Et ceci dict,
il s'en retourna ouir la meffe. Or entre
ceux qui auoyent ouy cefte harangue fe
trouuerent deux bons compagnons qui delibererent de donner la trouffe à ce beau-
pere touchant cefte plume de l'ange Gabriel. Ayans donc efpié l'occafion, ils
allerent uifiter fes hardes, entre lefquelles ils trouuerent vn coffret enueloppé
dedans du tafetas, ou eftoit vne plume
de la queue d'vn perroquet, laquelle il
vouloit faire croire eftre celle de l'ange
Gabriel. Ce qu'il pouuoit perfuader aifeement à fes auditeurs, qui non feulement n'en auoyent point veu, mais

(quant à la plus part) n'en auoyent point
ouy parler. Ceux-ci ayans pris ceſte plume, pour ne laiſſer le coffret vuide, l'em-
plirent de charbons. Frere Oignon apres
diſner, eſtant venu l'heure qu'il deuoit
monſtrer ceſte relique, fit venir ſon valet
auec les beſongnes qu'il luy auoit baillees
en garde, & luy ayant fait ſonner les clochettes ſur la porte du temple pour faire
aſſembler le peuple, quand il le vit aſ-
ſemblé, commança ſon ſermon, ou il dict
ce qui luy ſembloit ſeruir à ſon propos
touchant ſa relique : en la fin quand il
vint à le vouloir monſtrer, il fit premierement la confeſſion en grande deuotion :
puis eſtant eſclairé de deux torches, oſta
doucement le tafetas dedans lequel eſtoit
enueloppé le coffret : & ayant dict quelques paroles à la louange & recommendation de l'ange Gabriel & de ſa relique,
finalement il l'ouurit. Or voyant le tour
qu'on luy auoit ioué, ſans rougir, &
ſans faire l'eſtonné, hauſſa la face & les
mains au ciel, & dict, O Dieu, louee
ſoit touſiours ta puiſſance. Et apres, ayant
refermé le coffre, ſe retourna vers le peuple, & dict, Meſſieurs & meſdames vous
deuez ſçauoir qu'en ma ieuneſſe ie fu enuoyé par mon ſuperieur en ces pays ou
le ſoleil apparoit : & me fut donnee charge &c. Et en faiſant vn aſſez long diſcours de ſa peregrination, il dict entr'autres choſes que le patriarche de Hieruſalem

lem luy monftra outre plufieurs autres reliques, celles - ci, Vn peu du doit du S.
Efprit aufli fain & aufli entier qu'il auoit
iamais efté, & le mufeau du Seraphin qui
apparut à S. François, & vne des ongles
du Cherubin , & vne des coftes du *Verbum caro*, & des habillemens de la fainéte
Foy catholique , & quelques rayons de
l'eftoile qui apparut aux trois Rois en
orient, & vne phiole de la fueur de fainét
Michel, quand il combatit le diable. Voila quant aux reliques que ledíét patriarche
luy monftra. Mais voici celles qui ne luy
furent feulement monftrees par luy, mais
aufli donnees : Vne des dens de fainéte
croix , & vn peu du fon des cloches du
temple de Salomon: & la plume de l'ange Gabriel, auec vne des galoches de S.
Guerard de gran - ville : & outre tout ceci, des charbons fur lefquels fut rofti le
bienheureux martyr monfieur S. Laurens.
Et puis il díét, Lefquelles chofes i'appor-
tay deça deuotement auec moy. Toutesfois mon fuperieur n'a iamais fouffert que
ie les aye monftrees, iufques à tant qu'il
a efté deuement certifié fi c'eftoyent elles
ou non: mais maintenant que par certains
miracles qu'elles ont faíét , & par lettres
qu'il a receu du patriarche, il en a efté
bien certifié, il m'a donné permiffion de
les monftrer : & ne m'en voulant fier à
autre , ie les porte toufiours auec moy.
Il eft bien vray que craignant que la plu-

me

me de l'ange Gabriel ne se gaste, ie la
porte en vne petite boiste : & les charbons sur lesquels fut rosti S. Laurens, en
vn'autre , qui luy resemble si bien que
plusieurs fois ie pren l'vne pour l'autre :
comme il m'est maintenant auenu. Car
pensant apporter la boiste ou estoit la plume , i'ay apporté celle ou estoyent les
charbons. Mais ie ne pense point qu'il
y ait faute en ceci, ains que Dieu l'a ainsi
voulu, & que luymesme m'a mis entre les
mains celle des charbons : car ie me suis
souuenu tout maintenant que la feste S.
Laurens est d'ici à deux iours : & par
ainsi &c. Car ie laisse le reste à ceux qui
en voudront sçauoir plus auant : confes-
sant que ce comte est enrichi (comme
sont les autres du mesme auteur) mais enrichi de menteries coustumieres & ordinaires aux cafars , lesquelles pour ceste
raison ie n'ay voulu omettre.

XXX. Or i'auois deliberé de faire
ici fin à ce chapitre, mais il s'est presenté vne histoire qui n'a point encores esté imprimee, & qui est mesmement aue-
nue depuis bien peu de temps, assauoir
aux temps des dernieres guerres ciuiles
auenues en France , en l'an mil cinq
cents soixante huit, & afin de ne rien
omettre à ce qui peut seruir pour le
suiet de ce liure, ie n'ay voulu faillir de
la mettre en ce lieu, mais afin que ie
n'ennuie le lecteur (d'autant qu'elle n'est
en-

encore mife en lumiere) ie le prie ne
trouuer mauuais que ie ne l'ay voulu paffer fous filence, & pource auffi que ie
l'ay eue par le moyen de quelque fin-
gulier perfonnage, & bien erudit, lequel
l'a recueillie à la verité : c'eft touchant
vn efclaue de Satan, ouurier rufé à tout
dol & illufion, Meffalian Normand,
apoftat de Dieu & de l'eglife de Iefus
Chrift, comme les lecteurs pourront voir
& congnoiftre par le bref difcours d'icelle hiftoire commodeement appartenante
à ce qui eft contenu à la prefente Apologie Tragique. Or voici ce qu'il en efcrit.

XXXI. QUAND tous les fiecles precedens nous auront amené chacun la meilleure, la plus fubtile, & plus recomman-
dable inuention qu'il leur fera poffible.
Quant tout le college des faints & faintes, nous auront rapporté la plus memorable chofe qui ait iamais efté pratiquee
entr'eux, voire tous enfemble. Quand le
pape nous produira le plus bel acte qu'il
ait iamais fait ou exercé quel qu'il puiffe
eftre. Ce ne fera encore rien à paran-
gonner à l'admirable, voire prefque incroyable refuerie, qui eft entree au cerueau d'vn poure fimple homme preftre, en ces derniers temps, durant les
troubles derniers. Les anciens auoyent
leurs dieux peculiers, defquels ils tiroyent refponfes quant ils vouloyent faire entreprifes, ou autres chofes de con-

fesequence, & chacun se contentoit du sien.

XXXII. Les saints en leur colloque auiserent tres bien n'entreprendre rien l'vn sur l'autre, & que chacun seroit ce à quoy il estoit choisi & esleu: (voire si pour telle on leur veut attribuer quelque diuinité) combien que nous en trouuons deux auoir exercé vn mesme estat, comme S. Cosme & saint Damien. Saint Crespin & saint Crespinian : mais ce n'a esté pour corrompre l'ordre qui auoit esté determiné : mais possible craignans d'estre trop foibles ils se sont voulu allier ensemble, ou bien d'autant que toutes places estoyent pourueuës, ils ont eu pitié les vns des autres, & se sont racueillis au mesme exercice, & ont voulu estre en ce participans de la regle des cordeliers, qui est d'aller tousiours *Bini.*

XXXIII. Le pape combien que son autorité soit grande, & que voirement il se soit constitué (ie dy, se soit, car c'est de son propre & non d'autre) lieutenant ou vicaire de Dieu ici bas, si est ce qu'il ne s'est iamais immiscué de vouloir faire exerce des œuvres de Iesus Christ, ni de ce que les Apostres en auoyent receu de leur maistre : combien que l'acte dequoy il se mesle soit de grande & merueilleuse importance. Mais se mesler faire aller droit les boiteux, illuminer les aueu-

aueugles, guarir les ladres, & toutes telles maladies, il n'y a iamais touché. Il exerce voirement vne grande charge, se manifestant par ses indulgences, qui sont d'vn grand poids, mais de peu d'efficace. Et en ce regard ie les rendray bien esgaux, non en autorité, mais en puissance.

XXXIV. OR si l'Escriture sainte nous admonneste de nous donner en garde, & qu'en ces derniers temps s'esleueroyent de faux prophetes, se monstrans ennemis de la croix de Christ, en faisans signes & miracles, & ce sous ombre d'humilité & religion d'anges. Nous auons matiere & occasion de pratiquer ce qu'elle nous en monstre voire auec le doigt en la personne de ce prestre, lequel Satan s'estoit des long temps choisi, voire si bien entretenu, que iusques au temps qu'il a veu estre propre pour faire ce à quoy il le gardoit, il ne l'a iamais voulu manifester : mais bien sous vne sainteté qui reluisoit en luy, cachée d'vne hypocrisie, se manifestoit peu à peu, se nourrissant en toute superstition & idolatrie, consummant tout son aage à inuenter toute iniquité & faux seruices contre la maiesté de Dieu, & ne se contentant d'ainsi en user, son estude n'estoit qu'à induire le poure & simple peuple ignorant à tels seruices, lequel peuple, pour la sainte vie qu'il voyoit, &

qui

qui eſtoit en ceſt hypocrite, commençoit fort à le ſuyure. Et faut dire de luy
qu'il eſtoit en admiration à beaucoup de
perſonnes. Mais ce peuple n'eſtant pas
bien inſtruit en l'Eſcriture ſainte, qui
dit, Gardez - vous des faux prophetes qui
viennent à vous en habits de brebis: mais
par dedans ſont loups rauiſſans, ne ſe
donnoit point en garde de telle hypocryſie: car auſſi eſtoit elle bien couuerte, voire ſi bien couuerte, que c'a eſté
poſſible vn des plus fins hypocrites dequoy on ouit, peut eſtre, parler depuis pluſieurs ſiecles, comme i'ay deliberé vous monſtrer en le deſcriuant ſelon
toutes ſes facultez, en la maniere que
verrez ci apres.

XXXV. Pour mieux entrer aux
faits de ce venerable, il n'y a pas de
danger d'entendre que ſon enfance a eſté
toute adonnée à ſuperſtitions & idola-
tries, iuſques à en inuenter de ſon propre cerueau, autant qu'il pouuoit, inci-
tant les autres à ces choſes meſmes. Paruenu en aage, il s'eſt adonné à vouloir
ſuyure la Magie, & deſlors commença
à guarir des fieures, & s'en trouuoyent
quelques vns relachez pour quelque temps,
& là commençoit à faire ſes eſpreuues:
car il aiouſtoit parmi ſes herbes que il
faloit croire, & auſſi pour mieux ſe couurir & cacher, ſon hypocryſie, ne prenoit rien, mais faiſoit tout gratis, voila
com<

comment il a pratiqué le peuple. Il s'eſt
auſſi mis à preſcher, & pour mieux eſtre
eſcouté, a fort crié contre les chiens &
les oiſeaux des prelats, par ce moyen
attirant beaucoup d'hommes, voire & de
ceux meſmes qui ſe diſoyent faire profeſſion de la vraye religion Chreſtienne :
car il plaiſoit à beaucoup qu'il touchaſt
ainſi les abus commis par les cardinaux,
archeueſques, eueſques, abbez, prieurs,
curez, vicaires, moines, chanoines, &
toutes telles gens & ſpecialement du deduit qu'ils auoyent auec leurs putains :
voila qui plaiſoit fort à pluſieurs, au
grand deſplaiſir du clergé. Mais diſpu-
tant ainſi de la vocation d'autruy, n'a eu
eſgard ſa condition ne valoir gueres
mieux. Car s'il euſt bien leu ce que dit
Fauſte en ſes diſtiches, il en euſt trouué
entr'autres vn qui luy eſt bien peculier,
& eſt tel.

Ne pura explicitæ credas ſub imagine fronti :
Raptorem occultat pellis ouina lupum.

Ainſi traduit,

Sous umbre d'vn viſage
Et beau front deſcouuert
Ne croy (ſi tu es ſage)
Que bien y ſoit couuert.
Car la peau de brebis
Le rauiſſant loup cache,

Et

Et deſſous beaux habits
N'y a qu'ordure & tache.

Voila vne tres belle leçon, ſi le peuple
l'euſt bien entendue, mais il aueugloit
tellement les hommes, qu'ils ne ſauoyent
que dire autre choſe de luy, ſinon que
c'eſtoit vn ſaint homme. Car voyans
qu'il guariſſoit ainſi des fieures, & que
de tous coſtez on accouroit à luy, d'autre part qu'il ne prenoit rien mais leur
recommandoit faire dire des meſſes & autres cerimonies, firent incontinent courir le bruit, qu'il y auoit vn ſaint homme qui guariſſoit de toutes maladies. Or
il ne pouuoit faillir: car s'ils n'eſtoyent
guaris, ou c'eſtoit faute de credence, ou
le peu de foy qu'on auoit. Ce ſont les
principaux poinćts dequoy il s'eſt aidé.
Sur ces entrefaites, meſſieurs du clergé
de Lyſieux, auertis qu'il auoit ainſi crié
ſur eux, & d'autrepart qu'il affluoit tant
de peuple vers ce quartier là, ont mis
toute diligence le faire auertir, dequoy
n'a pas fait grand conte: ains allant ouel-
que iour vers eux, ſont demeurez ſi bien
d'accord, qu'il n'a eſté queſtion, ſinon
d'abbayer comme vn chien contre la
vraye religion & les profeſſeurs d'icelle,
choſe qui plaiſoit beaucoup aux auditeurs.
Ce bruit s'eſt tant eſpandu que de toutes
nations accouroyent à luy tous impotens, boiteux, (entre leſquels ſe trouua
                                                    vn

vn aftrologaftre, de l'euefché de Conftances, duquel le nom eft affez cogneu, & duquel on peut à bon droit dire : *Vxorem fed babes Brobome cum populo, id eft, cum canonicis :*) aueugles, furieux, & toutes fortes de gens malades, à grandes charretees. Aillent les faibts fe chauffer au foleil : car voici leur maiftre, rien ne luy eft impoffible. Saint Michel peut bien vendre fes coquilles à d'autres. Le Breton quitte là fon faint Main. Saint Maturin peut bien deuenir fage. Saint Claude die fes patenoftres tout feul. Saint Cofme & faint Damien ferrent leurs boiftes hardiment. Bref, il eft queftion que les faints s'aillent iouër : car voici qui en fera plus en vn coup qu'ils n'ont tous fait en leur vie.

XXXVI. CE poure incenfé n'a eu honte de s'attribuer la puiffance donnee aux Apoftres de Iefus Chrift : voire la puiffance de Iefus Chrift mefme, auquel furent amenez boiteux, aueugles, muets, manchots, &c. (S. Matth. 15.) Et le peuple eftoit efmerueillé de voir chacun en fon endroit eftre guary. Or cela fe faifoit-il par foy & en croyant. Dequoy c'eftuy-cy s'eft voulu ayder : car lors il impofoit les mains fur chacun, au nom du Pere, du Fils, & du fainct Efprit.

XXXVII. IE fais ici vne grande difpute en moy mefme de cefte foy : car nous voyons le peuple, par vn fi grand &

G

fi ardent defir accourir à ceft homme : ioint qu'ils auoyent fi grand efpoir d'eftre guaris, qu'il m'eft bien difficile de pouuoir apprehender de quelle foy ils eftoyent garnis. Car fi pour croire, voire fermement, il euft fallu eftre guari, ce peuple deuoit participer de ce benefice. Ie fay qu'il y en eft allé auec vne fi grande foy, & fi ardent efpoir de recouurer fanté qu'il n'y defailloit rien, & s'il euft fallu eftre guaris pour croire, ils auroyent iufte occafion de fe plaindre que leur fanté n'eft recouuerte. Comment donc ce peut faire ? car (S. Matth. 8.) Iefus Chrift dict, Va, & ainfi que tu as creu il te foit faict. (Matth. 9.) Aux auueugles il fut dict, Il vous foit faict felon voftre foy. Et ce peuple s'en retourne fans aucune fanté, encor qu'ils fe perfuadoyent eftre guaris, & le maintenoyent fi fermement que ie me fuis plufieurs fois esbahy de la fermeté qui eftoit en beaucoup.

XXXVIII. Sur cette fermeté ie produiray vn ieune homme tondeur de draps, ayant perdu vn œil, lequel fut voir ledit preftre. Or eftant reuenu, auec vne ioye & alegreffe fe difoit eftre guari, & voir autant de fon œil peri auparauant, comme de celuy auquel il n'auoit eu nul mal. Or à fucceffion de iours s'adreffa à luy vn homme, n'aimant pas beaucoup tels contempteurs de Dieu & de fa parole : lequel luy demanda s'il voyoit bien de fon œil,

au-

auquel il faict responfe qu'ouy, voire d'v-
ne fi bonne façon que on l'euft aifeement
creu eftre veritable. C'eft homme luy tire fa bourfe , en laquelle y auoit force
monnoye, entr'autres pieces des douzains
& des carolus, & luy dict, voila (prefence de ces gens ici) ma bourfe , en laquelle y a douzains & carolus, faifant dif-
tinction & feparation des douzains & carolus, Ie vous donne tous les carolus
qu'en eflirez de parmi l'autre monnoye :
Ie poure homme ayant caché fon œil dequoy il voyoit clair , ne feut accomplir
fon deffein, d'autant qu'il ne voyoit de
fon œil , non plus que quand il y alla.
Voila comment ils eftoyent enforcelez
par ce malheurex : & ie dy moy qu'il y
auoit en ceft homme vne efpece de for-
cellerie.

XXXIX. I'AY parlé à vn autre qui
eftoit fort de la religion : lequel y menant vn fien fils , & vn feruiteur fort malade ,fut tellement enforcelé de ceft homme, qu'encor luy eftant reuenu, fon fils
fort malade, & fon feruiteur mort, me
difoit , fur la remonftrance des iugemens
de Dieu que ie luy faifois, Mon amy,
fi auiez ouy ceft homme , vous auriez
veu & ouy vn fainct perfonnage.

XL. OR voyant cefte grande affluen-
ce de peuples, (car des parties Orientales, Meridionales , & Septentrionales ,
eftoyent defcampez tous impotens & ma-
la-

lades) il y feut tres bien donner ordre.
Car fes freres & coufins trouuerent l'inuention d'auoir bruuages, viandes, pain,
foin, auoine, & autres chofes neceffaires tant aux hommes que aux beftes brutes qui là fe trouuoyent : & ce faifant em-
portoyent vn merueilleux butin en toutes façons. Ie vous laiffe à penfer quel
defordre il fe pouuoit commettre entre
fi grandes multitudes : & mefmes quelle
deftruction de biens de quelque matiere
qu'ils foyent fe pouuoit faire. Voyant
ces peuples ainfi preffans pour approcher
de luy, & fe profternans à fes pieds : afin
qu'il les touchaft pour recouurer fanté :
il a bien feu y donner ordre, car le grand
courage qu'ils auoyent le preffoit en telle
façon, qu'il n'y auoit moyen d'y fatisfaire. Voici donc comment il procede. Il
dreffe par des hommes propres, & ayans
verges blanches en leurs mains, en vn
grand planitre toutes fes bandes, & fait
faire des ruettes, par lefquelles il luy eftoit libre d'aller, & fes fergents qui le
precedoyent. Et lors au commencement
fe faict declarer au peuple eftre le RES
TAURATEUR DE LA CHOSE PERIE.
Voila le titre d'honneur que s'eft donné
ce pelerin, & qu'il deuoit obuier aux herefies des miniftres de la parole de Dieu,
encourageans par ce moyen ce peuple à
maintenir toute fuperftition & fauffe doctrine : car auffi ne leur prefchoit tous les
iours

jours autre chofe, afin que fes miffatiers
apoftats, par luy perceuffent beaucoup
de fruit à fa venue, ce qui fe faifoit auffi.
Alors cheminant par les rues ainfi ordon-
nees (fes fergents le precedans) il impofoit les mains fur les poures malades
indifferemment, prononçant paroles d'efcriture, comme, au nom de Dieu fois
guari, au nom du Pere, & du Fils, &
du fainct Efprit, fois guari. Et ce marchement ne fe faifoit qu'apres auoir chanté fa belle meffe, & l'auoir prefchee &
fa faincteté, auec recommandaces de faire aumofnes, faire dire des meffes, & autres folennitez, vfant de croifades fur les
malades, les exhortant à vne viue foy:
en tout ce difcours ne prenoit rien de
perfonne, mais y auoit vn fien petit feruiteur mal accouftré aupres de luy qui
feruoit de receueur en cefte partie, auquel
on diftribuoit force argent, & reccuoit
là de grandes aumofnes.

XLI. Il demeura notoire que quelques uns particuliers, par fon art & in-
cantation diabolique fe font trouuez guaris pour quelque temps : mais fe temps
de fa limitation paffé, les poures idiots
retomboyent pires qu'auparauant, ne fe
pouuans peffuader toutesfois ce qui en
eftoit : car ils n'en donnoyent nullement
la faute au preftre : mais s'accufoyent
eux mefmes, & le mauuais gouuernement qu'ils auoyent obferué en leur

Tome II.   B b   fanté,

fanté, acquife par fon moyen : voire & plufieurs en font morts, qui a donné occafion à beaucoup de penfer de c'eftoit que du compagnon. Les autres efperans guarir dedans les neuf iours, ne reccuans fanté en donnoyent le blafme en ce qu'ils n'auoyent fermement creu. Les autres ayans fermement creu, & n'eftans guaris auoyent recours à ce grand Dieu qui permet telles chofes afin de confermer toufiours les fiens, & leur donner certain appuy en fa mifericorde (combien que ie ne veux blafmer les moyens que Dieu a donnez aux hommes en la cognoiffance des herbes, leur proprieté & vertu, & autres chofes femblables) mais ie dy que delaiffans Dieu pour prendre appuy fur vn impofteur, qu'il n'y a ordre : car nous deftournons nos oreilles de la verité, nous adonnans aux fables, comme il eft efcrit, 2 Timot. 4.

XLII. Les autres faifoyent leur neuuaine aupres dudit preftre comme eftans mieux appuyez, & efperans en recourer plus aifecment fanté, (du nombre defquels fut vne femme, qui a deux enfans qui font tous deux muts, c'eft à dire qui ne parlent point, laquelle fift double neuuaine & toutesfois fefdits enfans ne parlent point pourtant) & non fans grand couftage & defpence. Car en cefte acte & marchement audit lieu de
Bel-

Bellouet : afin de recouurer fanté , on n'efpargnoit or , argent , biens , cheuances , & generalement tout ce qu'on auoit , on vendoit , on mefuendoit , on ne fe foucioit quoy qu'il couftaft , mais qu'on peuft paruenir iufques audit lieu. Voila comment ce diable a tellement aueuglé les yeux au poures ignorans , & comment il les a tellement enforce-lez qu'il n'y a eu moyen d'ofter ce pro-pos de leur bouche , finon qu'ils euffent affaire à vn faint perfonnage , combien que tous ne foyent demeurez là , mais la plus part. I'en ay veu qui ont vfé de maledictions contre luy (comme nous dirons ci apres) de telle façon que c'eftoit pitié à les ouir. Et entr'autres i'ay parlé à vn homme borgne , qui auoit vne iument borgne , & fur cefte iument porta vne femme aueugle par vn fi tres-grand defir de obtenir fanté & recouure-ment de fa vuë , qu'il n'y a moyen d'y aller en plus grande deuotion , leur de-uoir fut fait , la neuuaine paffee , ceft homme ne reçoit fanté de fon œil, cef-te femme demeure aueugle, & la iument ne voyoit plus de l'autre œil qu'elle y porta bien fain , & deuint aueugle. Or Dieu fait de quelle priere a vfé en fon feruice ceft homme , & non feulement luy , mais vne infinité d'autres. Et quoy qu'il fe ioue ainfi des hommes , fi a - il vn Dieu lequel il ne peut tromper. Et

difoit tres bien vn bon auteur Grec, à
vn hipocrite malicieux, ainfi interpreté
en Latin :

Improbe mortales quanuis tua crimina teles,
Fallere cœleftes non potes ipfe deos.

Laquelle fentence en ryme Françoife a
cefte intelligence, par vn erudit perfonnage traduite.

Combien que tes forfaits
Et crimes inhumains,
Tu celes aux humains
Comme s'ils n'eftoyent faiĉts

Si eft-ce que les dieux
Celeftes en ont bien
Cognoiffance, & ne peux
Les deceuoir en rien.

XLIII. La meilleure conieĉture que
nous puiffions auoir qu'il euft familiere
communication auec le diable, fe declara
en ce qu'il fe mefloit de prophetizer,
deuiner & mefmes enfeigner les chofes
perdues ou adirees. Il demeure vray
qu'vn perfonnage ayant lieu en la multitude du peuple là prefent, perdit fa
bourfe. Or ledit preftre eftant bien inf-
truit, ne permet le perdant fe plaindre,
ains commença à declarer & denoncer
vn

vn autre de la compagnie l'auoir, iufques
à le nommer , qui eftonna beaucoup de
ces poures idiots & par ce moyen s'augmenta grandement fa reputation , iufques à s'acquerir le nom de grand prophete enuoyé de Dieu , pour annoncer
beaucoup de chofes , & fufcité pour con-
foler, donner aide & confort à beaucoup
de peuples. Voila vne merueilleufe opinion.

XLIV. CEPENDANT que nous fom-
mes fur ces diuinations, il ne viendra mal
à propos le fait d'vn certain religieux de
l'ordre fainct François , lors prefchant
à Caen. Ce religieux eftoit homme fort
propre & de bon maintien, grand ioueur
de plufieurs inftrumens , au refte affez
docte homme & bien prefchant , ayant
autresfois pratiqué les armes : d'autant
qu'il ne refidoit au conuent des freres
mineurs, plufieurs dames prenoyent plaifir à l'aller voir , & prendre recreation
auec luy : (car il eftoit homme grandement recreatif & qui aimoit compagnie)
auffi eftoit-il fuyui de beaucoup , combien qu'aucuns n'acceptaffent fa maniere
de prefcher : mais d'autant qu'il eftoit
honnefte, il eftoit aimé de plufieurs. Il
propofa en foy mefme de fe mettre en
chemin, pour aller voir quel homme eftoit en fi grande reputation au peuple,
& lors fe delibererent l'accompagner
quelques vnes defdites dames , entre lef-

quelles il eſt vray qu'il y en a vne aſſez
mal compoſee de corps. Or pour mieux
accomplir ſon intention, il fait faire habits propres & conuenables à vn bon
marchant. Et enfin, ſe mettent tous en
chemin, Dieu ſait en quelle diſpoſition :
car rien n'y manquoit, & allerent coucher iuſques à ſept lieuës de Caen, &
viron quatre lieuës dudit lieu de Bellouet. Le lendemain allant audit lieu
(comme ce malheureux hayoit toutes
gens de bon iugement, & ne vouloit
parler à eux de peur d'eſtre deſcouuert)
n'endura ledit religieux parler à luy :
ains va commencer à dire qu'ils auoyent
tenu propos de luy, & qu'il y en auoit
vn en leur compagnie qui eſtoit deſgui-
ſé, & qu'il luy ſeroit beaucoup plus con-
uenable d'eſtre en ſon conuent. Et lors
quitterent là ledit preſtre s'en retournans à
ladite ville, en tel ordre qu'elles y eſtoyent
allees, auec ledit religieux : aumoins on
les voit encores ainſi mal baſties qu'elles
eſtoyent auparauant.

XLV. COMME ce malheureux à eſté
touſiours fin & couuert, vray hypocrite,
auſſi a-il monſtré & fait accroire qu'en
luy n'y auoit acception de perſonnes, &
ne ſe donnoit peine des vns ny des autres. Teſmoin me ſera vn bon prince de
France, lequel oyant le bruit de ceſt
homme, eſtant grieſuement agité de maladie, ſe met en chemin pour venir à
luy,

luy, & paruenu audit lieu, fait comme
les autres, & reçoit l'impofition des
mains dudit preftre, fans confiderer à
quoy il auoit affaire. Toutesfois fa grande affeurance, & attente: fon grand efpoir & affection de recouurer fanté ne luy
ont de rien profité. Ceci me fait encores
entrer en vne confideration merueilleufe :
car cefte foy & efperance en ceft homme eft inutile, & ne luy a apporté aucun fruit. La Cananee (comme nous
trouuons en la fainte Efcriture) obtint
mifericorde pour fa fille, & ce par foy.
Le lunatique eft prefenté par fon pere à
Iefus Chrift, & par foy il eft guary. La
foy du centenier a receu grace par la fanté de fon enfant. Bref, vne infinité de
malades ont receu guarifon de noftre Seigneur Iefus Chrift & de fes Apoftres, fe
prefentans à eux, auec vne foy certaine
d'obtenir fanté, voire & l'ont obtenue.
Et ce peuple ici demeure en fon eftat,
voire aucuns font faits & rendus pires
que deuant, & meurent les autres. Ie di
qu'en ceci n'y a eu aucune foy qui ait
eu efficace : car le fondement n'eftoit
point bien pofé. Car s'ils euffent efté
appuyez fermement de la iuftice de Dieu,
par la foy en Iefus Chrift, qui eft fur
tous ceux qui croyent en luy, & qui
s'appuyent entierement en fa mifericorde, ie ne fay aucun doute, que Dieu
n'euft eu pitié, & compaffion d'eux. Mais

leur

leur foy, tant fuſt elle grande & ferme, n'eſtoit appuyee que deſſus ce preſtre. N'auons-nous pas des hommes auſquels Dieu a fait tant de bien que d'auoir la congnoiſſance de beaucoup de choſes, pour en aider aux autres? ouy certes, autant bien experimentez qu'il eſt poſſible de ſouhaiter, & dont pluſieurs ſe trouuent bien, ils ne ſe fient pas tant en leur prudence, qu'ils n'ayent l'vſage d'appliquer aux malades ſelon qu'ils ſont agitez, les choſes que Dieu leur a manifeſtees eſtre propres pour tels effets, bien aiouſtent-ils qu'il faut croire & eſperer eſtre ſoulagé, mais ce par la grace de Dieu, & en ce ne giſt aucune hypocriſie, ny maluerſation en leur fait. Ie reuien à mon pelerin. I'ay memoire d'vn excellent miracle qu'il a fait à l'endroit d'vn enfant muet, lequel il a fait parler. Or quelque peu auparauant le peuple a eſté embouché de ceci, qui a cauſé vne attention ſi grande que c'eſt merueille. L'heure donc venue, il fait amener ceſt enfant au millieu de la trouppe, & là le peuple fort curieux reçoit le fruit de ſon eſperance: car il fait que ceſt enfant prononça ce mot, Ieſus, & furent tous eſtonnez. Ce mot eſt bien plus doux qu'vn autre: mais ie n'ay point appris que ceſt enfant ait rien dit depuis, & en ce me ſemble l'abus tant manifeſte qu'il n'y a moyen de dire qu'il n'y ait de l'incancantation & meschanceté en cest homme.

XLVI. Ie trouue en luy vne chose fort estrange, c'est que iamais n'a voulu auoir communication auec personne, & principalement auec ceux qui auoyent quelque bon iugement, tant en l'Escriture qu'en autres choses, & ne frequentoit personne. D'auantage il n'a iamais desplacé de son lieu pour sauuenir aux indigens, mais a falu, tant fussent ils demeurez venir à luy. Iesus Christ & ses Apostres sont allez çà & là executans leur vocation, & en se tenoyent en vne place, & estoit leur puissance faite egale par tout. Mais en cestui-ci ie peux dire sa puissance (si puissance auoit) auoir esté enclose & charmée en cest endroit & non ailleurs, & sa domination n'auoir eu estendue qu'en ceste place. Et en ce voyons la difference qu'il y a entre sa puissance & celle des Apostres. Il prend la sienne de Satan son maistre : & les Apostres simplement exercent celle qui leur est donnee de Christ en tous endroits. Or le diable voyant qu'aucuns commençoyent à murmurer assez secrettement de ce qu'il ne sortoit effect en beaucoup de choses dequoy on se deust contenter, fait tenir vn conseil secret entre ce prestre & ses apostez missatizans, afin de donner ordre que ces choses ne demeurassent sans confirmation. Il leur met au cerueau faire espreuue de la grande & admirable per-

fec-

fection qui eſtoit en ceſt homme. Et a
auiſé Satan le faire trebuſcher comme il
s'enſuit.

XLVII. Ils perſuadent vne poure
femme à leur obeir & faire à leur volonté. Ie ſuppoſe qu'il y eut en ceci
quelque choſe du grand ſauoir diabolique
du compagnon: car ceſte femme fut aucunement agitee en ſon cerueau. Ils firent donc marché par quatre ſols par
chacun iour, durant le temps qu'elle ſeroit en ceſte peine. Or ce malheureux
fait ſemer cela qu'il deuoit faire, tellement qu'il retarda beaucoup de ces peuples, qui meſmes auoyent long chemin
à faire en eſperance de voir faire ce miracle, & ietter ce diable qui agitoit ceſte femme.

XLVIII. Il auoit bien noté que
l'incredulité des Apoſtres auoit eſté cauſe qu'ils ne ietterent l'eſprit immunde
hors du demoniacle: mais ayant eſté pre-
ſenté à Ieſus Chriſt par ſon pere, auec
vne viue foy reccut guariſon. Or cela ſe
fait par ieuſne & oraiſon. (Mat. 17.)
D'autant qu'en luy giſoit vne ſobrieté
bien grande, il luy a eſté aiſé de ieuſner.
Or a-il retenu ce peuple par pluſieurs
iours en ceſte attente, & faiſoit dire meſſes, matines, ſuffrages, & grand nombre d'autres cerimonies qui là eſtoyent
exercees, qui eſtoit la preparation pour
ietter ce diable. Il ſe perſuade bien eſtre
au-

autant fauant en fon art, qu'eftoyent les
Magiciens de Pharao : car auffi faifoyent
ils ce que Moyfe faifoit : mais leur fait
n'eftoit qu'illufoire, là où celuy de Moyfe eftoit fait en uerité par le commandement de Dieu.

XLIX. C'EST ici la mort & la ruine
de ce poure preftre. Car ils eftriuent
fon maiftre & luy, & femble qu'il vueille exceder fa charge. Il delibere donc
le chaffer par fa coniuration, & à fon
departement deuoit vfer de fraction fuft
à vn cheuron de bois du temple, ou bien
d'un pommier qui eftoit là pres & par
ce moyen deuoit remporter los perpe-
tuel auec le fait d'vn fi excelent miracle.

L. OR il faut fatisfaire à l'intention du
peuple qui eftoit ferré de tous coftez at-
tendans voir cefte fraction de quelque
cofté que ce fuft. Lors s'addreffant à
la femme ainfi poffedee commença à dire, ie te coniure au nom du Pere, du
Fils, & du fainct Efprit, & que tu ayes
à me dire où tu as efté cefte nuit. Sur
quoy luy fut fait refponce par l'efprit
eftant (comme ilz difoyent) dedans le
corps de cefte femme. Qu'en as tu affaire bauard. Puis derechef le coniura
tenant fon dieu facrifié, & confacré dans
la patene de fon calice, vfant de ces motz,
ie te adiure au nom de ton maiftre & du
mien que tu ayes à me dire où tu as efté cefte nuict : & alors preffé par ce moyen
luy

luy refpond, qu'il auoit efté en Bretai-
gne querir l'ame d'une dame qui luy appartenoit. Tu en as menti, dit le preftre, de mentir eft ton office. Mais le
diable eftant courroucé contre luy, luy
dit. Sans cela tu ne gaignerois rien.
Voila vn fort beau colloque, & de belles
accufations portees d'un cofté & d'autre.
Le maiftre & le valet n'accordent gueres
bien leurs vielles. C'eft à luy maintenant
à rentrer en grace. Alors eux memora-
tifs du fait de Iefus Chrift ont recours à
leurs belles oraifons, fuffrages, meffes,
matines, & toutes fortes de cerimonies.
Puis eftans bien affeuré s'en vient à ceft
efprit rapportant fon dieu en fa patene
& luy dit, ie t'adiure au nom de ton
maiftre & du mien que tu vois en cefte
patene, que tu ayes à fortir hors du corps
de cefte femme, il recita telles paroles
par plufieurs fois, mais d'autant qu'il
auoit irrité fon maiftre, il ne feut paruenir à fon intention, & ne gaignoit rien
fur luy. Pour la troifieme fois fe remet
en oraifon comme au precedent il fait encor fes adiurations mieux qu'auparauant,
mais tout fon labeur eft inutil & n'eft forti effet quelconque de toute fon entreprife. Voila la fainteté, la foy tant exel-
lente, & la fotte refuerie dudit preftre
rendu odieux à beaucoup d'entre le peuple. Plufieurs vfoyent de maledictions
contre luy, difans il eft à prefumer qu'il
nous

nous abuſe, il a bien autant guari de malades, comme il a ietté de diables, &
ſen ſcandaliſoyent fort. Les autres tous
honteux d'auoir ainſi fiché leur but ſur
luy, paſſoyent cela à la legere & n'o-
ſoyent dire ce qu'ilz euſſent bien dit.
Les autres quoy qu'ilz viſſent labus par
luy commis encor eſtoyent ſi fort enſor-
celez qu'encor excuſoyent ils ſe fait &
ne tenoyent aux autres aucun propos
que de la ſainte vie & perfection dudit
preſtre, qu'il auoit de grans dons de
Dieu, & quand il n'y auroit que ce qu'ils
ont veu en luy ils ne voudroient pas
qu'ils n'y euſſent eſté.

L I. Il s'eſt bien penſé faire egal a Ieſus - Chriſt, en ſaint Luc huitieme chapi.
Ieſus - Chriſt interoguant l'eſprit immonde
qui poſſedoit vn homme luy demandant
comme aſtu nom & lors l'eſprit luy reſpond, Legion: lors luy commande de ſortir, & il fut ainſi fait.

L I I. Or en ce fait ie di qu'il n'a pas
bien gardé les circonſtances accordees
entr'eux: & quelque ſimulation & hypocriſie qui fuſt en luy, ſi n'y a il eu rien
de perfection. Mais eſt de ceux de qui
il eſt dit en l'eſcriture qu'ils viendront en
l'egliſe, qu'ils en ſeduiront pluſieurs, &
feront miracles, & ſignes merueilleux
pleins d'outre cuidance, peruertiſſans l'e-
uangile, preſchans fables, enſeignans
les commendemens des hommes, & ſu-
pe-

perftitions, & autres chofes y contenues.

LIII. Mais comme Dieu fait fubue-
nir aux fiens, & iamais ne les abandon-
ne : mefmes les releuer, encor qu'ils foyent
trebufchez, pour deliurer le peuple du
pays de cefte miferable venue de tant de
nations eftranges, (car tout eftoit defia
tant rare que le pays euft efté incontinent gafté & deftruit fi le train euft encor
regné quelque temps) il a fufcité, &
quand & quand infpiré vn notable gentilhomme eftant à la guerre au feruice du
roy, fe retirer au pays, poffible ne fauoit - il la caufe pourquoy Dieu le faifoit
ainfi retirer. Car eftant venu il eft tout
eftonné d'ouir toutes ces belles façons de
faire là : car luy prochain voifin dudit
preftre à fon partir n'auoit en rien ouy
parler de cefte refuerie.

LIV. Bien fauoit - il que ledit preftre
guariffoit des fieures, mais d'autant que
cela eft vn don de Dieu à beaucoup il
n'en faifoit cas. Ce bon gentilhomme demeure en admiration de voir toutes ces
nations (car le preftre les auoit encores
reténues en efpoir de voir quelque grande chofe premier que de partir) & en-
tendant que il auoit ainfi bien fermé la
main à faint Seruais, faint Main, faint
Michel, faint Claude, & les autres femblables, mefme oyant que l'Anglois paffoit les mers, il s'efuertue & met à exe-
cution la puiffance & l'autorité que Dieu
auoit

auoit mife en luy fecrettement , & fe
monftre tel qu'il eftoit, affauoir zelateur
de l'honneur de Dieu (combien qu'il foit
Catholique Romain) en telle forte qu'il
euente en vn moment tous ces peuples,
impofe filence au preftre , & fi bien chaf-
tie cefte femme & fon diable, que iamais
faint Maturin n'y fit œuure: auec rigou-
reufes menaces à l'endroit dudit preftre
que s'il ne ceffoit qu'il y donneroit bon
ordre: auquel ledit preftre ne peut refif-
ter , & s'eft ainfi appaifé tout d'vn coup
par vne vertu fecrette de Dieu. Et s'eft
ledit preftre remis à fon premier exerce
paifiblement.

LV. MAIS quoy encor pour le iourd'-
huy le peuple eftant ainfi abruué de cefte
fainteté qui doit eftre en ceft homme ne
laiffe point de fe retirer par deuers luy
pour les fieures , car ils difent qu'ils'en
fait appeller le maiftre , & vfe encor de
fes attouchemens , mais c'eft le plus fecrettement qu'il peut. Si a - il perdu fon
credit enuers beaucoup de nations , tellement que ie luy confeillerois de n'aller
vers ces peuples qu'il a ainfi abufez : car
ie n'ay pas opinion que beaucoup luy
fiffent la chere, mais bien qu'il auiendroit
de luy ce qui auint à un lequel fe fit tant
aimer qu'il ne fe pouuoit trouuer en place où lon luy dift qu'il fuft le bien venu: & duquel à bon droit a efté ecrit ceft
epi-

epigramme, traduit de Grec en Latin lequel i'ay bien voulu inferer ici :

Omnia te oderunt feritate fimillime brutis,
   Hinc tibi ubique parat mors fera tendi-
     culas.
Namque fuper terram fi fugeris, bíc lupus
     anget,
   Si fuper arbuftum, te præmet afpis atrox.
Sin adeas Nilum inftabit Crocodilus, acerba
   Bellua contra homines qui nimis impie
     agunt.

Ainfi traduit.

Toutes chofes t'ont en haine
Reffemblant en cruauté,
Aux brutes qui par la plaine
Courent de chafque cofté.

  C'eft pourquoy la mort cruelle
T'Apprefte & tend fes filets,
Pour te prendre en fa cordelle
A caufe de tes forfaits.

  D'elle ne peux efchapper
Car fi tu t'enfuis fur terre
Là te viendra attraper
Le loup qui te fait la guerre.

  Si deffous le bois t'encours
Pour te guarentir d'icelle,

L'Afpic

L'Afpic qui y eft toufiours
Te liure mort cruelle.

Si tu t'approches du Nil
Où l'on void maint' belle chofe,
Là y eft le Crocodil
Qui nuict & iour ne repofe.

C'eft vn cruel animal
Qui porte haine mortelle,
A ceux qui ne font mal
Par fon aftuce & cautelle.

LVI. VOILA ce que nous a apporté
noftre fiecle dernier, chofe qui demeu-
rera en la memoire de beaucoup d'hommes, & mefines de ceux qui viendront
apres nous. Car auffi eft-ce vn acte digne de perpetuelle memoire, & par lequel Dieu s'eft voulu manifefter. D'auoir
deduit par le menu beaucoup d'autres
chofes des faits dudit preftre, ce feroit
vne chofe longue : mais pour le prefent
nous nous contenterons d'auoir des principaux faits du fimulateur, & hypocryte, &
d'entendre le grand abus par luy commis
en ce qu'il n'a feu paruenir à vne fi ex-
cellente matiere par luy entreprife. Nous
pouuons bien donc dire que fi Dieu euft
permis ceft acte eftre forti fon effect,
que les ennemis de fa parole auoyent
(aux troubles qui eftoyent) occafion
bien grande de s'efleuer contre fa Maief-

té, & non fans grande oppreſſion de fes poures fideles.

LVII. Mais comme Dieu auoit permis vn tel impoſteur s'eſtre acquis vn ſi grand bruit par toutes les nations de la terre, il a auſſi fuſcité quelque bon compagnon, pour du tout par vne chanſon aneantir ledit preſtre de ſon autorité: de laquelle i'ay extrait quelques certains verſets, qu'il m'a ſemblé bon inferer ici: afin qu'il ſoit notoire à vn chacun de quelle condition eſt ceſt homme tant abominable.

Tout Chreſtien ſe donne garde
Du preſtre de Bellouet,
Qui conduit l'arriere garde
De ce maudit Mahomet, A Bellouet.

A Bellouet aupres d'Orbec.

Robert Biſſon il s'appelle
Preſtre par Satan Sacré,
Pour feduire maint fidelle
Quand à luy s'eſt addreſſé.

A Bellouet, &c.

Il porte la barbe raſe
Et en teſte longs cheueux,
Et la chemiſe ſans fraſe
Contrefait le marmiteux

A

A Bellouet, &c.

Ce faux preftre pour furprendre
Le monde tant defuoyé,
Cautement luy fait entendre
Qu'il eft de Dieu enuoyé,

A Bellouet, &c.

Encor d'vne fauffe rufe
Saint homme nommer fe fait,
Le peuple fot il abufe
Des miracles qu'il promet

A Bellouet, &c.

Il s'eft voulu entremettre
Chaffer le diable d'vn corps,
Mais il n'en a pas peu mettre
Vne des cornes dehors,

A Bellouet, &c.

Deuant le peuple ce preftre
Bien rufé ne prend argent,
Pour fon renom accroiftre
A l'endroit de toute gent

A Bellouet, &c.

Mais il commande en derriere
Qu'on mette au cierge benoift,
Et au tronc du luminaire
Pource que fa part y eft,

A

A Bellouet, &c.

La tant fainte & facree meffe
Qui deuenoit à mefpris,
Doit eftre par fa promeffe
Reftauree en bien haut prix,

A Bellouet, &c.

A cela faint Dominique
Saint François & faint Aulbin
Sont contrains fermer boutique,
A ce faint va leur butin,

A Bellouet, &c.

Le bon faint Main de Bretagne,
Le bruit duquel s'eftendit
Outre la baffe Allemagne
Pert tout honneur & credit.

A Bellouet, &c.

Vn féul borgne à fainte Larme
On ne voit plus tranfporter,
Ni les enfans à fainte Arme:
Mais on les va tous porter

A Bellouet, &c.

Fols & folles n'ont plus garde
D'aller à faint Maturin,
Ni en auge à fainte Barbe
Ils prennent tous leur chemin

A

A Bellouet, &c.

Saint Gorgon qui fut tant rogue
Saint Fremin & Baſtien,
N'ont plus auiourd'huy la vogue,
Et leur puiſſance n'eſt rien,

A Bellouet, &c.

Saint Michel & ſes coquilles
Combien qu'il fuſt haut monté
Par fineſſe fort ſubtile
Ce preſtre l'a demonté,

A Bellouet, &c.

Saint Eutrope & ſaint Fiacre
Saint Arnouil, & ſaint Eloy,
N'ont plus preſtre ni diacre
Qui vueille tenir leur loy,

A Bellouet, &c.

Et partant tous ſaints & ſaintes
Sont auiourd'huy en repos,
Leurs chandelles ſont eſtaintes
Ce ſaint leur donne campos.

A Bellouet, &c.

Les beaux pardons & reliques
Eſleuez par deſſus Dieu
Comme choſes magnifiques,
S'en vont ſans ſauoir leur lieu.

A

A Bellouet, &c.

Les Iacopins & les Carmes
Qui eſtoyent ſi haut montez
Faut qu'ils mettent bas leurs armes
Car ils ſont tous demontez

A Bellouet, &c.

Et quant aux autres beauperes
Leurs biſſacs ſont tous ployez:
A Dieu curez & vicaires
Vos proufits ſont encoffrez

A Bellouet, &c.

D'vne effrontee aſſeurance
Il promet guarir tous ſains
Ceux qui ont en luy fiance
Et les touchant de ſes mains

A Bellouet, &c.

Si encor en Normandie
Saint Paul venoit pour preſcher,
Ou quelqu'autre Ieremie
On les feroit eſcorcher

A Bellouet, &c.

Par le royaume de France
Où a couru ce faux bruit
Le peuple en grand'abondance
Accourt vers luy iour & nuiſt

A

A Bellouet, &c.

Mais tout Chreſtien fidele
Congnoiſſant du menſonger
La tromperie & cautelle
Des ſiens ne ſe veut renger

A Bellouet, &c.

Or l'Eſcriture eſt complette,
Nul de ce ne peut douter
Et partant ce faux prophete
Ne faut voir ni eſcouter

A Bellouet, &c.

Et quoy que le monde die
La parole florira
Au pays de Normandie
Et ce charmeur perira,

A Bellouet,

A Bellouet, aupres d'Orbec.

LVII. OR i'euſſe volontiers deliberé
mettre fin à telles reſueries, incantations, & charmemens faits par tels ſor-
ciers & magiciens, comme choſe deteſtable deuant ce grand Dieu qui a en
horreur de telles meſchancetez. Mais
ayant memoire d'vn certain perſonnage,
lequel fut agité par l'eſprit malin, par le
moyen d'vn homme, dont ie tay le nom.
Et, de laquelle hiſtoire fait mention vn

Cc 4 bon,

bon, docte, & sauant medecin en l'vni-
uersité de Paris, nommé Iean Fernel, en
son liure où il dispute des choses secret-
tes, & des remedes qu'on peut donner
contre nature. Ie ne peux passer sous silence vne chose si memorable, pour
monstrer combien dangereux est de s'a-
dresser à tels abuseurs, qui se seruent de
tels enforcelemens, comme s'est voulu
seruir ce detestable prestre dont i'ay fait
mention ci-deuant. Et afin qu'on ne die
que i'y aye mis quelque chose du mien
i'ay bien voulu mettre le Latin, ainsi
comme ie l'ay trouué en son liure 2. au
chapitre 16. Or voici comme il est, en
maniere de Dialogue, où l'vn propose
& l'autre respond.

EUDOXUS ET BRUTUS INTER LOQUUNTUR.

LVIII. *QUICUNQUE autem diuini-*
tus morbi delabuntur, natu-
raːum quodammodo similes apparent, at quia
causam habent medendi arti haud quaquam
obsequentem, iure trans naturam appellandi
videntur. Ut hos Cacodæmon humani gene-
ris hostis ferus & immanis, serò solet Dei
permissu infligere, ita homines malefici miris
dæmonum artibus vim multis noxámque in-
ferunt: alii nescio quos inuocant adiuránt-
que verbis, exorcismis, imprecationibus, in-
can-

cantamentis & carminibus : *alii collo subnec-*
tunt alitérue gestant scripta quædam , cha-
racteres, annulos, imagines, aliáque nefanda :
alii cantibus utuntur, sonis vel numeris : *in-*
terdum potionibus suffitibus & odoribus , in-
terdum fascinatione & præstigiis. Sunt qui
absentis imaginem cera effingant , & quauis
illius parte compuncta, verborum atque side-
rum vi in similem absentis sedem morbum in-
ferre iactitent , aliáque non pauca de infli-
gendis morbis præcepta. Compertum habemus
Magos , Sagas , Sorcilegas incantamentis non-
nullos ita vinxisse , ut cum sola uxore non
concumberent : *alios concubitus impotentes*
quasi exertos reddidisse : *alios in corporis*
extenuationem viriúmque imbecillitatem cum
langore summo traxisse , quos solæ quæ in-
flixerant precibus , & muneribus restituere
possent.

LIX. *Neque solum morbos , verumetiam*
dæmones scelerati homines in corpora immit-
tunt. Hi quidem visuntur furoris quadam
specie distorti , hoc uno tamen à simplici fu-
rore distant, quod summè ardua obloquantur,
præterita & occulta renuntient, assidentiúm-
que arcana referent eosque multis conuiciis
impetant , & diuinorum verborum potestate
terreantur , contremiscant aut succenseant.
Quidam non ita pridem quàm per æstus noc-
te vehementer sitiret, è somno surgens potu non
inuento obuium malum fortè prehendit , id
mandens fauces sibi quasi manu præcludi ,

Cc 5   *stran-*

strangularique senfit , *simúlque à subeunte dæmone iam obfeffus* , *vifus eft in tenebris videre se à prægrandi nigerrimóque cane vorari* , *quæ poftea reftitutus integrâ mente nobis ordine recenfuit.* *Hunc non pauci expulfu , ex calore & fcabricie linguæ febricitare , ex vigiliis & mentis perturbatione fimpliciter delirare iudicabant.* *Iuuenis alius familia equeftri , paucis antè annis corporis concuffione : & quafi conuulfione ex temporum interuallis laborauit , quæ nunc folum finiftrum brachium , nunc dextrum , interdùm etiam digitum unicum , aliàs crus alterum , aliàs utrúmque , aliàs corporis truncum tanta celeritate exagitaret , vix ut à miniftris quatuor decumbens cohiberetur.* *Caput autem inconcuffum iacebat , lingua & locutio libera , mens fana omnéfque fenfus integri vel in conuerfionis ferocia.*

LX. *Decies minimum quotidie corripiebatur: in interuallis fanus , fed labore confractus , vera epilepfia iudicari poterat fi mentis fenfuúmque lefio acceffiffet.* *Peritiffimi quique adhibiti medici conuulfionem epilepfiæ finitimam à maligno venenatoque vapore fpinæ dorfi impactio cenfuerunt : è quo vapor in eos nervos emanaret , qui à fpina in artus quoquo verfum non autem in cerebrum diffeminantur.*

BR. *Sana ea quidem me iudice fententia.*

EU. *Hæc credita caufa ut fummoueretur , clyfteres imperantur frequentes , purgationes gene-*

generis omnis & validæ , cucurbitulæ infiguntur , neruorum initiis, fotus , unctiones, emplaſtra , primùm quæ diſcuterent , dein quæ roborarent venenatàmque malignitatem obtererent. His parum proficientibus ſudores proliciuntur balneis, æſtuariis , & guaiacinæ hebeni decoſto , quæ nihilo magis profuerunt.

BR. *Quid eſt, quæſo, cur tàm accommodatis remediis id malum non ceſſit ?*

EU *Quoniam omnes longé aberamus à cognitione veri. Nam menſe tertio primùm deprehenſus dæmon quidam totius mali autor, voce inſuetiſque verbis, ac ſententiis tùm Latinis, tùm Græcis, (quanquam ignarus linguæ Græcæ liberans eſſet) ſe prodens. Is multa aſſidentium , maximèque medicorum ſecreta detegebat , ridens quòd eos magno periculo circunueniſſet , quòdque irritis pharmacis corpus hoc penè iugulaſſent.*

LXI. *Quoties laborantem pater inuiſebat, is procul à conſpeſtu inclamabat, appellentem hunc arcete, & ab ingreſſione propulſate, aut torquem è ceruice detrahite: ex hoc enim, ut Gallorum torquatis equitibus in more eſt , diui Michaëlis imago propendebat. Si ſacra diuinàque verba coram legebantur , ferocius ſubſultabat & inhorreſcebat. Quùn intermiſſio erat ferociæ, laborans in quiete omnium meminerat, quæ inuitum ſe protuliſſe fatebatur & dolebat. Ceremoniis & execrationibus compulſus dæmon negabat ſe crimine damna-*

na-

natum , & ſpiritum ſe nuncupabat. Inter-
rogatus quis eſſet , aut quomodo , & qua
hæc poteſtate moliretur dixit multa intus eſſe
domicilia in quæ ſe recondat, & in quiete ad
alios commigrare : ſe in hoc corpus iniectum
à quodam , cuius nomen non efferret, à pe-
dibus ingreſſum in regia , & à pedibus egreſ-
ſurum quùm præſtitutus dies aduentarit. De
aliis non paucis diſſerebatur, quæ etiam ex-
aliis dæmonum laqueis irretitis interdum au-
diri ſolent , &c.

Lequel texte i'ay bien voulu traduire en François , afin de faire le lecteur
participant de ceſte hiſtoire , d'autant
qu'elle eſt fort notable & digne de memoire.

EUDOXE ET BRUTE PARLANT PAR MUTUEL POURPARLER.

LXII. TOUTES & chaſques maladies qui tombent & vien-
nent par la volonté de Dieu : apparoiſ-
ſent en quelque façon & maniere ſemblables ou pareilles aux naturelles : mais
pource qu'ils n'ont la cauſe en façon quelconque obeiſſant à l'art & ſcience de guarir. Il ſemble qu'à bon droit ils doiuent
eſtre appellees outre & par deſſus nature. Comme l'eſprit malin , cruel & fa-
rouche , ennemi du genre humain a de
couſtume pour le plus ſouuent de domi-
ner

ner ceux-ci par la permiſſion de Dieu,
ainſi les hommes, nuiſans & dommagea-
bles font force & nuiſance à beaucoup,
par les merueilleux dols & ruſes des eſprits banis & confinez du ciel. Les autres, ie ne ſay quels, les inuoquent &
adiurent, par mots, par adiurations, par
imprecations, par enchantemens, & par
chanſons. Les autres lient en leur col,
ou bien autrement, portent quelques certaines lettres, marques & figures, aneaux,
(ou bagues) images, & toutes autres
telles choſes, ſi meſchantes & execrables qu'on ne les pourroit bien dire & raconter toutes par le menu. Les autres
ſe ſeruent & vſent de chants, de ſons,
ou de nombres, aucuneſfois de bruuages, de parfums, & flairemens: (ou o-
doremens) aucuneſfois auſſi de char-
merie, & illuſions. Quelques uns ſont
qui effigient, & taillent au vif en cire,
l'image & ſemblance de quelque perſonne, laquelle ſera abſente, & quelque partie que ce ſoit d'icelle, ſera par eux marquee & piquee en la force & vertu des
paroles par eux proferees, des planettes
& eſtoilles. Ils ſe vantent meſmement
bien ſouuent de bailler & enuoyer vne
maladie en meſme & ſemblable partie
de la perſonne abſente, & beaucoup
d'autres preceptes de naurer les hommes
par maladies ou choſes ſemblables. Nous
ſa-

fauons de vray, que les Magiciens, Sorciers & Sorcieres, Deuins & Deuines, ont lié tellement quelques uns, qu'ils ne vouloyent pas auoir cognoiſſance auecques leur ſeule & unique femme : ils ont rendu les autres effrenez & immoderez de toute compagnie charnelle, comme tirez hors & tendus ſans ceſſe. Ils ont auſſi tiré les autres en amoindriſſement de corps, en foibleſſe & debilité de forces auec treſgrande langueur, leſquelles ſeuls, ou ſeules, qui les auoyent naurez, pouuoyent rehabiliter & reſtituer par prieres & dons. Et non ſeulement les hommes meſchans & deteſtables, (comprenant ſous ces mots les deux eſpeces) laſchent & enuoyent les maladies dedans le corps : mais auſſi les eſprits, chaſſez & iettez du ciel, condamnez d'habiter en partie au plus bas de la terre, en partie en ceſt air. Certes ceux - ci ſont veus gehennez & tourmentez de quelque certaine apparence & ſemblance de fureur : toutesfois ils different en ceci de ſimple & non mixtionnee fureur, pour autant qu'ils decelent extremement par meſdiſances & blaſphemes, les choſes hautes & difficiles, à attaindre & entendre: ils diſent les choſes paſſées, imperceptibles & ſecrettes ils ouurent & diuulguent (ou donnent à cognoiſtre) les ſecrets de ceux qui ſont aſſis ioignant eux, &
meſ-

mefines les affaillent de beaucoup d'iniures outrageufes , & font auffi intimidez
par la merueilleufe force & puiffance des
mots , & paroles faintes, ils en tremblent
(ou fe marriffent) auecques grincement
de dents, & font beaucoup d'autres chofes longues à reciter. Or quelque certain
perfonnage n'y a pas longtemps , comme
par les grandes chaleurs de nuict il eftoit
grandement preffé & vexé de foif, s'efueillant & defcouchant , n'ayant point
trouué dequoy raffafier fa foif, prend vne
pomme que d'auenture il trouue , man-
geant icelle il fentit qu'on luy empef-
choit & clouoit la gorge comme auecques la main, & mefmement comme fi
l'on l'euft voulu eftrangler: lors tout à
l'inftant ceft homme fentit enuahi & af-
fiegé de l'efprit menfonger , entrant peu
à peu , tellement qu'il luy fembla qu'il
eftoit comme englouti d'vn chien qui
eftoit fort grand, & en noirceur d'outre
paffe, lefquelles chofes depuis il raconta par ordre, luy eftant reftitué à l'inte-
grité de fon fens & entendement. Il y
en auoit beaucoup qui iugeoyent du
pouls, de la chaleur, & de la rudeffe &
afpreffe de la langue, & auffi qu'il eftoit
en fieure , que fimplement il refuoit
à l'occafion des longues veilles & de la
perturbation de fon entendement.

LXIII. Vn autre ieune homme de
fa-

famile d'armes & maifon de Cheualier
de l'ordre, quelques annees auparauant,
fut frappé d'vne concuffion de corps, &
comme de conuulfion par interualles des
temps, laquelle maintenant luy trauailloit & agitoit feulement le bras gauche,
tantoft le dextre : aucunesfois vn feul
doigt, vne autrefois l'vne des iambes en
autre temps l'vne & l'autre, quelquesfois auffi il luy trauailloit tout le corps
par fi grande viffeffe & legereté, qu'à
grande peine, eftant couché au lict il
pouuoit eftre retenu & arrefté par quatre feruiteurs. Mais toutesfois la tefte eftoit demeuree ferme, & fans concuffion,
la langue & le parler libre, le fang & entendement fain, bref tous les fens eftoyent
entiers & fans eftre nullement troublez,
voire à la felonnie & rage du fpafme. Il
eftoit pris & faifi de telle maladie foudainement par chacun iour dix fois pour
le moins, & neantmoins (comme i'ay
dit) interpofition de temps fain : mais tellement rompu & brizé de peine & tra-
uail, qu'il pouuoit eftre iugé que c'eftoit
vn vray mal caduc : fi lefion d'entendement & des fens y euft efté adiointe par
acceffoire. Tous & chafques treffauans &
experimentez medecins approchez & affemblez opinerent le retirement des nerfs
& conuulfion prochaine d'epilepfie, en
maligne & veneneufe euaporation, ruee
&

& iettee à l'efpine du dos, d'où l'exhalation & fumee iffoit, & couloit dedans les nerfs, lefquels font pourfemez & efpandus de tous coftez dedans les parties du corps entre les iointures : mais non dedans le cerueau.

BRUT. Certes, à mon auis, voila bon iugement & opinion.

EUDO. OR afin que cefte caufe, creuë & perfuadee, fuft iettee hors & repouffee arriere, frequents clyfteres font enioints & commandez, fortes & puiffantes purgations de toutes fortes & manieres, ventoufes font appliquees & affichees au commencement & origine des nerfs, fomentations, onctions, emplaftres, lefquels premierement peuffent diffouldre, puis apres qu'ils peuffent affermir & auffi efmarmeler & chaffer la venimeufe malignité. Ces chofes ici profiterent peu, les fueurs font attraites par bains ou par eftuues, par foufpirails, & par la decoction de l'hebene, & gaïac, qui ne profiterent non plus.

BRUT. Qu'eft ce, ie te prie, pourquoy celuy mal n'a point cedé aux remedes tant & fi bien accommodez ?

EUDO. Pourautant que nous eftions retirez loin de la cognoiffance de la verité. Certainement en premier lieu, au troifieme mois de fa maladie quelque certain efprit mauuais fut cognu auteur

de tout le mal, fe manifeftant par voix,
& par mots non accouftumez, par fentences tant Latines que Grecques : (mais
il faut que tu faches que le patient eftoit ignorant de la langue Grecque)
Iceluy manifeftoit beaucoup de fecrets
des accidents & principalement des medecins , fe mocquant de ce qu'il les
auoit circonuenus par grand peril , &
qu'ils auoyent prefque efgorgé ce corps,
mefmes de toutes les drogues & bruuages , des medecines nulles & fans ef-
fɛ&. Toutesfois & quantes que le pere
alloit voir le malade , il crioit ou hu-
choit à haute voix de loin auffi toft qu'il
le voioit, rechaffez ceftuy-ci qui appro-
che & repouffez le qu'il n'entre ceans,
ou oftez luy par force d'alentour du col
ce collier & quarquan, car en ce penchoit
l'image de faint Michel, comme ils parlent, ainfi qu'il eft en couftume aux Che-
ualiers des François. Si les mots faints &
diuins eftoyent leus en fa prefence , il
treffailloit & fe heriffonnoit plus felonnement.

LXIV. QUAND il auoit intermiffion
de la felonnie, le malade ou patient en
repos auoit fouuenance de toutes les chofes, qu'il confeffoit auoir proferees outre
fon gré , & fe douloit. L'Efprit tenta-
teur pouffé & contraint par cerimonies,
& execrations , il denioit qu'il fuft con-
                                    dam-

damné & attaint de blafme & crime, &
s'appelloit Efprit. Interrogué qui , &
quel il eftoit, ou comment, & par quelle puiffance il tafchoit & s'efforçoit à
faire ces chofes - ci, il dit, qu'il y a beaucoup de domiciles & retraites feans ,
où il fe peut cacher , & qu'au repos &
intermiffion il s'en va loger & habiter
chez d'autres : qu'il auoit ietté & intrus
en ce corps par quelque certain homme ,
duquel il ne declareroit point le nom ,
qu'il eftoit entré au palais royal en laquay , & qu'il fortiroit hors en laquay ,
quand le iour affigné & ordonné fera venu. On parloit & traitoit auffi de beaucoup d'autres chofes , qui ont mefme de
couftume d'eftre ouyes aucunesfois d'autres enueloppez & enfilez aux laqs & pie-
ges des mauuais Efprits, &c. Voyez auffi Alexandre d'Alexandre iurifperite Nea-
politain , liure 4. des iours Geniaux ,
chap. 18. des illufions des mauuais Efprits, & liure 6. chap. 4. & Lodouic
Rhodigin aux trente liures des Leçons anciennes : & Iean Lois Viues Valentin , au premier liure De la vérité de
la foy Chreftienne , *De peccato angeli &*
hominis.

LXV. O r il fembleroit ceci ne venir à propos , mais d'autant qu'ils abufent de telles incantations , ie n'ay fait
aucune difficulté de l'y aioufter. Mais ce-

pen-

pendant que i'ay la memoire recente , &
qu'il m'eſt ſouuenu des faux miracles, &
incantations , leſquels ſouuent ont eſté
forgez par les curez & vicaires : afin de
touſiours entretenir leur coquille , & ce
durant que le peuple a eſté encor detenu
par l'eſprit malin en ignorance, i'ay bien
voulu mettre encor ceſtui ci en ce liure. Il
eſt vray que ce n'eſt ici ſon lieu , mais
pour touſiours mettre deuant les yeux des
hommes les moyens deſquels les preſtres
meſſatizans vſoyent pour touſiours leur
tenir les yeux bandez.　Voici quel il eſt.
Il y auoit vn certain ſaint Celerin au pays
de Normandie en vne ville dudit pays
nommee Caen , lequel a eſté ſi malin &
ſi deſpourueu de ſens (combien que ci
deſſus ait eſté parlé des ſaints qui enuoyent le mal , & qui eux meſines le guariſſent) qu'il n'a craint offenſer le cerueau , tant des filles que des femmes
principalement (car elles y ont eſté plus
ſuiettes que les hommes) que c'eſt mer-
ueilles d'ouir ce qu'il en eſt.　Les curez
& vicaires ayans pratiqué certaine legende dudit ſaint faite à propos, leur faiſoyent ſauoir le temps , & le iour de ſa
feſte. Et lors ſe trouuoyent à veſpres
tous ceux & celles qui eſtoyent entachees
de telle maladie , & faut entendre que
s'ils n'auoyent eſté malades d'un an &
qu'ils aſſiſtaſſent au ſeruice quand on le
fai-

faifoit, ils eftoyent tellement efpris de
mal au cerueau, qu'on euft dit à voir telles gens qu'ils eftoyent fort malades. Le
lendemain femblablement, il falloit qu'un
chacun fe trouuaft à la meffe, & en ceft
endroit c'eftoit où fe iouoit la farce.
Car alors qu'on venoit à commencer à
lire la legende de ce venerable faint, par
l'auertiffement qu'on bailloit à ces poures gens (car il faut entendre, comme
il eft raconté ci deffus, que deuant qu'on
fift les cerimonies qu'ils n'eftoyent nullement malades) que c'eftoit à qui crieroit
le plus haut monfieur faint Celerin fois
à mon aide, & eftoyent tellement agitees
& tourmentees les perfonnes (& principalement les femmes, car quand aux
hommes on n'en a gueres veu qui en fuffent entachez) que c'eftoit pitié à les
voir comme ils fe tourmentoyent : mais
fi toft que la farce eftoit acheuee, il fembloit à voir qu'ils n'euffent iamais rien
veu. Or en ce temps fe trouua en ladite ville vn homme de grand iugement, &
ayant bonne cognoiffance de tels abus.
Lequel Dieu enuoya au temple : où fe
celebroit cefte folennité & l'abus qu'on
y commettoit, pour voir comme tout
s'y portoit. Et d'autant que ce perfonnage s'eftoit defcouuert à quelques uns,
difant qu'il auoit enuie de voir quelles
gens s'eftoyent : tout auffi toft qu'il euft

dit cela, il commença à courir un bruit
qu'il y deuoit aller, qui fut cauſe qu'il
ne put executer ce qu'il auoit entrepris,
d'autant que ceux qui eſtoyent là venus
pour eſtre de la partie, entendans cela
n'attendirent pas ſa venue. Or il faut
entendre que c'eſt homme eſtoit iuſti-
cier, c'eſt aſſauoir preuoſt des Mare-
chaux, (ainſi appellez pour le temps)
qui fut cauſe de leur donner plus grande
crainte, & combien qu'alors on fiſt lecture de la legende dudit ſaint, (qui eſtoit le temps qu'ils eſtoyent bien malades) ſi eſt ce qu'ils trouuerent moyen de gaigner bien toſt au pied. Neantmoins ſi trouua - il moyen d'en prendre quelques uns ſur le fait, leſquels il
fiſt fouetter par les carrefours de la ville, & les rendit tous ſains. Et faut entendre qu'onques depuis ne s'eſt trouué aucun malade de telle maladie en ce-
dit lieu.

LXVI. Vous voyez lecteur comment leurs faux miracles ont eſté deſ-
couuers, auſſi bien que leur autre tromperie : mais tout ainſi que les aueugles
ne voyent non plus quand il fait beau
temps & ſerain que quand le ciel eſt
nubileux, voire non plus en plein iour
qu'en pleine nuit : ainſi deuons - nous penſer que le poure monde auoit tellement
perdu l'vſage des yeux de l'entendement

à

à l'endroit de ce qui concernoit la religion, que tous ces abus luy paſſoyent par-deuant iceux ſans eſtre par luy congnus. Car meſmes on a veu quelquesfois auenir que le peuple ſe mutinoit contre ceux qui diſoyent, ce qu'on auoit penſé eſtre miracle, auoir eſté trouué faux miracle : combien que l'abus euſt eſté deſcouuert par les iuges du lieu. Voire en ſont venus iuſques là quelquesfois, de vouloir rompre les portes, qu'on leur fermoit apres que l'abus eſtoit fort-bien vérifié. Sur quoy il faut noter ce qui a eſté dict en ce chapitre, que cela meſmement qui leur deuoit ſeruir d'eſclairciſſement, a eſté par eux tellement renuerſé qu'ils s'en ſont aidez à l'entretenement de leurs tenebres. Or s'ils ſe ſont monſtrez bien aueugles, encore ſe ſont-ils monſtrez plus ſourds : car nous ſçauons quelle trompette a eſté Martin Luther (apres les ſuſdicts, Wicleff, Ian Hus, Hierome de Prague, & pluſieurs autres) & toutesfois le ſon d'icelle a eſté long temps perdu en l'air ſans pouuoir penetrer à trauers leurs oreilles. Ie di que le ſon de ceſte trompette a eſté long temps perdu en l'air, rencontrant les oreilles bouchees : mais en la fin celuy qui l'auoit enuoyee, a contraint ceux meſmement qui n'auoyent pas enuie de l'ouir, de desboucher leurs oreilles. Et quoy ? de-

puiſ.

puifque ce fon a efté ouy, depuifque la
venue de l'antechrift a efté proclamee
par tous les coins du monde, & qu'il
n'a pas efté iufques aux petis enfans qui
n'ayent touché du doit toutes les fortes
d'abus, les gens d'eglife ont ils bien pu
fe maintenir? Sçachez pofterité (quoy
que foyez eftonnee d'ouïr ceci) qu'ils fe
font encore maintenus, mais par autres
moyens qu'au parauant. Car quand ils
ont veu que la verité leur faifoit guerre
ouuerte, & gangnant pays peu à peu,
leur emportoit auiourdhuy vne piece,
demain l'autre, ils ne fe font monftrez
moins cruels & furieux alencontre des
foldats d'icelle qu'ils ont pu attraper,
que fe monftre le lion & le tigre, (*f*)
ou la lionne & la tigre, contre ceux qui
leur emportent leurs petis: comme il fera declaré au chapitre fuiuant.

(*f*) *La tigre* &c.) H. Etienne n'eft ni le feul ni
le prémier qui ait parlé de la forte. Joach. du Bellai
au Sonnet 30. de fes *Regrets*, parlant d'un homme
à qui la paffion de voiager fait oublier fon payis &
ce qu'il y a de plus cher:

> *Il eft fils d'un rocher, ou d'une ourfe cruelle,*
> *Et digne que jadis ait fuccé la mammelle*
> *D'une tygre inhumaine.*

Rabelais contemporain de Joach. du Bellai a pourtant dit *tigreffe* en parlant de la femelle du tygre.
C'eft au liv. 3. ch. 7.

C H A P.

C H A P.   XL.

*Qu'apres que la posterité se sera esmerueil-
lee de la longue folie des abus, elle s'es-
merueillera comment le plein descouurement
d'iceux aura cousté la vie à tant de personnes, pourfuyuies par le clergé : &
qu'elle ne trouuera cest' histoire moins estrange qu'on trouue plusieurs actes recitez
par Herodote.*

V temps de nos predecesseurs,
la folie des abus estant encores
en vogue, les gens d'eglise ne
se sont contentez de se faire
reuerer & adorer, de se faire donner
la boarse quand bon leur a semblé, de
genner les personnes de la crainte de
leurs excommunications : ils sont venus
iusques à mettre le pied sur la gorge,
non pas comme on le dit par prouerbe,
mais realement & de faict. Voire vn de
leurs chefs a bien osé mettre le pied sur
la gorge d'vn empereur. Car c'est vn'histoire assez commune, & qui n'a point
esté oubliee par ceux qui ont escrit les
vies des papes, qu'Alexandre III ayant
commandé à l'empereur Frederic de se-

pros-

prosterner en terre, & luy demander
pardon (deuart vn grand peuple assemblé au mesme lieu, à-sçauoir en
l'eglise de S. Marc à Venise) l'empereur obeyssant à son commandement se
prosterna. Mais incontinent ce gentil
pape, luy mettant le pied sur la gorge (ou sur le col, selon les autres)
vint à dire, Il est escrit, Tu marche-
ras sur l'aspic & le basilisque, & foule-
ras aux pieds le lion & le dragon. L'empereur fort indigné d'vn tel outrage, respondit, Non pas à toy, mais à S. Pierre. Alors le foulant derechef du pied,
dict, Et à moy & à Pierre. Or faut-il
noter que cest empereur venoit principalement pour estre absous de l'excommunication papale. Nous lisons aussi que
les Venitiens enuoyerent au pape Clement V. vn ambassadeur nommé Frances-
co Dandalo, pour estre deliurez du lien
d'excommunication (car il les auoit excommuniez, voire aggrauez, reaggrauez
& maudits : & ne se contentant de toutes sortes de fulminations ecclesiastiques,
auoit faict publier la croisade contr'eux
en Italie) mais ce pape ne les voulut ab-
soudre que premierement cest ambassadeur, pour amande honorable solennel-
le, n'eust receu en son col vn colier tel
qu'on met aux chiens, & ayant ce colier eust marché à quatre pieds du long
de

de la grand'fale du palais d'Auignon.
Dont il fut toufiours depuis à Venife appelé chien. Ce mefme pape fe pourme-
na par la ville de Bogenci fur Loire, en
grande pompe , & ayant (entr'autres)
pour fes conducteurs , ou pluftoft pour
fes eftafiers ou laquays , le roy de France & le roy d'Angleterre , l'vn à cofté
d'extre , l'autre à feneftre : dont l'vn tenoit la bride du cheual. Auffi lifons nous
que le fufdict empereur Frederic feruit
d'eftafier au pape Adrian 1111. prede-
ceffeur de ceftuy-ci : pour le moins luy
tint l'eftrier pour defcendre : à telles enfeignes que pour recompenfe d'vne fi
grande humilité , il en receut de la moquerie par luymefme : à-fçauoir pourcequ'il auoit tenu l'eftrier gauche , au lieu
du droit : de laquelle moquerie eftant vn
peu efmeu, il luy dict, Ie n'ay iamais appris à faire vn tel office , & es le premier à qui ie l'ay faict. Et Boniface VIII.
de quelle arrogance vfa-il enuers le roy
Philippe le Bel ? iufques à dire que pour
la contumace d'iceluy le royaume de-
France eftoit deuolu à l'eglife Rommaine. Ce mefme pape ayant l'efpee au cofté , s'ofa bien vanter (refufant pour la
troifieme fois au duc Albert d'Auftriche
le titre de l'empire d'Alemaigne) qu'il
eftoit empereur luymefme, & feigneur de
tout le monde.

II.

II. ET à propos de ce que nous auons dict de l'excommunication du pape Alexandre III. contre l'empereur Frederic, il nous faut noter ce qu'escrit Machiauelle, a-sçauoir que les papes se sont faicts grans par trois choses, par excommunications, par pardons, & par armes: voire si grans qu'au lieu qu'auparauant ils obeyssoyent aux rois en choses ciuiles, ils leur ont commandé. Mais il faut noter que par les pardons ou indulgences ils se faisoyent adorer & amassoyent deniers, par les excommunications ils se faisoyent redouter: dequoy nous voyons grand nombre d'exemples es vies des papes. Et ces mots de foudre, & de foudroyer, leur aidoyent bien à iouer leur personnage à l'endroit de ceux qui le pensoyent estre celuy qu'il se disoit estre. Ie ne veux pas dire toutesfois qu'ils ne se soyent aussi enrichis par quelques excommunications. Car tout-ainsi qu'ils defendoyent plusieurs choses à fin qu'il falust puis-apres acheter les dispenses, aussi excommunioyent-ils a-fin qu'on achetast l'absolution: comme nous lisons que le susdict empereur Frederic acheta son absolution du pape Gregoire IX, pour le pris de cent mille onces d'or. Mais que dirons-nous de Boniface VIII, qui ne se contenta d'excommunier le roy en la façon ordinaire, mais excommunia luy &

tous

tous les fiens iufques à la quatrieme generation ? En ceci pouuons-nous voir
comment bien à leur aife ils mettoyent
le pied fur la gorge aux rois & empereurs auffi bien qu'autres, voire en fe
moquant euidemment & de la patience &
de la fottife du monde. Car quelle apparence y-a-il d'excommunier vn homme
auec toute fa pofterité iufques à la quatrieme generation ? De femblable moquerie vfa le mefme pape, quand par
defpit du roy fufdict Philippe le Bel il
annulla toutes les indulgences donnees
aux François par fes predeceffeurs. Car
fi ces indulgences auoyent eu la vertu
telle qu'on leur attribuoit, elles deuoyent
auoir retiré de purgatoire plufieurs millions d'ames : ces mefmes indulgences
eftans declarees abufiues & nulles, il fen-
fuiuoit que ces poures ames deuffent re-
trograder audict purgatoire : tout-ainfi
qu'vn qui feroit forti de prifon par le
moyen d'vne grace qu'il auroit impetree,
s'il auenoit que fa grace fuft annullee, il
feroit force qu'il y rentraft.

III. Nous pouuons auffi congnoiftre
par vn'hiftore que nous lifons en la vie
du pape Honoré 111, comment ceux
qui eftoyent excommuniez entroyent en
defefpoir, & combien cruellement eftoyent vengees les offenfes des feculiers
contre les prelats. Car elle contient
que

que l'an 1223, Adam euefque de Cathane
en Efcoffe ayant efté brulé en fa propre
cuifine par fes fubiects, pource qu'il en
auoit excommunié aucuns, à caufe qu'ils
n'auoyent pas bien payé leurs difmes,
ce pape n'eut iamais repos iufques à ce
que pour vn quatre cents d'iceux eurent
efté pendus & eftranglez, & leurs enfans
chaftrez. Ie di que cefte hiftoire nous
monftre entr'autres chofes en quel defefpoir l'excommunication mettoit les poures fimples perfonnes : pource qu'il eft
vrayfemblable que ceux qui traiterent ainfi ceft euefque duquel ils auoyent efté excommuniez, ne vindrent à commettre
ceft acte que premierement ils ne l'euffent inftamment fupplié de leur donner
abfolution, du refus de laquelle ils eftoyent entrez en defefpoir.

IV. Voila, lecteur, comment ces an-
techrifts faifoyent trembler tout le monde
fous eux. Que fi vous refpondez que tous
les gens d'eglife n'eftoyent ni papes, ni prelats, pour fe faire ainfi craindre, ie vous
prieray de vous fouuenir du prouerbe qui
dit que de grand maiftre hardi valet. Lequel ie penfe auoir efté par eux verifié
& pratiqué mieux que par gens du monde : car à grand peine ofoit on regarder
en face vn mefchant preftre croté pour
le refpect qu'on portoit à mere fainéte
eglife. Et puis il faut confiderer que leur
                                        maif-

maiſtre ne ſe reſeruoit pas ſa foudre d'excommunication, mais la leur preſtoit toutes & quantes fois qu'ils en auoyent beſoin : laquelle ils eſpargnoyent ſi peu que
meſme pour demi teſton, voire pour ſix
blancs (ainſi que confeſſe Menot) ils
excommunioyent les poures perſonnes,
leſquelles alors entroyent en deſeſpoir,
comme penſans eſtre damnees. Mais ie
produiray le paſſage dudiɛt Menot, ſer-
uant fort bien à ce propos. Il dit donc
au fueill. 143. col. 4, Quand vn homme
eſt excommunié, il eſt renoncé de Dieu,
& donné en la puiſſance de tous les diables : & pourtant c'eſt vn grand ſcanda-
le de mettre vn ſi dangereux baſton en
la main d'vn fol prelat. Ce n'eſt pas petit cas d'enuoyer vn homme à tous les
diables. Et à ce propos, vn gentilhomme de robbe courte diɛt vn iour à quelcun de noſtre ordre, Beau - pere ie vous
demanderois volontiers vne difficulté. Ie
ne me puis aſſez esbahir de la façon de
faire qui eſt pour le iourdhuy en l'egliſe,
en ce que nous ſeculiers enuoyons en paradis ceux dont nous faiſons iuſtice, vous
gens d'egliſe les enuoyez à tous les diables. Et voici comment : Quand nous
condamnons vn homme à la mort, laquelle il a bien deſſeruie, auant que l'enuoyer au gibet, nous luy poruoyons de
quelque homme de bien pour le confeſſer :

ſer : & quand on le mene , nous le re-
confortons & luy donnons bon courage , & taſchons par tous moyens de le
bien diſpoſer , & faire qu'il meure en
bon eſtat : mais au-contraire l'egliſe, qui
doit auoir le ſoin des ames , pour ſix
blancs , pour vn bonnet perdu enuoye
vn homme tout chauſſé & tout veſtu à
tous les diables. Voila comment vous
eſtes zelateurs de noſtre ſalut. Alors ce
beau-pere (comme luy m'a confeſſé)
congnoiſſant que ce gentilhomme diſoit la pure & reale verité , ne luy put
reſpondre auec toute ſa theologie : & eſt
encores maintenant à ſonger quelle reſponſe on luy peut faire. Si ce poure
Cordelier eſtoit contraint de confeſſer
ceci (qui auoit dict vn peu auparauant
que tous ceux qui eſtoyent excommuniez par les preſtres n'eſtoyent plus en
la ſauuegarde de Dieu ni de l'egliſe, mais
eſtoyent liurez à Satan : de ſorte qu'au
ſainct vendredi meſmement , auquel on
prioit non ſeulement pour les Chreſtiens , mais auſſi pour les Iuiſs, pour
les payens , & autres infideles , on ne
prioit pas pour eux) ſi di-ie , ſa conſcience le contraignoit de confeſſer ceci,
quelle pitié penſons-nous qu'il y auoit
en ceux qui eſtoyent ainſi tyrannizez
par la crainte de ceſte foudre?

V. Et ne ſe faut eſmerueiller s'ils craignoyent

gnoyent tant vn' excommunication fortant de la bouche des preſtres, veu l'opinion qu'ils auoyent d'eux, laquelle on leur
mettoit en la teſte : i'enten l'opinion qu'ils
auoyent de leur puiſſance : voire iuſques
à dire, *poteſtas Mariæ maior eſt poteſtate an-*
gelorum, non tamen poteſtate ſacerdotum : lequel paſſage eſt allegué par Menot au fueill.
107. Et Dieu ſçait les beaux menſonges
hiſtoriez qu'ils alleguoyent pour prouuer
la puiſſance, la dignité, la grandeur des
preſtres : comme quand Barelete raconte
au fueill. 247, col. 3, que l'empereur Conſ-
tantin apres auoir eſté baptizé renuoya
deux preſtres qui eſtoyent venus vers luy
pour vn different qu'ils auoyent, & qu'il
leur dict, Il ne m'appartient-pas de iuger mes dieux. Et que voulons - nous d'a-
uantage, quand ils appliquoyent aux
preſtres pluſieurs paſſages eſcrits de Ieſus
Chriſt ? Mais encore ne ſe contentoyent-
ils pas de tout cela, ains forgeoyent des
comtes touchant les punitions miraculeu-
ſes de ceux qui auoyent faict quelque mal
aux gens d'egliſe, ou leur auoyent dict
pis que leur nom. Et quant à eux, la couronne qu'ils portoyent (laquelle il eſtoit
defendu de toucher en mal ſur peine d'excommunication) les exemptoit de la iu-
riſdiction & de la ſuiection des magiſtrats
ſeculiers, voire des rois & empereurs, par
pluſieurs priuileges de leurs papes : en telle ſorte que nous liſons d'aucuns brigans

qui ſe faiſoyent faire vne couronne de preſtre, a-fin qu'eſtans pris ils fuſſent renuo-
yez à leurs iuges ecclefiaftiques, c'eſt à
dire qu'ils eſchappaſſent à tel marché qu'ils
voudroyent. Toutesfois de ces priuileges
d'exemption iouiſſoyent auſſi les gens d'e-
gliſe qui n'auoyent pas la couronne, mais
ſeulement la moindre marque de la beſte.

VI. QUANT aux abus auſſi, il ne ſe
faut esbahir s'ils y demouroyent plongez ſi
auant, veu la crainte qu'on leur donnoit
de ladicte excommunication ſi ſeulement
ils oſoyent penſer quelque choſe qui fuſt
au preiudice de la moindre cerimonie receue en leur religion. Outre cela, on leur
faiſoit peur de quelques punitions qu'ils
deuoyent receuoir ou en purgatoire, ou en
enfer, ſelon la grandeur des pechez : comme nous liſons au liure des conformitez de
S. François auec Ieſus Chriſt, d'vn qui pour
auoir ſeulement failli à faire la reuerence
en vn *Gloria patri*, endura vne treſſauuage
puniton en purgatoire. Auſſi alleguoyent-
ils des exemples de quelques punitions qui
auoyent eſté faictes en ce monde : à propos dequoy nous liſons vne choſe fort
ridicule : c'eſt que au temps du pape Ian
XXI. on fit courir vn bruit au pays de
Saxe que quelques vns furent vn an ſans
ceſſer de danſer, en vertu de la malediction
qu'vn preſtre leur auoit donnee, pourcequ'ils n'auoyent point faict d'honneur à
ſon dieu de paſte qu'il portoit.

VII.

VII. PAR cela aussi qu'on faisoit au commancement acroire au poure monde touchant ceux qu'on appeloit Lutheriens, nous pouuons congnoistre comment il estoit entretenu en ignorance. Car on se gardoit bien de lui donner à entendre qu'ils estoyent hommes comme les autres, & qu'ils n'auoyent point de cornes : que c'estoyent gens qui auoyent receu le sacrement de baptesme, qu'ils s'armoyent des passages de la saincte escriture à l'encontre de l'eglise Rommaine : ains c'estoyent gens qui estoyent faicts tout-autrement que les autres, qui se moquoyent de Dieu & de toute religion, qui auoyent les femmes communes, bref qui estoyent pires que Iuifs, que Turcs, que Sarrasins. Il-y-a bien d'auantage : c'est qu'vne grand part du simple peuple a long temps ignoré si Lutherien estoit le nom de quelque homme, ou de quelque beste. Mesmes on raconte d'vn qui ayant esté vne fois appelé Lutherien par quelcun, demanda depuis à ses amis que c'estoit à dire Lutherien : dont l'vn luy donna à entendre que c'estoit vne maladie dix fois pire que d'estre ladre. Ce qu'il se laissa persuader si bien, que peu de temps apres se trouuant mal disposé, il enuoya de son eau au medecin, & donna charge de luy demander s'il estoit point deuenu Lutherien.

MAIS en la fin le pot aux roses estant totalement descouuert, les abus estans si

bien

bien manifeftez que les petis enfans s'en
moquoyent, il leur a falu trouuer autres
moyens pour fe maintenir que les fufdicts.
Car comment les gens d'eglife euffent-ils
faict peur aux autres de leur foudre d'excommunications, quand ceux mefmement
de leur religion ne la craignoyent nullement? Tefmoin l'empereur Charles v, qui
eftant non feulement fauteur mais protec-
tecteur d'icelle, toutesfois eftant menacé
d'excommunication par le pape Paul iii,
s'il ne luy rendoit Plaifance (apres la mort
de Pierre Louys) luy fit tres-bien entendre
par fon ambaffadeur qu'il tonneroit & fou-
droiroit par fon artillerie, fi luy vouloit
tonner & foudroyer par fes excommunications. De quels moyens donc fe font-ils
aidez pour empefcher que la lumiere de la
verité ne fuft plus forte que les tenebres
de leurs menfonges? Des moyens qu'ils
ont trouuez es regiftres des Phalaris, des
Bufiris, des Nerons, & de tous leurs femblables. Que di-ie? ceux-ci ne s'eftoyent
auifez de la dizieme partie des cruautez
qui ont efté exercees contre ceux qui tenoyent le parti de la verité, & qui fe pre-
fentoyent armez de la parole de Dieu pour
fouftenir fon honneur. Car on leur refpon-
doit par glaiues & par feux & par toutes
fortes de tourmens: & ceux qui leur faifoyent telle refponfe, eftoyent iuges &
parties, qui prenoyent cefte matiere ainfi à
cueur pourcequ'ils preuoyoyent que cefte
lu-

lumiere à laquelle on vouloit donner entree, esteindroit vn iour le gros feu de
leur grasse cuisine. On auoit beau alleguer
les passages des sainctes escritures: leurs
ventres (qui trembloyent ia de peur pour
leur interest) n'auoyent point d'oreilles:
comme aussi nous sçauons que selon le prouerbe ancien nul ventre n'en ha. On per-
suadoit au frere d'accuser le frere, à la femme d'accuser son mari, au mari d'accuser
sa femme, les peres & meres estoyent in-
duits à deferer leurs propres enfans, voire
à leur seruir de bourreaux, à faute d'autres. Ceux qui estoyent appelez inquisi-
teurs auoyent leurs espions de tous cos-
tez, ausquels ils donnoyent le mot du guet.
Tesmoins ne pouuoyent estre recusez,
quelques voleurs, quelques meurdriers,
quelques malfaicteurs qu'ils fussent, mais
au - contraire ils eschappoyent souuent la
peine pour le salaire de leur fausse deposi-
tion. On promettoit la foy aux accusez
ou suspects, pour les faire venir, mais
on estimoit peché de leur garder la foy pro-
mise: en alleguant ce beau texte, *hæreticis
fides non seruanda.* Aucuns, auant que venir entre les mains du bourreau, n'auoyent
plus que demie vie, sortans des basses fos-
ses, ou ils auoyent esté combatus par les
crapaux & autres telles bestes : & quelquesfois en sortoyent vieux ceux qui y
estoyent entrez ieunes. On permettoit aux
personnes qui portoyent des aumosnes aux

prisonniers d'en donner à tous fors qu'à
ceux qui y estoyeut detenus pour le faict
de la religion : & estoit en grand danger
celuy qui disoit en auoir pitié : quand bien
il n'en eust eu pitié qu'en la sorte qu'on
l'auroit d'vn chien. Sur quoy il me souuient
d'vn douzain composé alors par vn sçauant
personnage, & doué de grans dons, lesquels encores auiourdhuy fleurissent en
luy, estant pour le regard d'iceux fort aimé
des bons, & fort hay des meschans.

> Liset monté dessus sa mule (g)
> Trouue vn pourceau demi brulé :
> Tout soudain sa beste recule,
> Comme s'ell'en eust appelé ꞓ
> En fin tant y eut reculé,
> Que monsieur Liset en piquant,
> Pareillement & quand-et-quand
> Trencha vn chemin tout nouueau.
> Vieil pourri au rouge museau,
> Deshonneur du siecle où nous sommes,
> Ta beste a pitié d'vn pourceau,
> Et tu n'as point pitié des hommes.

Et à propos de Liset, que pensons-nous
que dira la posterité quand ell'orra parler
d'vne

(g) *Liset monté dessus sa mule &c.*) Ce savant personnage, à qui l'Auteur attribue ce Dousain, pourroit bien être Theod. de Beze, quoi qu'on ne le
trouve à la suite d'aucunne des éditions de son *Pas-
savant.*

d'vne chambre ardente ? Ne doutons pas
que ce mot ne soit interpreté diuersement,
& que la plus part ne iuge ceste chambre
auoir esté le nom de quelque chambre
d'enfer, ou pour le moins du purgatoire
de ses predecesseurs. Ie laisse les cruautez
exercees en secret, ie laisse les confisca-
tions des biens des condamnez, & souuent
de ceux qui ne l'estoyent encores: voire
quelquesfois des personnes qui n'estoyent
pas encores accusees: tant leur proces estoit aisé à faire. Ie n'omettray toutesfois
vne sorte de cruauté laquelle eust semblé
estrange à Phalaris mesmes : c'est que quand
on vouloit faire receuoir le dernier suppli-
ce & tourment aux susdicts, on vsoit bien
du feu ainsi que Phalaris : mais en leur cou-
pant la langue premierement, on leur os-
toit le soulagement de la parole, lequel
Phalaris laissoit aux siens : & quelquefois
la langue estant coupee, encores on les
embaillonnoit, pour les empescher de ietter aucune sorte de voix. Comme aussi il
n'estoit permis de dire qu'on en eust pitié, ou en faire quelque semblant : & encore moins de louer la constance de ceux
ausquels on laissoit le moyen de la monstrer au milieu des tourmens.

  VIII. OR quand ie parle ainsi, qu'on
exerçoit telle & telle cruauté, ce n'est pas
à dire qu'elle ne s'exerce plus auiourdhuy :
mais c'est pourceque ceste cruelle persecu-
tion n'est auiourdhuy vniuerselle, ne se

trouuant (graces à Dieu) en quelques
lieux du bois affez pour continuer les feux
du temps paffé. Car noftre Seigneur Iefus
Chrift a donné aux cendres de fes martyrs
la vertu qu'on dit eftre es cendres du phœnix : mais l'a donnee en beaucoup plus
grande abondance : veu que les cendres
d'vn phœnix ne produifent qu'vn phœnix, les cendres d'vn fidele feruiteur de
Iefus Chrift produifent vn nombre infini
d'autres.

IX. MAINTENANT ie feray iuge la
pofterité (qui pourra mieux iuger fans
paffion) fi Herodote raconte aucune folie fi eftrange que la fufdicte, de ceux qui
depuis fi long temps ont presté & de ceux
qui preftent encores auiourdhuy l'oreille
à tant d'abus : & fi d'autrepart il recite vne
merueille qui deuft fembler auffi incroyable que cefte ci, à-fçauoir que le def-
couurement de tels abus, fembla es aux
ieux d'enfans, ait coufté la vie à tant de
mille perfonnes. Audemeurant ie prie à
Dieu, au nom de fon fils noftre feigneur
Iefus Chrift, qu'il face la grace à celle
que ie pren pour iuge, de voir tels abus
autrement qu'en papier, ainfi qu'on les
voit ici.

F I N.